双语译林
壹力文库
184

〔美国〕西尔维娅·普拉斯 著
唐 湘 译

钟形罩

译林出版社

图书在版编目（CIP）数据

钟形罩：汉英对照 /（美）西尔维娅·普拉斯（Sylvia Plath）著；唐湘译．—南京：译林出版社，2019.5

（双语译林．壹力文库）

书名原文：The Bell Jar

ISBN 978-7-5447-7685-1

Ⅰ.①钟… Ⅱ.①西… ②唐… Ⅲ.①英语－汉语－对照读物 ②长篇小说－美国－现代 Ⅳ.①H319.4: I

中国版本图书馆 CIP 数据核字（2019）第 049516 号

钟形罩 〔美国〕西尔维娅·普拉斯 / 著 唐 湘 / 译

责任编辑 王振华
特约编辑 赵丽娟
装帧设计 灵动视线
校　　对 刘文硕
责任印制 贺　伟

出版发行 译林出版社
地　　址 南京市湖南路 1 号 A 楼
邮　　箱 yilin@yilin.com
网　　址 www.yilin.com
市场热线 010-85376701
排　　版 灵动视线
印　　刷 三河市中晟雅豪印务有限公司
开　　本 640 毫米 ×960 毫米 1/16
印　　张 31
版　　次 2019 年 5 月第 1 版 2023 年 8 月第 2 次印刷
书　　号 ISBN 978-7-5447-7685-1
定　　价 48.00元

目　录

1

这是个诡异、酷热的夏天。间谍罗森伯格夫妇在这个夏天坐上了电椅。而我不知道自己在纽约做什么。我对于处决这种事情懵懵懂懂，但一想到全身通电而死就感到反胃，偏偏报纸上全是这事儿。在每个街角，每个散发着霉臭、花生味的地铁出入口，这些标题都瞪大眼睛盯着我。按说这本和我无关，但我就是忍不住地想，被电流窜遍神经活活烧死会是种什么感觉。

我想世上最恐怖的事情，莫过于此吧。

纽约真是够糟的。那随风潜入夜的隐约带有乡间湿气的清新气味，才刚早上九点，就已宛如美梦余韵般蒸腾得无影无踪。高楼构筑的花岗岩峡谷底下是海市蜃楼般的灰蒙一片，暑气逼人的街道在烈日下泛着热浪。车顶被晒得嘶嘶作响，晃得人眼花。干燥的、煤灰般的尘土吹入我的眼中，直下我的喉咙。

收音机和办公室里总在说罗森伯格夫妇的事，弄得我想忘也忘不掉。那感觉就像第一次看见尸体，过了好几个礼拜，那尸体的头——或者该说留在尸身上的残余物——仍不时浮现在我眼前，从我早餐的鸡蛋和培根后面冒出来，从巴迪·威拉德的脸后面冒出来，这家伙正是害我见到那具尸体的罪魁祸首。之后没多久，我就觉得自己走到哪里都带着一颗用绳子拴着的死人头颅，像带着一个黑乎乎的、没有鼻子的、酸臭的气球。

我知道那个夏天自己有些不对劲，因为我满脑子都是罗森伯格夫妇的事；要不就是成天想着自己怎么那么蠢，买了那些穿着不舒服又很昂贵的衣服，只好让它们像死鱼一样无精打采地挂在衣橱里；我也搞不明白，麦迪逊大道上的光滑大理石和玻璃橱窗，是怎么把我在大学期间兴高采列地积累的小小成就消弭于无形的。

我本该享受着人生的大好时光才对啊。

我本该是全美成千上万大学女生羡慕的对象，她们一心向往的就是穿着和我一样的七号漆面皮鞋四处游走。这双鞋是我趁午餐的时候跑到布鲁明戴尔百货商店买的，当时还买了一条黑色的漆面皮带和一个黑色的漆面手袋来配它。当我的照片登上了我们十二人所任职的杂志社的杂志时，人人都以为我一定乐得晕头转向。照片中的我穿着仿银丝质料的紧身胸衣，下半身是一条云朵般的白纱大蓬裙，在某个名为“星光屋顶”的地方喝着马丁尼，身旁环绕着数位年轻男子。他们虽然没什么名气，却有着美国人那种十足的好身材，都是专为这次拍摄雇来或者借调来的。

人们会说，瞧瞧，美国真是无奇不有。一个在穷乡僻壤住了十九年，穷到连本杂志都买不起的乡下姑娘，居然拿了奖学金念大学，还一会儿得这个奖，一会儿得那个奖，最后竟把纽约当作私家车一样，驾驭起来得心应手。

其实，我什么都驾驭不了，甚至连自己都掌控不好。我就像一辆麻木的无轨电车，一路从所住的旅馆颠簸到办公室再到派对，然后又从派对颠簸回旅馆再到办公室。我想我本该像大多数其他女孩那样兴奋，但我自己就是没这种感觉。我只感到一种极度的静与空，如同处于暴风眼中一般，在周遭的纷扰喧闹中，迟钝地前进。

我们总共十二个人住在这家旅馆。

我们全都赢得了一个时尚杂志举办的竞赛，有的写了散文，有的写了小说，有的写了诗歌，还有的写了时尚广告文案，奖品就是在纽约市见习一个月。开销全由杂志社支付，此外还有各种免费福利，比如芭蕾舞的门票，时装秀和顶级发型沙龙的招待券，有机会依照个人喜好和该领域的成功人士见面，还有针对个人肤质的化妆建议，等等。

我手头还有一套他们送的化妆品，适合棕眼褐发的女孩：内有一支带小刷子的长方形褐色睫毛膏，一小盘只容指尖放入的蓝色眼影，三支唇膏，颜色从大红到粉色渐变。这些全装在一个内盖镶了面镜子的镀金小盒里。我还有一个白色塑料墨镜盒，上面缀着彩色贝壳、金属圆片和绿色的塑料海星。

我明白之所以有源源不断的礼物，是因为这形同给赞助商免费打广告，即使如此，我也无法愤世嫉俗。这些天上掉下来的礼物，我可是收得心花怒放。虽然我把礼物收起来了好一阵子，但一等我恢复正常，又将它们一一拿出来摆在屋子各处。现在我仍时不时地抹抹那几支唇膏，上周我还把墨镜盒上的塑料海星割下来给小宝宝玩。

就这样，我们十二人住在同一家旅馆同一个侧翼的同一个楼层的单人房里，一间紧挨着一间，这让我想起大学宿舍。这不是一家普通意义上的旅馆——我指的是那种男女混住在同一楼层的旅馆。

这家叫“亚马逊”的旅馆只接待女客。她们多和我年纪相仿，家境殷实，她们的父母希望自己的宝贝女儿住在不会被男人勾引和欺骗的地方。她们读的全是像凯蒂·吉布斯这类的高级秘书学校，得戴着帽子、穿着长筒袜、戴着手套去上课；要不，她们就是刚从这类学校毕业，担任着各级主管的秘书，留在纽约只是为了等待嫁给事业有成的男人的机会。

在我看来，这些女孩实在无聊。我看见她们在楼顶天台，打着呵欠涂着指甲，晒着日光浴保养在百慕大群岛晒出的小麦色肌肤，看起来真的无聊透顶。我和其中一个聊过，她说她厌倦了游艇，厌倦了搭飞机飞来飞去，厌倦了在圣诞节到瑞士滑雪，厌倦了巴西男人。

我受够了那样的女孩。我已嫉妒到说不出话来。十九年来，除了这趟纽约之行，我不曾踏出过新英格兰地区。这是我的第一个大好机会，但我却只是坐看机会像流水般从我指间哗哗流逝。

我想，我的麻烦之一是朵琳。

我以前不曾认识像朵琳这样的女孩。她来自南方一所上流女校，一头闪亮的白发，像是棉花糖一样蓬松醒目，圈住她的整张脸；一对蓝眸澄澈如玛瑙珠子，又硬又亮，坚不可摧；嘴边永远带着一抹嘲讽的微笑。我说的不是那种惹人讨厌的冷笑，而是一种顽皮而神秘的嘲笑，仿佛她身边尽是蠢蛋，只要她愿意，她随时都能嘲弄他们一番。

朵琳第一眼就注意上了我，让我觉得我比其他人机灵得多，而她这个人也确实有趣得很。开会时，她总是挨着我坐，来访的名流说话时，她会压低声音和我耳语些诙谐的嘲讽。

她说她的学校很注重时尚。所有女孩都有和服装相同材质面料的手包，所以她们每换一套衣服都有与之相配的手包。这种对细节的讲究让我印象深刻。它展现出一种神奇炫目的生活方式，带着刻意而精致的颓废气息，像磁铁般深深吸引着我。

朵琳只会因为一件事情对着我吼，那就是我总是努力如期完成工作。

“你那么拼命干吗呀？”朵琳穿着一件蜜桃色的丝绸晨袍，懒洋洋地窝在我的床上，手里拿着锉刀打磨着被尼古丁熏得微黄的长指甲，而我则忙着在打字机上敲出一位畅销小说家的采访稿。

这是朵琳的又一个与众不同之处——我们穿的是上过浆的夏季棉质睡衣和夹棉家居服，或者是可以充当海滩浴袍的毛巾布长袍，可朵琳穿的要么是半透明的尼龙长衫或是蕾丝长衫，要么是会因静电而贴在身上的肉色晨袍。她身上有一股好闻的轻微的汗味，让人想到香蕨木的扇形叶片，这种叶子摘下一些在指间揉碎，就会散发一股麝香味。

“你知道的，老杰·茜根本不在意你的稿子是明天交还是周一交。”朵琳点了根烟，袅袅烟雾从鼻孔逐渐散开，遮住了她的眼睛。“杰·茜长得丑死了。”她冷冷地说，“我打赌她那老伴在亲近她之前得把灯全关了，免得吐出来。”

杰·茜是我的上司，不管朵琳怎么说，我还是很喜欢她。她不是时尚杂志圈里那种扑闪着假睫毛、珠光宝气、虚情假意的人。杰·茜有脑子，所以相貌丑点也不打紧。她会几种语言，而且对这一行里的优秀作家了如指掌。

我试着想象杰·茜脱下严谨的办公室套装，摘下午宴帽子，和她的肥老公上床的模样，可我就是做不到。对我来说，想象别人上床难如登天。

杰·茜想教我些东西，所有我认识的老太太都想教我点东西，但是我突然觉得她们根本没什么好教给我的。我罩上打字机的盖子，咔一声合上。

朵琳咧嘴一笑。“聪明。”

有人敲门。

“谁啊？”我懒得起身。

“是我，贝琪。你要去舞会吗？”

“大概会吧。”我还是没有起身开门。

从堪萨斯被请来纽约的贝琪梳着轻盈弹跳的金色马尾辫，脸上带着电影《赌徒甜心》里女主人公的甜美笑容。记得有一次，我们俩被某电视剧制作人叫进办公室，这个下颏泛着青色胡楂、穿着细条纹西装的制作人问我们有没有什么点子可以拿出来做节目。然后贝琪就开始大谈堪萨斯的雌雄株玉米，她说起那该死的玉米真是情绪激昂，听得制作人眼泛泪光，不过他说，真是可惜，这些都用不上。

后来，美容部编辑说服贝琪剪了短发，让她做了封面模特。现在我仍不时看见她在“魁北克的太太穿 B. H. Wragge[①]”的广告中展露迷人的笑脸。

贝琪总爱邀我陪她和她的女伴一起做这做那，好像这样是在以某种方式拯救我。但她从来不找朵琳。朵琳私底下都叫她“牛仔傻大妞”。

“你要跟我们一起搭出租车吗？”贝琪在门外问。

朵琳摇了摇头。

“没关系，贝琪。”我说，“我和朵琳一起去。”

“好吧。”我听见贝琪脚步轻快地走向长廊另一头。

---

① 美国一服装品牌。

“我们去看看吧，受够了就走。”朵琳说着把烟蒂按熄在我床头阅读灯的灯座上。“然后我们进城去玩。这里办的派对让我想起那些在学校体育馆办的老式舞会。他们为什么总爱围着耶鲁的学生转？耶鲁的都很蠢哎！”

巴迪·威拉德就是上的耶鲁，我现在一想，发现他的毛病就是蠢。对，他是拼命学出了好成绩，还曾经和科德角一个叫格拉迪斯的可怕的女招待交往过，但他没有哪怕一丁点儿直觉。而朵琳有直觉。她说的每一件事，好像都说出了我偷偷藏在骨头里的每一个想法。

戏剧开演前的交通高峰把我们困住了。我们的出租车前面是贝琪的车，后面是另外四个女孩的车。每辆车都寸步难行。

朵琳看起来真美。她穿着一件无肩带的白色蕾丝晚装，拉链底下的紧身胸衣勾勒出纤细的腰身，玲珑有致，甚是惹眼。脸上淡白色的蜜粉衬得肌肤泛出古铜色的光泽，身上的香味浓得好像混合了一整间香水店的芬芳。

我穿着一件花了四十美元买的黑色山东绸紧身小礼服。一知道自己成为纽约之行的幸运儿之一，我就动用了部分奖学金疯狂采购，这件小礼服就是其中的战利品。它的剪裁怪得很，里面完全穿不下任何款式的文胸，不过无所谓，反正我瘦得跟个小男孩一样，身材几乎没有曲线。而且，在这炎炎夏夜，我喜欢这种几近赤裸的感觉。

可是，这城市让我小麦色的皮肤褪了色，使我看起来黄得像个中国人。照理说我应该为穿着和奇怪的肤色感到紧张不安，但和朵琳在一起让我忘掉了这些担忧。我觉得自己无比睿智，无所畏惧。

有个男人向我们走来，他穿着蓝色格纹衫、黑色斜纹棉布裤，脚上是一双雕有图案的牛仔皮靴。先前他就站在路边一间酒吧外的条纹遮阳篷下，瞧着我们的出租车。我没有产生一丝绮想，因为我清楚地知道他是为朵琳而来。他穿过拥堵的车阵，往我们敞开的车窗上一靠，魅力十足。

“冒昧相问，值此良宵，两位漂亮姑娘为何独自搭车？”

他咧着一口大白牙，露出牙膏广告般的笑容。

“我们正要去参加派对。”我脱口而出，因为身旁的朵琳突然沉默得像根柱子，恹恹地拨弄着白色蕾丝的皮包罩套。

“听起来挺没劲的。”男人说，“何不跟我到那边的酒吧喝两杯？我还有几个朋友在那儿等着呢。”

他朝遮阳篷底下那几个衣着随意、姿态慵懒的男人点点头。一见他回头瞧了一眼，一直看着他的几个人轰地笑了。

那笑声本该让我警觉，那是一种低沉的、自以为是的窃笑。偏偏此时车阵出现移动的迹象，我知道如果继续坐在车里，不出两秒我就会后悔没有把握良机看看纽约的另一面，这可是杂志社悉心安排的行程里见不到的。

“怎么样，朵琳？”我问。

“怎么样，朵琳？”那男人也说，维持着他那大大的笑容。直到今天我也想不起他不笑的时候是个什么模样。我想他一定无时无刻不在笑。对他来说，那样的笑容必定是再自然不过的吧。

“那，好吧。”朵琳对我说。我打开车门，就在我俩下车时，出租车刚好徐徐开动。我们迈步走向酒吧。

突然传来一阵刺耳的刹车声，紧跟着是沉闷的砰砰的撞击声。

“喂！”我们那辆车的司机怒气冲冲地从窗口探出头，脸色铁青，“搞什么鬼啊！”

他的车停得太突然，后面那辆出租车猛地撞了上来，里面的四个姑娘被震得东倒西歪，正挣扎着爬起来。

四周喇叭声和喊叫声不绝于耳，和我们搭讪的那个男人哈哈大笑。他把我和朵琳留在路边，折返回去给司机塞了张钞票。然后，我们看见载着杂志社女孩的车鱼贯驶离，就像载满伴娘的婚礼车队。

“来吧，弗兰基。”那男人对着他的一个朋友说道。一个侏儒一样的矮个儿立刻迈步出列，跟着我们走进酒吧。

我真受不了弗兰基这类的男人。我只穿袜子都有五英尺十英寸高，所以和小个子男人在一起时，为了让自己看起来矮一些，我要稍稍弯腰驼背，把屁股往下撅，搞得一边高一边低，就像个又笨又残的跑龙套的。

有那么一会儿，我奢望会按照身高来配对，这样我就能跟最初前来搭讪的那个男人凑对，因为他起码有六英尺高。但是他看也不看我一眼，就与朵琳走在一起。我只好假装没瞧见贴在我肘边的那个弗兰基，紧挨着朵琳坐下。

酒吧里灯光昏暗，除了朵琳，我几乎什么也看不清。她的白发白衣衬得她整个人也是白的，看起来银光闪闪。我想她肯定是反射了酒吧里霓虹灯的光。我觉得自己融入了重重阴影中，变成了一张底片，而底片中的人我此生从未见过。

“那么，喝点什么呢？”那个男人带着大大的笑容问道。

“我想来杯老式的鸡尾酒。”朵琳对我说。

点酒我不在行。我连威士忌和杜松子酒都分不清，没一次点到自己真正喜欢的口味。巴迪·威拉德和我认识的其他大学生要么穷到买不起烈酒，要么根本不屑于喝酒。真想不到有那么多大学生不抽烟不喝酒，而这种人全让我给遇上了。巴迪·威拉德买的最烈的东西，就是一瓶杜本内葡萄酒，而此举不过是为了证明学医的他也有审美品位罢了。

“我来杯伏特加吧。”我说。

那男人深深地望了我一眼，问：“加点什么吗？”

“纯的就好。”我说，“我都喝纯的。”

我怕如果我说要加冰块、杜松子酒或其他什么，听起来会很蠢。我曾经看过一个伏特加广告，满满一杯伏特加置于随风飘舞的雪花中，在蓝色的灯光下澄净如水，所以我觉得来点纯的准没错。我的梦想就是有一天能点到一杯甘醇的美酒。

侍者走上前来，那个男人为我们四人点了酒水。他一身牧场上的打扮，却于这间充满都市感的酒吧中怡然自得，我猜他很有可能是个名人。

朵琳一言不发，只玩着她的软木杯垫，最后点了根烟。那男人似乎并不介意，只盯着她看，那样子就像动物园里的游客盯着白色的巨型金刚鹦鹉，等着它开口说人话。

酒送来了。我的伏特加果然像广告里那样澄澈纯净。

“你是做什么的？”我问那个男人，试图打破从四面八方涌来的浓密如丛林野草的沉默，“我是说，你在纽约做什么？”

他好像颇费了番力气才慢慢地将目光从朵琳的肩膀移开。“我是个 DJ。”他说，“你可能听说过我。我叫伦尼·谢泼德。”

“我知道你。”朵琳突然开口。

“我很高兴你知道，甜心！”那男人说着突然大笑起来，“这样就方便多了。我的名气还真是大。”

接着伦尼·谢泼德意味深长地看了弗兰基一眼。

"那个，你们从哪儿来？"弗兰基猛地坐直了，问我，"叫什么名字？"

"这位是朵琳。"伦尼的手滑向朵琳裸露的胳膊，揽住了她。

我很惊讶，朵琳明知他的一举一动，却没有半点反应。她依然坐在那里，朦胧得好像一个身穿白裳、头顶漂白金发的黑人女子，在一片昏暗之中优雅地啜饮着，

"我叫艾莉·希金巴腾，"我说，"来自芝加哥。"瞎掰完这句我觉得安全多了。我可不希望今晚我所说或所做的一切会跟来自波士顿的我、真名实姓的我，扯上任何关系。

"好吧，艾莉，我们跳支舞如何？"

一想到要和这个脚蹬橘色小羊皮矮子乐增高鞋，上穿廉价T恤，外搭松垮蓝色运动外套的矮冬瓜跳舞，我就觉得可笑。要说有什么是我瞧不起的，那就是穿蓝衣服的男人。黑色或灰色，哪怕棕色都行，可蓝色只会让我发笑。

"我没心情。"我冷冷地转过身，猛地把椅子拉近朵琳和伦尼。

这两人看起来好像彼此已相识多年。每当朵琳用细长的银勺舀起杯底的大块水果凑近唇边，伦尼就呼呼地作势欲咬，像是条狗似的，要抢勺子上的水果。朵琳咯咯直笑，不停地舀起水果来吃。

我想，最终，伏特加是我要找的那款酒。它的滋味难以名状，跟任何东西的味道都不一样。喝下一口，直冲胃部，就像卖艺的人吞下了一柄剑，令我全身力量倍增，感觉自己像神一样。

"我还是走吧。"弗兰基说着，站起身。

我看不太清他的模样，这里太昏暗了，但我第一次听清了他

那又尖又蠢的嗓音。没人理会他。

“喂，伦尼，你欠我东西。记住，伦尼，你欠我东西，能记住吗，伦尼？”

我觉得这很奇怪，弗兰基在我们两个完全陌生的人跟前提醒伦尼欠他东西。但他就是杵在那儿翻来覆去地说，直到伦尼伸手从口袋里抽出一大卷绿色的钞票，抽了一张递给他。我觉得那应该是十美元。

“闭嘴，滚吧。”

一时之间，我觉得伦尼这话也是对我说的。然后我听见朵琳来了句：“艾莉不去的话，我也不去。”我不得不佩服朵琳，把我的假名叫得那么顺口。

“噢，艾莉会去的。对吗，艾莉？”伦尼边说边对我使眼色。

“我当然会去。”我答道。弗兰基已经消失在夜色中，我只能跟朵琳牢牢拴在一起。我还想借此机会大开眼界呢。

我喜欢观察别人身处紧要关头时的反应。如果遇上车祸或街头打架，甚至是泡在实验室玻璃罐里的婴儿标本，我都会停下来看个仔细，把一切铭记于心。

要不是用这种办法，我不可能学到那么多东西。所以就算因此受到惊吓，或者恶心作呕，我也不动声色，反而假装自己一贯见多识广。

2

说什么我也不愿错失去伦尼家的机会。

他家的房子完全就像是一个牧场小屋，只是位于纽约市中心的公寓楼里。伦尼说他打掉了几堵隔墙，好让空间宽敞一些，然后在墙上钉了松木板，装了个特别的马蹄形松木吧台。我猜，地板也是松木的。

地上铺着一张张大幅的白色熊皮，唯一的家具是许多铺有印度毯子的矮床。墙上挂的不是画，而是一对对鹿角、水牛角和一个兔头标本。伦尼伸出拇指戳了戳这只看起来温顺的小灰兔的口鼻和硬硬的大长耳。

“在拉斯维加斯开车时碾到的。”

他走到房间另一头，牛仔靴踏出子弹出膛般的回声。

“音效来了。”他说，脚步声越来越小，直至他消失在远处的一扇门后。

忽然，房间的各个角落都响起音乐声。乐声乍歇之时，传来伦尼的声音：“我是您的午夜 DJ，伦尼·谢泼德，为您带来的是流行音乐排行榜。本周榜单第十名，正是最近常常听到的那个黄毛小丫头所唱的那首……独一无二的《向日葵》！”

我生在堪萨斯，我长在堪萨斯，

等我结婚时，要嫁在堪萨斯……

“他可真会玩儿！”朵琳道，“你说呢？”

“可不是。”我说。

“对了，艾莉，帮我个忙。”她现在好像真把我当作了艾莉。

“没问题。”我说。

“别走，好吗？如果他搞什么花样，我怕没机会脱身。你瞧见他那身肌肉了吧？”朵琳咯咯笑着说。

伦尼突然从后面的房间冒出来。“我花了两万块搞的这间屋子里的录音设备呢。”他悠哉地走到吧台边，摆出三个玻璃杯、一个银色冰桶和一个大水壶，开始把好几种不同瓶子里的酒混在一起调酒。

……忠贞女孩，誓言等待——

向日葵之州的向日葵姑娘。

“很棒吧？”伦尼走了过来，端着三只酒杯。杯子外壁凝出汗滴一样的大水珠。他把杯子递给我们时，杯中的冰块叮当作响。音乐声戛然而止，我们听到伦尼的声音在宣布榜单第九名。

“什么都比不上听自己说话的感觉。”伦尼看着我说，“弗兰基闪人了，应该再给你找个伴。我给朋友打个电话。”

“没关系。”我说，“你不必麻烦了。”我想总不能说得那么直白，要求找个比弗兰基大上几号的人来吧。

伦尼看起来松了口气。“只要你不介意就好。我可不想怠慢了朵琳的朋友。”他对朵琳咧嘴一笑，露出满口白牙。“可以吗，甜心？”

他朝朵琳伸出一只手，无须言语，两人默契地跳起了吉特巴舞，他们的手里还握着酒杯。

我盘腿坐在一张矮床上，摆出一副既诚恳又冷淡的样子，我见过一些生意人在欣赏阿尔及利亚肚皮舞时就是这副模样。可是，当我往挂有兔子标本的墙上一靠，矮床却开始往房间中间滑动。我只好转而席地坐在熊皮上，背靠着矮床。

我的酒杯湿答答的，越喝越没劲，每抿一口，我都越来越觉得如饮死水。酒杯中间画有一条带黄色圆点的粉线。我喝到粉线下方约一英寸处，歇了一会儿，待我想再喝下一口时，融化的冰块让水面又涨到了粉线的位置。

伦尼的声音在屋里隆隆回响：“为什么，哦，为什么，我要离开怀俄明？”

就连两首曲子中间的空当，他和朵琳两人也没有停下舞步。我觉得自己收缩成了一个小黑点，陷在红红白白的地毯和松木板之间，像是地板上的一个洞。

看着别人成双成对、浓情蜜意，心里真不是滋味，尤其当你是房间里唯一多出来的那个人时。

这感觉就像乘着一列驶离巴黎的特快火车，你坐在最后一节车厢里，眼看巴黎变得越来越小，而你却觉得，是你自己变得越来越小，越来越孤单，以百万英里的时速远离这城市的灯火与繁华。

伦尼和朵琳不时撞在一起亲吻，然后各自旋转开，长饮一番后，再回到彼此的怀抱。我想我大可以在熊皮上先睡一觉，等朵琳想回旅馆时再起来。

就在这时，伦尼突然惨叫了一声。我连忙坐起身。朵琳正咬着伦尼的左耳垂不放。

"松嘴，贱人！"

伦尼弯下腰，朵琳便飞上了他的肩头，她手中的玻璃酒杯甩了出去，在空中画出一道长长的大弧线，砸在松木板上，发出铿啷的钝响。伦尼还在哀号着转圈，快到我都看不清朵琳的脸。

通常，你会注意的是别人眼睛的颜色，而我现下注意到的却是朵琳的乳房。她趴在伦尼的肩上疯狂转圈，双腿乱踢，放声尖叫，两颗如同饱满的褐色香瓜般的双乳从衣服中挣出来，悬垂微颤。然后，两人大笑着慢了下来，伦尼正试图隔着裙子去咬朵琳的屁股。此时，我决定走人，省得看见接下来将要发生的事情。我双手撑着楼梯栏杆，半走半滑到楼下。

踉跄地走到人行道上，我才意识到伦尼家开了空调。人行道上积蓄了一天的污浊的热浪迎面袭来，像是要让我饱尝今日最后的一场羞辱。我真不知道自己是在世界的哪个角落。

忽然，我有了搭出租车去派对的念头，但一转念又放弃了。舞会到这时已经散场了不说，我可不想一个人站在空空荡荡的大舞池，面对一地的五彩纸屑、烟蒂和皱巴巴的鸡尾酒纸巾。

我小心翼翼地走向最近的街角，指尖一路划过左侧的屋墙，免得摔倒。我看了看街名，从皮包里拿出纽约街道地图。我这里到旅馆正好是四十三个街区后转弯再走五个街区。

走路一向难不倒我。确定方向我就出发了，边走边低声数着走过的街区。回到旅馆大堂，我已醉意全消，只是双脚微肿，不过这全是我咎由自取，谁叫我懒得穿丝袜。

大厅空荡荡的，只有值夜班的人在亮着灯的小隔间里打盹，与那许多钥匙圈和沉默的电话机为伴。

我溜进自助电梯，按下我房间所在的楼层。电梯门像无声的手风琴，悄然闭合。我的耳朵感觉怪怪的，然后我看到一个人高马大、眼睛满是污垢的女人呆滞地盯着我的脸。当然，那只能是我自己。看到自己满脸细纹的憔悴模样，我吓了一跳。

走廊上连个鬼影都没有。我径直回房。房间里烟雾弥漫。起初我以为这无端冒出来的烟是对我的谴责，但随即想起先前朵琳在我房间抽过烟。我按下窗户上的抽风机的按钮。旅馆为了不让客人打开窗户、探出身子，把窗户都封死了，不知为什么这让我很恼火。

站在窗户左侧，把脸贴在木制窗框上，可以看见闹市区，看见黑暗中像绿色火星式怪蜂窝一样的联合国总部，看见马路上移动着的红红白白的光点，看见几座我不知道名字的桥上的灯火。

寂静让我情绪低沉。因为这不是万籁俱静的静，而是我自己的静。

我很清楚，车流喧嚣，车里和那些大楼亮着灯的窗后的人都在制造声音，就连河水都会潺潺作响，但我什么也听不见。这城市如海报般平铺在我窗前，闪闪发光，但想到它所带给我的一切，我倒宁愿它根本不存在。

床头那部瓷白色的电话能把我与外界联系起来，但此时它一声不响，静默如死人头颅。我使劲回想曾经把电话号码给过谁，好列出会给我打电话的人的名单，可想来想去，只能想到曾把电话号码给了巴迪·威拉德的母亲，由她交给她在联合国担任同声传译的朋友。

我轻轻地干笑了一声。

我能想象得出来威拉德太太要介绍给我的同声传译员是什么样的人。她一直都希望我能够嫁给巴迪。那年夏天，巴迪在纽约州北部的什么地方治疗肺结核，她甚至安排我去那里当女护工，免得巴迪太孤单。她和巴迪都无法理解我为什么不去疗养院，宁可去纽约市。

梳妆台上的镜子有点变形，且太过银亮，镜子里我的脸像是映在用牙医的水银做的球上一样。我想直接爬上床睡觉，但总觉得这样就像把一张书写潦草的脏兮兮的信纸塞进一个清爽干净的信封，所以我决定洗个热水澡。

人生肯定有很多事情是热水澡无法解决的，不过我知道的没几件。每次我难过得要死，紧张得睡不着觉，或者爱上一个整周也见不着面的人，我都会消沉到难以自持，然后我会告诉自己："我要洗个热水澡。"

我在浴缸里沉思。水必须极烫，烫到几乎无法在水里立足。然后你一寸寸地没入水中，直到热水没过脖颈。

我记得我泡过的每一个浴缸上方的屋顶，记得那些屋顶的材质、裂缝、颜色、水渍和灯具。每个浴缸我也都记得：狮身鹰首式样支腿的老式浴缸，棺材形的现代浴缸，还有那个造型华美、可以俯瞰室内荷塘的粉色大理石浴缸。我甚至记得不同水龙头的形状和大小，以及各式各样的皂托。

泡在热水中的我，才是最真实的我。

躺在这个女士旅馆十七楼的浴缸里，高高在上，底下是喧闹熙攘的纽约。泡了近一个小时后，我觉得自己又恢复了纯净。我不相信洗礼或约旦河圣水一类的东西，但我想，热水浴之于我，就像圣水之于虔诚的教徒吧。

我喃喃低语："朵琳消融了，伦尼·谢泼德消融了，弗兰基消融了，纽约消融了，一切都消融了，再也不重要了。我不认识他们，我从来也不认识他们，我很纯净。那些饮下的烈酒，那些眼见的腻吻，那些回旅馆途中落于我皮肤上的尘土，皆化作纯净之物。"

我在澄净的热水中待得越久，就觉得自己越纯净。当我最终踏出浴缸，用旅馆里柔软洁白的大浴巾包裹住自己时，感觉整个人纯净甜美，犹如新生儿一般。

不知睡了多久，我被敲门声吵醒。起初我没在意，因为敲门的人一直喊着："艾莉，艾莉，艾莉，让我进去。"我不认识什么艾莉。然后另一种敲门声压过了刚刚那种沉闷的砰砰声，这是一种尖锐的嗒嗒声，还有另一个清脆得多的声音响起："格林伍德小姐，你的朋友要找你。"我明白了，门外的是朵琳。

我把腿晃到地上，头晕目眩地花了一分钟才在黑乎乎的房内站稳身子。我很恼火朵琳吵醒了我。经过这么悲惨的一个夜晚，好不容易能睡个好觉摆脱出来，她却非得把我弄醒，毁了这一切。我心想，如果我装睡不理会，说不定敲门声会消失，还我个清静。但我等了一会儿，那声音就是不罢休。

"艾莉，艾莉，艾莉。"第一个声音咕哝不停，这时另一个声音也坚持不懈地嘶嘶响起："格林伍德小姐，格林伍德小姐，格林伍德小姐。"两个不同的声音搞得我像是人格分裂了一样。

我打开房间的门，眯眼望向亮晃晃的走廊。感觉当下既非黑夜也非白天，而是某种可怕的第三种中间界，突然闯入黑夜与白天之间，绵延无休。

朵琳无力地靠在门框上。我一开门，她就瘫倒在我怀里。我看不见她的脸，因为她的头垂在胸口，硬邦邦的金发露出黑色发根，如草裙舞的流苏般垂下。

我认出那个身材矮胖、唇上有髭、穿着黑制服的女人是夜班服务员，常窝在这层楼狭促的工作间里熨烫客人的日常衣物和晚宴礼服。我不明白她是怎么认识朵琳的，还有她为什么不直接把朵琳悄无声息地送回房，而要帮她叫醒我。

她见朵琳靠在我的怀里，除了偶尔打个酒嗝外还算安静，就转身大步走回工作间，继续与她那台古老的胜家牌缝纫机和白色的烫衣板为伴了。她那种像老派欧洲移民一般严肃、勤劳、充满道德感的样子，让我想起了来自奥地利的祖母，我突然产生一股想要追上她的冲动，告诉她我和朵琳毫无瓜葛。

“让我躺下来，让我躺下来。”朵琳喃喃不停，“让我躺下来，让我躺下来。”

我觉得，如果把朵琳搀过门槛，让她进入我的房间躺在我的床上，我就再也摆脱不了她了。

她的身子温软如枕，靠在我的手臂上，将全身的重量都丢给我，一双细高跟鞋在脚下笨重地拖着。她这么重，我根本无法带着她穿过长长的走廊。

为今之计，我只能把她丢在门外的地毯上，然后关门落锁，上床睡觉。等她醒来，什么都不会记得，只会以为自己醉倒在我房门口，而在屋里睡觉的我对此一无所知。然后她就会自己爬起来，乖乖地回房睡觉。

我正要轻轻地把朵琳放在走廊的绿色地毯上，可她低吟着往前一扑，脱离我的手臂，一股褐色的呕吐物从她嘴里喷出，在我脚边聚成一摊。

突然之间，朵琳变得更重了。她的头冲着那摊呕吐物垂下，几绺金发浸入其中，活像沼泽地里的树根。我这才意识到她睡着了。我往后退。我自己也快睡着了。

那晚我做了一个和朵琳有关的决定。我决定，今后眼看着她，耳听着她，但内心里，我要和她分道扬镳，彻底分道扬镳，只把贝琪和她天真纯洁的朋友当作我真正的友人。本性上，我和贝琪才是一类人。

我默默退回房间，关上门，考虑了一下，没有上锁。我终究狠不下这个心。

翌日早晨，我在阴霾闷热的天气中醒来。我穿好衣服，用冷水拍了拍脸，涂了点口红，慢慢地打开房门。我想，我还是期待看见朵琳的躯体躺在那摊秽物里，像我龌龊本性的一个丑陋而具体的证明。

走廊上空无一人。地毯从这头延展到那头，干干净净，鲜绿如常。只有一片不规则的模糊污迹留在我的房门口，仿佛有人不小心在那儿洒了杯水，但又轻轻地把它弄干了。

3

在《淑女生活》的宴会桌上，摆着对半切好、中间填满蟹肉和蛋黄酱的黄绿色鳄梨，还有一盘盘烤得半熟的嫩牛排和鸡肉冷盘，不时端上的雕花玻璃碗里盛满了黑色的鱼子酱。刚好那天早上我没时间到旅馆的自助餐厅吃早饭，只喝了杯煮过头的咖啡，苦得要死，这会儿正饥肠辘辘。

来纽约之前，我还没在像样的餐馆吃过饭。我和巴迪·威拉德之类的朋友去的豪沃·强森餐厅当然不能算数，那里只能点点炸薯条、奶酪汉堡和香草刨冰。也不知道为什么，我就是热爱食物胜过一切。而且不管怎么吃，我都不发胖，十年来体重始终不变，只有一次例外。

我喜欢满是黄油、奶酪和酸奶油的食物。在纽约，我们和杂志社的同事以及来访的名人一起吃了很多免费的午餐，所以我养成了一个习惯：拿到手写的大菜单后，一定要把这些连一小碟豌豆配菜都开价五六十美分的菜单浏览一遍，挑出最丰盛、最昂贵的菜品，点它一大串。

带我们出去的这种应酬通常可以报销，所以我点得心安理得。我很上道，总是吃得很快，免得那些为了减肥只敢点主厨沙拉或葡萄柚汁的人久等。我在纽约遇到的每个人几乎都在拼命减肥。

“我谨代表《淑女生活》欢迎各位才貌双全、青春洋溢的女士，本社能够认识诸位，实在深感荣幸。”发福又秃头的主持人对着衣襟上的小麦克风呼哧呼哧地说道，“今天的宴会，是《淑女生活》的‘食品检测厨房’部门专为欢迎各位而准备的，聊表诚意。”

现场响起淑女特有的优雅而疏落的掌声。随后大家于铺有亚麻桌巾的大桌前纷纷落座。

杂志社共有十一个女孩赴宴，指导我们的编辑也大多一同出席。《淑女生活》“食品检测厨房”部门的员工一律穿着洁白的卫生罩衫，头罩发网，脸上是标准的蜜桃派色的无瑕妆容。

我们这群女孩也只来了十一人，因为朵琳不见了。出于某种原因，他们把她的座位安排在我旁边，而那张椅子就那么空着。我帮她把席位卡保留了下来——所谓席位卡，就是一小面镜子，顶端以花体写着“朵琳”，镜边上一圈霜状雏菊，框住中间银色的镜面，那里会照出朵琳的脸。

朵琳那天和伦尼·谢泼德在一起。她现在一有空就和伦尼·谢泼德腻在一起。

《淑女生活》是一本大型女性杂志，以豪华全彩的跨页美食图为特色，每月还推出不同的主题和场所。杂志社主办的这场午宴开始前一小时，工作人员先带着我们参观了好几间光可鉴人的厨房，让我们见识了在强光下拍摄不断融化的苹果派冰激凌有多难，他们不得不用牙签从后面撑住冰激凌，要是化得太厉害了就得赶紧换。

眼见每间厨房里的食物都堆积如山，我觉得头晕眼花。倒不是因为在家没吃饱，而是我的祖母通常只会煮便宜的大骨肉和肉靡。她还有个习惯，在我们叉起第一口食物送到嘴边时，总是会说："但愿你们喜欢吃，这东西一磅可要四十一美分呢。"这么一来，我觉得自己吃下去的不是星期日烤肉，而是一分一分的硬币了。

当大家都站在各自的椅子后面听欢迎辞时，我低下头偷偷地觑着一碗碗的鱼子酱。有一碗就刚好摆在我和朵琳的空位之间。

我盘算着，对面的女孩应该够不着这碗鱼子酱，因为餐桌中间堆满了小山一样的杏仁味水果造型软糖，而我右侧的贝琪总是那么客气，如果我把鱼子酱挪到我手肘边的面包碟旁，让她拿不到，她肯定不好意思要我分给她。况且，有一碗鱼子酱就摆在她邻座女孩的右侧不远处，她可以吃那一碗。

我和祖父之间有个常说的笑话。我的祖父在家乡附近的乡村俱乐部当领班，每周一休假，所以每个周日祖母都会开车去接他回家，弟弟和我交替陪着祖母。不论是谁去，祖父总会把我们当作俱乐部的常客，为我们端上周日大餐。他喜欢介绍我吃些特别的珍馐美味，所以我九岁时就养成了对冷奶油浓汤、鱼子酱和鳀鱼泥的狂热的爱好。

这个常说的笑话就是，祖父保证在我的婚宴上我可以吃鱼子酱吃到饱。之所以说它是个笑话是因为我压根没想过结婚，而且就算我哪天真的结婚了，祖父也无力提供那么多的鱼子酱，除非他洗劫乡村俱乐部的厨房，偷走一整个手提箱的鱼子酱。

在水杯、银器和骨瓷餐具的觥筹交错声的掩护下，我用鸡肉片铺满盘子，然后像在面包片上抹花生酱一样，在鸡肉上面厚厚地盖上一层鱼子酱。接着，我用手拿起一片片鸡肉，把鱼子酱分毫不漏地卷在里面，放进嘴里。

我多次为各种汤匙的用法绞尽脑汁，后来却发现，即使在餐桌上举止不当，只要表现出倨傲的态度，仿佛自己做得无可挑剔，那么你就没事了，没有人会认为你举止失仪或没有教养。人们只会觉得你独树一帜，聪明有趣。

这一招是我从一位著名诗人那儿学到的。那天，杰·茜带我与他共进午餐。在那间满是喷泉和吊灯的高级餐厅里，其他男士都身着深色西装和洁白的衬衫，唯独他上身穿着一件难看、笨重、带斑点的棕色斜纹软呢夹克，里面搭配红蓝格子的敞领运动衫，下身穿一条灰色裤子。

这位大诗人一边徒手抓起一片一片沙拉当中的菜叶子吃着，一边跟我谈论着自然与艺术的对立。看着那苍白而又粗短的手指，拈着湿淋淋的生菜，一片接一片，在沙拉碗和嘴巴之间来来回回，我简直挪不开眼睛。可是，这番粗野之举并未在餐厅里引来讪笑或私语，这位诗人把用手抓沙拉吃变成了一件再自然而合理不过的事。

我的座位附近没有《淑女生活》的工作人员，或是我们杂志的编辑，亲切友好的贝琪似乎对鱼子酱没有兴趣，所以我的信心愈发足了。吃完了第一盘冷鸡肉卷鱼子酱，我又如法炮制了第二盘。接着又消灭了鳄梨和蟹肉沙拉。

鳄梨是我最喜欢的水果。以前每个周日，祖父都会带一颗鳄梨给我，藏在公文包的下层，上面盖着六件脏衬衫和周日版漫画。他还教我吃鳄梨的法子：用炖锅把葡萄果酱和法式沙拉酱熬煮成深红色的酱汁，再把酱汁盛入鳄梨的中空部分。我对那酱汁产生了一种乡愁似的思念。相较之下，鳄梨蟹肉沙拉尝起来已是索然无味。

“皮草秀好看吗？”我问贝琪，此时我已不再担心有人跟我抢鱼子酱了。盘子上残留着最后几粒咸咸的黑色鱼卵，我用汤匙刮了下来，舔个干净。

“很棒。”贝琪笑答，“他们还教我们如何用貂尾和金链子制作多用途的围巾。那种金链子在伍尔沃斯百货商店就可以买到一模一样的，只要一美元九十八美分。皮草秀一结束，希尔达就直奔批发皮草的仓储商店用超低折扣价买了一堆貂尾。然后她又去了伍尔沃斯买金链子。坐在来这儿的公交车上，她就把貂尾和金链子缝成围巾了。”

我觑了眼希尔达。她坐在贝琪的另一侧，果然披着条看起来很贵的貂尾围巾，用一根垂着的金链子系着。

我并不太了解希尔达。她足有六英尺高，绿色的大眼睛，眼角上斜，厚厚的红唇，带着斯拉夫人特有的茫然表情。她会做帽子，跟着时尚编辑见习，所以她与拿笔杆的朵琳、贝琪和我这类姑娘比较疏远，即便有时我们只是写写健康和美容方面的内容，那也是专栏。我不知道希尔达是不是文盲，但她做的帽子很棒。她就读于纽约的一所制帽专科学校，每天见习时戴来的新帽子全出自她的巧手，以稻草、皮毛、缎带或颜色难以捉摸的薄纱制成。

“真厉害。”我说，“厉害。”我开始想念起朵琳来。她要是在这儿，一定会跟我咬耳朵，毒舌揶揄希尔达那条宝贝围巾，逗我开心。

我变得情绪低落。早上杰·茜已经撕下了我的假面具，现在之前那些令人难受的自我怀疑都一一应验，事实再也无法隐瞒。十九年来，我不断追逐着一个又一个的好成绩、奖项、奖学金，而今我想要放慢脚步，彻底退出这样的人生竞赛。

“你怎么没和我们一起去看皮草秀？”贝琪问。我隐约觉得她是在问第二遍，就在一分钟前她才问过我同样的问题，只是我没有认真听。“你和朵琳出去了吗？”

“没有。”我答道，“我想去看皮草秀的，但是杰·茜打电话来，要我去趟办公室。”其实我压根没打算去看秀，但是我努力说服自己，我是想去的，这样一来，就能让杰·茜做的事真正伤害到我。

我跟贝琪说，早上我躺在床上就想着去看皮草秀的事。但我没告诉她，早前朵琳来我房间，说：“干吗去看那傻帽的秀啊，伦尼和我要去科尼岛，你干吗不一起来？伦尼会给你安排一个棒小伙子。反正这顿午宴和下午的电影首映已经把一天给毁了，没人会在意我们的。”

一时之间，我还真有点动心。皮草秀听起来当然很无聊，而且我向来对皮草没兴趣。可是，最终我还是决定赖床，赖到心满意足，再去中央公园，在有鸭子戏水的池塘附近的光秃荒野中，找片杂草最长的地方，躺上一天。

我告诉朵琳，我不去皮草秀，不去午宴和首映会，但我也不去科尼岛，我只想躺在床上。朵琳走了之后，我在想，为什么我不再像以前一样为该做的事勇往直前。想到这里，我顿生悲情倦意。然后我又想，为什么我不能像朵琳一样，不顾一切去做不该做的事。这个念头让我更加悲颓且疲惫。

我不知道当时是几点了，只听得外面走廊满是女孩们喧闹叫喊的声音，她们正准备出发去看皮草秀。不久，走廊归于宁静。我躺在床上，凝视着空荡荡的白色天花板，阒寂愈发膨胀，似乎要胀破我的耳膜。此时，电话响了。

我定定地瞅着电话不动。听筒在骨白色的电话机上微颤，我看都看得出来，它是真的在响。我想，大概是自己在舞会或派对上把电话号码给过谁，之后又忘了个一干二净。我拿起听筒，开口说话，声音沙哑但还听得下去。

“喂？”

“我是杰·茜。”杰·茜果决无情的声音传来，“你今天是不是刚好要来办公室？”

我倒回床上，我真不明白，为什么杰·茜会认为我要去办公室。我们都领到了那种油印卡纸，这样就能清楚所有的活动，我们很多上午和下午都不会在办公室，而是去城里参加各种各样的活动。当然，有些活动并非非去不可。

停了好一会儿，我才小心翼翼地回了一句：“我今天打算去看皮草秀。”我当然不想去看什么秀，但是除此之外找不出什么好借口。

“我跟她讲了，我想去看皮草秀。”我对贝琪说，“可她还是要我去办公室，说要和我谈谈，还有些活儿要我做。”

“哦——哦！”贝琪很是同情。她一定看见我的泪珠簌簌滚落，滴落在我面前那盘蛋白糖饼和白兰地冰激凌里，因为她把她那份没动过的甜点推给了我。我吃完了自己那份后，开始心不在焉地吃她的那份。在她面前掉眼泪，我觉得有点不好意思，但这些泪水都是货真价实的。杰·茜对我说了一些很可怕的事情。

约莫十点钟的时候，我没精打采地走进办公室。杰·茜起身，绕过她的桌子，关上门。我坐在我办公桌前的旋转椅上，面向她。她坐在她桌子后方的旋转椅上，面向我。她背后的窗边摆满了盆栽，一架子又一架子，欣欣向荣，像个热带花园。

“埃斯特，这里的工作你不感兴趣？”

“啊，有兴趣，我有兴趣的。”我说，“我对这份工作很感兴趣。”我很想喊着说出这几句话，仿佛这样会更有说服力，但我还是忍住了。

这十几年我一直告诉自己，我的人生理想就是疯狂地学习、读书、写作和工作。事实似乎确实如此，我样样做到最好，门门功课拿 A，一路所向披靡地跨进大学的门槛。

我是镇公报的校内通讯记者，一份文学刊物的编辑，还担任备受肯定的校园惩戒会的秘书——这个机构负责处理学生在校内外的违规和惩处事宜。有位享誉诗界的女教授力荐我到东部最大的大学的研究生院深造，还允诺我全额奖学金。如今，我正跟随这家知性时尚杂志社里最好的编辑学习。但我像匹拉货的蠢驴，除了犹疑畏怯，我还干了什么？

“我对这里的每件事都很有兴趣。”这话从我嘴里蹦出来，好似一堆木头做的硬币，落在杰·茜的桌面上，空洞而单调。

“很高兴听你这么说。”杰·茜的语气略显尖刻，“你要明白，如果你卷起袖子好好干，在杂志社的这一个月你能学到很多东西。之前坐你位子的那个女孩，完全不理会那些时尚秀展，从这间办公室离开后，直接进了《时代》杂志社。”

“天！”我的声音还是死气沉沉的，“速度真快！”

“当然了。你还有一年才毕业。”杰·茜的语气略有缓和，“你毕业后想做什么？”

我心里一直希望能拿到一大笔奖学金读研究生，或者争取公费留学欧洲，然后成为教授，再出几本诗集；或是出几本诗集，然后当个编辑什么的。这些计划我早已有之，张口就能说出。

“我不太确定。”我听到自己这么说。当我听见自己这么说时，吓了一大跳，因为话一出口我就知道确实如此。

这话听起来很真实，而我也承认这一点。就像有个很难形容的人在你家门口徘徊良久，有一天突然上前说他才是你的生父，你俩长得极像，那一刻你知道他果真是你的父亲，而那个你叫了一辈子父亲的人，其实是个冒牌货。

“我不太确定。”

“这样下去，你会一事无成。”杰·茜沉吟片刻，“你会哪几种语言？”

“哦，我懂一点法语，我还一直想学德语来着。”我跟人说想学德语，说了有五年。

我的母亲小时候来了美国，结果一战期间因为说德语，在学校被同学扔石头。我的父亲在我九岁时去世了，他来自普鲁士王国黑色心脏地带的一个令人躁郁癫狂的小村庄，也说德语。我最小的弟弟德语说得像母语一样流利，此时正在柏林参加国际生活体验营。

我没说出口的是，每当我拿起德语字典或德语书籍时，那些密密麻麻、如带刺铁丝般的字母一跃入眼帘，我的脑袋就像蚌壳一样，闭得严丝合缝。

“我一直想进入出版业。”我设法找回一些线索，好让我像从前一样推销有术。“我想，毕业后我会去应聘一些出版社。”

“你应该学好法语和德语。”杰·茜毫不留情，“或者还要再学几门外语，西班牙语和意大利语——俄语最好也要学。每年六月都有数以百计想要成为编辑的女孩涌入纽约，你得比那些平庸之辈多点本事才行。最好多学几种语言。”

我没胆子告诉杰·茜，大学的最后一年我根本挤不出时间来学外语。我选修了一门教人如何独立思考的优等生荣誉课程，一门研究托尔斯泰和陀思妥耶夫斯基的课，还有一门高级诗歌创作研讨课，其他时间都要花在写詹姆斯·乔伊斯作品的晦涩主题的论文上。我还没选定论文主题，因为我还没读过乔伊斯的那本《芬尼根守灵夜》，但是教授对我的论文寄予厚望，还答应给我些提示，帮助我理解这部大作里那对双胞胎所代表的意象。

“我会尽我所能。”我告诉杰·茜，“也许会去报一个他们开设的那种适合双重需要的基础德语速成班。”当时我觉得自己还真可以这么做，因为我有办法说服班主任为我破例，她一向把我当成某种有趣的试验品。

物理和化学是我大学里的必修课。我已经修完了植物学，而且成绩优异，一整学年下来，我没有答错一道题。有一阵子我甚至心血来潮，想当一名植物学家，研究非洲的野生禾本科植物或者南美的雨林。因为研究冷门领域中的奇怪主题，比去意大利研究艺术或去英国研究英语文学，更容易获得大笔补助，毕竟前者少了很多竞争。

植物学挺好的，因为我喜欢切碎叶片，把它们放在显微镜下观察，也喜欢画出面包上的霉菌和蕨类植物繁殖周期中出现的奇异心形叶子。对我来说，这些东西都很真实。

至于物理，上课的第一天就要了我的命。

曼基先生，矮小黝黑，嗓门很高，口齿不清，穿着紧绷的蓝色西装，手里拿着颗小木球，站在教室的前端。他先把小木球放在一条带凹槽的陡斜滑道上，让它一滚到底，说若以 a 为加速度，以 t 为时间，然后，他突然开始龙飞凤舞地书写，黑板上一堆的字母、数字和等号看得我只想死。

我把物理课本带回宿舍。这本大部头以吸墨性良好的油印纸装订而成——足足四百页全是图表和公式，一张插图或照片都没有——封面和封底是砖红色的硬皮。这本教材是曼基先生的大作，专门用来跟大学女生讲解物理学，如果我们能读得懂，他就打算正式出版。

好吧，我研读公式，乖乖听课，盯着那些球滚下滑道，期待下课铃声。就这么撑到期末，多数女生都不及格，我得了全A。我听见曼基先生对一群抱怨物理太难的女生说："不难，应该不会太难。有个女生从头到尾都拿了A。""是谁？快说。"她们追问，但他摇摇头，什么也没说，只对我露出"你知我知"的迷人微笑。

这让我萌生了逃掉下学期化学课的念头。拼死拼活拿了物理课的全A，我算是学怕了，拿起物理书我就反胃，我受不了它把一切都浓缩成字母和数字。黑板上出现的不是缤纷各异的叶片形状，叶片呼吸气孔的放大图，叶红素和叶黄素之类可爱的词汇，而是曼基先生特有的红色粉笔书写的蛇蝎公式，每个字母都面目可憎、艰涩难辨。

我知道，化学会更要命，因为我在化学实验室见过一张列了九十几种化学元素的巨大周期表，表里的金、银、钴、铝等美好的词汇皆被缩写成不同的丑陋的符号。若再为这些东西绞尽脑汁，我肯定会发疯，彻底垮掉。上学期的物理课，我耗尽全部的意志力才勉强撑过去。

于是，我心生一计，去找班主任。

我的借口是，我需要时间选修一门莎士比亚的课程，毕竟我的专业是英语。班主任和我都知道，化学我也能拿全A，既然如此，参加考试有什么意义？何不让我抛开分数和学分，只需旁听就好？这是有荣誉感的人才会想到的荣誉问题，因为内容重于形式嘛，明知会拿A，成绩只是个没有意义的形式罢了，对吧？我的这番论点又借着学校的一条新政而更具说服力：我这届之后的大二学生取消了选修理科的要求，也就是说，我们这届是旧规定的最后受害者。

曼基先生完全同意我的说法。我那么喜欢上他的课，甘愿放弃学分和全A的功利考量，只求旁听课程，体会化学之美，他对此一定极为满足。我真是天才，才能想出把学分用来修莎士比亚，但依然坚持旁听化学课的妙招。看似多此一举，却恰恰让人觉得我对化学无法割舍。

当然，要不是我的物理成绩先拿到A，这一招也不会奏效。如果班主任知道我有多害怕多沮丧，冥思苦想到狗急跳墙，差点要出绝招了——比如找医生开证明，说我不适合上化学课，一见公式我就头晕之类的——她一定一秒都不愿听我废话，不管三七二十一要逼我修这门课。

如我所愿，教务委员会批准了我的请求。事后班主任告诉我，有好几位教授深为感动，将之视为我智识成熟的一大表现。

想到接下来半年的日子，我就忍不住要发笑。我一周上五次化学课，雷打不动。曼基先生站在朽旧摇晃的阶梯大教室的底部，把试管里的东西倒来倒去，生出红红蓝蓝的火焰和黄色的烟雾。我当他的声音是远处的蚊子叫，摒除在耳外，往椅背上一靠，欣赏着绚烂缤纷的火焰，写下一页页的十九行诗和十四行诗。

曼基先生不时看我一眼，见我奋笔疾书，便抛来一个赞赏有加的笑容。我猜他必定以为我抄下了所有公式，不像其他女生一样是为了考试，乃是被他的课堂所深深吸引而情不自禁的缘故。

4

我不知道当我身处杰·茜的办公室时，脑海中怎么会浮现成功逃避化学课这件陈年往事。

在杰·茜和我说话的当口，我看见曼基先生仿佛是从魔术师的帽子里变出来的一样，从她的脑后腾空而起，手里拿着他的小木球和试管。在复活节假期前一天，他的试管里冒出了大量的黄烟，还散发出一股臭鸡蛋的气味，把全班女生和他自己都逗得大笑不已。

我觉得对不起曼基先生，很想诚心诚意地跪下来恳求他原谅我这个大骗子。

杰·茜递给我一叠小说手稿，语气缓和了许多。接下来的整个早上，我都在读那些小说，并把感想用打字机打在部门间联系专用的粉色备忘纸上，然后拿到贝琪所属的编辑部，好让她明天一来就可以看到。杰·茜不时插进话来，和我聊几句工作实务或者八卦。

那天，杰·茜要和一男一女两位著名作家共进午餐。男作家刚刚出售了六篇短篇小说的版权给《纽约客》杂志，还有六篇给了杰·茜。我很惊讶，从不知道杂志社也会六篇六篇地买进小说，而想到六篇小说所带来的收入，我就更不淡定了。杰·茜说这顿饭她得吃得很小心，因为桌上的女作家也写小说，但是作品从来未曾刊行在《纽约客》上，过去的五年里杰·茜也只采用过她的一篇小说。席间，杰·茜得小心翼翼，不可拜高踩低，既要恭维那位知名的男作家，又得留心不能伤害了名气稍逊的女作家。

当法式壁钟上的小天使上下挥动翅膀，把手上的镀金小喇叭举到唇边，一连吹出十二个短促的音符时，杰·茜终于对我说差不多了，我可以去参加杂志社安排的《淑女生活》杂志社的午宴和电影首映会活动了，还有，她希望明天一早就能在办公室看到我。

说完，她在淡紫色的衬衫外披上西装，戴上一顶缀有人造紫丁花的帽子，迅速地在鼻翼补了点粉，扶了扶厚重的眼镜。她模样看上去很糟糕，却又显得非常睿智。离开办公室时，她用戴着淡紫色手套的手拍了拍我的肩。

“别让纽约这个鬼地方把你给毁了。”

我静静地在转椅里坐了几分钟，脑子里想的全是杰·茜。我试图想象如果我成了名编辑伊·吉，拥有一间办公室，摆满盆栽橡胶树和非洲堇，秘书每天早上负责浇水，那会是什么感觉。真希望有个像杰·茜一样的母亲，这样我就知道该何去何从了。

我的亲生母亲没什么用。自打我父亲去世，她靠着教速记和打字养活一家人。私底下她讨厌这份工作，也恨我的父亲，他因为不相信保险业务员，死后没给我们留下任何保险理赔的遗产。尽管如此，她总是念叨着，要我大学毕业后学速记，让我除了大学文凭之外还有一技之长。“就连耶稣的门徒也会搭帐篷。”她说，“他们也得过日子，是人都一样。”

《淑女生活》的女招待收走我面前的两个空冰激凌杯，并放下了一碗温水，我在水里洗了洗手指，然后用还算干净的亚麻餐巾仔细地擦干净。接着，我折好餐巾，放在双唇之间，精准一抿，将餐巾展回桌上，我看见一个模糊的粉红唇印绽放在餐巾正中，宛若一颗小小的心。

我想起这一路走来，真是漫长又艰辛。

第一次见到洗指钵，是在我的奖学金女赞助人家里。学校奖学金办公室里那个满脸雀斑的小个子女人告诉我，按照学校的惯例，只要提供奖学金的人还健在，我们这些得奖者就要给他们写信致谢。

我拿到的是费罗米娜·吉尼亚设立的奖学金，她是位富有的小说家，二十世纪初就读于这所大学。她的第一部小说被改编成默片，由贝蒂·戴维斯主演，另外改编的广播剧到现在仍在播放。如今她还健在，而且就住在我祖父工作的乡村俱乐部附近的一栋大宅子里。

于是，我给费罗米娜·吉尼亚写了封长信，用炭黑色的墨水写在印有凸印的红色校名的灰色的信纸上。我告诉她骑车上山看到的秋叶是多么美丽；告诉她比起住在家里每日乘公交车往返去城里的学校读书，住在校园里是多么舒服惬意；告诉她知识的大门正在为我敞开，也许有朝一日我也能如她一般写出伟大的作品。

我曾在镇图书馆读过吉尼亚夫人的一本书——不知何故，我们大学图书馆竟没收藏她的作品——这书里从头到尾全是冗长悬疑的问句：“伊芙琳会发现格拉迪斯以前就认识罗杰吗？赫克特急切地思忖着。”“既然唐纳德知道艾尔茜这孩子被罗尔默夫人带到偏僻的乡下农场藏了起来，他怎么还能娶她呢？葛莉谢尔达对着月光下凄凉的枕头问道。”这些书帮费罗米娜·吉尼亚赚进了数百万美元，可她后来告诉我，大学时期的她其实很笨。

吉尼亚夫人给我回了信，邀我到她家吃午饭。就是在那里，我第一次见到洗指钵。

钵里漂浮着几朵樱花，我以为这是某种日式饭后清汤，就喝得一滴也不剩，包括那脆爽的小花。吉尼亚夫人当时什么也没说。直到很久以后，我跟一个在大学里认识的初入社交界的上流年轻女孩聊起那顿饭，才知道自己出了多大的糗。

走出《淑女生活》灯火通明的办公室，我们才发现街上因为下雨而灰蒙蒙的，冒着烟气。那不是洗净尘埃的绵绵细雨，而是我想象中巴西才会有的雨。一滴滴如咖啡杯托大小的雨珠从天而降，打在火热的人行道上，嘶嘶声一片，黑亮的混凝土路面蒸腾起团团水汽。

站在《淑女生活》那道活像玻璃打蛋器的旋转门前，我独自在中央公园消磨一下午的小算盘就这样落空了。我冲过温暖的雨水，钻进出租车昏暗、微颤的洞穴中，同车的还有贝琪、希尔达和艾米莉·安·奥芬巴克。艾米莉个头娇小，举止拘谨，红头发在脑后盘成髻，在新泽西州的提涅克住着她的丈夫和三个孩子。

电影乏善可陈。主演之一是个长得很像琼·艾丽森的金发美女，但我肯定不是她；另一个黑发女主角长得很性感，像伊丽莎白·泰勒，可惜也是冒牌货；还有两个虎背熊腰、榆木脑袋的男性角色，名字叫瑞克和吉尔之类的。

这是一部跟足球有关的彩色爱情片。

我讨厌彩色电影。里面的每个人好像每个场景都非得换一件大红大紫的新衣服，把自己搞得像晾衣架一样，背景也总是大绿的森林、大黄的麦田、大蓝的海洋，向四面八方无尽绵延，一英里又一英里。

电影的大部分场景都发生在足球场的看台上，两个女孩穿着时髦，翻领上有卷心菜大小的橙色菊花，又是挥手又是加油；要不就是在舞池里，打扮得像《乱世佳人》里的风格，和男伴翩翩起舞。可一旦走进化妆室，两人就恶语相向。

最后我算是看明白了，那个金发美女终将赢得足球小子的青睐，而性感的黑发女孩却一无所获。因为那个叫吉尔的家伙只想玩玩，压根不想结婚，他已经买好飞往欧洲的单程票，正收拾行李准备离开。

电影看到这里，我开始觉得怪怪的。我看向四周，看着那一排排全神贯注的小脑袋，它们的正面都笼罩着同一片银光，后面覆盖着同一片阴影，看起来活像一堆中了月魔咒语的蠢人。

我觉得自己快吐了。不知道是因为电影太烂看到我胃疼，还是因为吃了太多的鱼子酱。

“我要回旅馆了。”在半黑的电影院里我对贝琪耳语。

贝琪正盯着银幕，看得如痴如醉。“你不舒服吗？”她几乎没动嘴唇地低声问我。

“对。”我答道，“我难受死了。”

“我也不舒服。我和你一起回去。”

我们起身离开座位，一路说着“借过”“借过”“借过”经过整排的人，他们不得不挪开雨靴和雨伞，好让我们通过。尽管引来沿途抱怨和嘘声一片，但能踩的脚我一个也不放过，因为只有这样才能转移我想吐的注意力，那种翻涌的感觉强烈到像一颗快速膨胀的气球，我已无暇他顾。

走到街上时，温热的雨水还在纷纷扬扬地落下。

贝琪看起来有点吓人，红润的两颊忽变苍白，一脸发青地冒着汗。路边停着几辆黄格子的出租车，每次当你犹豫着要不要打车的时候，总能看见它们。我们浑身发软地坐上一辆，回旅馆的路上我吐了一次，贝琪吐了两次。

出租车司机弯拐得很急，后座上的我俩被甩得东倒西歪。每次谁想吐时，就默不作声地弯腰，假装捡东西，另一个则哼着歌曲假装看向窗外。

即便这样打掩护，还是被司机看穿了。

“喂！”他闯过一个刚刚变红的信号灯，抗议道，“不许吐在我车里，要吐到街上去吐。”

我们没应他，而他估摸着我们快到了，也没真把我们赶下去，车子很快停在了旅馆大门口。

我们没敢等司机提出加价的要求，赶紧塞了一堆硬币到他手里，并往呕吐物上盖了几张纸巾，就慌忙跑过大厅，冲进空无一人的电梯。幸好，这个时间是全天最清静的时候。电梯里面，贝琪又觉得难受，我便托住她的头；然后又轮到我难受了，她来托住我的头。

通常大吐过后，人会立马舒服很多。我们彼此拥抱，互道晚安，然后走向长廊两头各自的房间，准备好好躺一躺。一起吐过的人最容易结为患难之交，此言不虚。

可是等我关上房门，脱掉外衣，爬上床后，却觉得更难受了，好像非得去趟厕所不可。我费力套上那件有蓝色矢车菊图案的白色睡袍，踉踉跄跄地走向公用厕所。

贝琪已经在里面了，我听见她在门后痛苦地呻吟。所以我急忙绕过转角，走向另一侧的厕所。好远啊，我要死在半路上了。

我坐在马桶上，头抵在洗脸池的边缘，觉得吐出来的不只是晚餐，还有我的五脏六腑。恶心感像巨浪般，一波波席卷而至。每一波消退时，我虚脱得像湿透的叶片不停地颤抖，很快下一波又汹涌而至。我如同身处刑讯室，折射着冷光的白瓷砖，从脚下，从头顶，从四面八方逼近，要把我挤成碎片。

不知在厕所里待了多久，我起身拔掉水槽的塞子，打开水龙头。冷水哗哗地流出来，经过的人会以为我在里面洗衣服。确定自己安全了，我伸开四肢躺在地上，一动不动。

好像不再是夏天了。我能感觉到冬天的寒意让我从牙齿冷到骨头缝里，浑身发颤，垫在头下的旅馆里的大白毛巾也仿佛冻成了一个雪堆。

是谁在拍打厕所的门？这样用力，真是没礼貌。他们完全可以学我，绕过拐角，去另一个厕所，这样我就清静了。可那个人就是砰砰敲个不停，求我开门，让他们进去。我觉得那个声音很熟，听起来像是艾米莉·安·奥芬巴克。

“等一下。”我费力挤出的声音浓滞得像糖浆。

我强打精神，爬了起来，第十次按下冲水马桶，把水槽冲洗干净，卷好毛巾，不让呕吐物的痕迹过于明显，然后打开门，走了出去。

我知道，要是我此时看向艾米莉·安或其他人，肯定会撑不住的，所以我只敢盯着走廊尽头一扇摇摇晃晃的窗户，无力地向前迈出一只脚。

接下来，一只鞋子出现在我眼前。

大号的黑皮鞋，正对着我，有褶痕，又旧又黯，鞋头布满扇形小气孔。鞋子好像立在什么绿色坚硬的物体表面上，这东西把我的右颧骨压得生疼。

我躺着不动，等着出现什么线索，告诉我接下来该怎么做。鞋子左侧不远的白色地面上，有许多蓝色的矢车菊，看得我直想哭——这是我身上睡袍的袖口，袖口尽头苍白如鳕鱼的，正是我的左手。

“她没事了。”

我的头上响起冰冷而理性的声音。起初我没觉得那声音有什么不对，可再一想，便觉得不对劲。这是男人的声音，而这间旅馆不论白天黑夜都不准男人入内。

“还有多少人？”这个声音继续说道。

我用心听着。身下的地板很坚实，不错。反正已经砸在地上了，想到自己不会再往下坠，我顿时感觉安心了。

“十一个吧。”一个女人的声音答道。我猜她就是那只黑鞋的主人。“应该有十一个，但是有一个不在，所以目前只有十个。”

“好，你扶这个到床上去，我来照顾剩下的。”

我的右耳听到渐行渐隐的咚咚声，远处有开门声，有人说话，有人呻吟，然后门又关上了。

两只手伸入我的腋下，那个女声说：“来，来，好孩子，我们快到了。”我感到我被扶起来，一扇扇门从身边经过，最后我们来到一扇敞开的门边，走了进去。

我床上的被单已经打开，那女人扶我躺下，拉起被单盖到我的下巴，然后坐在床边的扶手椅上休息了一会儿，不停地拿一只丰满的粉色手掌给自己扇着风。她戴着镀金边的眼镜和白色护士帽。

“你是谁？”我的声音听起来很虚弱。

“我是旅馆的护士。”

“我怎么了？”

“食物中毒。”她简洁地说，“你们所有人都中毒了。我从没见过这样的事。这个病，那个倒的。你们这些小姐到底都吃了什么？”

“其他人也都病了吗？”我抱着一丝希望。

“你们所有人。”她别有意味地肯定，“个个都跟病猫似的喊着要妈妈。”

整个房间都温柔地绕着我转，连桌椅和墙壁都仿佛同情我突然生病一样，变得轻飘飘的。

“医生给你打了一针。”护士走到门口，“好好睡一觉吧。”

房门如一张白纸取代了她站立的位置，接着，一张更大的白纸又取代了房门的位置。我飘向那张大白纸，微笑着沉沉入睡。

有人端着只白色的杯子站在我的枕边。

“喝了吧。”声音响起。

我摇摇头，枕头窸窣作响，像团干草。

“喝了会舒服些。”

一只厚厚的白瓷杯送到我的鼻下。在不知道是黄昏还是晨晓的薄光中，我打量着面前清澄的琥珀色液体，上面浮着一层油脂，闻起来有一股淡淡的鸡肉香。

我的眼睛试探地看向杯子后面的裙子。“贝琪。”我叫道。

“什么贝琪。是我。”

我抬起眼帘，窗格子前衬出朵琳头部的剪影，窗外的光线照亮她的发梢，形成一圈金色的光晕。她背对着光，我看不清她的表情，但可以感觉她的指尖传来一种老练的温柔。她可能是贝琪，或我的母亲，或一个散发着蕨类植物清香的护士。

我低头抿了口肉汤，我想我的嘴一定是沙子做的。我再呷了一口，一口接一口，直到杯子见底。

我觉得自己被净化了，神圣得似要迎接新生。

朵琳把杯子放在窗台上，坐进扶手椅。我很惊讶地发现，她这个老烟民居然没掏出烟来抽。

“知道吗，你差点儿就没命了。”她终于开了口。

“我猜都是鱼子酱的问题。”

“才不是鱼子酱！是蟹肉。他们化验过了，里面全是肉毒胺。”

我的眼前浮现出《淑女生活》的巨大厨房，洁白神圣，漫无边际。一个个填满蟹肉和蛋黄酱的鳄梨，在强光之下很是上镜：厚厚的蛋黄酱里伸出鲜美诱人、粉色斑驳的蟹钳肉，盛在淡黄色的鳄梨杯中，边缘镶着一圈鳄绿色的果皮。

全是毒。

“谁化的验？”我想象着医生从某人的肚子里抽出点东西，拿到旅馆的实验室里分析化验。

“《淑女生活》的那些老家伙。你们一个接一个跟保龄球似的倒下去，马上就有人给办公室打了电话，办公室又打给了《淑女生活》，有人就来把中午那顿大餐剩下的所有东西拿去化验了个遍。哈！”

“哈！”我空洞地应和着。朵琳又回到了我身边，真不错。

“他们送来了礼物赔罪。”她补充道，“就在走廊外面的大纸箱里。”

“怎么这么快？”

“特快专递啊，不然你以为呢？难道要等你们四处嚷嚷，说吃了《淑女生活》的大餐后中毒？他们可担不起。万一你们刚好认识某个精明的律师，一纸诉状，他们就得赔得分文不剩。”

“礼物是什么？”我忽然想，如果礼物够好，我就不介意食物中毒一事了，因为一番折腾下来，我竟然感觉纯净如新。

“箱子还没打开呢，姑娘们全都病倒了。我得一个个送汤去，因为只有我还站着。这不，第一碗汤给了你。”

“看看礼物是什么吧。”我恳求道，又想起了一件事，“我也有礼物要给你。”

朵琳走出去，我听到她窸窸窣窣忙了一阵子，又听到撕纸的声音，最后她拿着本厚厚的书回来了，光亮的封面上印着许多人名。

“《年度最佳短篇小说三十篇》。”她把书搁在我腿上，“外面纸箱里还有十一本。我想他们是希望你们病中有书可看，不至于太无聊。”她顿了一下，“你给我的礼物呢？”

我从手提包里摸出一面镜子递给她，上面有朵琳的名字和雏菊图案。朵琳看着我，我也看着她，我俩忍不住扑哧一声都笑了。

“你要的话，我的汤也给你。”她说，“他们搞错了，在托盘里放了十二碗。之前伦尼和我等雨停的时候吃了太多热狗，现在我是一口东西也吃不下了。”

“拿来。”我说，“饿死我了。”

5

次日早上七点，电话铃响了。

睡得昏天黑地的我慢慢清醒过来。梳妆镜上已经插了一封来自杰·茜的电报，她为坏掉的蟹肉表示遗憾，让我不用急着上班，好好休息一天，彻底恢复再说。既然如此，我想象不出会是谁打的电话。

我伸手拽过听筒，放在枕头上，听筒说话的那头搁在我的锁骨上，听声的那头靠在我肩膀上。

“你好？”

一个男人的声音传来：“是埃斯特·格林伍德小姐吗？”我听出他略带外国口音。

“当然。”我答道。

“我是康斯坦丁……”

我没听清他的姓氏，只听到很多“斯”和“克”的音。我不认得什么康斯坦丁，但不忍心直言。

接着，我想起了威拉德太太和她要介绍给我的那位同声传译员。

“哦，你好！”我大声说道，连忙起身，双手拿起电话。

我从来都不相信威拉德太太真的会介绍一个名叫康斯坦丁的

人给我认识。

我喜欢名字有趣的男人。之前我认识一个叫苏格拉底的，个子挺高，虽然其貌不扬但颇有学识，是好莱坞某个著名希腊裔电影制作人的儿子，只可惜他是天主教徒，我们俩之间没戏。除了他，我在波士顿工商管理学院还认识一个叫阿提拉的白俄罗斯人。

聊了几句，我明白过来，康斯坦丁想约我今天见个面。

“下午想不想来看看联合国总部？”

“我能看到联合国总部。”我带着点小兴奋，笑着说。

他似乎有点窘。

“从我房间窗户就可以看到啦。”我想是不是我的英文说得太快了。

静默了一会儿。

他终于开口：“或许参观完后，你能赏脸吃顿便饭。”

觉察到这是威拉德太太惯用的口气，我的一颗心沉入谷底。威拉德太太一开口就是，请你吃顿便饭。我想起这位仁兄初来美国时曾到威拉德太太的家中做客——她信奉这样一种做法：你把家门向外国人敞开，等你出国时，他们也向你敞开家门。

现在我明白了，威拉德太太只不过是把她在俄罗斯做客的机会换成我在纽约的一顿便饭而已。

“好啊，我们吃顿饭吧。”我冷冷地说，“你几点到？”

“大概两点，我开车去接你。是亚马逊女士宾馆，对吧？”

“对。”

“好，我知道在哪儿。”

一时之间，我觉得他话里有话，可转念一想，可能只是住在这间旅馆里的某些女孩正好在联合国总部当秘书，而他又曾经约过其中的一个。我让他先挂电话，然后我也挂断，闷闷不乐地躺下。

我的老毛病又犯了，幻想着一个男人对我一见钟情的浪漫画面，其实不过是我无中生有、自作多情。人家只是略尽地主之谊，带我逛逛联合国总部，然后再吃块三明治罢了！

我努力打起精神。

也许威拉德太太介绍的同声传译员又矮又丑，到头来一样被我瞧不起，就像我瞧不起巴迪·威拉德一样。这么一想，我心满意足了。因为我的确瞧不起巴迪·威拉德，虽然在他离开肺结核疗养院后，所有人依然认为我会嫁给他，但我知道，就算天下的男人都死光了，我也不会选他。

巴迪·威拉德是个伪君子。

当然，起初我不知道他是个伪君子时，还觉得他是我所见过的最好的男孩。我在远处暗恋了他五年，他连瞧都没瞧我一眼。然后他开始注意到我，而我也依然爱慕他，那真是一段美好的时光。可就在他越来越关注我的时候，我却偶然发现他虚伪得可怕。最后变成了现在这个样子：他想娶我，我却恨透了他。

最糟糕的是我不能对他实话实说，因为没等我来得及说，他就得了肺结核。所以我只好事事迁就他，等他康复后能承受我的大实话的时机到来。

我决定不去楼下的自助餐厅吃早饭，因为要下楼就得穿戴整齐。既然我要赖床一个早上，还费那个劲干什么？我本可以打电话到楼下，让人送份早餐上来，可要是那样的话就得付小费给送餐的人，我一直都不知道该给多少合适。来纽约之后，我已经有过几次给小费的不愉快经历了。

我入住亚马逊宾馆那天，有个穿服务生制服、矮小、秃顶的男人又是帮我把行李提进电梯，又是帮我打开房门。一冲进房间，我只顾着欣赏窗外的风景，过了一会儿才意识到他还在房里。他拧开洗脸台上的冷热水龙头，说“这是热水，这是冷水”，还打开收音机告诉我纽约每个电台的名称，搞得我很不舒服，只好背对着他，坚定地说：“谢谢你帮我提行李。”

“谢谢谢谢谢谢。哼！”他讽刺的语调听起来真是恶心。我还没来得及转身看他有什么不对劲的，他就粗鲁地甩上门，走了。

后来，我跟朵琳说起他的怪异举止，她才告诉我：“你这傻瓜，他在跟你要小费呢。”

我问该给多少，她说至少二十五美分，如果行李太重就给三十五美分。其实我本来要自己把行李提到房间里的，只是那个服务生实在太积极了，我才让他帮忙的。我还以为这种服务包含在房费里。

我讨厌花钱请人做我自己轻松就可以办到的事，这让我很不舒服。

朵琳说小费一般是消费金额的百分之十。可是我手头总是没有刚好的零钱，我总不能傻兮兮地给人家五十美分，再跟他解释：“你的小费是十五美分，请找给我三十五美分。”

第一次在纽约搭出租车，我给了司机十美分小费。车费是一美元，所以我想十美分刚刚好。递给他十分硬币时，我面带微笑，还颇有些得意。可他盯着掌心里的硬币看了又看，搞得我担心是不是不小心拿错了，给了他加拿大的硬币。见我要下车时，他开始嚷嚷：“小姐，你要吃饭，我也要吃饭，大家都要吃饭啊！”那嗓门奇大，吓得我撒腿就跑。幸好，他被红灯拦了下来，否则恐怕他会一路开车跟着我，吼得我尴尬万分。

我跟朵琳问起这件事，她说小费很有可能自她上次来纽约之后从百分之十涨到了百分之十五。要不然就是那个出租车司机太贪心。

我伸手去拿《淑女生活》的人送来的书。

刚一打开，一张卡片掉了出来。卡片正面是一只穿着花睡衣的狮子狗，苦着张脸坐在狗篮里。打开卡片，那只狮子狗在狗篮里微笑着睡着了。卡片上方有一条刺绣横幅，写着："多多休息，才能早日康复。"卡片底部有人用淡紫色的墨水留言："祝早日康复！《淑女生活》全体好友敬上。"

我草草翻阅着一篇篇小说，直到最后看到一个关于无花果树的故事。

一片绿草地上，一个犹太男子的家和一座修女院毗邻而居，两所房子中间长着一棵无花果。犹太男子和一个黝黑美丽的修女因采摘成熟的无花果，常常在树下见面。有一天，两人发现枝头鸟巢里有颗即将孵化的小蛋，就在他们看着雏鸟啄壳而出时，两人的手背碰到了一起。那天起，修女就再也不来和犹太男子一起摘无花果了，取而代之的是修女院厨房里那个长相凶恶、信奉天主教的女仆。两人每次摘完果子后，她还要清点数目，确定犹太男子摘的没她多，把男的给气坏了。

好美的故事，尤其是那棵冬天覆盖着皑皑白雪、春天缀满绿色果实的无花果树。读到最后一页，我十分不舍，真想像翻越篱笆围墙一样爬进字里行间，安眠在美丽、翠绿的大无花果树下。

在我看来，巴迪·威拉德和我就好比故事里的犹太男子和修女，虽然他不是犹太人，我也不是天主教徒，而都是一神派的信徒。我们在想象的无花果树下相遇，可惜见到的不是雏鸟破壳，而是婴儿诞生，一桩坏事接踵而至，令我们分道扬镳。

我躺在旅馆的白色大床上，孤独，虚弱，觉得自己身处阿迪伦达克山区的疗养院，感觉糟透了。巴迪的信中说，他正在读一位诗人的诗，这位诗人还是名医生，并且他还发现某位已故的俄罗斯著名短篇小说家也是医生。所以，或许医生和作家这两种身份本就相得益彰。

现在的巴迪·威拉德变了很多，跟过去两年我们逐渐熟悉时的论调大不相同。我记得有一天，他笑着问我："埃斯特，你知道诗是什么吗？"

"不知道，是什么？"我说。

"一粒尘埃。"他对自己有这样的深度颇为得意，而我只是盯着他的金发、蓝眼和白牙——他的牙又长又坚固——应了一声："大概是吧。"

直到一年后，我身处纽约市中心，才想到当时可以怎么反驳他。

我常在心里和巴迪·威拉德进行假想的对话。他比我大两岁，很有科学条理，所以总能证明自己说得对。跟他在一起时，我必须时刻绷紧神经，以免被他说得哑口无言。

我在心里想象跟他的交谈多是以我俩真正的对话为开头，但是结尾的部分，我不再呆坐着说"大概是吧"，而是对他展开了尖锐的反驳。

这会儿，我躺在床上，想象着巴迪说："埃斯特，你知道诗是什么吗？"

"不知道，是什么？"我说。

"一粒尘埃。"

就在他得意地扬起嘴角时，我会说："那么被你解剖的尸体是尘埃，被你治愈的病人也是尘埃。他们是尘中之尘，埃中之埃。我觉得一首好诗远比一百个低到尘埃里的人加起来还要历久弥新。"

被我这么一顶，巴迪肯定会语塞，因为我说的都是实话。人，不过是尘埃做成的，在我看来，医治尘埃如何能比得上写诗？一首好诗，可以让人铭记，可以让人在伤心、病痛或失眠的时候反复吟咏。

问题在于，我把巴迪·威拉德说过的每句话都奉为至高无上的真理。我想起他第一次吻我的那晚。那是在耶鲁大三学生的舞会后。

巴迪邀请我去参加那舞会的方式非常奇怪。

那年圣诞假期，他突然跑到我家，一身白色的翻领厚毛衣，帅得我挪不开眼。他说："哪天我去学校看你，怎么样？"

我非常吃惊。我们平时在学校念书，只有周末回家去教堂做礼拜时才能远远地打个招呼。我实在不明白，他怎么会想到跑来找我——他的解释是，他把我家和他家之间的这两英里路程当作越野练习。

诚然，我们的母亲是好友，她们一起上学，都嫁给了各自的教授，还定居在同一个城镇，但是巴迪总是秋天拿着奖学金去上预备学校，或者夏天在蒙大拿处理松树的疱状锈病赚钱。总之，就算我们的母亲是同窗好友，对我们之间的感情也没什么用。

那次突然造访过后，巴迪便没了音讯。直到三月初一个明媚的星期六早晨，我在学校宿舍为下周一关于十字军东征的历史考试做准备，正当我埋首于隐士彼得和穷汉瓦尔特的史料中时，走廊上的电话响了。

一般情况下，大家是轮流负责接电话的。但是鉴于整层楼只有我一个新生，高年级的学姐们多半要我去接。我等了一会儿，看有没有人先我一步，但随即想到大家可能都去打壁球或度周末了，所以只得自己去接电话。

“埃斯特，是你吗？”楼下值班的女孩在电话里问道。我说是，她便接着说：“楼下有位男士找你。”

我听了大吃一惊，因为那年相亲认识的男孩中，没有一个再打电话约过我。我就是运气不好。现在我都痛恨相亲了：每周六晚上，手心冒汗、小鹿乱撞地下楼，让某位学姐介绍她阿姨的闺密的儿子给我，结果却发现对方长得像个白蘑菇，还有一对招风耳，要不就是大龅牙，或者腿脚不便。我可不认为我只配得上这种人。虽然我是个书呆子，只知道埋头苦读，但起码我好手好脚啊。

唉，可我还是梳了头，抹了点口红，拿上历史书下楼去了——如果来找我的人太烂，我就借口说我正要去图书馆。来的人居然是巴迪·威拉德。他穿着卡其色的拉链夹克，蓝色粗棉裤，磨损的灰色球鞋，倚着寄信的桌子对着我笑。

“我只是来跟你打个招呼。”他说。

我觉得太反常了，他竟然大老远从耶鲁来到这里——而且据他说，为了省钱，他还是一路搭便车来的——就为了跟我打个招呼。

“嗨。”我说，“我们去外面门廊坐坐吧。”

我想去门廊，因为值班的学姐很八卦，她正好奇地打量着我，那样子显然认为巴迪会喜欢我绝对是犯了重大错误。

我们并排坐在两张藤制摇椅上。阳光明媚，宁静无风，甚至有点儿热了。

“我待不了几分钟。”巴迪说。

“哦，别这样，留下来吃午饭吧。”我说。

“呃，不行。我是陪琼来参加大二舞会的。”

我觉得自己是天下头号大笨蛋。

“琼还好吗？”我冷冷地问道。

琼·吉林和我们来自同一个镇，我们上同一个教堂，她比我高一届。她可是个风云人物——班长，主修物理，校曲棍球冠军。她鹅卵石色的眼睛盯住你便不放，一口墓碑形状的牙齿闪闪发亮，说话时带着喘息声，这一切都让我觉得浑身难受。此外，她的体形壮硕如牛。我开始觉得巴迪品味真差。

“哦，说到她。”他说，“早在两个月前，她就要我参加这个舞会，她妈妈还问我妈妈，我愿不愿意当她的舞伴。我能怎么办？”

“既然你不想陪她去，为什么要答应呢？”我刻薄地问。

“我喜欢琼啊。她从不在意你有没有为她花钱，而且她喜欢户外活动。上次她来耶鲁参加周末宿舍开放日，我们一起骑车去东岩玩，她是唯一不用我帮忙推车上山的女孩。琼很不错。”

我嫉妒得浑身发冷。耶鲁是我宿舍楼里所有学姐周末最爱去的地方，而我从没去过。我决定对巴迪·威拉德死心。没有了期望，自然就不会失望。

“你该去找琼了。”我以一种实事求是的口吻说道，“我的约会对象随时会出现，他不会乐意看见我和你坐在一起。”

“约会对象？”巴迪一脸惊讶，“他是谁？”

“有两个。”我答道，“隐士彼得和穷汉瓦尔特。”

巴迪一言不发，所以我接着说：“这是他们的绰号。”

我随即又补上一句：“他们来自达特茅斯。”

我猜巴迪从来都没有好好读过历史，因为他惊得张口结舌。

他从藤制摇椅上愤而起身，还多此一举地猛推了它一把，然后把一个印有耶鲁校徽的浅蓝色信封扔在我大腿上。

“我本来打算，如果你不在，就把信留下。信里有个问题，你写信回答我吧。我不想现在问你。”

巴迪走后，我打开了信，信中他邀请我参加耶鲁的大三舞会。

我欣喜若狂，尖叫了好几声，一边冲进宿舍楼，一边喊着：“我要去我要去我要去！”从门廊外的耀眼日光中走进宿舍楼的我一时不能适应，只觉得眼前一片漆黑，什么也看不清，但我发现自己已经抱住了值班的学姐。当她听明白有人邀请我去参加耶鲁的大三舞会，立刻对我刮目相看。

奇怪的是，这件事之后，宿舍楼里的情况也有所改观。同一层的学姐开始和我说话，有时还很主动地接电话，再也没人在我的门前冷嘲热讽，说有些书呆子只知道读书，白白浪费了大学的黄金时光。

然而，到了舞会那天，巴迪从头到尾待我如普通朋友或家里的表妹。

跳舞时，我们之间隔着有一英里远。直到《友谊地久天长》的乐声响起，他突然把下巴靠在我的头顶，似乎很疲惫。半夜三点，我们顶着寒风，在漆黑的夜里慢慢走了五英里，从舞会返回我借住的人家。我睡的是客厅里五十美分一晚的沙发，虽然太短，好歹能省点钱；大部分有正式床铺的房间要两美元才租得到。

我闷闷不乐，无精打采，幻想尽数破灭。

我原本想着那周末巴迪会爱上我，这样接下来一年我都不必发愁如何打发周六晚上的时光。快到我借住的地方时，巴迪说：“咱们去化学实验室吧。”

我惊讶万分。“化学实验室？”

“对。”巴迪拉起我的手，“化学实验室后面的景色很美。”

果然，实验室后面有一个小山包，站在上面可以看见纽黑文市的零星灯火。

巴迪忙着在崎岖的地面上站稳脚跟，我假装欣赏夜景。他突然俯身吻我，我睁大双眼，想将错落的灯火印入脑海，这样我就永远不会忘记这一刻。

良久，巴迪从我唇边退开。“哦！”他说。

“哦什么？”我惊讶地问。这个干吻了无激情，而且因为在冷风里走了五英里，我俩的嘴唇都干裂了，真是郁闷。

“哦，吻你的感觉真棒。”

我很知时宜地不发一语。

“我猜，你和不少男生约会过。”巴迪说。

“呃，算是吧。”我觉得我的表现很像是这一年的每周都和不同男生约会才有的样子。

“唉，可我得花很多时间读书。”

“我也是。”我急忙说，“总得保住奖学金嘛。”

“不过，我应该可以想办法，每三个礼拜和你见一面。”

“好啊。”我快要乐晕了，迫不及待想回到学校，把这事昭告天下。

在屋前的台阶上，巴迪又吻了我。第二年秋天，他拿到了医学院的奖学金，我没再去耶鲁，改去医学院看他。就是在医学院，我发现这些年他是如何愚弄了我，发现了他是一个多么可怕的伪君子。

在目睹婴儿诞生的那一天，我发现了真相。

6

我一直求巴迪带我看看医院里有趣的东西。在一个周五，我翘掉了所有的课，去医学院和他度个长周末，而他让我大饱眼福。

首先，我穿上白大褂，坐在高凳上，看着巴迪和他的朋友解剖四具尸体。这些尸体没有半点人形，所以我一点都不怕。他们全都硬邦邦的，皮肤像皮革，泛着紫黑色，还散发着一股陈年泡菜缸的味道。

之后，巴迪带我去了一个大厅，那里的大玻璃罐里装着还没出生就夭折的胎儿。第一个罐里的胎儿头颅又大又白，低垂在只有青蛙大小的蜷曲的身体上。第二个罐子里的胎儿稍大一些；第三个罐子里的更大；最后一个罐子里的几乎和正常婴儿一般大小，他似乎在看着我，露出一抹贪心的微笑。

我很自豪自己能这么冷静地看着这些令人毛骨悚然的东西。只有一次我吓得跳起来，当时为了看清巴迪解剖一具尸体的肺部，我把胳膊肘靠在这具尸体的肚子上。过了一两分钟，手肘传来烧灼感，我突然想到这具尸体还是温的，不会没死透吧？这个念头吓得我低声惊叫了一下，赶紧跳下凳子。巴迪解释说，烧灼感来自浸泡尸体的药水，我才又坐回凳子上。

午饭前一小时，巴迪带我去听了场关于镰状细胞贫血症的讲座，其中还讲到一些让人听了很低落的重疾。几个病人坐着轮椅被推上讲台，被问了几个问题，又被推回去，接着放彩色幻灯片。

我记得有张幻灯片上是个笑得很灿烂的美丽女孩，她脸上有颗黑痣。“这颗痣出现二十天后，她就死了。”医生说。现场静默了一分钟，随即下课铃响起，所以我到现在都不知道那颗痣是什么，那女孩又是怎么死的。

下午，我们去看接生婴儿。

我们先来到医院走廊上一个专门放亚麻用品的橱柜旁，巴迪从里面拿出一个白色口罩给我戴上，还取了些纱布。

一个高高胖胖的医学生，身材壮得像席尼·格林史崔[①]，一直在旁边闲逛，看着巴迪拿纱布一圈一圈缠住我的头，直到我的头发被完全盖住，只有双眼露在白色口罩外面。

这个医学生露出惹人嫌的窃笑。“你妈还会爱你。”他说。

我没马上反应过来他在侮辱我，因为我满脑子都在想这家伙胖成这样真不幸，尤其还是个年轻人，哪个女人受得了贴着他的大肚腩亲他啊。等我回过神，想对这个自以为是的家伙狠狠回敬一句“只有当妈的才会爱肥仔”时，他已经走了。

巴迪正在察看墙上的一个奇怪木牌，上面有一排孔洞，洞口大小从一枚银币到餐盘不等。

“很好，很好。”他对我说，“这会儿正好有人要生了。”

产房门口站了一个清瘦且驼背的医学生，巴迪认识他。

“嗨，威尔。”巴迪说，“谁负责接生？”

---

① 著名默片演员。

“我。”威尔沉郁地答道。我注意到他高耸而苍白的额头上冒出一颗颗小汗珠。“我负责。这是我第一次接生。”

巴迪告诉我，威尔现在三年级了，必须接生八个婴儿才能毕业。

接着，他注意到走廊远处一阵忙乱，走来几个穿着柠檬绿的衣袍、戴着手术帽的男医生和几名护士，他们步伐凌乱地推着一辆担架车，上面躺着一个巨大的白色隆起物。

“其实你不该看的。”威尔在我耳边嘟囔，“看了你就永远不想生孩子了。他们真不该让女人看这个，否则人类会绝种。”

巴迪和我笑了。他们握了握手，我们三人走进产房。

看到产妇被抬上分娩台，我震惊得说不出话来。分娩台就像恐怖的刑台，一头是指向空中的金属镫，另一头是各种我不认识的工具、电线和管子。

巴迪带着我站在窗户旁，产妇就在几英尺外，我们看得一清二楚。

产妇的肚子隆起老高，我完全看不见她的脸和上半身。她整个人好像蜘蛛，只剩一个硕大的肚子，以及踏在高耸脚镫上的两条丑陋的小细腿。整个分娩过程，她都在发出野兽似的嘶喊。

稍后巴迪告诉我，产妇用了麻药，不会记得这些痛苦。她处于半昏迷的状态，诅咒呻吟完全是无意识的，她根本不知道自己在做什么。

我猜，这种药一定是男人发明的。这个女人承受着极度的痛苦，每一丝她都感受得到，否则她怎会哀号得如此凄惨。可是转头一回到家，她又要开始制造下一个宝宝，因为这药让她忘了分娩有多么痛。然而，在她心里的某个秘密角落，那痛苦犹如一道没有出路的漆黑长廊，等着开启的时机，然后将她再次吞噬。

负责指导威尔的主治医生一直对产妇说："往下用力，杜莫利罗太太，用力啊，好样的，用力。"终于，在她两腿之间，那片刮了毛还被消毒药水染红的缝隙间，一团黑乎乎的东西冒了出来。

"那是胎儿的头。"巴迪在产妇的哀吟声中悄声对我说。

但是不知为何，胎儿的头被卡住了，主治医生告诉威尔，他必须在产妇下身剪一刀。剪刀在产妇的肌肤上大嘴一合，就像剪布一样简单，鲜血立刻汩汩而下——红得刺目鲜亮。下一瞬间，婴儿忽的一下就落在了威尔的手中，浑身发蓝，冥王星的那种蓝，裹着一层白白的东西，还挂着些血丝。威尔不停地说："我抓不住他了，我抓不住他了，我抓不住他了。"声音充满惊恐。

"不，你能抓住。"医生说着，从威尔手里接过婴儿，开始按摩，蓝紫色逐渐消退，婴儿开始扯着嗓子哇哇号哭。我看出是个男孩。

婴儿才缓过来，就一泡尿滋在医生的脸上。稍后我问巴迪怎么会这样，他说这类事虽不常见，但还是有可能发生的。

婴儿一出生，产房里的人就分成两组：护士忙着给婴儿的小手腕戴上金属铭牌，用棉花棒给他擦眼睛，再裹好襁褓放进帆布小床里；医生和威尔则开始用针和长线缝合产妇的切口。

我好像听到有人说："是个男孩，杜莫利罗太太。"但女人没有回应，连头都没抬。

"嗯，感觉如何？"巴迪和我穿过绿意盎然的中庭，一起回他的宿舍路上，他带着满足的表情问我。

"很棒。"我说，"这种事我天天看也没问题。"

我不想开口问他女人还有没有其他的生产方式。我莫名地觉得，最重要的是清醒地看着婴儿从自己的肚子里生出来，确定那是你的宝贝。既然横竖都得受罪，不如清醒着承受。

我常在脑海中想象着这样的画面：当一切痛苦都结束后，刚刚饱受分娩的折磨的我在产台上用手肘撑起身子，尽管面色惨白，素颜朝天，但嘴角忍不住笑意，脸上洋溢着幸福的笑容，长发垂到腰际，伸手轻抚我的第一个小宝贝，看他微微蠕动，轻唤他的名字。

“婴儿身上为什么糊着一层白乎乎的东西？”我问了个问题好让谈话继续下去。巴迪说那是保护婴儿皮肤的蜡状物。

巴迪的宿舍让我觉得像是修士的房间，光秃秃的墙，光秃秃的床，光秃秃的地板，桌上堆满了格雷的《解剖学》和其他令人望而生畏的大部头书。回到屋，巴迪点了根蜡烛，开了瓶杜本内红葡萄酒，我们俩并肩斜靠在床上。巴迪啜饮着红酒，我则拿起随身带来的诗集，开始朗诵《我未曾去到的远方》等诗篇。

巴迪说，诗一定有奇妙之处，才会使像我这样的女孩不可自拔。所以，每次见面时我都念几首诗给他听，再说说我对这些诗的感受。这是巴迪的主意。他总是把我们的周末安排得满满当当，这样我们就不会后悔虚掷了光阴。巴迪的父亲是老师，我想巴迪也很适合当老师，因为他常常对我解说事理，让我接触各种新知。

我念完一首诗后，他突然开口：“埃斯特，你见过男人吗？”

从他的语气里，我听出他指的不是一般意义上的男人，而是裸体的男人。

“没有。”我说，“只见过雕像。”

“那，你想不想看看我？”

我不知道该怎么回答。这阵子，我的母亲和外婆开始不停地暗示我，说巴迪·威拉德是多俊朗的好孩子，出身也是清清楚楚的好人家，又说教会里的人都认为他是模范青年，对父母、长辈恭爱有加，而且体格健壮，才貌双全。

真的，听来听去都是巴迪多好，多正派，多值得女孩为他守身如玉。所以，我想，巴迪做什么都无害吧。

“嗯，好吧，我想看。”我说。

我看着巴迪拉下斜纹棉布裤的拉链，脱下裤子，放在椅子上，然后脱下了内裤，内裤看着上去是某种尼龙网眼布材质的。

“这种内裤很凉快。”他解释道，“我妈说洗起来也容易。”

然后，他就这么赤条条地站在我面前，我也就这么直愣愣地瞅着。我唯一能想到的竟是火鸡脖子和火鸡胗，真是令人非常沮丧。

我的沉默不语似乎伤了巴迪的心。“我想你该习惯这样的我。”他说，“现在，让我看看你吧。”

那一刻，我忽然觉得，在巴迪面前脱光衣服，就像在学校里拍的站姿全身照，你不得不裸体站在相机前，心里很清楚，这些正面或侧面的全裸照片将会出现在学校的体操档案里，按照身体的挺拔程度被评为A、B、C或D。

“那什么，改天吧。”我说。

“好吧。”巴迪穿上衣服。

我们亲吻和拥抱了一会儿，我感觉好了一些。饮尽剩下的红酒，我盘腿坐在巴迪的床尾，向他要了把梳子，把头发梳向前盖住脸，不让巴迪看。我突然问他：“你和别人好过吗，巴迪？”

也不知怎么鬼使神差，反正这话就这么从我嘴里冒了出来。我从没想过巴迪·威拉德会跟别的女孩在一起过，所以我希望他会说：“没有，我一直洁身自好，等着新婚之夜把完整的自己留给像你这样纯洁的女孩。”

但是巴迪不发一语，反而红了脸。

“喂，到底有没有？”

“你所谓的和别人好过是什么意思？”巴迪问我，声音空洞。

“你知道的，就是你和别人上过床吗？”我继续一下一下有节奏地梳着头，盖住靠近巴迪的侧脸，略带静电的发丝拂上我滚烫的双颊，我只想大喊：“别，别说，不要告诉我，什么都别说。”但我忍住了，静静地梳着头。

“呃，对，我有过。”巴迪终于回答。

我差点儿跌下床。从巴迪·威拉德吻我，还说我一定和许多男生约会过的第一夜起，他就让我觉得，我比他更懂得性，比他更有恋爱经验。他对我的一切亲昵举动，如亲吻、拥抱、爱抚，都是因为我让他情难自禁，他完全不知道这到底是怎么回事。

现在，我看穿了他，他只是在一直假装单纯而已。

“说说看。”我缓缓地梳着头，感觉每梳一下，梳齿都戳入脸颊。“她是谁？”

见我没有生气，巴迪似乎松了一口气，甚至有点如释重负，终于有人可以让他倾诉他是如何被女人引诱失了身。

当然是别人引诱了巴迪，他既没有挑起这个头，所以也算不得他的错。那个人就是鳕鱼角旅馆的女服务生，去年夏天巴迪在那里兼职当杂工。巴迪发现她看他的眼神怪怪的，还总是趁厨房一片混乱的时候用胸部蹭他。有一天，他终于挑明了，问她有什么问题吗，结果对方直视着他，说：“我想吃了你。”

“要加点西芹吗？”巴迪笑得天真无邪。

“不用。”她答道，“找个晚上吧。”

就这样，巴迪失去了纯洁，不再是处男了。

一开始，我以为他和那个女服务生只睡过一次，但为了确定，我还是问了他次数，结果他说他记不清了，反正接下来的那个夏天每周都有两三次。我心里一算，三乘以十，足足三十次。太过分了，说什么都没用了。

从此之后，我心里有个东西冻结了。

回到学校后，我开始到处问大四学姐，如果正在交往的男生突然告诉她们，他一个夏天就和某个当服务生的荡妇睡了三十次，热恋之中猛然受此打击，她们会怎么做。学姐们却说，多数男人都是这副德行，除非你们的关系已经确定，或者订下婚约，否则你还真没资格指责他们。

其实，我在意的不是巴迪跟别人上过床。我的意思是，男欢女爱的故事我也读过不少，如果今天这事不是发生在巴迪身上，而是随便哪个男生，我可能只会问问最精彩的细节，然后自己也找个男生上床，平衡一下心理，这事就算过去了。

我不能忍受的是巴迪的虚伪。他弄得我好像情场老手，自己装出一副清纯的模样，而实际上，他一直都和放荡的女服务生有一腿，这简直像是在当面嘲笑我。

“你妈怎么看这个女服务生？”那个周末我问他。

巴迪和他妈妈亲得不得了，整天把他妈妈对男女关系的金句挂在嘴边。我知道威拉德太太视贞操如命，不论男女。我第一次上她家吃晚餐时，她用怪异又锐利的探寻目光打量我，我知道她想看出来我是不是个处女。

不出所料，巴迪被我问得不好意思起来。“妈妈跟我问起过格拉迪斯。”他承认。

“那你说什么了？”

“我说格拉迪斯未婚，白人，二十一岁。”

现在我知道巴迪绝不会为了我对他妈妈说这么粗鲁的话。他总是引述他妈妈的名言：“男人要的是伴儿，女人要的是无限的安全感。”还有，“男人像箭，射向未来，女人是弓，助力男人。”诸如此类，真是烦人。

每次我不服气，巴迪就会说，他妈现在依然能和他爸同享乐趣，对他们这个年纪的人来说实属难得，所以可见她深谙婚姻之道和男女真谛。

好了，我已经下定决心，一劳永逸甩了巴迪·威拉德。不是因为他和女服务生上床，而是他没胆子对所有人承认这件事，也没种面对自己的本性。这时，走廊上的电话响了，有人用一种了然一切的淡然口吻说：“找你的，埃斯特，波士顿的电话。”

我立刻觉得大事不妙，因为整个波士顿我只认得巴迪一人，而他从未给我打过长途，因为这比写信贵多了。有一次，他有急事要告诉我，就跑到医学院门口到处打听有没有人周末开车到我的学校。结果当然不失所望，于是他把信托付给对方，不仅我当天就拿到了信，他连邮票都省了。

果然是巴迪的电话。他告诉我，每年秋季的胸部X光检查显示他得了肺结核，他即将拿着医学院给肺结核学生的专门补助，去阿迪伦达克的疗养院养病。他接着说，自那次周末过后，我就没给他写过信，他希望我们两人间没出什么问题。他还问我，能不能每周至少写一封信给他，圣诞假期再去疗养院看看他？

我从来没听过巴迪的语气如此不安。他向来自诩身强体壮，还总是说我的鼻塞和呼吸困难是心理压力造成的身体问题。我觉得身为医生，他对疾病的态度有点怪，或许他该改行当心理医生更合适。当然，这话我可没有说出口。

我向巴迪表达了听闻他感染肺结核的遗憾之情，也答应给他写信。可是当我挂上电话，心里可一丝遗憾也没有，只觉得如释重负。

我想，对巴迪这样过着双重人生、觉得自己高人一等的人来说，得肺结核就是他的报应。现在可方便了，我不必在校园里昭告众人我已经和巴迪分手，也不必再接受一轮又一轮无聊的相亲安排了。

我只告诉大家巴迪得了肺结核，而我们也算是订婚了。从此，每当我周六晚上留在宿舍用功时，大家都对我特别好，因为她们觉得我很坚强，以刻苦学习来隐藏一颗破碎的心。

7

的确，康斯坦丁的个头实在太矮了，可他自有英俊之处——浅褐色的头发，深蓝色的眼睛，生动鲜活吸引人的表情。他皮肤是古铜色，一口白牙，很接近美国人了，可我一眼就能看出他不是。他有我见过的美国人所不具备的东西，那就是直觉。

才刚认识，康斯坦丁就猜出我不是威拉德太太的什么后辈。我不时挑挑眉毛，干笑几声，很快，我俩就公然痛批起威拉德太太。我心想："这个康斯坦丁不会介意我个子太高，不懂几门外语，没去过欧洲。他一眼就能看透我是怎样的人。"

康斯坦丁开着他的绿色老式敞篷车带我去联合国大楼。棕色的皮革座椅虽然开裂了，坐着却很舒服，敞篷顶也打开了。他告诉我，他古铜色的肌肤是打网球晒的。我们并肩坐在敞篷车里，沿着马路飞驰，阳光沐浴在身上，他拉起我的手紧握了一下，瞬间我的幸福感爆发。自从九岁那年的夏天，和父亲在炎热的白沙滩上奔跑，我就再也没有感受过这样的快乐——那之后不久，父亲就去世了。

到了联合国大楼，康斯坦丁带我坐进一间肃穆豪华的旁听室，旁边是一个未施脂粉、严肃冷峻、肌肉发达的俄国女孩。她和康斯坦丁一样，也是同声传译员。此时，我突然想到，真是奇怪，以前怎么从没意识到我只在九岁之前感受过单纯的快乐。

父亲去世后——母亲节衣缩食，让我参加女童子军，学钢琴、水彩画和舞蹈，参加帆船夏令营，最后还供我上大学，让我能够一早在雾霭中扬帆，能够吃着黑底巧克力派①，每天的新点子像爆竹一样噼里啪啦往外冒——我再没有真正地开心过。

我直盯着那个俄国女孩。她穿着灰色双排扣套装，用母语连珠炮似的说出一个又一个我听不懂的习惯用语。康斯坦丁说，英语和俄语的习语翻译是同声传译中最难的部分，因为它们之中没有相对应的习语。我无比希望能够附身于她，余生就用来说出一个个习语。这或许不会让我快乐多少，但至少会让我积攒的象征才能的小石头再多上那么一颗。

然后，康斯坦丁和俄国女译员以及一群在贴有标签的麦克风后争论的肤色或黑或白或黄的男人，似乎都在离我远去。我看见他们的嘴一开一合，却听不到任何声音，好像他们正坐在即将起航的船的甲板上，独留我一人搁浅于广漠无垠的寂静中。

我开始细数自己不会做的事情。

从烹饪开始。

我的外婆和母亲都烧得一手好菜，所以我把做菜的事都交给她们了。她们一直想教我做一两道菜，但我总是随便看上两眼，应付两句："好，好，我会了。" 祖传的烹饪秘诀犹如耳边风，过脑即忘，煮出的每道菜的味道也可想而知，于是再也无人要我掌勺做菜。

我想起乔蒂，她是我大一时最好的朋友，也是当时我唯一的

---

① 这种巧克力派之所以叫黑底派，是因其底部有一层加有巧克力的黑色蛋粉。

女性朋友。有一天早上，她在家炒蛋给我吃。那炒蛋尝起来别有风味，我问她里面是不是加了特别的调料，她说只有奶酪和蒜盐。我又问是谁教她的，她说没人教，自个儿琢磨的。不过本来嘛，她就是个务实的人，学的又是社会学。

我也不会速记。

这意味着我大学毕业后找不到好工作。妈妈一直告诉我，没人会雇一个不具备其他技能的英语系毕业生。但是，如果英语系毕业，又会速记，那就另当别论了，人人都抢着要。许多前程似锦的年轻男人会找上门来，口述一封封精彩的求职信，让她誊抄。

问题在于，我就是不喜欢伺候男人，不论是以何种方式。我想口述我自己精彩的信件，让别人为我誊抄。再说，妈妈给我看的书里那些小小的速记符号，简直跟用 t 等于时间、用 s 等于距离之类的东西一样讨厌。

我做不来的事情还有很多。

我的舞跳得很糟。唱歌老是跑调。平衡感又差——每次体育课上要伸平双臂头顶书走平衡木时，我总会跌下来。我最想参加的两项活动是骑马和滑雪，但因为花费太高，所以我也不会。我不会说德语，看不懂希伯来文，不会写中文。我甚至不知道眼前这几位肤色各异的联合国翻译员所属的古老遥远的国家在地图上的哪个角落。

我坐在联合国大楼的核心位置，身处隔音环境，一边是会打网球还会同声传译的康斯坦丁，另一边是深谙大量习语的俄国女孩，我平生第一次惊恐地发现自己一无是处。问题是，我向来一无是处，只是未曾自觉罢了。

我擅长的一件事就是拿奖学金，拿各种奖，而这样的日子快到头了。

我觉得自己就像一匹失去了跑道的赛马，或者一个要穿着西装走上华尔街的大学足球运动员，他的昔日荣光都化作壁炉上的小小金杯，杯身上烙印的日期就像墓碑上镌刻的生卒年。

我看见我的人生伸展出许多枝丫，就像那则短篇小说里的绿色无花果树。

每条枝丫的顶端都挂着一颗饱满的紫色无花果，那是美好的未来在向我招手和眨眼。这一颗果实是相夫教子、家庭和美，那一颗是扬名诗坛，下一颗是杰出教授，另一颗是著名编辑伊·吉，又一颗是游历欧洲、非洲和南美，再一颗是康斯坦丁、苏格拉底、阿提拉等一群名字怪异、职业另类的爱人，还有一颗是奥运女子划船赛冠军。除了这些，还有许多其他我看不清的果实。

我看见自己坐在这株无花果树的枝丫上，饿得要死，只因下不了决心采下哪颗果子。每一颗我都想要，可是选择一颗就代表着失去其他颗。当我干坐着犹豫不决时，果子开始干瘪发黑，一颗接一颗地掉落在我脚下。

康斯坦丁挑选的餐厅弥漫着草药、香料和酸奶油的气味。来到纽约的这段时间，我还没来过这样的餐厅。我找的都是“汉堡天堂”那类地方，供应巨无霸汉堡和今日例汤，四款花哨的蛋糕摆在一尘不染的柜台上，对面是亮晃晃的一溜长镜子。

餐厅位于一个类似地窖的地方，要走下七级昏暗的台阶才能进入。

贴在烟黑色墙上的旅游海报，宛如一扇扇观景窗台，眺望着瑞士的湖泊、日本的山峦和非洲的大草原。厚重的蜡烛杯布满尘埃，彩色烛泪仿佛哭泣了几百年般层层堆积，红叠着蓝，蓝又叠着绿，围成立体精致的花边。蜡烛在桌上投下光晕，桌边一张张容颜浮现，脸色绯红恰似烛焰。

我不知道自己吃的是什么，但是第一口下去，我立刻觉得好多了。我突然想到，刚才之所以会幻想出无花果树和肥厚果实的萎缩凋零，全是腹中空空给闹的。

康斯坦丁不停地往我们的杯里添酒，这种希腊甜酒尝起来有股松树皮的清香。我发现自己不停地说想学德语，想去欧洲，想当一个像玛姬·希金斯一样优秀的战地记者。

等到酸奶和草莓果酱上桌时，我感觉超好，当下决定要让康斯坦丁引诱我。

自从巴迪·威拉德告诉我他跟女服务员的事，我就在想，我也该出去找个人上床。跟巴迪·威拉德做爱不算，因为这样他睡过的人还是比我多一个。我得另找他人。

我只跟一个男孩聊过床第之事。那是个长着鹰钩鼻的南方人，在耶鲁读书，有一个周末他来我们学校找女友，却发现就在前一天她已经跟一个出租车司机私奔了。那女孩和我住同一栋宿舍楼，恰巧当晚楼里只剩我一人，所以安慰他的任务非我莫属了。

我们找了家附近的咖啡店，窝在椅背高耸的隐秘雅座里，木墙上刻着好几百个的人名。我们喝了一杯又一杯的黑咖啡，直言不讳地畅谈与性有关的论题。

这个名叫艾瑞克的男生，说我们学校里某些女生的行为真是令人作呕。深夜一点宵禁前，她们经常站在门廊的灯光下，或没遮没拦的矮树丛里，与男友狂热地耳鬓厮磨，路过的人看得一清二楚。艾瑞克尖刻地说，人类经过百万年的进化，结果却成了什么？还是禽兽。

接着，艾瑞克说起他第一次和女人上床的事。

那时他去了南方一所预科学校念书，这所大学的特色是培养素质全面的绅士。学校有条不成文的规定，每个人毕业前必须了解一个女人。艾瑞克说，是《圣经》上的那种“了解”。

所以某个周六，艾瑞克和几位同班同学搭公交车到最近的城市，去了一家颇有名声的妓院。接待艾瑞克的妓女甚至连裙子都没脱。那是个肥胖的中年女人，染了一头红发，嘴唇厚得让人起疑，皮肤呈鼠灰色。她不乐意关灯，所以艾瑞克只好在沾满蝇粪的二十五瓦灯泡下享用了她。男女之事根本不像大家所说的那样刺激，他只觉得像上厕所一样无聊。

我说，如果你爱她，做爱也许就不会无聊了。但是艾瑞克说，一想到自己所爱的女人跟其他人一样，也会做出此等苟且之事，什么好感都没了。所以，如果他爱某个人，他绝不会和她上床。实在有需要，他宁可去找妓女，也不让自己爱的女人沾染这种龌龊之事。

那时，我突然起了个念头，或许艾瑞克是个上床的好对象，因为他有经验，而且他说起这事时，也不像一般男生那样猥琐或愚蠢。可是紧接着，艾瑞克给我写了封信，说他很有可能爱上我了，因我聪明愤世，却又一脸和气，与他的姐姐惊人的相似。于是我知道没戏了，他永远不可能跟我上床。于是我回信说，真可惜，我就快和青梅竹马的恋人结婚了。

在纽约搭上一个同声传译员，这主意我越想越觉得不错。康斯坦丁各方面看起来都成熟而又体贴，而且这里也没有我认识的人可供他事后吹嘘——那些大学男生最爱和舍友或篮球队友吹嘘自己如何跟女孩车震。再说，跟威拉德太太介绍给我认识的男人上床，简直是一大讽刺，要怪就怪她好了，想来真是解恨。

所以，当康斯坦丁问我是否想去他的公寓欣赏俄国特有的巴拉莱卡琴[①]唱片时，我暗自偷笑。我的母亲总是告诫我，晚上和男人约会时，无论如何都不能跟他回家，因为这种举动只有一种含义。

“我非常喜欢巴拉莱卡奏出的音乐。”我说。

康斯坦丁的公寓有个阳台，俯瞰下方的河流，听到黑暗中传来拖船的声音，我不禁心动，胸中柔情似水，非常确定自己接下来要做什么。

我知道这样可能会怀孕，可这个念头模模糊糊遥不可及，丝毫干扰不了我的决定。就像我母亲从《读者文摘》里剪下来并寄到学校给我看的那篇文章所言，没有百分百安全的避孕措施。这篇名为《捍卫贞操》的文章的作者是个已经结婚生子的女律师。

文章列举各种理由，力陈女孩不该和除丈夫以外的男人上床，即使是丈夫，也必须在婚后才能发生关系。

它的主要观点是，男人的世界跟女人不同，男人的情感也与女人迥异，唯有婚姻是妥善融合两个世界和两类情感的解药。我母亲说，女孩总要等到为时已晚才能明白个中道理，所以最好听取专家的意见，譬如一个已婚的女人。

这位女律师说，最好的男人愿意为妻子守贞，而即便他们已非纯洁之身，他们仍希望自己是妻子的性爱启蒙者。当然，他们会千方百计哄着女孩上床，答应日后娶她为妻，可是一旦她同意，他们就会看轻她，认为她既然能跟他们上床，也能跟别的男人睡

① 巴拉莱卡琴（Balalaika），俄罗斯的一种弦乐器，琴腹呈三角形，有三根弦。

觉。于是，他们便会选择结束，而女孩悲惨的一生就此开始。

这位女专家的结论是，防患于未然，安全总比伤心好。况且，没有什么方法可以确保不怀孕，一旦未婚先孕，你的人生就彻底毁了。

依我看，这篇文章没有考虑到的，恰恰是女孩的感受。

如果女孩纯洁，又嫁与同样纯洁的男子，这当然很好。可万一两人婚后，男人才像巴迪·威拉德一样，突然承认自己早已和别人上过床，一切又当如何？女人就得守身如玉，男人却可以过着一面纯洁一面放荡的双重生活，这样的观点我无法苟同。

最后，我拿定了主意，既然要找到一个聪明强壮、到二十一岁仍保有童男之身的人实非易事，我何不干脆抛开贞操的负累，找个同样有过性经验的人结婚就好。他要是让我的日子过得不舒服，我也可以让他不好过。

我十九岁的时候，贞操可是个大事。

在我看来，世界并非分为天主教徒和新教徒、共和党和民主党、白人和黑人，甚至也不是以男人和女人来划分的，而是分作跟人上过床的和没跟人上过床的。贞操，似乎是人与人之间唯一真正重要的差异。

我觉得，当我跨越这条界限的那一天，我定会发生惊人的改变。

我觉得，这变化可能与我去一趟欧洲发生的变化相同。回到家中，凑近镜子，我会看到眼眸深处有一座小小的白色阿尔卑斯山。而明天照镜子的时候，我应该会看到一个玩偶大小的康斯坦丁安坐在我的眼眸里，对着我微笑。

我们在康斯坦丁家的阳台待了差不多一个小时，慵懒地分坐在两张躺椅上，两人之间堆放着巴拉莱卡琴唱片，留声机里乐声不断。乳白色的氤氲灯光笼罩着我们，分不清是来自街灯、半月、车灯还是星光。可是康斯坦丁就只握着我的手，毫无诱惑我的意图。

我问他是否订了婚，或者有没有交往的女孩，心想也许这是他没有行动的症结所在。但他都否认了，他说不想受这种关系的羁绊。

终于，一股浓浓的睡意袭来，先前饮过的带有松树皮清香的希腊甜酒顺着血管把倦意带遍全身。

“我要进屋躺一会儿。”我说。

我若无其事地晃进房间，弯腰脱掉鞋子。干净的床铺就像一张安稳的小船，在我面前轻摆。我伸展四肢，阖上眼睛。然后，我听见康斯坦丁叹了口气，从阳台进来。他的鞋子咚咚落在地板上，接着他在我身侧躺下。

我借着一缕垂下的头发遮掩，偷偷打量着他。

他仰面躺着，双手枕在头下，盯着天花板。浆过的白衬衫袖子卷到肘部，在昏暗的夜色中折射出诡异的白光，而古铜的肤色现在看起来几乎是黑的。我想，他肯定是我平生所见的男人中最帅的一个。

我又想，假如我的五官更立体些，或者能把政治谈得头头是道，或者是个有名的作家，康斯坦丁没准儿会有兴趣和我上床。

但随后我又想，没准他刚喜欢上我，就沦为我眼中的凡间俗物；等他爱上我，我会不停地对他吹毛求疵，就像我对待巴迪·威拉德和在他之前的那些中意我的男生那样。

同样的事情一再地发生。

我远远地看着一个男人，觉得他完美无瑕，可当他一靠近，我立刻觉得他完全不合适。

这正是我永远不想结婚的理由之一。我最不想要的就是无限的安全感，不想成为男人射向未来之箭的起点。我想要变化与刺激，想让自己像国庆日的璀璨烟火一样，射向四面八方。

我被雨声吵醒。

四周一片漆黑。过了一会儿，我才分辨出陌生窗户的模糊轮廓。不时有一道光束划过墙壁，像一根鬼魅的手指在探究着什么，然后一切又消失于无形。

然后，我听见了呼吸的声音。

起初，我以为是我自己，食物中毒后躺在黑暗的旅馆房间里，发出呼哧呼哧的喘息。可是我屏住呼吸，那个声音还在。

身侧有只绿眼睛发着幽光，像个罗盘一样被分成数等份。我慢慢伸出手，抓住它一提，没想到连带着抓起一只手臂。手臂的主人正在沉睡，所以手臂死沉死沉的，却也挺暖和。

康斯坦丁的手表正指向三点钟。

他和衣而卧，身上的衬衫、长裤和袜子仍是我坠入梦乡时的那一套。等眼睛适应了黑暗之后，我渐渐分辨出他苍白的眼皮，挺直的鼻梁，说话宽容、漂亮有型的嘴。可它们看来又如此虚无缥缈，仿佛雾中的一幅画。我倾身靠近他，细细地端详了好一会儿。我还从来没在男人身边睡着过。

我试着想象成为康斯坦丁太太的感觉。

这意味着我得早上七点起床，给他煎好蛋和培根，准备好面包片和咖啡。他出门上班后，我穿着睡袍，别着发卷，忙着洗盘子、铺床。等他在外面度过充满活力的美好一天后，他期待着回家吃上一顿丰盛的晚餐，然后我只好整晚不停地洗更多的盘子，倒在床上时已然精疲力竭。

对于一个十五年寒窗苦读门门功课全A的女孩来说，这种枯燥的生活无异于虚度光阴，但我知道婚姻就是这么回事，因为巴迪·威拉德的母亲即便身为私立学校的老师，还嫁给了大学教授，也逃不脱从早到晚洒扫烹煮这些事。

有一次我去找巴迪，威拉德太太正用威拉德先生旧西装上拆下的毛线织毯子。她已经织了好几个礼拜，而我也很喜欢穗带上棕绿蓝三色交织的图案。照我的想法，毯子织好后一定要挂在墙上好好欣赏，可威拉德太太竟把它当作厨房的地垫来用。没几天它就变得又脏又丑，跟便宜小店里零售价不到一美元的垫子毫无二致。

我知道，男人在婚前会为女人献上玫瑰、热吻和烛光晚餐，可婚礼结束后，他私心里真正想要的，却是女人臣服于他的脚下，如同威拉德太太厨房里的垫脚布一样。

母亲不是早就告诉过我吗？她刚刚和我父亲离开雷诺[①]——我父亲之前结过婚，他得在雷诺办理离婚手续——踏上蜜月之旅时，我父亲就欢呼着对她说："终于解脱了，现在我们总算可以放下伪装，做回自己。"从那天起，母亲就一日也不得安宁了。

我还记得，有一次巴迪·威拉德用了然一切、不怀好意的口吻说，等我有了孩子之后，感觉就会不同，不会再想写什么诗了。所以，我开始觉得结婚生子的过程有如洗脑，婚后你会像活在秘密极权国度里的奴隶一样麻木。

我低头凝视康斯坦丁，犹如看着深井底部一颗遥不可及的闪亮水晶。忽然，他睁开眼直直地看向我，眼里满是爱意。我默然无语。我看着他眨眨眼睛认出了我，他眼中隐约的柔情一闪而过，

---

① 雷诺（Reno），位于美国内华达州西部，素有"离婚城市"之名。只需在该市住满三个月，就可依法实现离婚之目的。

就像按下了快门，大大的瞳孔亮如漆皮，却无法再探及他的心底。

康斯坦丁起身坐好，打了个呵欠。“几点了？”

“三点。”我淡淡地说，“我该回去了。明天一早还要上班呢。”

“我开车送你。”

我们背对彼此，分坐在床的两侧笨拙地穿着鞋。床头灯发出刺目的白光，着实讨厌。我察觉到康斯坦丁转过身来，问我：“你的头发一直都是这样吗？”

“什么样？”

他并不回答，只是伸出手指穿过我的头发，像梳子一样缓缓地从发根捋至发梢。一道小小的电流击过我的身体，我僵住了。从小我就喜欢别人帮我梳头的感觉，这让我平静和放松，直欲睡去。

“啊，我知道了。”康斯坦丁说，“你刚洗过头。”

然后，他弯腰系好网球鞋带。

一小时后，我躺在旅馆的房间里，倾听雨声。听起来不像雨声，倒像是水龙头倾泻。左腿胫骨中段的旧伤开始隐隐作痛，反正七点前是睡不着了。七点一到，收音机闹钟就会用苏沙[①]激越的演奏吵醒我。

每逢雨天，我的断腿旧伤似乎就想起了自己的存在，那是种钝钝的痛。

于是我想：“是巴迪·威拉德令我摔断了腿。”

转念又一想：“不，是我自己弄断的。我故意这么做，这是卑鄙者的自惩。”

---

① 苏沙，即约翰·菲利普·苏沙（John Philip Sousa），美国著名作曲家、指挥家。

8

威拉德先生开车送我去阿迪伦达克的疗养院。

这是圣诞节后的第一天，头顶上是灰蒙蒙的天，大雪纷飞。我觉得肚子好撑，郁闷而又失望。每年的这一天我都有这种感觉，松枝，蜡烛，系着金银丝带的礼物，烧着桦木的壁炉，圣诞火鸡，圣诞颂歌和钢琴音乐，不管许诺过什么，都从来没有实现过。

每逢圣诞节，我都差点盼着自己是个天主教徒了。

这趟路程，先是威拉德先生开，然后换我开。我不知道我们都聊了些什么，四周乡野覆盖着厚重的积雪，让我们更觉凄冷。茂密的冷杉从灰暗的山丘蔓延到路边，深浓的墨绿连绵，看起来黑沉沉的。我只觉得心情越来越阴郁。

我真想叫威拉德先生自己去疗养院，让我搭便车回家。

可是一抬眼看见威拉德先生的脸——修剪成孩子气的平头的银色头发，澄澈的蓝眸，红润的脸颊，带着纯真而信任的表情，宛如婚礼上洒了糖霜的甜美蛋糕——我知道我开不了这口，我必须把这次探访进行到底。

及至中午，灰霾略退，我们将车停在一处结冰的岔道上，共享威拉德太太给我们准备的午餐:金枪鱼三明治，燕麦曲奇，苹果，还有装在保温瓶里的黑咖啡。

威拉德先生慈祥地看着我，然后清了清喉咙，拂掉腿上的食物碎屑。我看得出来，他有正事要说。他生性害羞，有一次他进行一个重要的经济主题演讲，我听到他在开口前就像现在这样清喉咙。

“娜莉和我一直想要个女儿。”

我一时胡思乱想起来，以为威拉德先生要宣布威拉德太太怀了个女宝宝。他接着说：“可是，我觉得，没有女儿会比你更好。”

威拉德先生一定以为我的泪水是听闻他把我当女儿看待喜极而泣。“好啦，好啦。”他拍拍我的肩膀，又清了清喉咙，“我想我们心意相通。”

然后他打开了他那侧的车门，下车绕过车子，走到我身边，他呼出的气在灰蒙蒙的天色中盘旋成缕缕白烟。我移到他空出来的座位上，他发动车子，我们继续前进。

我不确定自己对巴迪住的疗养院有什么期望。

我想，我期望的是一座小山丘之上的一栋小木屋，住在里面的青年男女面泛酡红，十分迷人，但是双眼因肺痨而红热，裹着厚厚的毯子躺在露天阳台上。

“肺结核就像在肺里埋了颗炸弹。”我在学校时，巴迪曾经写信告诉我，“你只能静静地躺着，祈祷它不会爆炸。”

我很难想象巴迪静静躺着的模样。他的全部人生哲学就是分秒必争，活出精彩。就连夏天里我们去海边，他也绝不会像我在阳光下躺下来打个盹，而是要么跑来跑去，要么打打球，要么来两个伏地挺身，充分利用时间。

威拉德先生和我在接待室里等候下午休息治疗的结束。

整个疗养院似乎以红褐色为基调。暗沉的木构件，焦褐色的皮椅，霉菌或湿气将原本可能洁白无瑕的墙壁侵染得面目全非。地板上铺了棕色的亚麻油毡，已显斑驳。

一张低矮的咖啡桌，深色的胶合板桌面已经被圆形和半圆形的污渍噬咬，上面放了几本破旧的《时代》和《生活》杂志。我拿起离我最近的一本，随手翻到中间，艾森豪威尔总统的脸映入眼帘，微笑，秃头，神情茫然，活像罐子里的胚胎标本。

过了一会儿，我隐隐听到漏水的声音。起初我以为是墙壁吸饱了湿气开始渗水，不过随即发现声音来自房间角落的一个小小喷泉。

一截粗糙的管子喷出几英寸高的喷泉，手状的水柱喷起又落下，参差的水花淹没在一石槽泛黄的水中。石槽上铺了公共厕所常见的白色六角形瓷砖。

蜂鸣声响起，远处的门开了又合上。巴迪走了进来。

“嗨，老爸。”

巴迪抱了抱他父亲，随即快速地带着一种可怕的容光焕发的样子走向我，朝我伸出手来。我握了握他的手——又潮又肥。

威拉德先生和我坐在同一张皮沙发上，巴迪坐在我们对面一张扶手摇椅的边缘。他一直在笑，嘴角仿佛吊了两根看不见的铁丝。

我万万没料到巴迪会变胖。每每想到住在疗养院的他，我的眼前总是浮现深陷的脸颊，镶在凹陷眼窝中的灼红双眼。

然而此刻，巴迪身上原本凹陷的地方突然全都凸起，紧身白色尼龙衬衫下绷着个水桶腰，脸颊圆胖红润好像杏仁果，就连笑声听起来都饱满丰盈。

巴迪与我目光交汇。“饮食造成的。”他说，“他们让我们天天吃饱了就躺下休息。但是现在散步时间我可以出去了，所以别担心，几周后我就会瘦下来。”他倏然起身，笑得像个开心的东道主。“想不想看看我的房间？”

我跟着巴迪，威拉德先生跟在我后面，穿过一道嵌着毛玻璃的双推门，走进一条红褐色的昏暗长廊。这里弥漫着地板蜡、来苏尔消毒液和一种像捣碎了的栀子花的隐约气味。

巴迪用力推开一扇棕色的门，我们鱼贯走入这个狭窄的房间。

一张笨重的床占据了大半的空间，床上铺着白底蓝纹薄床单。旁边的床头柜上有一个水罐和一个玻璃水杯，装着粉色消毒剂的瓶中有一个温度计探出它银色的末端。还有一张桌子挤在床尾和衣橱门之间，上面满是书籍、纸张和陶罐半成品——已经烧制好，也上了色，但没上釉。

“嗯。”威拉德先生呼了口气说，“看起来蛮舒适的。”

巴迪笑笑。

“这是什么？”我拿起一个形似莲叶的陶制烟灰缸，底色是暗绿的，上面用黄色仔细绘出了叶脉。巴迪不抽烟。

“那是烟灰缸。”巴迪说，“给你的。”

我放下烟灰缸。“我不抽烟。”

“我知道。”巴迪说，“但我还以为你会喜欢。”

“好啦。”威拉德先生抿了抿薄如纸片的嘴唇，“我想我该上路了，留你们两个年轻人……”

“好的，老爸。那你慢走。”

我十分吃惊。我以为威拉德先生会留下来过夜，第二天再开车带我回去。“我也一起走吧？”

“不用，不用。”威拉德先生从皮夹中抽出几张钞票递给巴迪，

“一定要给埃斯特买个舒服的火车位子。她可能会待上个一两天。”巴迪把他父亲送到门口。

我觉得自己被威拉德先生抛弃了，我猜他肯定早就计划好了这一切。但巴迪说不是这样，他父亲只是见不得人生病，尤其是他的儿子生病，因为他认为所有的疾病都来自意志之病。威拉德先生这辈子就没病过一天。

我坐在巴迪的床沿，因为没其他地方可坐。

巴迪有条不紊地翻查桌上的那叠纸，然后递给我一本薄薄的灰皮杂志。“翻到十一页。”

杂志是在缅因州的什么地方印的，里头全是蜡纸油印的诗歌和叙述的段落，用星号区隔开来。在第十一页上是一首名为《佛罗里达黎明》的诗，随着我快速浏览，意象不断涌现：西瓜色的晨曦，玳瑁绿的棕榈，有凹槽的仿佛希腊建筑缩影的贝壳。

“不错。”其实我觉得很烂。

“谁写的？”巴迪带着奇怪的傻笑问道。

我的视线落到这页的右下角。巴·斯·威拉德。

“我不知道。”但我随即改口，“我当然知道啦，巴迪。你写的。”

巴迪蹭到我身边。

我往后挪了挪。我对结核病所知甚少，但总觉得此病很是凶险，传染人于无影无形之间。而此时巴迪很有可能正置身于自己的结核病菌的致命笼罩之下。

“别担心。”巴迪笑着说，“我不是阳性。”

“阳性？”

“就是你不会被我传染。”

巴迪停下来喘了口气，就像爬了个陡坡中间停下来喘息一样。

“我想问你个问题。”他新养成了一个让人不安的坏习惯，就是用目光直刺入我的眼睛，好像这样真的可以穿透我的脑子，更好地分析里头的思绪似的。

“我本想写信问你的。”

我脑中闪过一个淡蓝色的信封，背面的信封口上印有耶鲁大学的徽章。

“但是后来我决定，等你上这儿来时我亲自问问你，这样更妥当。”他顿了顿，“嗯，你难道不想知道我要问什么吗？”

“什么？”我低声问道，预感不妙。

巴迪贴着我坐下，一手揽住我的腰，一手把我耳旁的头发拂开。我一动不动。他附在我耳边悄声问道：“你愿意做巴迪·威拉德太太吗？”

我差点爆笑出来。

在我远远地暗恋巴迪的那五六年间，他若是这么问我，不论什么时候，我想我都必定惊喜若狂。

巴迪看出了我的迟疑。

“呃，我知道我现在身体不太好。”他连忙说，“我还在服用对氨基水杨酸，可能还要切除一两根肋骨，但明年秋天我应该可以回医学院念书。最迟不会超过后年春天……”

“我要告诉你一件事，巴迪。”

“我知道了。”巴迪僵硬地说，“你有别人了。”

“不，不是这样的。”

“那是怎样？”

“我一辈子都不打算结婚。”

“你疯了吧。”巴迪精神一振，“你迟早会改主意的。”

“不会，我心意已决。”

巴迪对我后面的话不予理会，仍是一脸开心。

“你记得吗？”我问他，“有一次在短剧之夜后，你和我一起搭便车回校？”

“我记得。”

“记得当时你问我喜欢住在乡村还是城市吗？”

“你说……”

“我说，我既想住在乡村，也想住在城市。”

巴迪点点头。

“然后你就笑了，”我突然加重语气，“说我完全符合神经官能症的症状。而且那周心理学课上的问卷里就有这道题吧？”

巴迪的笑容渐渐消失了。

“呵，你说得对，我是有点神经质。我永远没办法在乡村或城市中安定下来。”

“你可以住在城乡之间嘛。”巴迪很积极地出主意，“这样你就可以有时进城，有时下乡。”

“那——神经官能症和住在哪里有什么关系？”

巴迪没说话。

“说啊？”我轻叱一声，心想不能太宠着这些病人，把他们惯坏了是最糟糕的。

“没什么关系。”巴迪用一种苍白无力的声音答道。

“神经官能症，哈！”我不屑地放声一笑，“如果神经官能症是同时想获得两种相互不容的东西，那么我就是个十足的神经病。我接下来的人生都要在两种不相容的东西间飞来飞去。”

巴迪把手覆在我的手上。

“让我和你一起飞。”

我站在毗斯迦山滑雪坡顶往下望。我实在没必要来这里，这辈子我还没滑过雪。不过话说回来，当此美景，有机会我自然要好好欣赏一番。

在我的左手边，缆车将滑雪者一一运到积雪的山顶。正午的太阳下，积雪稍融，加上人来人往不断踩踏，峰顶的地面变得坚硬光滑如玻璃一般。冷空气刺激着我的肺部和鼻腔，让我陷入一种幻想的空灵中。

四面八方都有滑雪者从让人昏眩的陡坡飞身而下，他们一身或红或蓝或白的夹克，有如美国国旗上飞逝而过的星星点点。一片寂静之中，从滑雪道底部的一座仿原木小屋中，传出流行歌曲的旋律：

向下凝望着少女峰，

从我俩的度假小屋……

轻快又响亮的乐声，像是冰雪荒原上一条看不见的小溪，悠悠淌过我的身旁。一个不经意的华丽动作，就能让我冲下陡坡，直冲向滑雪场边观众群中的一个卡其色小点——那是巴迪·威拉德。

整个早上，巴迪都在教我滑雪。

首先，巴迪跟村里的一个朋友借了滑雪板和滑雪杖，又跟某个脚只比我大一号的医生太太借了雪地靴，再跟一个实习护士借了红色的滑雪外套。面对众人的极力劝阻，他的执意成行着实令人惊叹。

见此，我想起巴迪在医学院时曾得过一个奖，表彰他说服死者亲属捐出遗体供科学解剖研究最多，无论医学院是否需要。我忘了这个奖项的名称，但我可以想见巴迪穿着白大褂，从一侧口袋中突出的听诊器活像他身上的器官，他面露微笑深深鞠躬，说服那些沉默无语的家属签下解剖同意书，而后者往往还没从失去亲人的震惊中回过神来。

接下来，巴迪从他的主治医生那里借了辆车，这医生自己也得过肺结核，因而很能体谅他。我们驾车出发时，正赶上散步的铃声，回荡在不见天日的疗养院长廊上。

巴迪同样没滑过雪，但他说基本原理很简单，而且他经常观察滑雪教练教学生，所以我需要知道的一切诀窍他都能传授给我。

头半个小时，我乖乖服从他的指令，走之字形爬上一个小坡，然后滑雪杖用力一撑，径直滑下坡来。巴迪对我的进步似乎颇为满意。

“很好，埃斯特。”在我第二十次爬上同一道小坡时，他发表了意见，“现在你试着上索道吧。”

我在滑道上停了下来，脸红气喘。

“但是，巴迪，我还不会之字滑行啊。从山顶往下滑的人都知道怎么滑之字。”

“哦，那你上到一半就好了，这样你下滑的冲力就不会太大。”

巴迪陪我走到索道边上，教我怎么让绳索穿过手掌，然后要我十指紧扣，抓牢绳索上坡。

我完全没想到说不。

粗糙扎人的绳索像条蛇般缠绕在我指间，我紧紧抓住，一路上行。

可这绳索一路摇摇晃晃，拖着我飞快地上山，我只能力保平衡，根本不敢半路松手。我前后都有滑雪者，一旦松手跃下，很可能会被撞翻，再被一堆滑雪板和滑雪杖打中。为了不惹麻烦，我默默地继续上行。

可到了山顶，我后悔了。

巴迪认出我来，我穿着红夹克在山顶犹疑畏缩。他的双臂在空中猛挥，像卡其色的风车。我看见他比画着手势，要我从迂回前行的滑雪者当中空出的一条小路滑下来。我摆好姿势，却心中不安，喉咙发干，从我脚边到他脚边那条顺滑雪白的小径渐至模糊一片。

一个滑雪者从左边切过这条小径，另一个从右边过来。巴迪的手臂继续似有似无地挥着，好像滑雪场的另一端伸出的触角。整个滑雪场挤满人群，有如蠢动的微生物，像细菌一类，或是弯曲明亮的感叹号。

我的目光从人潮涌动的滑雪场底部往上移动。

天空像一个巨大的灰眼回望着我。雾气弥漫中，太阳从四面八方洒下苍白寂寥的光，穿过白雪覆盖的绵延山峦，汇聚在我的脚下。

心里有个声音喋喋不休，要我别做傻事——要保护自己，卸掉滑雪板，走下山去，雪坡侧边的低矮松枝正好做个掩护——像只郁郁寡欢的蚊子一样逃开吧。滑下去会要了我的命，这个念头在我的脑海中冷冷地滋长，长成了一棵树，或一朵花。

我目测自己和巴迪间的距离。

现在，他的双臂交抱在胸前，跟身后的横条篱笆融为一体——一样的无知无觉，一样的棕褐色，一样的微不足道。

我慢慢走到山顶边缘，把滑雪杖的尖头插入雪里，用力一撑，整个人便飞了起来。我知道，此时不论是技术还是迟来的理智，都无法让我停下了。

我笔直往下冲。

之前悠然的风此刻扑面袭来，灌进我的嘴里，吹得我的头发与地面平行。我在下坠，但白色的太阳并没有显得更高。它依然高挂在绵延的山峦之上，是无知无觉的枢纽，没有了它，世界将不复存在。

我的体内有个响应的小点，直向着太阳飞去。迎面涌来的景致——空气、山峦、树木、人群——让我的肺部乍然膨胀。我想："原来这就是快乐的感觉。"

我急速下冲，冲过之字形前进的新手和专业的滑雪者，冲过年复一年的伪装、微笑和妥协，冲入我的过往。

两侧的人和树不停后退，就像隧道两侧的黑墙不断飞逝，我冲向尽头那不动的亮点——那是井底的水晶，是蜷缩在母亲肚中的白皙可爱的胎儿。

我咬了满嘴的冰碴，牙齿嘎吱作响，沁凉的雪水渗入我的喉咙。

巴迪的脸出现在我上方，又近又大，像一颗脱轨的星球。他的后面冒出其他人的脸孔。他的后方，黑色的小点挤满在一片雪白之上。仿佛有个乏味的仙女婆婆挥了挥她的魔杖，旧世界一点一点地回归原位。

"你滑得很好。"熟悉的声音传入我耳中，"可惜有人闯进你的滑道。"

人们帮我解开滑雪板上的固定装置，捡回两根滑雪杖，它们歪七扭八地插在滑道两侧的雪堤上。小屋的篱笆被我压在身下，硌着我的背。

巴迪弯腰脱掉我的靴子，以及塞在里面的好几双白色毛袜。他的胖手覆住我的左脚掌，一寸一寸地往上移到我的脚踝，轻轻握住，细细摩挲，好像在探寻私藏的武器。

苍穹高处的白色太阳冷冷地照着大地。我好想用它来砥砺磨炼自己，直到自己变得像刀锋一样圣洁而纤薄，只余精华。

“我要起来。”我说，“我还要滑。”

“不，你不能起来。”

巴迪的脸上浮现出一种怪异而满足的表情。

“不，你不能起来，”他带着裁决般的微笑重复，“你的腿断了两处，得打几个月的石膏。”

9

“我真高兴他们快死了。”

希尔达像猫儿一样拱起四肢打了个哈欠，把头埋入臂弯，继续趴在会议桌上睡觉。一缕胆汁绿的稻草装饰在她的眉毛上，有如一只热带鸟。

胆汁绿，这是他们秋天主推的颜色，希尔达一如往常，领先流行风潮半年。胆汁绿配黑色，胆汁绿配白色，胆汁绿配它的近亲尼罗绿。

时尚文案，徒有其表，在我的脑中有如鱼儿吐出的泡泡，升上水面，噗一声幻灭。

我真高兴他们快死了。

我暗道倒霉，走到旅馆自助餐厅时正好碰上希尔达。昨夜睡得晚，我脑袋发木，想不出个借口回房间，比如忘了戴手套、手帕、伞或笔记本之类的，给我的惩罚就是一路漫长死寂的同行，从亚马逊宾馆的毛玻璃大门到位于麦迪逊大道的铺着草莓色大理石的公司入口。

希尔达一路上都迈着模特步。

“帽子不错，你自己做的吗？”

我有点希望希尔达转过身来对我说："听你的声音像是生病了。"但她只是伸了伸天鹅般的脖子，又缩了回去。

"是啊。"

头天晚上我看了一出女主人公被阴魂附体的戏，每次阴魂借女主人公之口说话时，声音听起来都深邃空洞，不辨男女。嗯，希尔达的声音就像那个阴魂。

她注视着自己在商店闪亮橱窗中的影像，似乎时时刻刻都要确定自己仍存在着。我们之间的沉默如此滞重，我想我也有部分责任。

所以我就说："罗森伯格夫妇的事真可怕，对吧？"今天深夜，这对间谍夫妻就要坐上电椅。

"是啊！"希尔达说。听闻此言，我终于觉得在她纷乱如翻绳游戏的心思中，探触到一道人性的光辉。直到我们坐在一早就阴暗如坟墓的会议室，等候其他人的到来时，她才说完了她那句"是啊"的意思。

"世上竟有这种人，太可怕了！"

她打了个哈欠，浅橘色的嘴张成了一个巨大的黑洞。我呆呆地望着她面孔后面的大黑洞，直到她的两片嘴唇一碰一开，附体的阴魂从藏身之处开口说话："我真高兴他们快死了。"

"来，笑一个。"

我坐在杰·茜办公室那张粉红天鹅绒的双人座椅上，拿着一朵纸玫瑰，面向杂志社的摄影师。我是见习的十二人中最后一个拍照的。我试着躲在厕所里，可惜没用，贝琪从门下缝隙窥见了我的脚。

我不想拍照，因为我快哭了。我不知道自己为何想哭，只知道如果有人跟我说话，或者靠我太近盯着我看，我的眼泪就会夺眶而出，哽咽之声也会忍不住飘出喉咙，而且一旦开始，我就会哭上一个礼拜。我能感觉到泪水在体内充盈，随时要泼溅出来，就像一杯盛得太满又摇摇晃晃的水。

这是最后一批照片，然后杂志就要送去印刷，而我们也将踏上归途，各自返回塔尔萨、比洛克西、提涅克、库斯湾等任何所来之处。照相时我们要拿个小道具，暗示将来想做什么。

贝琪拿的是一根玉米，代表她想嫁给农夫；希尔达拿的是一个光秃秃的、没有五官的制帽用的假人头，说明她想设计帽子；朵琳拿的是一件绣金纱丽，意思是她想去印度当社工（她私下告诉我，其实她根本不想当社工，只是想摸摸纱丽）。

他们问我以后想做什么，我说我不知道。

“哦，你心里肯定有数。”摄影师说。

“她啊——”杰·茜幽默了一把，“她什么都想做。”

我说，我想当诗人。

于是大家到处找寻适合我拿的道具。

杰·茜建议拿本诗集，遭到了摄影师的反对，说这样太直白了，最好是能激发诗性的东西。最后，杰·茜从她最新款的帽子上取下了一株长茎纸玫瑰。

摄影师鼓捣着他的白热聚光灯，说：“让大家看看写诗让你有多快乐。”

我的视线穿过杰·茜办公室里雕着橡胶树叶的窗楣，望向远方的蓝天。几朵大到夸张的云彩从右飘到左，我紧盯着最大的云朵，恍惚觉得当它飘逝无踪时，我也能幸运地随之而去。

我觉得让我的嘴唇保持在水平位置很有必要。

“笑一笑嘛。”

终于，我乖乖地扬起嘴角，像腹语师手中操纵的木偶。

“喂。”摄影师抗议道，突然有了预感一般，“你怎么好像要哭似的？”

我忍不住了。

把脸埋在杰·茜粉红天鹅绒双人座的椅背上，如释重负般，我将整个早上潜藏于胸臆间的情绪都发泄了出来，泪水苦咸，泣声凄怆。

我抬起头时，摄影师已经不见了。杰·茜也无影无踪。我四肢无力，有种被人抛弃的感觉，仿佛自己是某种可怕动物蜕下的皮。摆脱这可怕的东西是一种解脱，可它离开时似乎也带走了我的灵魂，以及一切它可以掠夺的东西。

我在皮包里翻找那个镀金小盒子——里头有睫毛膏、睫毛刷、眼影、三支口红和一面小镜子。镜子里回望着我的那张花脸像是被人痛打了一顿，隔着囚牢的铁栅望出来一般，肿胀不堪。这张脸很需要肥皂、清水和基督徒的宽容。

我开始小心翼翼地往脸上涂涂抹抹。

杰·茜如一阵微风，时机恰好、步履轻盈地飘回我的身边，手里抱着一沓稿纸。

“这些东西会让你开心起来。”她说，“祝你阅读愉快。”

每天早上，稿件如雪片般涌进小说编辑室，让原本就落满灰尘的积稿雪上加霜。在全美各地，人们在书房、阁楼和教室里偷偷写作。假设每分钟就有人完成一篇作品，那五分钟就有五篇稿子堆在小说编辑的桌面上。一小时就有六十篇，在地上堆成一片。

一年下来……

我的嘴角泛起微笑，想象着有一篇新鲜出炉的稿件浮现于半空，右上角署着埃斯特·格林伍德的大名。我已经申请了一个知名作家开设的夏季写作班，希望这个月在杂志社的见习结束后就能去上课。申请时要先寄一篇小说稿过去，这位名家看过之后再通知你是否够资格参加他的课程。

当然，课程的规模很小，能够获得资格的人不多。我很早就把稿子寄去了，还没收到回音，但我有信心，回到家就会看到桌上躺着录取信。

我决定到时要把在这个班上写的小说寄几篇给杰·茜，用上笔名，让她大吃一惊。我想着有一天，小说编辑会亲自到杰·茜的办公室，把这几篇小说拍在她的桌上，说："这些是上乘之作。"杰·茜深有同感，全部采用，并邀请作者共进午餐，她将会发现作者就是我。

"说真的。"朵琳说，"这个不一样。"

"说说看他长什么样。"我冷冷地说。

"他是秘鲁人。"

"秘鲁人又矮又壮。"我说，"像阿兹特克人一样丑。"

"不，不，不，亲爱的。我已经见过他了。"

我们一起坐在床上，身边是一堆乱七八糟的棉质裙子、抽了丝的尼龙长袜和灰突突的内衣。朵琳已经劝了我十分钟，要我跟伦尼朋友的朋友去乡村俱乐部跳舞。她一个劲儿地保证，这个男的和伦尼上次的那个朋友不一样。可我明天早上要搭八点的火车回家，现在该整理行李了。

况且，我还有点想在纽约的街头独自逛上整晚，这个城市的神秘和华美也许终将感染我。

但我还是放弃了这个念头。

最后这几天，我越来越拿不定主意该做些什么。好不容易下定决心做一件事，比如打包装箱，我只会把那些昂贵但肮脏的衣服从柜子和壁橱里拖出来，摊得椅子、床铺、地板哪哪儿都是，然后坐在那里干瞪眼，完全不知所措。它们似乎都有独立而执拗的个件，拒绝被清洗、折叠、收纳。

"都是这些衣服害的。"我告诉朵琳，"我受不了回来之后还得面对这堆东西。"

"这简单。"

朵琳开始优雅地抓起衣服，一次一件，衬裙，长筒袜，以及那件精致的、内部塞满弹簧的无肩带文胸——这是我始终没勇气穿上的报春花内衣公司的赠品——就这样，一件接着一件，这些剪裁奇怪、可每件价格都高达四十美元的衣服……

"哎，那件留下，我要穿。"

朵琳从她手头那堆衣服里抽出一件黑色的，扔到我腿上，然后把剩下的衣服揉滚成软沓沓的一大团，塞进床下，眼不见心不烦。

朵琳敲了敲绿色大门上的金色门环。

门内传来拖行的脚步声，一个男人的笑声戛然而止。一个穿着衬衫、留着平头的金发高个男孩缓缓地开了条门缝，探头一望。

"宝贝！"他喊道。

朵琳整个人被他拢入臂弯，我想这一定是伦尼的朋友。

我穿着黑色紧身小礼服，披着带流苏的黑色披肩，安静地站在门口。心中虽然比以往更为忐忑，却也没抱什么希望。“我就是个看客。”我对自己说道。我眼看着朵琳从金发男孩的怀中转移到另一个男人的手上，后者同样是高个儿，但肤色黝黑，头发稍长，穿着一身完美的洁白西装，配着浅蓝色的衬衫，黄色缎面领带上别着一个闪亮的领带夹。

我目不转睛地盯着那个领带夹。

它似乎闪耀出一道炫丽的白光，令整个房间都熠熠生辉。但那道白光又迅速隐藏了去，只剩下金色底托上的一滴露珠。

我向前迈出一步。

“那是钻石。”有人开口，众人哄堂大笑。

我用指甲轻敲钻石光滑的表面。

“她第一次见到钻石吧。”

“送给她吧，马可。”

马可弯腰将领带夹放在我的掌心。

上面的钻石璀璨夺目，随光影起舞，宛如天堂冰晶。我迅速将它放进我那只镶有假黑玉珠的晚宴包里，然后抬头看看四周，众人的脸庞空洞如餐盘，似乎连呼吸都没有。

“幸好，”一只干硬的手攥住我的上臂，“我今晚就是这位小姐的护花使者。”马可眼里的火花尽熄，转为幽黑，“或许，我应该提供一些小小的服务……”

有人笑起来。

“……相当于一颗钻石的服务。”

圈住我上臂的那只手一紧。

“啊！”

马可松开手。我低头一看手臂，上面赫然一个紫色的大拇指印。马可望着我，指指我的手臂内侧：“看那儿。”

四个隐约可见的掐痕。

“明白我有多当真了吧。”

马可若有似无的浅笑让我想起在纽约布隆克斯动物园逗弄过的一条蛇。当我用手指轻敲牢固的玻璃笼舍，那蛇就张开它那有如机械装置的大嘴，看起来好像在笑。然后，它开始不停地攻击那扇透明的玻璃窗，攻击再攻击，直到我离开方休。

我从没见过憎恶女人的人。

但我看得出来，马可恨女人。那晚，满俱乐部里都是模特和小电视明星，他却只盯着我，既非出于善意，也不是因为好奇，而是因为凑巧我被分配给了他。就像一副每张都一样的纸牌中的一张，被发给了他而已。

俱乐部里有个男人走向麦克风，开始摇晃代表南美洲音乐的豆荚状的拨浪鼓。

马可要来拉我的手，但我紧握手中的第四杯代基里鸡尾酒，硬是不动。我以前没喝过代基里，之所以喝它，只是因为马可为我买了这种酒。我很感激他没问我要喝什么，所以酒端上来之后，我二话没说，拿起来猛喝。

马可看着我。

“不要。”我说。

“不要，什么意思？”

“这种音乐我不会跳。”

“别傻了。”

“我要坐在这里把酒喝完。”

马可对着我弯下身子，皮笑肉不笑地伸手一扫，我的酒杯就飞落到了盆栽棕榈树上。然后，他一把抓起我的手，力道之大让我别无选择，不随着他下舞池，就等着被他扯断手臂吧。

“这是探戈。”马可拉着我走进跳舞的人群中，“我就爱探戈。”

“我不会跳。”

“你不必跳，我带着你就行了。”

马可环住我的腰，猛地朝他怀里一拽，我整个人便贴在他白亮的西装上，然后他说：“想象溺水的感觉。”

我闭上眼睛，音乐像暴雨般袭来。马可的脚往前一伸，抵住我的脚，我自然往后一退。整个人像是牢牢贴在他身上，四肢相随，亦步亦趋，完全没有自己的意志和知觉。跳了一会儿，我想：“原来跳舞用不着两个人都会，一个人会跳就够了。”我任自己如风中之树一样摇曳俯仰。

“我说什么来着？”马可的气息让我的耳朵发烫，“你跳得像一个完美的舞者。”

我开始明白为什么憎恶女人的人能将女人玩弄于股掌之间。这种男人就像神：刀枪不入，力大无穷。他们下到凡间，然后又消失，永远不可捉摸。

南美乐曲结束后，音乐暂歇。

马可带着我穿过落地窗走入花园，舞池的窗口溢出灯光和人声，但几码之外，光影被一片漆黑天地所阻隔，再难传远。在星星的微光下，树木和花草散发出冷香。没有月亮的踪影。

黄杨树篱的门在我们身后合上，一片空寂无人的高尔夫球场向着几簇高低起伏的树丛延伸，一切都给我熟悉的荒凉之感——乡村俱乐部，舞会，和只有一只蟋蟀的草坪。

我不知自己身在何处，但肯定是纽约郊区的某个富人区。

马可拿出一根细长的雪茄和一个子弹形状的银质打火机。他用嘴叼住雪茄，低头凑近打火机的小小火焰。火光下，他的脸呈现强烈的明暗光景，看起来疏离陌生，满是苦怨，像个难民。

我看着他。

“你爱着谁？”我问。

马可沉默了有一分钟之久，只是张口吐出氤氲的蓝色烟圈。

“太棒了！”他大笑起来。

烟圈扩散，渐至模糊，在夜色中苍白如幽灵。

他接着说：“我爱上了我表妹。”

我毫不意外。

“那你怎么不娶她？”

“不可能。”

“为什么？”

马可耸耸肩。“她是我亲表妹，她要当修女。”

“她好看吗？”

“没人比得上她。”

“她知道你爱她吗？”

“当然。”

我打住了。在我看来，他们之间的障碍非常不真实。

“既然你爱她，”我说，“将来你也会爱上别人。”

马可把雪茄往地上一掷。

我突然被轻轻撞了一下，跌在地上。泥土陷入我的指间。等我起身到一半，马可伸出双手抓住我的肩头，又把我摔回地上。

“我的衣服……”

“你的衣服！”泥浆顺着我的肩胛骨渗流。“你的衣服！”马可逼近我，满脸阴沉，几颗唾沫星子喷在我的嘴上。“你的衣服是黑的，烂泥也是黑的。”

说完，他猛扑向我，仿佛要用他的身体把我碾碎，一起埋入烂泥。

“发生了。”我心想，“发生了。如果我躺在这儿一动不动，就会发生的。”

马可咬住我的肩带，把我的紧身衣扯到腰际。我看见我赤裸的肌肤微微发光，宛如一方苍白的薄纱，阻隔着两个死对头。

“贱人！”

他在我耳边喘着粗气说出这两个字。

“贱人！”

尘埃落定，让我把这场战役看个清楚。

我开始扭动身体，又踢又咬。

马可把我压在地上。

“贱人！”

我用尖锐的鞋跟狠戳他的腿。他转头摸索伤口。

我攥紧拳头，朝他的鼻子猛地一击，感觉像打在了战舰的钢板上。马可坐起身。我开始哭泣。

马可抽出一条白手帕捂住鼻子，血像墨汁一样在白布上扩散开来。

我吮吸着自己的指关节，尝到了咸咸的味道。

“我要去找朵琳。”

马可望向高尔夫球场的那一头。

“我要找朵琳。我要回家。”

“贱人。全都是贱人。”马可像是自言自语，“听话的，不听话的，都一样贱。”

我捅捅马可的肩膀。

“朵琳人呢？”

马可哼了一声，说:“去停车场找啊。每辆车的后座都别放过。”

说完，他转过身来。

“还我钻石。”

我爬起来，摸黑找回披肩，准备离开。马可跳起来，拦住我，然后有意用手揩了揩鼻下的血渍，在我的脸上来回蹭出两道血痕。“这血足以赎回我的钻石了。还给我。”

“我不知道它丢哪儿去了。”

其实我一清二楚，钻石就在我的晚宴包里。马可扑倒我时，晚宴包像夜鸟投林，被抛入了无尽的黑暗中。我开始盘算，或许应该先引开他，再独自回来寻找。

我不知道那样大小的钻石值多少钱，无论多少，一定很值钱。

马可双手抓住我的肩膀。

“告诉我。”他咬牙切齿地说出每一个字，“告诉我，否则我拧断你的脖子。”

忽然之间，我什么都不在意了。

“就在我那个镶有假黑玉珠的晚宴包里。”我说，“在烂泥里面。”

我走了，听任马可手脚并用，在黑暗中寻找另一个更小的黑暗，这微小的黑暗将钻石的光芒隐藏，令他那愤怒的双眼看不到钻石。

朵琳不在舞池，也不在停车场。一路上我始终躲在阴暗里，免得被人发现我的衣服和高跟鞋上沾满了杂草，我还用黑披肩遮住肩膀和裸露的胸部。

幸好，舞会已接近尾声，宾客成群离去，走向停车场。我一辆接着一辆问，终于问到有辆车仍有空位，愿意捎上我到曼哈顿区的中心。

在暗夜与黎明交错的暧昧时刻，亚马逊宾馆的露天屋顶空无一人。

我穿着有矢车菊枝蔓图案的浴袍，像个小偷似的，悄无声息地走到屋顶短墙边。墙高及肩，所以我从靠墙倚放的一堆折叠椅中抽出一把，打开，爬上摇摇晃晃的椅子。

一阵强风吹起我的头发。脚下的城市，灯火已入眠，黑乎乎的建筑，仿佛在开追悼会。

这是我的最后一晚。

我抓起带来的那捆衣服，揪住一截白色的布料，一件无肩带的弹性衬裙——其实它早已被穿得弹性全无——猛地被我扯出。我挥舞着衬裙，犹如挥舞着求和的白旗，一下，两下……顺着风，我松开了手。

白色的薄裳没入夜色，缓缓下落，不知最后会飘落到哪条街上或哪个屋顶。

我继续从那捆衣服里扯出其他东西。

这次风力不够，一袭状似蝙蝠的黑影落到了对面公寓楼顶的露天花园。

我将衣服一件一件尽付于夜风。灰暗的布片颤颤悠悠，宛如爱人的骨灰随风飘逝，落在此处、彼处，落在纽约市的黑暗的中心，具体落在哪里我真的不得而知。

10

镜中的脸，活像是生了病的印第安人。

我把粉饼盒丢进手提包，望向火车窗外。就像处于一个巨大的垃圾场，康涅狄格州的沼泽和荒地飞快地闪过，这是一个衰败的与世隔绝的碎片。

这世界真是一个大杂烩！

我低头看了看身上这套陌生的衣裙。

绿色的紧腰宽裙，裙面布满黑色、白色和铁青色的小图案，裙身蓬松如灯罩；缀满圆孔的白色衬衫没有袖子，取而代之的是肩部松软的波浪褶边，宛如新生天使的翅膀。

那晚我将所有的衣服都抛入纽约的夜空，却忘了给自己留下一件白天能穿的衣裳，所以贝琪把这身衬衫和裙子给我，换走了我那件有矢车菊图案的浴袍。

我苍白的影子——白色的翅膀，褐色的马尾辫——一切有如幽魂般浮现在窗外的景致里。

“牛仔傻大妞。”我喊了一声。

对面看杂志的女人抬起头来。

直到出发前一刻，我也不想把凝固在脸上的那两道交错的血渍洗掉。它们看起来颇为动人，相当醒目，我甚至想留着它们，就像随身携带死去爱人的遗物，直到它们自然淡去。

当然，如果我笑或者脸部肌肉动得太厉害，血渍就会很快脱落，所以我尽量绷着脸，不得不说话时就从牙缝里挤出几个字，绝不动到嘴巴。

我真搞不懂，人们为什么要把目光落在我身上。

比我怪的人多的是。

灰色皮箱放在我头顶上方的行李架上，里头很空，只放了一本《年度最佳短篇小说三十篇》，一个白色的塑料墨镜盒，和朵琳临行前送的两打鳄梨。

鳄梨尚未成熟，所以很耐放。每当我提起和放下箱子，或哪怕只是拎着它走动时，就会听见它们在箱子里滚来滚去，发出一种微弱而特别的隆隆声。

“一二八线公路到了！”列车员喊道。

人工种植的野生松树、枫树和橡树缓缓停止滑动，在火车窗框中定格成一幅丑陋的画。我走过长长的走道，行李箱一路颠簸作响。

从开着空调的车厢下到车站月台，郊区的气息立刻如慈母般包围了我。那气息闻起来是由草坪洒水器、休旅车、网球拍、宠物狗和婴儿的味道交织而成的。

夏日的静谧如同死亡一样抚慰了一切。

母亲就在那辆灰色的雪佛兰车旁等着我。

“天啊，宝贝，你的脸怎么了？”

“不小心划到了。”我简单地说。把行李箱塞进后座，我也坐了进去。我可不想坐在她旁边，免得被她一路盯着回家。

椅子皮面光滑洁净。

母亲坐到驾驶位上，往我腿上丢了几封信，转回身。

车子低颤着启动。

“我想该让你早点儿知道。”她说。从她脖子的姿势看，我就知道是坏消息。“你没被写作班录取。”

我整个人如泄了气的皮球。

整个六月，如深渊般沉闷的夏天，写作班就像一座光明与安全的桥，是我的盼头。现在，我看到它摇摇晃晃地消失了，一具白衣绿裙的尸体骤然落下深渊。

我的嘴艰涩地闭上。

早料到会是这个结果。

我的脊柱抵着椅背，整个人偷偷往下滑，直到鼻子与车窗下沿齐平，看着窗外波士顿郊区的房舍飞逝而过。房子越来越眼熟，我越缩越低。

我觉得，要紧的是，千万别被人认出来。

包了软垫的灰色车顶在头上罩得严严实实，犹如囚车。窗外的房子钉着清一色的护墙板，白得闪闪发亮，各幢之间种着修剪整齐的绿色植被。房子一幢幢在眼前掠过，好像一个巨大而密不可逃的牢笼的栅栏。

我还从来没在郊区度过夏天。

婴儿车轮子发出女高音般尖厉的声音，刺痛我的耳朵。阳光从百叶窗间隙透进来，整个卧室充满硫黄色的光。我不知道自己睡了多久，只觉得累到虚脱。

旁边的那张床已经空了，还未收拾。

七点时我听见母亲起床，匆促地套上衣服，蹑手蹑脚地走出卧室。然后，楼下传来橙汁机的嗡嗡声，咖啡和培根的香味从门缝底下飘进来。再然后，水槽上的龙头被拧开，一阵叮当作响，是母亲把洗净擦干的餐盘放回碗柜。

接着，前门打开，关上。车门打开，关上，引擎隆隆发动，吱嘎碾过沙砾，慢慢远去了。

母亲在市立大学教很多女生速记和打字，要到下午三四点钟才回家。

婴儿车轮子又发出尖厉的声音，似乎有人在我的窗下来回推着婴儿。

我从床上滑到地毯上，手脚并用，偷偷爬到窗边，看看外面究竟是谁。

我们家不大，外面也钉着白色的护墙板，周围种着一小块绿色草坪，就位于两条宁静的郊区街道的交会处。所以尽管有一排小枫树环绕在房子四周，但是人行道上经过的任何人只要一抬头，就能透过二楼的窗户饱览屋内的风光。

我之所以知道这个，全都拜隔壁的讨人嫌的欧肯丹太太所赐。

老太婆欧肯丹是个退休护士，刚嫁给第三任丈夫的她——两任前夫死因蹊跷——成天躲在自家上了浆的窗帘后面窥探别人。

她曾经两次给我的母亲打过电话告我的密。一次说我在屋前的路灯下坐了一小时，还跟一个开着蓝色普利茅斯的男人亲嘴；另一次提醒我最好放下卧室的百叶窗，因为有一天晚上她出门遛她那只苏格兰小猎犬时，刚好瞧见我半裸着身子准备睡觉。

我小心翼翼地把眼睛凑向窗台。

一个身高不及五英尺的女人，挺着个又丑又凸的大肚子，正推着一辆老旧的黑色婴儿车走在街上。两三个身高不一的孩子跟在她的裙摆下蹒跚而行，全都面色苍白，脸上脏兮兮的，裸露在外的膝盖也脏兮兮的。

女人的脸上洋溢着安详沉静而近于圣洁的微笑。她幸福地仰着头，整个葫芦般的身形像鸭蛋上隆起个麻雀蛋。她对着阳光粲然一笑。

这女人我很熟。

她是朵朵·康威。

朵朵·康威是天主教徒，读完哥伦比亚大学伯纳德女子学院后，嫁给了同是哥大毕业且同是天主教徒的建筑师。他们就住在这条街的另一头，房子很大却乱七八糟，门前是一排长得病歪歪的松树，房子四周散落着代表郊区童年的各色物品——儿童踏板车、三轮脚踏车、娃娃推车、玩具消防车、棒球棍、羽毛球网、棒球的三柱门、仓鼠笼子和小可卡犬玩偶。

不由自主地，我开始注意起朵朵。

她家的房子和左邻右舍的都不一样，大小不同（她家大很多），颜色也特别（二楼的护墙板是深褐色的，一楼则是灰泥墙，上面布满灰色和紫色的状似高尔夫球的圆石），而且周围的松树完全遮挡了视线。这在家家户户草坪相连，篱笆高度只及腰的街坊邻里看来，真是离群寡居的模样。

朵朵的六个孩子——毋庸置疑第七个也即将诞生——全是吃家乐氏的脆米花、花生酱棉花糖三明治、香草冰激凌和一加仑一加仑的护滋牌牛奶长大的，用奶量大到本地的牛奶商愿意给她折扣价。

虽然朵朵家中人口频添，落人话柄，但是大家还是很喜欢她。

周围年长的人通常生两个，比如我母亲；年轻一点家境又宽裕的，会生四个。没人像朵朵这样往第七个迈进，就算六个都已嫌多。不过，话锋一转，大伙总是说，当然啦，朵朵是天主教徒嘛。

我看着朵朵推着她家的小康威走来走去，这么做好像就是为了惹毛我。我讨厌小孩。

脚下的地板突然嘎吱一响，我赶紧低头缩腰，与此同时，朵朵·康威不知是出于本能还是听力超强，以她的细脖子为轴，把脸缓缓转向我这一侧。

我觉得她的目光穿透了白色的护墙板和粉红玫瑰壁纸，把蜷伏在银色暖气片后面的我给挖了出来。

我爬回床上，拉过被单，盖住脑袋。可即便如此，仍阻挡不了光线。于是我把头埋进枕头下的漆黑世界，假装已经入夜。我找不到起床的理由。我没有任何期待。

过了一会儿，我听见楼下门厅传来电话铃声。我用枕头塞住耳朵。坚持了五分钟，我把头从枕头拱出的洞里抬起来。铃声已经停了。

几乎同时，铃声再度响起。

不知是哪路亲戚朋友，还是八竿子打不着的什么人，嗅出了我返家的消息，我边诅咒这该死的来电，边光着脚走下了楼。门厅桌上的那个黑乎乎的东西，歇斯底里地发出一声又一声颤音，活像只神经质的鸟。我拿起话筒。“喂。”我故意低声说话。

“喂，埃斯特，你怎么了？喉咙发炎了？”

是我的老友乔蒂从剑桥打来的。

乔蒂这个暑假在学校的合作商店带薪实习，并且修了一门开在午餐时段的社会学课程。她和另外两个跟我同校的女孩向哈佛法学院的四个学生转租了一间大公寓，我本打算写作班一开课，就搬去和她们同住。

乔蒂打电话问我何时过去。

“我不去了。”我说，“我没被录取。”

她沉默了片刻。

“他是笨蛋。”乔蒂说，“有眼无珠，不识好歹。”

“我也这么想。”在我自己听来我的声音陌生而空洞。

“你还是来吧，可以修其他课啊。”

我一下子想到了德语和变态心理学。反正我把在纽约见习的薪水几乎都存下来了，刚好负担得起。

但是那个空洞的声音却说：“还是别把我算在内了。”

“好吧。”乔蒂说，“有个女生想跟我们合租，如果有人要退出的话……”

“好，去找她吧。”

挂上电话的那一刻，我知道我应该答应乔蒂过去的。一整个早上听着朵朵·康威的婴儿车辗来辗去，我一定会发疯。而且，我早就决定，不和母亲住在同一个屋檐下超过一个礼拜。

我伸手想重拾话筒。

手才伸出去几英寸，就缩了回来，颓然下垂。我强迫它再次伸向话筒，但它还是半途停下，仿佛撞上了一扇玻璃。

我漫无目的地走进饭厅。

餐桌上立着两封信。一封长方形的正式信函是暑期学校寄来的；另一封薄薄的蓝色信笺是巴迪·威拉德用剩下的耶鲁信纸写的，上面有他工整清晰的笔迹。

我用刀裁开暑期学校的信。

信里说，我未被写作班录取，可以选择其他课程，但最迟必须于这个早上致电录取办公室，以免耽误注册。另外，各门课程都已接近满员。

我拨通了录取办公室的电话，听到自己僵尸般的声音说，埃斯特·格林伍德小姐取消了前往暑期学校的一切安排。

接着，我打开巴迪·威拉德的信。

信里写道，他很可能爱上了一个同患肺结核的护士，但他妈妈七月在疗养院所在的阿迪伦达克山区租了个小木屋，如果我能同去住上一阵，他或许就会发现自己对那护士只是一时迷恋而已。

我抓过一支铅笔，划掉巴迪写的内容，翻过信纸，在背面写上我已经和一位同声传译官订婚，再也不想见到巴迪，因为我不希望自己孩子的父亲是个伪君子。

我把信纸塞回信封，用透明胶带封口，把收信地址改成巴迪的，邮票不贴了——信里的话值得他到付三分钱邮资。

事毕，我决定要利用这个暑假写本小说。

借此可以修理很多人。

我走进厨房，往一杯生肉糜里打了枚生蛋，搅搅吃了。然后我在房子通往车库那条装有纱窗的通道上支起了一张牌桌。

一大丛摇曳的桑橙挡住了前方的街景，两侧各有屋墙和车库墙作掩护，后面的一片白桦树和一排黄杨树篱让我免受欧肯丹太太的窥视。

我数出三百五十张母亲藏在客厅壁橱中一堆旧毡帽、衣服刷和羊毛围巾下面的高级可改写打字纸。

回到通道，我把第一张洁白的纸放入我那台老旧的便携式打字机，卷好。

另一个疏离的自我，看着自己坐在通道里，周围是两堵钉有白色护板的墙、一丛桑橙树、一片白桦树和一排黄杨树篱，小小的我有如身处娃娃屋里的娃娃。

一股柔情盈满心中。我的女主角就是我自己，只是会加以伪装。她的名字叫依莲。依莲，我伸出指头数了数，和埃斯特一样，都是六个字母，看样子是个好兆头。

> 依莲穿着母亲的黄色旧睡袍，坐在通道里，等着发生点什么。这是个闷热的七月清晨，汗珠一滴滴从背上滑落，如同小虫慢慢爬过。

我往椅背上一靠，看着自己写的东西。

挺生动的，把汗珠比作虫子这句我尤为得意。只是隐约觉得，很久以前似乎在哪儿读过类似的话。

我就这么呆坐了一个小时，绞尽脑汁想着接下来要做什么。在我的脑海中，那个穿着母亲黄色旧睡袍的娃娃也和我一样，赤足呆坐，茫然凝望。

“怎么了，亲爱的？还不想换衣服吗？”

母亲很小心，从来不强迫我做任何事，只是好声好气地和我讲道理，像两个理智成熟的大人在打交道。

“快下午三点了呢。”

“我在写小说。”我说，“没那闲工夫换来换去的。”

我躺在通道的沙发上，闭着眼。我能听见母亲把牌桌上的打字机和纸张收走，摆上晚餐的银餐具，但是我一动没动。

惰性如糖浆，从依莲的四肢缓缓渗出。她心想：得疟疾就是这个感觉吧。

无论如何，一天能写出一页已属万幸。

然后，我意识到了问题出在哪儿。

我需要历练。

没谈过恋爱，没生过小孩，连死亡也未曾目睹，我能写出什么人生？我认识一个女孩，刚得了个短篇小说奖，人家的故事写的是在非洲俾格米族中的奇遇。这样的经历我怎么比得上？

晚餐结束前，母亲终于说服我，利用晚上时间跟她学速记。我想，这也算一石二鸟吧，既不耽误我写小说，又能学点一技之长。当然，还省了一大笔学费。

当天晚上，母亲就从地下室翻出了一块旧黑板，支在了通道里。她站在黑板前，用白粉笔在上面潦草地写出一些小小的花体字，我就坐在椅子上看着。

一开始，我觉得很有希望。

我想，用不了多久，我就能学会速记。等学校奖学金办公室那个雀斑女士问起，作为领奖学金的女孩，为何我没有在七八月打工赚钱的时候，我就可以告诉她，我利用这段时间上了免费的速记课，这样一毕业我就能养活自己了。

唯一的问题是，当我试图想象自己开始上班，敏捷地速记下一行行信息时，脑子里竟变得一片空白。那些需要速记的工作我一个都不想做。我就那么坐着，看着白粉笔写出的花体字模糊成一片无意义的符号。

我跟母亲说头疼得很，便上床去睡觉了。

过了一小时，门一点点地开了，母亲蹑手蹑脚进了卧室。我听见她窸窸窣窣脱衣服的声音。听见她爬上床。然后她的呼吸渐渐变得缓慢而均匀。

在透过闭合的百叶窗进入室内的昏黄的街灯光芒下，我看见她头上的发卷像刺刀一样闪闪发光。

我决定把小说先放一放，等我去趟欧洲、谈场恋爱再说。至于速记，我一个字也不要学了。如果我坚决不学，就永远也用不到它。

这个暑假就用来读读《芬尼根守灵夜》，写写论文吧。

这样一来，等九月底开学时，我就能好整以暇地享受大学的最后一年，免得像大部分成绩优异的毕业生那样，成日里刻苦用功，把自己搞得蓬头垢面，要靠咖啡和苯丙胺提神，直到论文完成的那一刻方歇。

我又想，不妨推迟一年毕业，去当个陶艺学徒。

要么，想办法去德国当女招待，把德语学会了再回来。

计划一个接一个在脑海中窜来窜去，像一窝狂躁的兔子。

我看见我的人生就像路边一根根以电线相连的电话线杆子，我数着一、二、三……数到第十九根，不论我怎么努力，后面一根杆子也见不到，徒留一截电线在空中飘荡。

房间渐呈蓝色，不知道夜晚跑哪儿去了。母亲的轮廓从一截模糊的木头变为沉睡的中年妇人，嘴巴微张，鼾声从她喉咙冒上来。猪哼似的鼾声真是恼人，有那么片刻，我觉得唯一能阻止这种噪音的方法，只有抓住发出鼾声的那根肉柱，用两手狠狠扭断。

我假装睡觉，直到母亲离开家去学校。可眼睛就算闭着，也挡不住光。眼皮的毛细血管交织成两片刺眼的红帘，像血淋淋的伤口挂在我眼前。我钻入床垫和床架之间，让床垫像墓碑一样压着我，我躲在下面，又黑又安全，只可惜床垫不够重。

还得再来一吨重的东西压着我，我才睡得着。

> 江河奔腾，流过夏娃与亚当的家，从凸出的河岸，到凹入的海湾。江河宽阔，复始循环，把我们带回霍斯堡和郊外……

《芬尼根守灵夜》真厚，把我的肚子硌出一道令人不快的凹痕。

> 江河奔腾，流过夏娃与亚当的家……

我在想，第一个词“江河奔腾”之所以首字母小写，可能是为了表示没有任何事物真正拥有全新的开端，一切只是承载过往，延续而来。“夏娃与亚当的家”，指的就是亚当和夏娃。当然，也有可能另有所指。

也许指的是都柏林的某间酒馆。

我的视线在一锅字母杂烩汤里逡巡，落在页面中间那串长长的单词上。

> bababadalgharaghtakamminarronnkonnbronntonnerronntuonnthunntrovarrhounawnskawntoohoohoordenenthurnuk!

我数了数，正好一百个字母。我想，其中必有深意。

为什么是一百个字母？

揣度犹疑之间，我大声念出这个单词。

听起来就像一块沉重的木制品滚下楼梯，砰砰砰，一级级下落。我提起书页，在眼前缓缓翻动，那些字依稀熟悉，但又像哈哈镜里的脸一样扭曲，且稍纵即逝，未曾在我脑中平滑的镜面上留下丝毫痕迹。

我斜眼看着书页。

看着看着，字母慢慢变成了倒钩和羊角，一个个分离开来，傻兮兮地上下跳动，然后结合成不可思议、难以理解的形状，像是阿拉伯文或者中文。

我决定把论文抛到一边。

同时，也放弃整套优等生课程，只做个英文系的普通学生。我去查了校方对英文系普通学生的要求。

必修课还真多，我上过的一半都不到。其中一门是十八世纪文学，但我想到十八世纪就觉得讨厌。那时的作家都自命不凡，总是写那种严格遵守韵律要求的两行诗，而且极端热衷理性，所以我没选这门课。我们优等生就是有更多的选课自由，所以我的时间多半用来研究狄兰·托马斯①。

我有个朋友也是优等生，她就有办法一个字不读莎士比亚，却是研究 T.S. 艾略特《四首四重奏》的真正专家。

我明白了从选课自由的优等生变成选课诸多限制的普通生，根本不可能，而且也很丢人，所以我去查了母亲任教的那所市立大学英文系的要求。

① 狄兰·托马斯（Dylan Thomas，1914—1953），英国作家、诗人，一九四六年发表人生中最重要的一部诗集《死亡和出场》，评论界普遍认为他是继奥登以后英国的又一位重要诗人。

那里更惨。

你需要懂古英语和英语语言史，还得把从《贝奥武甫》到当代文学的所有代表性作品都读过。

这着实让我大吃一惊。我向来瞧不起我母亲的那所学校，因为它不仅男女同校，而且只有那些拿不到奖学金进东海岸名校的学生才会就读。

现在我才发现，这所学校里最笨的学生都比我懂得多。估计他们连校门都不会让我进，更不用说让他们像我的学校那样，提供给我一大笔奖学金了。

我想我最好先工作一年，把事情想清楚再说。或者我可以私底下学习十八世纪文学。

可我不会速记，能做什么呢？

当个女招待或者打字员。

随便哪个，想想都觉得无法忍受。

“你要我多开点安眠药给你？”

“对。”

“可我上周开给你的，药效已经很强了。”

“现在没有什么效果了。”

特雷莎那双黑色的大眼睛若有所思地望着我。我听见她的三个孩子在诊察室窗外的花园里玩耍。我的姨妈莉比嫁给了一个意大利人，特雷莎就是我姨妈的小姑子，也是我们的家庭医生。

我喜欢特雷莎。她性情温柔又直觉敏感。

我觉得这一定是因为她是意大利人。

出现了片刻沉默。

“问题出在哪儿？”特雷莎问。

“我睡不着，也看不进书。”我试图以一种冷静沉着的语气说话，但那个僵尸又出现了，扼住了我的喉咙，我只好无奈地双手一摊。

“我有个建议。”特雷莎从处方笺上撕下一张纸，写上一个名字和地址，“你最好去看看我认识的这个医生，他比我更能帮助你。”

我费力地看了半天，但我读不出那个名字。

“戈登大夫。”特雷莎说，“他是精神科医生。”

11

戈登大夫的候诊室里肃穆安静，一片米黄。

墙是米黄色，地毯是米黄色，软座椅和沙发也是米黄色。墙上没有镜子或画作，只挂着不同医学院颁发的证书，以拉丁文写着戈登大夫的名字。茶几上、咖啡桌上、书报桌上都放有陶瓷花盆，种着卷绕的浅绿色蕨类和尖叶的深绿色观赏植物。

起初，我不知道为什么这间屋子让人这么有安全感，后来才发现是因为没有窗户。

空调冷得我直哆嗦。

我还穿着跟贝琪换来的那身白衣绿褶裙，衣裙有点松垮垮的，因为回到家的这三个礼拜一直没洗。汗湿过的棉布散发出一股酸臭但透着友好的气息。

我也三个礼拜没洗头。

七夜没睡。

母亲说我一定睡着过，人不可能那么久没睡。但就算我真的睡着过，也一定是睁着眼睡的，因为我一直盯着床边时钟的秒针、分针、时针，看着绿色的夜光指针一圈一圈地做着圆周运动，七个夜晚里夜夜如是，一秒、一分、一时都未曾错过。

我不洗衣服、不洗头，因为做这些事感觉很蠢。

我看见白昼像一个个明亮的白盒子在我面前展开，将一个个盒子分隔开来的，是宛如黑影的睡眠。只是于我，将白盒子切分开来的长长黑影突然断裂了，眼前只有灼灼白昼，日日相连，仿佛一条白亮广袤又无尽苍凉的大路。

今日洗了，明日又得洗，真是蠢透了。

只是想想都累得慌。

凡事我只想一次搞定，彻底解决。

戈登大夫转着手中的银色铅笔。

“你母亲说你情绪低落。”

我蜷缩在凹陷的皮椅中，隔着一张光可鉴人的大桌子和戈登大夫对视。

戈登大夫等着我的回答，手中的铅笔轻轻敲在整洁的绿色记事簿上——咄，咄，咄。

他的睫毛又长又密，看起来好像假的，有如黑色的塑料芦苇围绕着两汪冰冷的绿潭。

戈登大夫的五官堪称完美，算得上是美男子。

可我进门的那一刹那，就已经讨厌他了。

在我的想象中，应该是个其貌不扬但直觉敏锐的和蔼男人，抬头看我并用一种鼓励的口吻对我说“啊！”，仿佛他能见我所不能，如此我就知道该怎么告诉他我有多害怕，感觉像是整个人被塞进了一个黑袋子，越陷越深，没有空气，没有出路。

然后，他会往椅背上一靠，把双手指尖顶成一个小尖塔，跟我解释为什么我睡不着觉、看不进书、吃不下饭，为什么我看别人做什么都觉得愚蠢至极，既然人终归是要死的。

再然后，我想，他就能帮我一步步地找回自我。

但是，戈登大夫跟我想象的完全不一样。他年轻俊美，我一眼就看出他颇为自负。

戈登大夫的桌上摆了个银色的相框，半对着他，半对着我坐的皮椅。相框里是张家庭合照，两个金发孩子的头顶上露出一个美丽的黑发女人，笑意盈盈，没准儿是他的姐妹。

我猜两个孩子或许是一男一女，不过也有可能两个都是男孩或两个都是女孩，太小的孩子总是难以分辨。我觉得照片最下方有一只狗——某种艾尔谷㹴狗或者金毛猎犬——不过，没准只是女人裙子上的一个图案。

不知怎的，这张照片让我很恼火。

我看不出有什么理由让照片半对着我，除非戈登大夫自我进门就想向我表明，他家有娇妻，千万不要对他存有什么非分之想。

然后我想，这位戈登大夫有那么漂亮的妻子，那么漂亮的孩子，那么漂亮的狗，他们就像是圣诞卡片上的天使一样环绕着他，这样的医生怎么能帮我脱离苦海呢？

“你试着说说觉得哪里不对劲。”

我满腹狐疑地把这话翻来覆去地想了好几遍，就怕它像被海水冲刷过的鹅卵石突然伸出一只利爪，变成别的什么。

我觉得哪里不对劲？

这话听起来好像是没什么事情不对劲，是我觉得它们不对劲。

我用平淡无趣的声音——好表明他的外貌和全家福丝毫没有令我动心——告诉戈登大夫我无法睡觉、无法吃饭、无法看书，但没说关于写字的事，其实这是最令我困扰的。

那天早上，我想写信给人在西弗吉尼亚的朵琳，问她我能否去和她同住，在她学校找个端盘子之类的兼职。

可是，当我提起笔，我的手写出的字竟如孩童般拙劣，粗大扭曲，几行字从左上角一路歪到右下角，几乎要斜成对角线，好像放在纸上的线圈，被人吹得歪七扭八。

我知道我不能把这样的信寄出去，所以把它撕成碎片，放进手提包，塞在万用化妆盒边上，没准精神科医生会想看看。

但是戈登大夫没说要看，因为我压根儿没提，我挺得意自己的这点小聪明。我打算只跟他说我想说的，该说的说，该瞒的瞒，这样我就能控制他对我的看法，而他还以为他有多厉害呢。

我说话的时候，戈登大夫一直低着头，像在祈祷。整个房间除了我平淡无趣的声音，就只有他的铅笔在绿色记事簿的同一个位置敲个不停发出的声音——咄，咄，咄——有如一根停在原地的拐杖。

我说完了，戈登大夫抬起头。“你说你上的哪所大学？”我被问得一头雾水，但还是告诉了他。搞不懂念哪所学校和我的病有什么关系。“哈！”戈登大夫往椅背一靠，带着怀旧的笑容望向我肩膀的上方。

我以为他要跟我说说诊断结果，这让我觉得先前对他的判断有点太过武断且不友善了。不料，他只是说：“我还清楚地记得贵校。二战期间我就在那儿。那儿有一个陆军妇女队，是不是？或是一个海军妇女辅援队？”

我说我不知道。

“对，是陆军妇女队，我想起来了。我在那儿当医生，后来被派到海外。天啊，那儿的女孩子可真多啊。”

戈登大夫笑了起来。

接着，他如行云流水般地站起身，绕过桌角走向我。我不晓得他要干什么，也跟着站起来。

戈登大夫伸手握住我垂在身侧的右手，摇了摇。

“那下周见了。”

浓密起伏的榆树连成了一条林荫隧道，遮蔽了联邦大道两侧的红黄砖房。一辆电车沿着细长的银色轨道驶向波士顿。我等电车通过，穿过马路，走向停在对面路边的灰色雪佛兰。

我看见挡风玻璃后母亲一脸忧虑地看着我，面色发黄，像一片柠檬。

“如何？医生怎么说？”

我拉上车门，但没关好，推开，再关一次，门发出砰的一声。

“他说下周见。”

母亲叹了口气。

戈登大夫的诊金一小时要二十五美元。

“嗨，你叫什么名字？”

“艾莉·希金巴腾。”

一名水兵和我并肩而行。我微微笑了。

我想，波士顿公园里的水兵一定跟鸽子一样多。他们似乎是从远处那栋暗褐色的征兵处走出来的。房子外侧的布告栏和内侧的墙面都贴满了“加入海军”的蓝白色海报。

“艾莉，你从哪儿来？”

“芝加哥。”

我没去过芝加哥，不过认识一两个芝加哥大学的男生。那个城市感觉是那种不墨守成规却又迷惘彷徨的人待的地方。

“你离家真远。”

水兵伸手搂住我的腰，我们就这样在公园里逛了好久。他隔着我的绿色宽褶裙抚摸我的臀部，我神秘地笑着，尽量不说出任何会泄露出我就是波士顿人的话，也不让他发现我随时有遇见熟人的可能性，比如威拉德太太，或者我母亲的朋友——她们或许在比肯山喝完下午茶，或许逛完飞琳地下商场的名品折扣店，正要穿过公园。

我想，如果我能去芝加哥，或许就可以把名字永远改成艾莉·希金巴腾，这样就不会有人知道我放弃了东部著名女校的奖学金，跑到纽约瞎混了一个月，还拒绝了一个十足完美的医学院学生，他可是终有一天会成为美国医学会的会员，赚得盆满钵满的。

芝加哥人会接受本来的我。

我就是艾莉·希金巴腾，一个孤儿。人们会喜欢我甜美、文静的个性，不会逼我读书，要我就詹姆斯·乔伊斯作品里的双胞胎写出长长的论文。或许有一天，我会嫁给一个外刚内柔的汽车修理工，像朵朵·康威那样生一窝孩子。

但愿我真想这么做。

“你退伍后要做什么？”我突然问道。

这是我和那水兵说的最长的一句话，他吓了一跳，伸手推推头上纸杯蛋糕状的白色水兵帽，挠了挠头。

“呃，不知道呢，艾莉。”他说，“可能用退伍津贴去上大学吧。”

我沉吟片刻，然后给出一个建议：“有没有想过开间汽车修理厂？”

“没有。”水兵回答，“从没想过。”

我用眼角打量着他，这小伙子肯定还不到十六岁。

“你知道我多大了吗？”我带着指责的语气问。

水兵冲我咧嘴一笑。“不知道，也不在乎。”

我突然发现他长得真帅气，有北欧人的轮廓，模样也清纯。自我心思变得单纯之后，吸引的似乎也是清纯英俊的男人了。

“好吧，我三十了。”我说完，等着他的反应。

“哇，艾莉，真看不出来。”水兵捏了捏我的臀部。

然后他匆匆往左右一瞥。“我说，艾莉，我们走去纪念碑下的台阶吧，如果可以，我想在那儿吻你。”

就在那时，我发现有个穿着结实的棕色平底鞋的褐色身影正大步穿过公园，朝我的方向走来。距离尚远，看不清她硬币大小的脸上的五官，但我知道那肯定是威拉德太太。

“请问到地铁的路怎么走？”我大声询问水兵。

“啊？”

“去鹿岛监狱的地铁怎么走？”

等威拉德太太走近了，我得装作只是跟水兵问个路，根本不认识他。

“把你的手拿开。”我咬着牙低声说。

“喂，艾莉，怎么回事？”

那女人走近了，与我擦肩而过，目不斜视，头也不点。当然，这不是威拉德太太，她此刻正在阿迪伦达克山区的小木屋里吧。

我恨恨地盯着那女人远去的背影。

“我说，艾莉……”

“我以为是我认识的人。”我说，“芝加哥孤儿院里的一个恶毒女人。”

水兵再次伸手搂住我。

“你是说你无父无母，艾莉？”

“是的。”一滴泪来得恰逢其时，在我脸上划出一小道灼热的泪痕。

“艾莉，别哭啊。这个女人是不是对你很坏？”

“她……她坏透了。”

说着，我泪如雨下。在一株美国榆树的树荫下，水兵搂着我，用他白净的亚麻大手帕拭干我的眼泪，我则暗自恨着那个穿褐色衣服的坏女人。不论她知不知道，她都要为我转错弯、走错路，为我之后发生的一切不幸负责。

“嗯，埃斯特，这周感觉如何？”

铅笔在戈登大夫的手中真像一颗细长的银色子弹。

“老样子。”

“老样子？”他蹙了蹙一条眉毛，好像难以置信。

所以我又说了一遍，用的是完全一样的平板单调的声音，只是带了些怒气，谁让他如此愚钝，根本不能理解十四天睡不着、读不进、写不出、咽不下是什么感觉。

戈登大夫对此似乎无动于衷。

我从提包里翻出写给朵琳的那封信的碎片，一把撒在戈登大夫纤尘不染的绿色记事簿上，散落的碎片犹如夏日草原上的雏菊花瓣，静默无语。

“你——”我问他，“对此有何想法？”

我以为戈登大夫会立即看看我的字有多糟糕，可他只是说：“我想和你母亲谈谈，不介意吧？”

"不介意。"但我一点也不喜欢这个主意。我猜他大概会让母亲把我关起来。我把给朵琳的信纸碎片一一捡拾干净，这样戈登大夫就没法把它们拼凑起来，发现我的逃跑计划。接着，我一言不发，离开他的办公室。

我看着母亲的身影越变越小，消失在戈登大夫所在的办公楼的门口。然后，又看着她的身影越来越大，回到车上。

"如何？"我看出她哭过。

母亲没看我，径直发动了车子。

车子驶过如深海般蔽日的榆树凉荫，她终于开口："戈登大夫觉得你的治疗丝毫没有进展，建议你去他位于沃尔顿的私人诊所接受电击治疗。"

我升起一股强烈的好奇心，好像刚刚听到了一则恐怖的头条新闻，和自己全无关系。

"他的意思是，要我住在那里？"

"不是。"母亲答道，下巴簌簌颤抖。

我想她一定在说谎。

"你跟我说实话。"我对她说，"要不我这辈子都不理你了。"

"我什么时候没跟你说实话了？"母亲说着，眼泪忽然夺眶而出。

七楼跳窗自杀者获救

男子乔治·博鲁希爬上水泥停车场上方七楼高的一处狭窄窗沿，在大量围观群众注视下，僵持两小时之久，最后终于接受查尔斯街警署的威尔·克尔马丁警官从临窗伸出的援手，安然脱险。

我买了一袋十美分的花生喂鸽子，随手掰开一个丢进嘴里。花生索然无味，像在啃一片老树皮。

我把报纸贴近眼睛，想看清乔治·博鲁希的长相。聚光灯下，他的脸就像四分之三个月亮，背景是模糊的墙砖和黑色的天空。我觉得他有重要的信息要告诉我，不管是什么，很可能就写在他的脸上。

可是当我盯着乔治·博鲁希肮脏、布满皱纹的脸，他的脸却化成深浅不一的灰点组成的规则图案。

黑黢黢的报纸上的一段话并没有解释为什么博鲁希先生会爬上窗沿，也没交代克尔马丁警官做了什么才得以把他拉回窗子里。

跳楼的麻烦在于，万一没有选对楼层，你很可能着地之后还活着。我想，七楼这样的高度一定很保险。

我把报纸折起来，塞进公园长椅的板条之间。这种我母亲所谓的八卦小报，上面满是当地的凶杀、自杀、斗殴、抢劫这类新闻，几乎每一页都有一个半裸女子，酥胸呼之欲出，并露出长筒丝袜的上缘，十分撩人。

我不知道为什么以前从来没买过这种报纸，这是我现在唯一看得进的东西。穿插在照片之间的文字寥寥可数，段落短小到没机会搔首弄姿、一展魅力。我家只有《基督教科学箴言报》，周一到周六，每天早上五点，它都会出现在门前的台阶上。它从不报道自杀、性犯罪和坠机之类的事件，就仿佛从来都不会发生这样的事情。

一只白色大天鹅带着一群天鹅宝宝向我的长椅游来，绕过树木成荫、遍布鸭子的小岛，游回拱桥下的阴暗处。我眼中的一切都变得亮晃晃的，极小极小。

那感觉就像透过一个无法打开的门上的钥匙孔，我看见我和身高只到我膝盖的弟弟，拿着兔耳朵形状的气球，爬上一条浮在漂满花生壳的水面上的天鹅船，争抢靠边的座位。我的嘴里有清新的薄荷味。如果在牙医诊所表现得很乖，母亲就会买票让我们坐一回天鹅船。

我绕着公园闲逛——走过小桥，走过蓝绿色的纪念碑，走过排列成美国国旗样式的花圃，走过公园入口，那儿有个橙白条纹的帆布照相亭，拍一次收费二十五美分——我一路读着每一棵树的名称。

我最喜欢的一棵叫“哭泣的学者”，我想它一定原产于日本，只有日本人才明白什么是精神。

如果搞砸事情，他们会切腹谢罪。

我试着想象切腹的过程。一定要有一把锋利无比的刀子。不，很可能需要两把。然后坐下，盘腿，两手各执一刀，双手交叉，刀子对准肚子两侧。人必须裸身，否则衣服会卡住刀子。

转瞬间，刀子戳入腹中，弧形拉动，后悔已来不及——切腹者将两刀向上下各划出半圈，合成一个完整的圆。接着，一块圆盘似的肚皮松垮下来，内脏流出，切腹者死去。

这种死法需要极大的勇气。

我的问题在于讨厌见血。

我想我干脆在公园待上一整晚算了。

明天早上，朵朵·康威就要开车载上我和母亲去戈登大夫位于沃尔顿的私人诊所了，现在开溜为时未晚。我数了数钱包里的钱，只有一张一美元的钞票，还有其他硬币，加起来也不过七十九美分。

不知道到芝加哥要多少钱，我也不敢到银行取出我所有的钱，因为我怕戈登大夫早就通知了银行职员，若我有异常举动必须加以阻拦。

我忽然想到搭便车，但我连从波士顿到芝加哥有几条路都搞不清。在地图上找到方向并不难，可一旦我身处现实之中，就完全没有了方向感。每次我想借助太阳分辨东西南北时，就碰到正午或阴天，太阳完全用不上；到了晚上，除了北斗七星和仙后座的五星座椅以外，我别的星星都不认识，巴迪·威拉德常对此感到泄气。

我决定走到公交总站，打听到芝加哥的票价。然后再去银行，只取出买车票的钱，这样就不会惹人生疑。

我不紧不慢地穿过车站的玻璃门，浏览着架子上花花绿绿的旅游传单和时刻表，突然想到下午已经过半，镇上的银行就快关门了，看来得等明天才能取钱了。

沃尔顿诊所跟我约的时间是明早十点。

就在这时，扩音器嘶啦一声开始广播，宣布外头停车场的一辆公交车即将启程，并一一通报了沿途站名。扩音器里的声音照例啪啪作响，你根本一个字都听不清楚，但就在静电干扰声中，我听见一个熟悉的站名，就像一整个弦乐团在调音时，你清晰地听到钢琴弹奏出的音。

那一站离我家只有两个街区。

我疾步走入七月末午后尘埃滚滚的热浪之中，汗流浃背，满口飞沙，像来不及赶赴一场艰难的面试，终于在那辆红色公交车引擎发动的时候上了车。

我把票钱递给司机，身后车门的铰链转动，车门悄然合上。

12

戈登大夫的私人诊所矗立在一座绿茵小丘之上，通向小丘的悠长而隐蔽的车道铺着圆蛤碎壳，一片白色。房子很大，黄色护墙板和四面回廊在太阳照耀下闪闪发光，但绿草青丘却不见有人漫步。

顶着袭人的暑气，母亲和我走向诊所。蝉声聒噪，像半空中开了台割草机，其实它们远远躲在诊所后面的一棵铜红山毛榉树上，反倒令这四周的空寂愈发无边。

一个护士站在门口迎接我们。

“请在客厅稍候，戈登医生马上就来。”

诊所里看似一切正常，反令我心中忐忑，因为我知道里面一定关着一屋子的疯子。窗户上看不见铁栏杆，也听不到让人不安的狂躁叫声，阳光被均匀地分割成长椭圆形，投射在陈旧但柔软的红地毯上，空气中弥漫着刚刚割完草的宜人清香。

我在客厅入口停下脚步。

恍惚之间，我以为这是我曾去过的缅因州海边小岛上某个宾馆的休息室。耀眼的白光自落地窗照进来，远处的角落有一架大钢琴，人们穿着夏装，或坐在牌桌边，或坐在歪斜的藤制扶手椅上——在脏乱破败的海边风景区常看到的那种椅子。

然后，我才发现这些人都一动不动。

我更仔细观察，试图从他们僵硬的姿势上找到一点线索。渐渐地，我分辨出男女，有些男孩女孩跟我一样年轻，所有人脸上的表情都如出一辙，好像已经在架子上闲置了很久，不见天日，覆上了一层灰白的微尘。

接着，我注意到有些人其实在动，只是动作细微堪比小鸟，初看之下难以察觉。

一个面色发灰的男人正数着手中的一沓扑克牌，一、二、三、四……我以为他肯定是在检查这副牌是否完整，没想到他数完后又从头数起。他旁边的胖女人在玩一串木珠子，她把所有珠子拢到线绳的一头，然后，嗒嗒嗒，让它们落回另一头。

一个女孩在钢琴前翻阅着琴谱，发现我在看她，竟然愤愤地低下头，将琴谱一撕两半。

母亲碰了碰我的胳膊，我跟着她走进房间。

我俩坐下，没有说话，身下是凹凸不平的沙发，稍稍一动就嘎吱作响。

我的视线越过客厅里的人，落在半透明窗帘后的那片盎然绿意上，感觉自己像是坐在一家大百货商店的橱窗里，四周的人都不是真的，而是店里的假人，描画得与人相像，神态也装得与活人一样。

我跟在穿着黑色外套的戈登大夫后面走上楼。

在楼下大厅时，我想问他电击治疗是怎么回事，可我张开嘴时却一个字也说不出来，只能睁大眼睛看着他那张带着笑容、满是自信的熟悉脸庞，像一只盘子飘浮在我面前。

石榴色的地毯铺到楼梯的顶端，换成了钉在地板上的朴素的褐色油毡，沿着走廊一路延伸，两侧是一扇扇紧闭的白色大门。我跟着戈登大夫往前走，远处的一扇门打开，我听到一个女人在呼叫。

冷不防，一个护士从我们前面的走廊转角冒出来，拖了一个穿着蓝色浴袍、蓬着一头及腰长发的女人。戈登大夫往后一退，我也赶紧贴墙而立。

女人一边被护士紧紧拖着，一边挥舞着手臂挣扎，嘴里不停嚷嚷："我要跳窗，我要跳窗，我要跳窗。"

矮壮结实的护士穿着正面脏污的制服，拿斜视的眼睛直盯着我，两只圆圆的镜片厚到居然显现出四只眼睛。我尽力分辨哪只眼睛是真的，哪只是假的；真眼中哪只是斜视，哪只是直视。她却突然凑近我，居心叵测地咧着大嘴，笑得嘶嘶作响，好像在向我保证一般地说："她以为可以跳窗，可她根本办不到，因为窗户都上了铁条！"

戈登大夫领我走进位于后方的一个空荡荡的房间。我发现这里的窗户果然都安了铁栏杆，房门、橱门和柜子的抽屉，一切能打开关上的东西都配了锁孔，以便上锁。

我躺到床上。

斜眼护士进来，解下我的手表，丢进她的口袋。然后她又开始扯我头发上的发夹。

戈登大夫打开上锁的柜子，拖出一张带滚轮的桌子，推到我的床头后面，桌上摆着一台机器。护士开始把一种难闻的油脂涂在我的太阳穴上。

她俯身涂抹我靠墙那侧的太阳穴时，丰满的胸脯像云朵或枕头一样蒙住我的脸，一股淡淡的药臭味从她身上散发出来。

“别担心。”她低头又对我笑，“每个人第一次都怕得要死。”

我想回赠一个笑脸，但皮肤僵得像羊皮纸。

戈登大夫把两个金属片贴在我的头两侧，用一条皮带固定住，皮带嵌入我的前额，然后再让我咬住一条电线。

我闭上眼睛。

短暂的安静，仿佛深吸了一口气。

然后，有个东西欺身而近，抓住我，用力摇撼，如世界末日来临。吱——它发出尖锐的声音，空中蓝光乍现，噼啪爆裂，每一次闪光就是一次剧烈的撞击，直痛得我魂飞魄散、骨碎血溅，好像树木被闪电劈裂。

我到底犯了什么滔天大罪？

我坐在藤椅里，端着小鸡尾酒杯装着的番茄汁。表又回到我的手腕上，但看起来怪怪的，原来是戴倒了。我察觉到，发夹在我头发里的位置也不是我熟悉的地方。

“感觉怎么样？”

我的脑海中浮现起一盏旧的金属落地灯，它是我父亲书房里为数不多的遗物之一。上面有一个钟形铜座托着灯泡，一条虎皮色的破损电线从铜座垂下，接入墙上的插座中。

一天，我打算把这盏灯从母亲的床头挪到房间另一头，放在我的书桌旁。电线足够长，所以我没拔插头，直接用双手紧握住落地灯柱和毛糙的破电线。

突然，灯柱里跳出一道蓝光，把我震得牙齿打战，我想松开手，可是手被吸住了，我放声尖叫。或者该说尖叫声冲破我的喉咙，因为我完全认不得那声音，只听见它在空中颤抖，像灵魂被残暴地驱离了肉体。

双手猝然挣脱，我往后一仰，倒在母亲的床上。右手掌正中有一个像被铅笔芯戳中的小黑坑。

“感觉怎么样？”

“还好。”

才不好呢，我感觉糟透了。

“你说你读的哪所大学？”

我说出校名。

“啊！”戈登大夫的脸缓缓绽开一个简直算得上热情的笑容，“二战期间那里有个陆军妇女队，是吧？”

母亲的指关节是骨白色，好像在等我的这段时间关节上的皮肤都脱落了。她望向我身后的戈登大夫，神色一松，后者必定是跟她点了个头或露出了个笑容。

“再做几次电击治疗，格林伍德太太。”我听见戈登大夫说，“我想，你就会看见她大有进展。”

那个女孩依旧坐在钢琴凳上，撕破的琴谱像只死鸟落在她的脚边。她瞪着我，我也瞪着她。她眯起眼，对我吐出舌头。

母亲跟着戈登大夫走到门口，我磨磨蹭蹭跟在后面，他们俩一转身，我就转头对着那女孩，捏着耳朵做鬼脸。她缩回舌头，变回了石头脸。

我走到户外的阳光下。

朵朵·康威的黑色旅行车像一只黑豹，等候在光影斑驳的树荫下。

这辆旅行车原本是个富有的名媛预订的，车身全黑，没有一点儿杂色，连内饰皮革也是黑的。结果车子一到，名媛看了之后好不沮丧，说这根本就是辆灵车，其他人也这么觉得，所以没人接手。于是，康威夫妇狠狠杀价，省了好几百美元，把车开回了家。

坐在前排的我，夹在母亲和朵朵之间，浑身无力，倍感压抑。每次想集中精神，心思就像溜冰似的，滑入广袤虚无之中，在那里自顾旋转。

“我受够戈登大夫了。”下车后，看着朵朵的黑色旅行车消失在松树后面，我对母亲说，“你给他打电话，说我下周不会去了。”

母亲微笑着道：“我就知道我的宝贝不是那样的。”

我看着她，问：“哪样？”

“那些可怕的人。医院里的那些行尸走肉。”她顿了顿，“我知道，你会下决心恢复正常的。”

新晋女星，昏迷 68 小时，终告不治

我在皮包里摸索了半天——纸片，化妆盒，花生壳，硬币，装着十九片吉列剃须刀片的蓝色盒子——终于找到那天下午在公园橙白条纹照相亭里拍的快照。

我把我的照片置于报纸上那张不治身亡的女星照片旁。她的照片有点模糊，但是两张照片看起来真像啊，嘴巴像，鼻子也像。唯一不像的是眼睛。快照里我的眼睛是睁着的，报纸照片中她的眼睛是闭着的。可我知道，如果用手指撑开她的眼睛，它们会如同快照里我的眼睛一样，死气沉沉、黝黑空洞地望向我。

我把快照塞回皮包。

“我就坐在公园的长椅上，晒着太阳，看着那边钟楼上的时钟，多待五分钟吧。”我心里想，“然后，我就找个地方动手。”

我召唤出脑海中小小的声音合奏。

你对工作提不起兴趣吗，埃斯特？

你知道吗，埃斯特，你有神经官能症的典型初期症状。

这样你会一事无成，这样你会一事无成，这样你会一事无成。

某个炎热的夏夜，我曾花了一个小时亲吻一个全身多毛、形似猿猴的耶鲁大学法学院的学生，因为我同情他长得这样丑。我亲完后，他竟告诉我：“宝贝，我知道你是哪种女人了。你到了四十岁会是个假正经的老古板。”

大学里教创意写作的教授在我那篇题为《大周末》的小说上，挥笔写下“矫揉造作！”的评语。

我不知道这词什么意思，所以去查了字典。

矫揉造作：不自然，虚假。

这样你会一事无成。

我已经二十一个晚上睡不着觉了。

我想，这世上最美的东西就是影子，上百万个影子，或移动或固守一方。影子在柜子抽屉、衣橱、皮箱里，影子在屋子、树木、石头底下；影子在眼眸、微笑背后，在地球上笼罩着黑夜的那一面，影子绵延万里。

我低头看着右小腿，两片肉色的创可贴在上面交叉成十字。

那天早上，我终于动手。

我把自己反锁在浴室里，放了一整浴缸的温水，拿出一片吉列剃须刀片。

有人向某位年迈的罗马哲学家之类的智者求教，问他会选择什么死法，哲学家说他要泡在温水里切开自己的血管。我想，这倒容易，躺在浴缸中，看着手腕冒出的红色血花开在澄净的水中，我沉入绚烂如罂粟的红色水底，永远睡去。

然而事到临头，我却发现手腕的皮肤如此苍白无助，我下不了手。仿佛我要杀的东西不在这层皮肤之下，也不是我拇指底下跳动的微弱蓝色脉搏，而是在某个更幽深、更隐秘、更难以企及的地方。

其实只需要两个动作。先割一只手腕，然后换另一只。如果把刀片换手的动作加进去，也就三个动作。然后，踏进浴缸，躺下。

我走到浴柜前，如果割腕时看着镜子，应该就像看着书中或戏里的人吧。

可是镜中人麻木无力，笨得什么也做不了。

我转念一想，或许该先弄出点血练习练习。于是我坐在浴缸边，把右脚踝架在左膝上，然后举起右手的刀片，让它像断头台的铡刀般自由落在我的小腿肚上。

没什么感觉。随后，是一股来自深处的细微震颤，伤口涌出一道鲜明的红色细流。血越聚颜色越暗，像个水果，滚落脚踝，流进黑色的漆皮鞋中。

我想进浴缸，但又想到刚才那番磨蹭耗尽了早上的大好时光，眼看妈妈就要到家，会在我完成一切前发现我。

于是，我给伤口贴上创可贴，将吉列刀片收好，搭十一点半的公交车去了波士顿。

“抱歉，姑娘，地铁到不了鹿岛监狱，因为它在岛上。”

“不，它不在岛上。以前那儿是岛，但是经过填海造地，岛已经和内陆相连了。”

“可是没有地铁。”

“我非去不可。”

“喂。”票亭里的胖男人隔着铁栅栏看着我，“别哭啊，姑娘。那里有你什么人？亲戚？”

夜色被人工照明设备点亮，火车在斯戈雷广场下的蜿蜒隧道中隆隆进出，四周人群你推我搡着追赶火车。我能感觉到泪水就要从我死死闭住的眼角涌出。

“是我的父亲。”

胖男人看了一下票亭内墙上的图表，说：“这么着吧，你先乘旁边的那路车，在‘东高地’下，转乘前往‘海角’的公交车。”他又笑道：“它会直接把你送到监狱门口。”

“喂，你！”小屋里一个穿着蓝色制服的小伙子朝我挥手。

我也对他挥挥手，然后继续往前走。

“喂，你！”

我止住脚步，慢慢地走向小屋，它就像个坐落在废弃沙堆上的圆形客厅。

“喂，你不能再往前走了。那里是监狱重地，禁止入内。”

“我以为沙滩沿岸都可以走。”我说，“只要不超过潮水线。”

小伙子想了一下，然后说：“这片海滩不行。”

他长了张讨人喜欢的充满青春气息的脸。

“你这地方真不错。”我说，“像个小房子。”

他回头看了眼铺着编织小地毯、挂着印花棉布窗帘的房间，笑了。

“我们还有咖啡壶。”

“我以前住在附近。”

“没开玩笑吧？我也是这个镇土生土长的呢。”

我的视线越过沙滩，望向停车场和铁栅门。门后有一条穿海破浪的窄路，通往昔日的小岛。

监狱的红砖建筑看起来挺友善，像是一所海滨大学的校舍。我看见左边山坡的草坪上有些小白点和稍大些的小粉点在移动，问警卫那是什么，他说：“猪和鸡嘛。”

我不禁浮想联翩。要是当初我明白事理，留在这个老镇，说不准会在学校里认识这个狱警，跟他结婚，现在已经有了一堆孩子。住在海边，守着孩子，喂喂小猪小鸡，穿着被祖母称作耐洗外套的衣服，坐在铺着鲜亮油毡的厨房里，陷在宽大的扶手椅当中，一壶一壶地喝着咖啡，这样也不错。

“怎样才能进监狱？”

“要有通行证。”

“不，怎样才能被关进去？”

“哦。”警卫笑了，“偷车啊，或者抢劫商店。”

“里头有杀人犯吗？”

“没有。杀人犯关在大型州立监狱。”

“里面还关着哪些人？”

“呃，冬天一到，波士顿的老流浪汉就会来。他们故意朝窗户扔砖头，等着被逮入狱，这样冬天就不必挨饿受冻了。监狱里有电视可看，三餐吃得饱，周末还有篮球赛。”

“不错嘛。”

“如果喜欢这种生活，的确不错。”警卫说。

我跟他道别，转身离开，只回头望了一眼。他仍站在岗亭门口，见我回头，他举手敬了个礼。

我坐着的树干沉重如铅，气味像是沥青。居高临下的山丘顶上矗立着粗壮的灰色圆柱水塔，下方的沙洲蜿蜒入海，涨潮时就会淹没不见。

我清楚记得这片沙洲。有一种奇特的贝壳只长在这片沙洲的内凹处，海滩的其他地方都寻不着。

这种贝壳厚而光滑，拇指关节大小，通常是白色的，但偶有粉红色或蜜桃色，长得很像一种不大不小的海螺。

“妈咪，那个女生还坐在那儿。”

我懒懒地抬起头，看见一个全身是沙的小孩被一个女人拖上岸，女人身形纤瘦，眼神锐利，穿着红色短裤和红白圆点的颈背系带背心。

我没想到，这个海滩挤满了消夏的人。我离开的这十年，一栋栋花哨的度假小屋如雨后春笋般出现在海角的平坦沙地上，或蓝或粉或浅绿，像一簇食之无味的蘑菇。银色的飞机和雪茄状的飞船已被喷气机取代，它从海湾对面的机场隆隆起飞，急速掠过一片屋顶。

我是海滩上唯一穿裙子和高跟鞋的人，想必很是惹眼。过了一会儿，我把漆皮鞋脱了，因为它们老是陷进沙子里。想到我死了之后，这双鞋子会静静地放在这截银色的木头上，鞋尖指向大海，有如某种灵魂罗盘，我就倍感开怀。

我用手指摸了摸皮包里的那盒剃须刀片。

随即想到自己真是蠢透了。有了刀片，可是这里没有温水供我浸泡。

我想到租个房间，所有避暑胜地肯定都有旅店。可是我没有行李，会让人生疑。而且，旅店里总是有其他房客等着用浴室，如果有人砰砰敲门，我就没时间动手，再迈入浴缸等死。

沙洲顶端的海鸥落在高跷一样的木头上，发出猫一般喵喵的叫声。接着它们振翅飞起，一只接一只，身披灰羽，在我头顶盘旋、哀鸣。

“我说，女士，你最好不要坐在那儿，快涨潮了。”

那个小男孩蹲在离我几英尺的地方，捡起一颗紫色的圆石子，往海里一抛，扑通一声，海水就吞没了它。他在沙滩上到处翻找，我听见干燥的石头发出钱币般的撞击声。

他横扔出一块扁平的石子打水漂，石子在暗绿色的水面上弹了七次才消失无踪。

“你怎么不回家？”我问。

男孩又扔出一块石子，这次的比较重，只弹了两下就沉入水里。

“不想回去。”

“你妈妈该找你了。”

“才没有。”他的声音听起来有点担心了。

"如果你回家，我就给你糖吃。"

男孩立刻往前凑。"什么样的糖？"

用不着打开皮包，我也知道里头只有花生壳。

"我给你钱去买糖。"

"亚——瑟！"

真的有个女人出现在沙洲上，她滑了一跤，嘴里嘀嘀咕咕，显然是对刚才那一跤心怀怨恨，因为她发出响亮急迫的叫喊声时，嘴唇还一上一下地动着。

"亚——瑟！"

她用一只手遮在眼睛上方，好像这样有助于她在渐浓的海边夜色中分辨出我们在哪儿。

我能感觉到，随着母亲催得越急，小男孩的兴致就越低。他开始假装不认识我，踢了几脚石头，像是要找什么东西，缓缓走远了。

我打了个冷战。

裸足之下的石块笨重而冰冷，令我特别想念放在海滩上的那双黑皮鞋。海浪退去，然后又往前涌，像手轻抚触摸着我的脚。

寒湿之气仿佛来自海底，在那样的海底，有种白鱼，目不能视，却以自身发出的亮光穿越酷寒的极地。在那海底，我还看见鲨鱼的牙齿和鲸鱼的耳骨散落各处，有如墓碑。

我等着，等着大海替我做出决定。

第二道浪花在我脚边拍碎，点点白沫轻吻我的赤足。寒意攫住双踝，剧痛难当。

我的肉体畏缩了，因为胆怯，不敢面对这样的死法。

我拾起皮包，走过森寒的石头，回到紫罗兰色的天光之下，我的鞋子守候的地方。

13

“肯定是他妈杀死他的。”

我看着乔蒂介绍我认识的男孩的嘴，他的双唇厚而红嫩，丝绸般的白金色头发紧贴着一张娃娃脸。他叫卡尔，我猜这一定是什么名字的简称，但除了加利福尼亚，我想不出这个全名会是什么。

“你怎么能肯定是她杀了他？”我问。

卡尔应该很聪明才是，乔蒂在电话上还说他很可爱，我会喜欢他的。我心里怀疑，如果我还是原来的我，是否会喜欢这类男孩。

很难说。

“因为一开始她说‘不，不，不’，接着却说‘要’。”

“但是后来她又说了‘不’。”

卡尔和我并肩躺在橙绿条纹的浴巾上，身下是肮脏的海滩，对岸是林恩市郊的沼泽。乔蒂和她的意中人马克在游泳。卡尔不想下水，只想聊天，所以我们开始讨论一出戏。剧情是有个年轻人发现自己得了脑疾，因为他父亲和不清白的女人有染，他脑子不停软化，最后完全垮了，他的母亲在盘算要不要杀死他。

我怀疑是我母亲给乔蒂打电话，拜托她邀我外出，免得我成天窝在家里，连百叶窗都不开。一开始我不想答应，我怕乔蒂看出我的变化，任何人只要有眼睛都看得出来我的头颅里已经没有脑子了。

可是这一路下来，我们先是开车向北，然后再转向往东，乔蒂只顾说笑玩闹，似乎不在意我的回应只有“哦”“天哪”“不会吧”。

我们在海边的公共烤架上烤热狗，我仔细看着乔蒂、马克和卡尔怎么做，设法也把自己的热狗烤得恰到好处，没有像我担心的那样烤过了头，或是掉进火里。可是一转身，趁着没人注意，我就把热狗埋进了沙里。

吃完东西，乔蒂和马克手牵着手下水了，我躺下来凝望着天空，卡尔还在喋喋不休地谈论那出戏。

我记得这出戏的唯一原因是戏里有个疯子。我读过的东西中，只要与疯子有关的都会烙进我的脑海，其他部分则消逝无痕。

“可是，重要的是她说了‘要’。”卡尔说，“这是她最终会下的决定。”

我抬头眯眼望向大海，这海有如一只明亮湛蓝的大盘子——却带着一圈肮脏的边缘。离嶙峋的海角约莫一英里处，有一块灰色的大圆石像半个鸡蛋一样突起在水面上。

“她是用什么东西杀死他的？我忘了。”

其实我没忘，记得清清楚楚，但我想听听卡尔怎么说。

“吗啡粉。”

“美国有吗啡粉吗？”

卡尔想了一下，说：“我觉得没有，吗啡杀人的法子太落伍。”

我翻身趴着，眯眼看向林恩市的方向。烤肉架下的火气和路面的热气蒸腾起涟漪般的薄透雾气，有如一道清澈的水帘。我的视线穿过这雾气，看见油槽、工厂烟囱、起重机和桥梁轮廓构成的脏兮兮的天际线。

看起来乱七八糟。

我又翻身躺好，用漫不经心的口吻问："如果你要自杀，会怎么做？"

卡尔对这个问题似乎很有兴趣。"我经常想这个问题。我会一枪轰掉自己的脑袋。"

我很失望。男人用枪理所当然，可我哪有机会碰枪？就算拿到枪，我也不晓得该朝身上哪个部位打。

我在报上读到过，有人想开枪自杀，却只打中了重要的神经，弄得全身瘫痪；或者炸毁了自己的脸后奇迹般地被外科医生救回一命，没有死掉。

举枪自戕风险着实太大。

"哪种枪？"

"我爸的霰弹枪，随时都有子弹上好膛。我只要哪天走进他的书房，然后——"卡尔用手指着太阳穴，做出一幅死透的滑稽表情，"砰！"他张大浅灰色的眼睛看着我。

"你爸住在波士顿附近吗？"我懒懒地问。

"不，他住在滨海克拉克顿。他是英国人。"

乔蒂和马克手牵手跑上岸，像两条相亲相爱的小狗一样，将身上滴滴答答的水甩落。我想这里很快就会人满为患，于是起身，假装打了个哈欠。

"我想去游个泳。"

与乔蒂、马克和卡尔共处，我的精神压力倍增，像一根沉重的木块压在琴弦上。我怕自己随时会失控，开始滔滔不绝地跟他们倾诉：我看不进书，写不出东西，全世界大概只有我整整一个月没睡却还没力竭而亡。

我的神经似乎开始冒烟，就像烤肉架和烈日炙烤过的路面冒出的热气。放眼望去——沙滩、海角、大洋和礁岩——一切都成了舞台的背景幕布，在我眼前发颤。

我想知道在空中的哪一点，天空中那愚蠢、虚假的蓝色会变成黑色。

“你也去游吧，卡尔。”

乔蒂开玩笑地轻推了卡尔一把。

“哦。”卡尔把脸埋入毛巾，“水太冷啦。”

我朝海水走去。

不知为什么，在万里无云的灿烂正午，海水看起来分外亲切宜人。

我想，溺水应该是最舒服的死法，最惨的莫过于烧死吧。巴迪·威拉德带我看的那些标本罐里的胎儿有些长了腮，他说在某个阶段，他们就跟鱼一样。

一排裹挟着垃圾的小浪涌向我的脚，浪里有糖果纸、橘子皮和海藻。

我听见背后传来脚踩沙地的声音，卡尔走了过来。

“我们游到那块礁岩吧。”我边指边说。

“你疯了吗？足有一英里远。”

“你这样算什么？”我说，“胆小鬼。”

卡尔抓住我的胳膊肘，推我走入水里，等到水深及腰，就把我往水里压。我浮上海面，拍着水，眼睛被咸水刺得生痛。水下是一片半透明的绿，有如一大块石英。

我以一种改良过的狗刨姿势开始游，一路向着礁岩而去。卡尔以自由式慢慢跟着。过了一会儿，他昂起头，开始踩水。

“游不动了。”他气喘吁吁地说。

“好。你回去吧。”

我想不停地往外游，游到没力气回到岸边。我游啊游，心跳在耳边咚咚作响，仿佛沉钝的马达声。

我在，我在，我在。

那天早上，我企图吊死自己。

母亲一出门上班，我就拿了她那件黄色浴袍上的丝质腰带。在卧室琥珀色的光影里，我把丝带打了个可以上下滑动的结。因为不擅长这个，我花了很长时间，不知道怎么打才好用。

接着，我到处找可以挂丝带的地方。

问题来了，我家的天花板不行。白色的天花板不仅低矮，而且墙皮抹得很光滑，放眼看不到任何灯座或木梁。真怀念外婆以前的房子，可惜她卖了老房子搬来和我们住，后来改和莉比姨妈住。

外婆的房子是十九世纪的精致风格，房间高挑，枝形吊灯支架粗壮，高大的衣柜里横着坚固的衣杆，没人上去过的阁楼里堆满了箱子、鹦鹉笼和裁缝用的试衣假人，屋顶上的横梁就像船骨一样厚重结实。

不过，终究是老房子，外婆已经卖掉了。从此我不知道谁家还有这样的房子。

我在屋里走来走去，怎么也找不到可以挂绳子的地方，套在脖子上的丝带像黄色的猫尾巴荡来荡去，最后我心灰意冷。我坐在母亲的床沿上，用力拉紧脖子上的丝带。

但是每次我一勒紧带子，就觉得耳朵发热，脸上充血，于是手一软，带子一松，我又缓过劲来。

我发现我的身体真是诡计多端。譬如这回，让我的手一次又一次地在关键时刻变得无力，救了它的命。要是我能完全做主，一眨眼就能了结自己。

很简单，要么我用仅存的理智对身体来个突袭，要么只好任由它将我关在这具蠢皮囊中，行尸走肉般地活上五十年。尽管母亲把自己的嘴管得很紧，但别人迟早会发现我的精神早已错乱，到时他们一定会力劝她把我送到精神病院接受治疗。

只是，我的病无药可救。

我曾在药房买了几本变态心理学的简装书，把我的症状与书中提到的症状做了比较，果不其然，我的症状完全与最没希望治愈的病例符合。

除了八卦小报，我现在唯一能读得进的东西就只剩变态心理学的书籍了。上天仿佛给我留了一条门缝，让我可以充分了解自己的病症，好找个合适的方式自我了断。

上吊的法子看来是行不通了，我怀疑是不是该打消轻生的念头，转身乖乖听医生的话。这么一想，我又记起了戈登大夫和他私人诊所里的电击设备，一旦被关进去，他们就可以随时用那个机器对付我了。

我继而又想，母亲、弟弟和朋友会坚持日复一日地来看我，盼我好转。但慢慢地，他们探访的次数会越来越少，最后对我彻底绝望。他们会变老。他们终会将我遗忘。

再说，他们也会变得拮据。

一开始，他们会给我最好的医疗条件，把所有的钱投入戈登大夫开设的私人诊所那种地方。等最后家财耗尽，我就会被转入公立医院，跟几百个同我一样的病人一起被关在地下室的大笼子里。

你越是没有康复的希望，就会被藏得越深。

卡尔掉头往岸上游。

我看着他在深及颈部的海水中费力地慢慢游走。在卡其色沙滩和沿岸绿波的衬托下，他白得像蠕虫一样的身体被一分为二。没多久，这只白色蠕虫完全游出了绿波，爬上了卡其色的沙滩，消失在其他数十只蠕动或游荡于海天之间的蠕虫中。

我继续在水里手脚并用地划着，可我和蛋形礁岩的距离并没有比我跟卡尔在岸上观察时更近。

然后我想明白了，何必游到礁岩那么远的地方去，因为到头来我的身体还是会找借口爬出水面，躺在礁岩的阳光下休息，等着恢复体力好游回去。

唯一的选择是淹死自己，就在此时此地。

于是，我不游了。

我把手收回胸前，头埋入水中，双手拨水，往深处潜。海水压迫着我的耳膜和心脏。我振臂往下，但我还没想明白自己在哪儿，就被海水拍上水面，重见天日。太阳下的世界闪闪发光，像是蓝、绿、黄色的宝石半成品围绕在我四周。

我抹去眼睛上的海水。

下潜真是耗费力气，搞得我气喘吁吁，可是浮在水上却毫不费劲。

我再次下潜，一次又一次下潜，每次都跟软木塞一样浮出水面。

灰色的礁岩嘲笑我在海里的这番折腾，上上下下简直像套了个救生圈一样。

我知道我被打败了。

我转身上岸。

我用手推车将花推过走廊，花儿一路颤巍巍地点头，宛如聪明可爱又知书达理的好孩子。

穿着这一身灰绿色的义工制服，我觉得自己既愚蠢又多余，比不上穿白色制服的医护人员，连穿褐色制服的女清洁工也不如，后者拿着拖把、提着污水桶走过我身边时话都懒得说一句。

如果有薪水，无论多微薄，起码算是一份正经工作，但我一整个早上推着车子分送杂志、糖果和鲜花，仅仅换得一顿免费午餐而已。

母亲说，对于那些成天胡思乱想的人来说，最好的药方就是去帮助比自己更惨的人，所以我们的家庭医生特雷莎安排我到当地医院当义工。要在这家医院当义工可没那么容易，因为青年联盟里的女人都抢着做这差事，不过我很幸运，这阵子她们很多人都度假去了。我本希望被分配到重症病房，因为我觉得那儿的病人会看出我麻木呆滞的表情底下隐藏的一片善意，并对此深表感激。可是义工领队——一位和我同一教区的社交名媛——瞟了我一眼后，说："你去产科。"

于是我搭乘电梯去了三楼产科病房，向护士长报到。她给了我一推车的花，要我把正确的花瓶送到正确病房的正确床位上。

还没走到第一间病房，我就发现很多花垂头丧气，花瓣边缘已经枯萎发黄。我想，把一大束蔫了吧唧的花扔在刚刚生完孩子的女人面前，肯定会让她们很扫兴，所以我掉转推车，来到走廊内凹室的水槽边，把已经凋谢了的花一一挑拣出来。

行将凋谢的花也没有放过。

四处看不见垃圾桶，我把挑出来的花揉成一团，丢在白色深水槽里。这水槽感觉冷得像坟墓。我的脸上扬起微笑。医院太平间随手处置尸体的动作肯定和我一样，所以我这个弃花的小小举动正暗合了医护人员对待尸体的大动作。

我打开第一个房间的门，拉着推车走了进去，几个护士跳了起来。我模糊地看到几个架子和药品柜。

“你要做什么？”一个护士厉声问道。她们几个看起来都一个样，我分不清谁是谁。

“我来送花。”

刚刚说话的护士把手搭在我的肩膀上，引导我走出房间，另一只手熟练地拉着我的推车。她推开隔壁病房的门，欠身让我进去，然后她就不见了。

我听见外头传来咯咯的笑声，直到一扇门关上，笑声才听不见了。

房里有六张床，每张床上都坐着一个女人，有的打着毛线，有的浏览杂志，有的在上发卷，叽叽喳喳，就像鸟舍里的鹦鹉。

我以为她们会在睡觉，或者脸色苍白地静静躺着，这样我就能不惹任何麻烦地踮起脚尖，放轻步伐，把床号和花瓶胶带上用墨水写的编号匹配好。可我还没来得及辨清方向，就见一个聪明活泼、长着一张三角形尖脸的金发女人对我招手。

我走上前，把推车留在房间中央，但她比画了一个不耐烦的手势，我才明白她要我把车也推过去。

我把整车花推到她的床边，对她露出乐于效劳的微笑。

“喂，我的飞燕草呢？”病房另一边一个肌肉松弛的大个子女人用她老鹰般的锐利眼神扫视我。

长着三角形尖脸的金发女人俯身凑到推车上。“我的黄玫瑰在这里。”她说，“可是跟一些臭鸢尾混在一起了。”

其他女人也加入这两个女人的行列，怒气冲冲地大声抱怨着。

我开口解释：那束飞燕草已经枯死，所以被我扔进了水槽，另外一些奄奄一息的也被我剔除，花瓶里没剩几枝花，稀稀疏疏的，所以我就把几束凑成一把。正说着，房门被推开，一个护士阔步走入，查看这场骚动是怎么一回事。

“听我说，护士小姐，那一大束飞燕草是昨晚我家拉瑞带给我的。”

“她把我的黄玫瑰搞得乱七八糟。”

我边跑边解开绿制服的扣子，经过水槽时，一把将制服扔了进去，让它跟那些死花做伴吧。然后我从偏僻无人的侧梯下楼，一步两级台阶地奔向街道，一路上没遇到任何人。

“请问墓园怎么走？”

穿着黑色皮衣的意大利人停下脚步，指着白色卫理公会教堂后面的一条小路。我记得这间卫理公会教堂，九岁丧父之前我是卫理公会教徒，之后我们搬家，改信一神教。

母亲在成为卫理公会教徒之前信天主教，我的外祖父母和莉比姨妈依然是天主教徒。莉比姨妈曾与母亲同时离开天主教会，不过后来她爱上了一个意大利的天主教徒，于是重新皈依了天主教。

最近我在考虑加入天主教。我知道这个宗教认为自杀罪孽深重，果真如此的话，或许他们有办法断了我的这个念头。

当然，我不相信死后永生、处女生子、宗教裁判所这些事情，也不相信那个猴脸矮个子教皇永远不会犯错，但这些不必让神父知道，我只要专心认罪，他就会帮助我忏悔，打消我寻死的念头。

唯一的问题是，宗教并非生活的全部，就算是天主教也一样。不管你跪多久，祷告多长时间，你还是得一日三餐，工作和生活在现实世界里。

我想，也许可以看看当多久的天主教徒之后可以做修女，于是便询问母亲，想来她应该知道走这条路的最佳途径。

母亲嘲笑我说："你以为他们会二话不说就收你这样的人当修女？你得熟知所有的教义、信条，而且要一股脑儿照单全收，毫不怀疑。就凭你这点儿脑子，想也别想了！"

不过，我还是幻想着自己跑到波士顿找神父——非得去波士顿不可，因为我不想让家乡的神父知道我有轻生的念头。神父最会散播流言。

我要穿着一身黑，惨白着一张脸，扑到神父的脚边，说："哦，神父，救救我。"

我可不想让大家用医院里护士看我的怪异表情来看待我，既如此，这个计划必须尽早展开。

我很肯定天主教不会接纳发疯的修女。莉比姨妈的丈夫说过一件趣事：修女院送一名修女到特雷莎医生那里做检查，这修女老是觉得耳边有竖琴的声音，还有个声音不停地说："哈利路亚！"医生详细询问时，她却不能确定听到的是哈利路亚还是亚利桑那，她就是在亚利桑那出生的。我想，她最终的下场是进疯人院吧。

我把黑色面纱拉到下巴，阔步穿越铸铁大门。真奇怪，父亲一直埋在这墓园，我们却从不曾来拜祭过。母亲没让我们参加父亲的葬礼，因为那时我们还小，加上他是在医院过世的，所以我总觉得墓园，乃至他的死，都很不真实。

最近我有种强烈的渴望，想弥补这么多年来对他的疏忽，好好照看他的坟墓。父亲向来最疼爱我，既然妈妈从未费心哀悼过，自当由我来表达哀悼之情。

我想，如果父亲没死，他一定会把有关昆虫的所有知识传授给我，他在大学里教的就是昆虫学。他也会教我他擅长的德文、希腊文和拉丁文。也许受他的影响，我会成为路德派信徒。父亲在威斯康星州时加入路德教派，但这个教派在新英格兰地区已经式微，所以他背离此教，后来变成了母亲嘴里的那个满腹愤恨的无神论者。

墓园让我大失所望。它位于镇郊的低地处，像个垃圾场。走在墓园的小径中，我甚至能闻到远处盐碱沼泽的腐臭味。

墓园的旧区还算好，扁平的墓石饱经风霜，纪念碑长着一层苔藓。不过我随即发现，父亲应该是葬在二十世纪四十年代修建的新墓区里。

新墓区的墓石看起来廉价而粗糙，有些墓穴的四周镶着大理石边，活像盛满泥土的长方形浴缸。生锈的金属花托立在大约是死者肚脐处的位置，里头插满塑料假花。

灰色的天空飘起毛毛雨，我的心情跌到谷底。

哪儿都找不到父亲的坟墓。

低沉的乌云翻卷，掠过沼泽和滨海小屋区域后方的海边地平线。雨点让我今早才买的雨衣更显黝黑，寒冷的湿气侵入我的肌肤。

当时我问女店员："这雨衣防水吗？"她说："没有雨衣能完全防水，它只是防雨。"

我问她防雨是什么意思，她告诉我最好还是买把伞。

可是我的钱不够买伞。往返波士顿的车票、花生、报纸、变态心理学的书以及回海边老家的旅程，几乎花光了我在纽约见习时攒下的钱。

我决定在花光银行存款时动手。而今天早上，最后一点钱就花在了这件黑色雨衣上。

就在这时，我看见了父亲的墓碑。

它挤在另一个墓碑上方，头对着头，犹如空间不足的救济院里人挤人的样子。斑驳的粉色大理石墓碑看起来像三文鱼罐头，上面只有父亲的名字，底下是两个日期，用一个小小的破折号隔开。

我把一束带雨的杜鹃花摆在墓碑底部，这是我从墓园入口的花丛里摘的。然后，我盘腿坐在湿答答的草地上，不明白自己怎么会哭得这么伤心。

接着，我想起自己从没为父亲的死掉过一滴泪。

母亲也没掉过。她只笑着说，他能这么去了也算是种解脱，因为假始他活着，肯定受不了终生残疾，宁愿一死了之。

我把脸贴在光滑的大理石上，在冰冷苦涩的雨中恸哭我失去的一切。

我知道该怎么做。

听着母亲的车轮嘎吱辗过车道，引擎声渐渐远去，我立刻跳下床，匆匆套上白衣绿裙，再披上黑雨衣。雨衣摸起来还带着昨天的湿气，不过这很快就无所谓了。

我来到楼下，从餐桌上拿起一个浅蓝色信封，费劲地在背面写上几个潦草的大字：我要去散个长长的步。

把留言信封支在母亲一进门就看得到的地方。

然后我笑了。

竟然忘了最重要的事。

我跑上楼，拖了把椅子到妈妈的壁橱前，爬上椅子，伸手去够顶层架子上绿色的小保险箱。箱子的锁很脆弱，我徒手就可以把那金属箱盖扯下来，但我想冷静有序地完成每个步骤。

我拉开母亲五斗柜右上层的抽屉，从喷了香水的爱尔兰亚麻手帕底下抽出一个蓝色的珠宝盒，从盒里的黑丝绒布上取下小钥匙，打开保险箱，拿出那瓶刚放入没多久的药。数量比我预想的要多。

至少有五十粒。

如果要等母亲每晚发一粒给我，得攒上五十个夜晚才能存够数。而五十个夜晚过后，学校就会开学，弟弟也会从德国回来，到时就来不及了。

我把钥匙放回珠宝盒里，跟一堆廉价的项链和戒指放在一起，再把珠宝盒藏回抽屉手帕底下，然后把保险箱放回壁橱架子上，椅子摆回地毯上原来的位置。

接着，我下楼走进厨房，打开水龙头，倒了一大杯水，带着水杯和那瓶药走向地下室。

昏暗如海底幽明的光，透过细窄的窗缝照进地下室。燃油暖气炉后方的墙上，约莫齐肩高的地方，有个黑黢黢的缺口，延伸至车库与主屋间的通道下方，看不见底。这个通道是在地下室挖好之后才增建的，所以就盖在这个隐秘泥土缺口的上方。

几根老旧的壁炉朽木挡住了入口，我用力将它们推开一点，然后把水杯和药瓶并排放在其中一根木头的扁平横面上，开始往缺口上爬。

费了不少时间，折腾了好几次，最终才把身体塞入缺口。在这黑暗之口，我佝偻着身体，像洞穴中的巨人。

光脚下的泥土亲切而冰冷。我暗想，这方泥土最后一次见到阳光，不知是多久以前的事了。

我用力拖动一根根布满尘土的沉重木头，挡住洞口。洞内的漆黑浓厚得像天鹅绒。我伸手拿过水杯和药瓶，小心翼翼地低头爬向最远的墙。

蛛网如柔软的飞蛾轻触我的脸。我裹紧身上的黑雨衣，将它当成我亲密的影子。打开药瓶，迅速吞下一粒粒药片，间或灌上一口水。

起初没什么感觉，但药瓶快见底时眼前开始闪现红光和蓝光。药瓶从指尖滑落，我倒了下去。

寂静退去，石子、贝壳，以及我生命中那些支离破碎的残骸一一浮现。接着，在视界的边缘，寂静重新聚集，以汹涌之势席卷而来，将我冲入梦乡。

14

彻头彻尾的黑。

除了黑，别无感觉。我抬起头，像条蠕虫的头，感受着这漆黑。有人在呜咽。接着，一个硬如石墙的重物砸中我的脸。呜咽声稍歇。

一切重归寂静，犹如被落石打破平静的水面，随着石子坠入黑暗的水底而再度归于平静。

一阵凉风袭过，我在一个隧道里极速坠往地底。之后，风停了，远处传来骚动，像是许多人在抗议、反对。接着，声音平息了。

眼皮被凿子撬开一道裂缝，一线光打开了，如张开的小嘴，又似一道伤口，旋即被黑暗夹住。我试图翻身，避开光的方向，但死死抓住我四肢的手像木乃伊的裹尸布，叫我动弹不得。

我想，我定是身处一间地下密室之中，屋内灯火眩目，里面满满都是人，只是不知他们为何要压着我不让我动。

凿子又开始敲击，光线射入我的脑袋，有个声音穿过又厚又暖的可怕的黑暗喊道：“妈妈！”

呼吸的气流在我脸上玩耍。

我分辨出这是个房间，窗户敞开的大房间。我头下堆着个枕头，身体飘浮在薄被与床单之间，没有任何压力。

接着，我感觉到一股暖意，仿佛是有人把手贴在我的脸上。我一定是躺在阳光下，睁开眼就会见到各式色彩和形状，像护士查看病人一样俯身靠近我。

我睁开眼。

一片漆黑。

身旁有呼吸声。

“我看不见。”我说。

黑暗中有个声音欢喜地说：“世界上有许多看不见的人。有一天你会嫁给一个瞎眼的好男人。”

拿凿子的男人又来了。

“何必费事呢？”我说，“没用的。”

“千万别说这种话。”他用手探了探我左眼上那个又大又痛的肿块，然后弄松了什么东西，一道参差破碎的光闪现，仿佛墙上开了个洞。一个男人的手隐约出现在洞的边缘。

“看得见我吗？”

“是的。”

“其他东西呢？”

这时我想起来了：“我什么都看不见。”光洞缩小，眼前恢复黑暗。“我瞎了。”

“胡扯！谁说的？”

“护士说的。”

他对此嗤之以鼻，把我眼睛上的绷带用胶布贴好，说：“姑娘，你运气很好，视力完好无损。”

“有人来看你了。”

护士笑笑，人就不见了。

母亲微笑着绕过床尾走来。她穿着有紫色车轮图案的衣服，看起来糟透了。

她身后跟着一个又高又大的男孩。起初我没认出他来，因为我的眼睛只能张开一点点，但很快我看清那是我弟弟。

“他们说你想见我。”

母亲坐在床沿上，一只手覆上我的腿，满脸爱之深责之切的模样，我真希望她走开。

“我想我没这么说过。”

“他们说你喊着要见我。”她泫然欲泣，脸紧皱起来，浑身颤抖得像一个苍白的果冻。

“你怎么样？”弟弟问。

我看着母亲的眼睛。

“老样子。”我说。

“你有访客。”

“我不想见什么访客。”

护士匆忙跑出去，向走廊里的某人窃窃耳语，然后又折回来。“他非常想见你。”

我低头看着身上那件陌生的白色丝质睡衣——这是医院里的人给我穿上的——下面伸出两条泛黄的腿。我一动，腿上的皮肤就松垮地晃动，好像里面没有肌肉支撑，只覆盖了一层短短的、浓密的黑色短汗毛。

“是谁？”

“你认识的人。”

“他叫什么名字？”

“乔治·贝克维尔。”

“我不认识叫乔治·贝克维尔的人。”

“他说他认识你。”

护士说完走了出去，一个很面熟的男孩走了进来，说：“我可以坐在床边吗？”

他穿着白袍，我瞧见他口袋里露出一截听诊器。我猜一定是我认识的哪个人冒充医生。

我原本打算有人进来就立马盖上自己的腿，但现在已然太迟，干脆让它们就这么摊着吧，恶心又丑陋。

“这就是我。”我想，“我就是恶心又丑陋。”

“你记得我吧，埃斯特？”我眯起剩下的那只好眼，斜斜看向他。另一眼还睁不开，但是医生说过几天就没事了。

男孩像看着动物园里新鲜好玩的动物一样盯着我，差一点就要扑哧笑出声来。

“你记得我吧，埃斯特？”他用那种跟笨小孩讲话的语气慢慢地说，“我是乔治·贝克维尔，咱俩是同一间教会的。你还跟我的室友在艾默斯特市约会过一次。”

我想我认出他的脸了，它模糊盘旋在记忆的边缘——那种我永远都懒得费心记下名字的脸。

“你在这里做什么？”

“我是这间医院的实习医生。”

这个乔治·贝克维尔怎么突然成了个医生？我不明白。他跟我也不是很熟，恐怕只是想看看疯到要自杀的女孩长得什么样吧。

我把脸转向墙壁。

“出去。”我说，“滚出去，别回来。”

“我要照镜子。”

护士哼着曲子忙里忙外，打开一个个抽屉，把母亲为我买的新内衣、衬衫、裙子和睡衣拿出来，塞进黑色漆皮小旅行箱里。

“为什么不让我照镜子？”

她们给我穿上像床垫布做的灰白条纹紧身女装，系上艳红的宽腰带，再把我搀上扶手椅。

“为什么不让？”

“因为你最好别看。”护士啪的一声合上小旅行箱的盖子。

“为什么？”

“因为你的模样不怎么好看。”

“哦，就让我看看吧。”

护士叹了口气，打开柜子最上面的抽屉，拿出一面木框大镜子递给我，镜框的材质和柜子是配套的。

一开始，我看不出有什么问题。因为这根本不是一面镜子，而是一幅画。

画里的人男女难辨。剃光的头上直竖着一簇簇鸡毛似的残发。半边脸肿胀变形，一片青紫，边缘转为绿色，再往外淡成土黄。浅褐色的嘴，嘴角两侧都是玫瑰色的溃疡。

一张脸上居然能聚集这么多鲜艳的色彩，真是让人啧啧称奇。

我笑了。

镜中的嘴也咧开，露出了一个笑容。

镜子坠地，过了一会儿另一个护士跑了进来。她看了一眼破碎的镜子，再看看站在刺眼反光的碎镜片中的我，把那个年轻护士拉出了房间。

“我不是告诉过你。”我听见她说话。

“但我只是……”

“我不是告诉过你！”

我没多大兴趣听下去。谁都可能失手打破镜子，不明白她们在紧张什么。

较年长的护士回到病房。她站在那儿，双臂交叉，狠狠地瞪着我。

“倒霉七年。”

“什么？”

“我说，”她提高嗓门，像在对聋子吼，“打破镜子会倒霉七年。”

年轻的护士拿着簸箕和扫帚回来了，开始打扫一地闪闪发光的碎片。

“那只是迷信。”我说。

“哼！”年长的护士对跪在地上的小护士说，仿佛我根本不存在一样，“到了‘那个地方’，看他们怎么收拾她！”

从救护车的后窗望出去，一条条熟悉的街道渐渐融入远方的夏日绿意中。母亲坐在我身侧，弟弟坐在另一边。

我假装不知道为什么要把我从本地医院转到市立医院，好看看他们会怎么说。

“他们想让你住特殊病房。”母亲开口道，“可我们这里没有那种病房。”

“我喜欢原来的病房。”

母亲抿紧了嘴唇。“那你应该表现得好一点。”

“什么意思？”

“你不该摔破镜子。那样，他们或许会让你继续待下去。”

我当然知道，这和镜子没有关系。

我坐在床上，被单盖到脖子。

“为什么我不能下床？我没病。”

“医生要巡房。”护士说，“巡完房你就可以下床了。”她用力拉开床边的帘子，我看见隔壁床是个很胖的意大利年轻女人。

这意大利女人有一头浓密的黑卷发，从额前一路高耸向上，到背后如瀑布般倾泻而下。她一动，庞然大物似的头发就跟着动，仿佛是黑色的硬纸做的。

她看着我咯咯笑。“你为什么来这儿？”没等我回答，她就说：“我来这儿，全是被我那法裔的加拿大婆婆害的。”她边笑边说，“我老公知道我受不了她，可他还让她来我们家。她来了之后，我就不由自主地吐舌头。他们先把我送到急诊室，接着又把我送到了这里。”她压低声音，“跟一群疯子关在一起。”此时她终于想起问我：“你呢？”

我把正脸转向她，让她看见我瘀青肿胀的眼睛。“我企图自杀。”

她盯着我看，然后仓皇地从床头柜上抓起一本电影杂志，装作在看书。

我床铺对面的房门被一把推开，一群穿着白大褂的年轻男女跟着一个年长的银发男子走了进来。他们脸上都挂着明快又做作的笑容，聚集在我的床尾。

“今早感觉如何，格林伍德小姐？”

我努力搞清楚是谁开的口。我讨厌和一群人讲话。非得如此，我会挑出其中一人当成说话的对象。可我还是觉得，其他人盯着我说话是占了我的大便宜。我也讨厌别人明知道你不好，却兴高采烈地问你感觉如何，还期望着你会回答“很好”。

“我感觉很不好。”

“唔，很不好。”有人搭腔，有个小伙子低下头微微一笑，还有个在夹板上潦草地记了几笔。接着有个人板起一张严肃的脸问：“为什么感觉不好？”

我猜，这群朝气蓬勃的年轻男女中，很有可能有人是巴迪·威拉德的朋友。他们知道我认识他，所以好奇地想看看我，之后我就会沦为他们的谈资。我想躲到没人认识我的地方去。

“我睡不着……”

他们打断我。“但护士说你昨晚睡着了。”我环视那排成弧形的一张张脸，新鲜而又陌生。

“我无法阅读。”我提高音量，“也吃不下东西。”说到这儿我突然想到，自打清醒后，我已经狼吞虎咽了不少东西。

那群人不再注意我，转过头窃窃私语。最后，银发男子站了出来。

“谢谢，格林伍德小姐。很快会有医生过来看你。”

接着，一群人走到意大利女人的床边。

“今天感觉怎么样……”有人问道。这女人的名字好长，听起来一堆L的音，像是托莫利洛太太。

托莫利洛太太咯咯笑了。“哦，我很好，医生。我真的很好。”她又压低嗓门，用我听不见的声音跟他们耳语了几句。有一两个医生朝我这边瞥了几眼，接着有人说："好的，托莫利洛太太。"有人跨出一步，拉上我们之间的床帘，像筑起了一道白墙。

医院的四面砖墙围着一片方形的草地，我坐在草地上一个长木凳的一端，母亲穿着那件紫色车轮图案的衣服坐在另一端。她一只手托着腮，食指靠在脸颊上，拇指顶着下巴。

托莫利洛太太跟几个脸上堆着笑的黑发意大利人坐在旁边的长凳上。每次母亲改变姿势，托莫利洛太太就依样画葫芦。现在，托莫利洛太太也是食指靠在脸颊上，拇指顶着下巴，怅然地侧着头。

"别动。"我小声嘱咐母亲，"那个女人在学你的样子。"

母亲转头张望，眨眼工夫，托莫利洛太太就把她又白又肥的手放到了大腿上，跟朋友热络地聊起来。

"没有啊，她没有学我。"母亲说，"她甚至根本没注意我们呢。"

可是母亲转向我的那一刹那，托莫利洛太太马上效仿她的新姿势，把指尖对在一起，再对我投以凶狠嘲讽的目光。

草坪上走来许多医生，白晃晃的一片。

阳光照进高高的砖墙间，洒落成一道窄窄的锥形光柱。母亲和我在光柱中坐了一会儿，不断有医生走上前来自我介绍。"我是 ×× 医生。""我是 ×× 大夫。"

有几个看起来太年轻，我觉得他们不是正经医生。其中一个的名字好奇怪，听起来像"梅毒医生"，于是我开始留心那些令人生疑的假名。果然，有个黑头发的走上前来跟我握手，说："我是胰腺大夫。"他长得极像戈登大夫，只是他比较黑，不如戈登大夫白。

医生们自我介绍完，就站在听得见我说话的地方，我没法避开他们，告诉母亲他们会记下我们说的每一个字，所以只得靠近她，在她耳边悄声低语。

母亲的身体猛然向后一缩。

“唉，埃斯特，我希望你合作一点。他们说你不配合，不愿意跟任何医生说话，专业治疗时什么都不做……”

“我得离开这里。”我故意告诉她，“离开这地方，我就好了。是你把我送进来的，就得把我弄出去。”

我想，要是我能说服母亲让我离开医院，就能博取她对我的怜悯，像戏里那个得脑疾的男孩使的手段一样，让她接受我认为最妥当的办法。

出乎我的意料，母亲竟然说:“好吧，我会想办法让你出去——哪怕只是换个条件稍好的地方。”她把手放到我的膝盖上。“如果我这么做了，答应我，你会乖乖听话，好吗？”

我转身直瞪着“梅毒医生”，他就站在我的手肘旁边，在一本小到几乎看不见的便笺簿上做着笔记。“我答应你。”我大声回答，唯恐别人没听见。

一个黑人推着餐车进入病区餐厅。这家医院的精神科病区很小——只有两条L形走廊，两侧是病房，另外专业治疗室后面凹进去的小房间里也有病床，我就住在那里。L形走廊的转角处有个小区域，窗边摆了一张桌子和几把椅子，充当我们的休息室兼餐厅。

平常送饭的是个佝偻的白人老头，今天却换成一个黑人，身旁有一个穿着细高跟鞋的女人吩咐他做这做那。黑人从头到尾一直咧着嘴，吃吃傻笑。

他端着托盘来到我们这桌，把三个带盖的锡盆砰砰放在桌上。随他来的女人离开了，临走还锁上了餐厅的门。黑人乒里乓啷放下锡盆、磕出凹痕的银餐具和白色厚瓷盘，一双大眼睛骨碌碌地一直瞧着我们。

我看得出来，这是他头一回见到疯子。

全桌没一个人动手掀开锡盆，护士也往后一站，等着看谁先她一步打开盖子。通常这事都由托莫利洛太太效劳，她还会像小妈妈一样替大家分菜。可是她已经出院回家，似乎没人愿意接替她的位子。

我快饿死了，所以掀开了第一个盖子。

“你真好，埃斯特。”护士高兴地说，“你先盛些豆子，再把食物传给其他人，好吗？”

我给自己舀了一份绿色的豆角，然后把锡盆传给右边那个魁梧的红发女人，这是她第一次获准上桌吃饭。我见过她一次，她就站在L形走廊末尾一扇敞开的门前，门上安了一个带铁栅栏的正方形窗户。

她当时一直在粗野地吼叫和狂笑，对着经过的医生狂拍自己的大腿。有个负责照料这个病区的护理员，穿着白大褂，靠在走廊的暖气片上，笑得不能自已。

红发女人一把从我手中抢过锡盆，倒扣在自己的盘子上，堆得像小山一样的豆角洒得到处都是，滚落到她的腿上和地上，像绿色的硬稻草。

“哦，莫尔太太！”护士哀怨地说，“我看你今天最好还是在自己房间吃吧。”

说完，护士把大部分的豆角倒回锡盆，把它递给莫尔太太的邻座，然后领着莫尔太太离开了。沿着走廊回房的路上，莫尔太太频频回头，冲我们做着鬼脸，还发出猪叫般难听的声音。

黑人返回餐厅，开始收拾那些没盛豆角的空盘。

“我们还没吃完。”我告诉他，“你等一下吧。”

“哟嗬，哟嗬！”黑人睁大眼睛，故作惊讶。他四处张望了一下，护士要把莫尔太太锁回病房，还没回来。于是他对我无礼地鞠了个躬，没好气地说：“遵命——千金大小姐。”

我打开第二个锡盆的盖子，发现里面是一大团糊状通心粉，已经硬得像石头一样。第三个也是最后一个锡盆里装满了焗豆角。

于吃这一项上，现在我可是精通得很，一顿饭里不该有两种豆角。豆角配胡萝卜，或者豆角配豌豆，还说得过去，但是豆角配豆角绝对不行。那黑鬼分明是在试探我们忍耐的底线。

护士回来了，黑人侧身退到远处。我吃下尽可能多的焗豆角，然后起身，绕到护士看不见我腰部以下动作的另一边，站在清理脏盘子的黑人后面，脚往后一缩，对着他的小腿狠狠地一踢。

黑人号叫了一声跳开了，滚圆的眼珠子直瞪着我。“哎哟，小姐。哎哟，小姐。”他边呻吟边揉腿，“你不可以这样，不可以，真的不可以。”

“这是你的报应。”我瞪着他说。

“还不想起床呢？”

“不想。”我钻向被窝更深处，用被单遮住头，然后掀开被单的一角偷偷往外看。护士正在猛甩刚从我嘴里拿出来的温度计。

“瞧瞧，正常吧。”我总是在她收走体温计之前先看过读数，“你看，既然很正常，何必一直来量呢？”

我很想告诉她，如果真是身体的毛病，那倒好了。我宁可身体生病，也不愿脑子出问题。可是这么说恐怕她很难理解，解释起来又累得慌，干脆什么都别说了。我只有往被窝里钻得更深。

过了一会儿，隔着床单，我感觉到腿上微微有东西压着，不怎么舒服。我悄悄往外一看，是护士把放置体温计的托盘搁在我的床上，正背对着我帮邻床的病人测脉搏。那张床原是托莫利洛太太睡的。

恶作剧的强烈欲望在血管中膨胀，就像牙齿松动时的疼痛，让人又爱又恨。我打了个哈欠，转动身体，作势要翻身，把脚插入托盘下方。

“哦！”这护士发出求救般的声音，另一个护士跑了过来。“看你闯的祸！”

我把头钻出被窝，看向床边的地面。搪瓷托盘翻了个个儿，四周遍布着亮如星星的体温计碎片，一颗颗小水银球宛若仙境露珠般轻颤着。

“对不起。”我说，“我不是故意的。”

第二个护士恨恨地瞪着我不放。“你分明是故意的。我看见了。”

说完，她匆匆离开。几乎就在同时，两个护理员进入病房，把我连人带床整个推到莫尔太太之前住过的房间。不过，离去前我还是趁机捡了颗小水银球。

他们一锁上房门，我就看见那个黑人的脸，像焦糖色的月亮从门上的窗栅栏外升起，但我假装没看见。

我像个藏着秘密的孩子，把紧握的手松开一条缝，对着躺在掌心里的那颗小圆球笑了。如果它跌落在地，就会分裂成上百万颗一模一样的小颗粒，而如果把它们聚集在一起，它们又会重新融为一体，毫无瑕隙。

我对着这颗小水银球笑个不停。

真无法想象他们对莫尔太太做了什么。

15

费罗米娜·吉尼亚夫人的凯迪拉克像一辆迎宾车，缓缓驶过下午五点的拥挤车流，很快就要通过横跨查尔斯河的那些短桥中的一座。一上桥，我就会不假思索地打开车门，穿越车流，奔向桥栏。只需纵身一跃，河水就会没过我的头顶。

我心不在焉地将舒洁纸巾在指尖揉成药丸大小的纸团，准备伺机而动。我坐在凯迪拉克后排的中间，母亲坐在我一侧，弟弟在我另一侧，他们两人都微微前倾，像两条斜杆，挡住了两侧的车门。

前方是司机，他斯帕姆午餐肉颜色的宽阔后颈夹在蓝色帽子和蓝色夹克的肩膀之间，像块三明治。他旁边，是知名小说家费罗米娜·吉尼亚的银发和饰有绿宝石色羽毛的帽子，看起来像是一只柔弱的异国珍禽。

我不确定吉尼亚夫人怎么会出现，我只知道她很关注我的病情，而且据说当年事业如日中天时，她也曾进过精神病院。

母亲说，吉尼亚夫人从巴哈马群岛发来一封电报，说她在当地的一张波士顿报纸上看到了我的消息。她在电报里问："此病是否跟男孩有关？"

如果这事牵涉到某个男孩，那吉尼亚夫人自然不会再介入。

可母亲回电报说："无关，是写作上出了问题。埃斯特觉得她再也没办法提笔写作了。"

因此，吉尼亚夫人飞回波士顿，把我从那间拥挤压抑的市立疗养院带出来，现在正要送我到一家私人医院，那里有庭院、高尔夫球场和花园，像乡村俱乐部一样。她会支付一切费用，就当给我的奖学金，直至她认识的医生把我治好。

母亲说，我应该感恩戴德，家里的钱几乎被我的病耗尽了，要不是吉尼亚夫人，她不知道我会沦落到什么地方。其实我知道自己会沦落到哪里，一定是乡下的州立大医院，就在那家私人疗养院旁边。

我知道，但凡我有一丁点儿感觉，我都应该感激吉尼亚夫人。可就算她给我一张票，送我去欧洲，或者登上环游世界的邮轮，对我来说都毫无差别。因为不论我坐在哪里——轮船甲板上，巴黎街头的咖啡厅，或者是曼谷——我都好像坐在同一只玻璃钟形罩里，闷在自己散发出来的酸臭之气中。

蔚蓝的天穹罩在河面上方，河中帆影点点。我已做好随时跳车的准备，但母亲和弟弟立刻将手放在门把手上。车轮在烤肉架一样的桥梁上哧哧作响。河水、帆影、蓝天和凌空的海鸥一闪而过，画面像一张荒谬的明信片。就这样，我们到达了桥对岸。

我瘫倒在灰色的长毛绒椅里，闭上了眼睛。钟形罩里的空气团团包围了我，叫我动弹不得。

我又有了专属房间。

它让我想起戈登大夫诊所里的房间——一张床、一个五斗柜、一个衣橱、一张桌子和一把椅子。这里的窗户有纱网，没有铁栅栏。我的房间位于一楼，凭窗可以看到红砖墙环绕的绿树庭院，窗户离落满松针的地面很近，就算跳出去，膝盖也不会撞得瘀青。高墙内侧的砖面光滑如玻璃，恐怕爬不上去。

桥上那段行程的挣扎让我气馁。

我已错失良机。河水像一杯无人触碰的饮料，一去不回。我怀疑当时即使没有母亲和弟弟在场，我也不会跳下去。

在医院主楼登记时，有个身材纤细的女人上前自我介绍："我是诺兰医生。今后埃斯特就由我来照顾。"

我很惊讶我的主治大夫是名女医生，我以为精神科医生都是男的。她的长相兼有演员玛娜·洛伊和我母亲的特色，白色衬衫和宽摆裙在腰间用宽皮带束住，戴着一副新月形的时髦眼镜。

护士领我穿过草坪，进入一栋名为卡普兰的阴暗的砖造建筑物中，我即将住在这个地方。诺兰医生并未前来，反而来了一群陌生男子。

我躺在床上，身上盖着厚厚的白毯子，他们一个接一个走进房间做自我介绍。我不明白为什么要来这么多人，他们又为什么要自我介绍。难道这是个测验，看我是否注意到他们人数众多？看来我得提高警惕。

最后，来了个帅气的白发医生，说他是疗养院的院长，然后开始谈起早期乘坐"五月花号"从欧洲来的清教徒移民和印第安人，以及在他们之后是哪些人占据了土地，又说起附近的河流，谁盖了第一家医院，那医院是如何烧毁，接着谁又盖了第二家医院，等等。我猜想，他一定在等着看我何时会打断他，告诉他之前他所说的什么河流、什么清教徒移民都是胡扯。

可是转念一想，也许其中有些是事实，所以我开始思索哪些是确有其事，哪些是胡说八道。没等我想明白，他就跟我道别了。

我等到所有医生的声音都渐渐消失，才掀开白毯子，起身穿上鞋子，走出房间。没人拦我，所以我沿着走廊，绕过我住的这一侧的转角，来到建筑物的另一侧，然后沿着一条更长的走廊继续走，途中经过一间大门敞开的餐厅。

一个穿着绿色制服的女工正在为晚餐摆放餐桌，桌上有白色的亚麻桌布，还有玻璃杯和餐巾纸。我把这里有真的玻璃杯的事偷偷藏进我记忆的角落，就像松鼠储存坚果一样。之前在市立医院，我们喝水用的是纸杯，也没有刀子可以切肉。为此，肉事先已经煮得很烂，用叉子就能切开。

终于，我走到一个大休息厅，里面的家具和地毯都已陈旧不堪。一个面色苍白、黑色短发的圆脸女孩坐在扶手椅上看杂志，她让我想起以前的一个女童子军队长。我朝她的脚望去，她果然穿的是褐色平底皮鞋，鞋面上的穗子改变了鞋头原本的运动风，鞋带的末端还缀着类似橡子的小饰物。

女孩抬起眼，笑着问我："我是瓦莱丽，你叫什么名字？"

我假装没听见，离开休息厅，走向这一侧走廊的尽头。中间经过一扇及腰高的门，门后有几位护士。

"其他人上哪儿去了？"

"出去了。"回答我的护士在一片片小胶带上写字。我把身子探入门内，想看看她在写什么，发现她写的都是埃·格林伍德、埃·格林伍德、埃·格林伍德、埃·格林伍德。

"去哪儿了？"

"哦，去专业治疗啦，打高尔夫啦，打羽毛球啦。"

我注意到她身旁的椅子上有一堆衣服，正是我在之前那家医院打破镜子时，那里的护士正在为我打包装进漆皮手提箱的那些。护士开始把写有我名字的标签一一贴到衣服上。

我走回休息厅。我不明白这里的人到底在干些什么，居然可以打羽毛球和高尔夫。能做这些事情，他们一定不是真的有病。

我在瓦莱丽不远处坐下，仔细打量她。真的，我心想，她跟在女童子军营里没两样，正兴味盎然地看着手里那本破破烂烂的《时尚》杂志。

“她到底在这里做什么？”我纳闷，“她根本没毛病啊。”

“我可以抽烟吗？”诺兰医生往我床边的扶手椅里一靠。

我说抽吧，我喜欢烟味。我想，如果她抽上烟，或许会待得久一些。这是她第一次来找我谈话，等她一走，我就只能重新陷入一片茫然之中。

“跟我说说戈登大夫吧。”诺兰医生突然开口，“你喜欢他吗？”

我警惕地看了诺兰医生一眼。我想，医生都是一伙的，在这家医院的某个隐秘角落也会有一台机器，和戈登大夫诊所里的一模一样，随时可以把我电得魂飞魄散。

“不。”我说，“我一点儿也不喜欢他。”

“有意思。为什么呢？”

“我不喜欢他对我做的事。”

“他做了什么？”

我向诺兰医生描述了那台机器，那些蓝色的闪光、震动和巨响。我说这些的时候，她静静地听着。

“那样做不对。”她说，“不该是那样。”

我望着她。

“如果处理得好，就像睡着了一样。”她说。

“如果还有人对我这么做，我就自杀。”

诺兰医生坚定地说：“我们不会给你做电击治疗。”又补充解释道，“即使要做，我也会事先跟你说清楚，我保证绝对和你之前做的不一样。”最后她总结了一句：“你知道吗？有人甚至喜欢做呢。”

诺兰医生走后，我在窗台上发现一盒火柴。火柴盒不是一般的大小，非常迷你。我打开，拿出一排粉红头的白色火柴，试着点燃一根，却一划就断。

我想不出诺兰医生为什么要把这种愚蠢的玩意儿留给我。大概是想看看我会不会主动归还吧。我小心地把这盒玩具火柴藏在新羊毛浴袍的折边里。要是诺兰医生跟我要，我就说，我以为那是糖果做的，所以吃掉了。

隔壁房间刚住进一个女人。

我想，整个医院就数她来得比我还晚了，所以她不会像其他人那样了解我的斑斑劣迹。既如此，我应该去拜访一趟，同她交个朋友。

她躺在床上，身穿紫色裙子，领口别着一个浮雕宝石的胸针，裙子的长度介于膝盖和鞋子之间。红褐色的头发绾成女教师式的小圆髻，细边银框眼镜用黑色松紧带系在胸前的口袋上。

“你好，”我在床边坐下，像是跟她闲话家常，“我是埃斯特，你叫什么名字？”

她毫无反应，兀自望着天花板。我觉得很受伤，猜想是不是她前脚刚来，瓦莱丽或谁后脚就告诉她我这个人有多蠢。

有个护士探头进来。

“哦，你在这儿啊。”她对我说，“来拜访诺里斯小姐呀。你真好！”说完人就不见了。

我不知道自己坐了多久，就这么看着这个穿紫衣的女人，一直在想她噘起的粉唇会不会张开，如果张开了，又会说些什么。

终于，诺里斯小姐那穿着黑色扣式高筒靴的双脚一抬，从另一侧翻身下床，走出了房间，从头到尾没有跟我说一个字，连看也不看我一眼。我想，她可能试图不露痕迹地摆脱我。于是我隔着一小段距离，静静地跟着她穿过走廊。

诺里斯小姐到了餐厅门口，停住了。这一路上，她的每一步都精准无误地落在地毯表面编织的西洋蔷薇图案的正中央。她踌躇了一会儿，然后依次高抬两腿，迈过门槛，走进餐厅，那样子仿佛要越过的是一道高及小腿的隐形阶梯。

她坐在一张铺了亚麻桌布的圆桌旁，展开一块餐巾摊在腿上。

“一小时后才吃晚餐。”厨子在厨房里喊道。

诺里斯小姐没搭腔，只是斯文有礼地直视前方。

我拖出一张椅子在她对面坐下，也铺开一张餐巾。我们没有交谈，只这么坐着，沉浸在一种亲如姐妹的静默之中，直到走廊响起晚餐的铃声。

“躺好。”护士说，“还有一针要打。”

我翻身趴好，撩起裙子，拉下丝质睡裤。

“天哪。你的裙子下面还穿了什么呀？”

“睡裤。这样就不用成天穿穿脱脱了。”

护士轻笑了一声，然后说：“打哪边？”这对我是个老笑话了。

我抬头瞥了眼自己的光屁股，两边都因为一直打针而瘀青一片，不过左边的颜色看起来比右边的深一些。

“打右边。”

“听你的。”护士一针刺入，我缩了一下，感受到那轻微的刺痛。我一天打三次针，每次打完后一个小时，护士会给我端来一杯甜甜的果汁，站在旁边看我喝完。

“你运气好。”瓦莱丽说，“她们给你打胰岛素。”

“没什么感觉。”

“会有的。我就有过。等你有反应的时候告诉我。”

可是我一直都没反应，只是越来越胖，母亲买的新衣原本过大，现在已经完全被塞满。我低头看着自己的凸肚肥臀，就像快要生产的孕妇，心说，幸好吉尼亚夫人没看见我这副鬼样子。

“你见过我的疤吗？”

瓦莱丽拨开黑色刘海，指着前额两边的浅色疤痕，看起来像之前长了角，后来锯掉了。

我们两个由运动治疗师陪着，在疗养院的花园里散步。最近，我越来越经常获准到户外散步，但他们从来不让诺里斯小姐出来。

瓦莱丽说诺里斯小姐不该住在卡普兰楼，应该住到病症更严重的人住的威玛克楼。

“你知道这疤怎么来的吗？”瓦莱丽坚持聊她的疤。

“不知道。怎么来的？”

“我动了脑额叶切除术。”

我敬畏地看着瓦莱丽，第一次欣赏她始终如一的冷静沉着。“感觉如何？”

“很好。我再也不会生气了。以前我老是怒气冲冲，所以要住在威玛克楼里。现在我住卡普兰楼，而且可以由护士陪同，进城逛街看电影呢。”

“你出院之后要做什么？”

“哦，我不会走的。”瓦莱丽笑道，“我喜欢这儿。”

“搬家咯！”

“为什么我要搬家？”

护士开心地把抽屉和衣橱打开，清空，再关上，将我的东西都放进黑色的手提箱中。

我以为她们最终下了决定，要把我移到威玛克楼。“哦，你只是搬到这栋楼前面一点的房间。”护士欢快地说道，“你会喜欢的，那里阳光更充足。”

我们走出房间，在走廊上看见诺里斯小姐也在搬迁。一个看起来跟我的护士一样年轻开朗的护士站在她的房门口，正帮她穿上一件领口有细松鼠毛的紫色外套。

我曾须臾不离地守在诺里斯小姐的床前，放弃专业治疗、散步、羽毛球比赛，甚至是我喜爱而她却从来不去的每周一次的观影，只因挂念她那苍白无语的双唇。

我曾幻想，如果她开口说话将会是多么激动人心，我会冲上走廊向护士们宣告这大好消息，于是她们会表扬我鼓舞了诺里斯小姐，很有可能准许我以后进城逛街看电影，这样我就更有把握逃跑了。

可是我守候了这么久，诺里斯小姐却一字未吐。

“你要搬去哪里？”我问她。

护士碰碰诺里斯小姐的手肘，她猛地一动，就像脚下安了轮轴的洋娃娃。

“她要搬到威玛克楼去。”我的护士低声告诉我，“恐怕诺里斯小姐不像你那么有进展。”

我看着诺里斯小姐抬起一只脚，然后又抬起另一只脚，跨过门槛前那道看不见的阶梯。

“我有个惊喜给你。”护士把我带到这栋楼前侧的一间屋里，那里阳光充沛，还能俯视碧绿的高尔夫球场。安顿好我之后，她说：“有个你认识的人今天刚住进来。”

“我认识的人？”

护士笑了。“别这样看着我。放心，不是警察。”见我没说话，她继续说道，“她说是你的老朋友，就住在隔壁，你何不去看看她？”

我想护士一定是在开玩笑。如果我去敲隔壁的房间，肯定不会有人来开门。如果我直接进去，就会看见诺里斯小姐穿着松鼠毛领的紫色大衣躺在床上，嘴巴微张，像一朵玫瑰花苞在静如花瓶的身体里绽放。

不过，我还是走到隔壁敲了门。

“请进。”一个欢快的声音回应道。

我把门打开一条缝，往里面窥探。有个穿着马裤、人高马大的女孩坐在窗边，咧着嘴看向我。

“埃斯特！”她说话时带着气音，好像跑过了一段好长好长的路程才刚停下来。“好高兴看见你。他们说你也在这里。”

“琼？”我试探地唤她的名字，然后又一头雾水，难以置信地又唤了一声，“琼！”

琼笑容满面，露出闪闪发光的大牙。错不了，就是她。

“真的是我。我就知道你一定会大吃一惊。”

16

琼的房间跟我的一模一样，也有衣橱、五斗柜、桌子、椅子，以及印有代表卡普兰楼名称首字母的蓝色大C的白被单。我忽然想到，会不会是琼打听到我住在这里，就找了借口订了这间疗养院的病房，存心跟我开玩笑。这就解释了她为什么会跟护士说我是她的朋友，其实我跟她一点也不熟，只是泛泛之交。

“你怎么会来这里？”我窝在她的床上。

“我看到了你的消息。”琼说。

“什么消息？”

“反正我看到了你的消息，于是就离家出走了。”

“什么意思？”我心平气和地问。

“是这样的。”琼往疗养院的印花棉布扶手椅里一靠，“我暑假在某个兄弟会的分会长那里打工，你知道，就是像共济会那种性质，但又不是共济会，结果很惨。我得了拇指囊肿，几乎走不了路——最后几天连鞋子都没办法穿，只能穿橡胶靴上班，你可以想见这对我打击有多大……”

我想，要么琼真的疯了——居然穿着橡胶靴上班——要么就是她想看看我疯到什么程度，才会相信她的这番鬼话。况且，只有老人才会得拇指囊肿。我决定将计就计，假装相信她疯了，顺着她的意思说话。

“我总觉得不穿正式的鞋子很不像样。”我暧昧地笑道，“你的脚真的很疼吗？”

“疼死了。而且我的老板——他刚和老婆分居，不敢明说想离婚，因为离婚就违反了兄弟会的规定——我老板每隔一分钟就按铃找我，每次我一动，脚就疼得要命。刚坐回桌子前，催命铃声又来了，他非得做点什么一抒胸臆才行……”

“那你干吗不辞职走人？”

“哦，我是辞职啦，多少算吧。我请了病假不去上班，不出门，不见任何人，电话也丢进抽屉不接……

“然后我的医生就把我送到一家大医院的精神科。我跟医生约了十二点，那时我的状态已经很糟糕了。结果到了十二点半，接待人员出来告诉我，医生去吃午饭了，问我要不要等，我说要。”

“那医生有没有回来？”如果这故事纯属虚构，听起来还真有点复杂。但我还是让琼继续讲下去，看看她还能编出什么东西来。

“他回来了。注意，当时我正准备自杀。我对自己说：‘如果这个医生也没有用，一切就都结束了。’然后，接待员带我走过一条长廊，正走到诊室门口时，她转过头对我说：‘你不介意有几个学生陪在医生旁边吧？’我能说什么？‘哦，没关系。’我说。结果我进去后，发现有九双眼睛盯着我。九双啊！整整十八只眼睛。

“如果接待员早告诉我里面有九个无关人员，我会掉头就走。可是到了这个地步，一切都太迟了。唉，那天我刚好穿了件毛皮大衣……”

“八月穿毛皮大衣？”

“呃，那几天刚好又湿又冷，而且我想，这是第一次见精神科医生——你知道的嘛。总之，我跟他说话时，这位精神科医生全程都盯着我的毛皮大衣。还有，当我要他给我学生优惠价，不要全额收费时，我完全清楚他在想什么。他的眼里全是钱。我跟他说我不知道所有的事——拇指囊肿，抽屉里的电话，自杀的念头，等等——他听了之后，要我到外头等着，他得和其他人讨论讨论我的病情。等他叫我回去的时候，你知道他怎么说吗？”

“怎么说？”

“他两手交握，看着我说：‘吉林小姐，我们认为团体治疗会对你有所帮助。’”

“团体治疗？”我想，我的声音一定假得像回音室里的声响，但是琼完全没注意到。

“他就是这么说的。你能想象吗？企图自杀的我竟然跟一堆陌生人谈论这件事，而且他们大部分人的心智比我好不了多少……”

“太扯了。”我情不自禁地越来越投入，“简直没人性。”

“我也是这么说的。我直接回家，给那医生写了一封行文优雅的信，告诉他，像他这样的人完全没资格悬壶济世……”

“他回信了吗？”

“我不知道。因为就在那天，我在报纸上看到了你的事。”

“什么事？”

“哦，”琼说，“就是警方认为你凶多吉少之类的。我还收集了一堆剪报。”她倏然起身，一股强烈的马骚味扑鼻而来，让我觉得鼻腔刺痛。琼曾在大学年度运动会上得过马术障碍赛的冠军，我怀疑她都睡在马厩里。

琼在打开的皮箱里一通好找，翻出一沓剪报来。

“给，你看。”

第一张剪报上有一张巨幅的放大照片，照片里的女孩涂着黑眼影，抹着黑唇膏，露齿而笑。我想不起我什么时候拍了这么放荡的照片，直到我注意到那副在布鲁明戴尔百货商店买的耳环，以及那条光彩夺目、熠熠生辉、亮如人造星星的项链，才反应过来。

资优女生失踪，母亲忧心忡忡

照片下方的报道说，该女生于八月十七日失踪，失踪时身穿绿裙白衣，仅在家中留下字条，说要出去散个长长的步。报道说，格林伍德小姐到了午夜仍未返家，其母随即向镇警署报案。

第二份剪报刊登了母亲、弟弟和我在后院的合照，我们仨都笑意盈盈。我依旧想不起是谁帮我们拍的照片，直到我看见我穿的粗布工作服和白色帆布鞋，才记起那是某个夏天炎热的午后，我去采收菠菜，朵朵·康威恰巧经过，替我们一家三口拍了几张照片。格林伍德夫人请报社刊登此照，希望能借此打动女儿回家。

安眠药恐被失踪女生带走

这张照片很暗，拍的是十几个脸圆如满月的人半夜在树林里活动。我觉得后排的人看起来怪怪的，特别矮，后来才发现那不是人，是狗。警方出动了警犬，搜寻失踪女孩。比尔·曼德利警长说情况不乐观。

失踪女孩生还

最后一张照片，是警察把一个用毯子卷起来的东西抬入救护车里，那东西长而软，五官不明，头颅宛如卷心菜。报道里提到，母亲去地下室洗一周的衣服，结果听到弃置不用的坑洞里传出微弱的呻吟……

我把剪报放在白色的床罩上。

"你留着吧。"琼说，"把它们贴到剪贴簿上。"

我把剪报折起来，放进口袋里。

"我看了所有关于你的消息。"琼继续说，"不仅是他们怎么找到的你，还包括之前的每一个细节。然后我把所有的钱凑了凑，搭第一班飞机赶往纽约。"

"为什么去纽约？"

"哦，我觉得在纽约自杀比较容易。"

"你做了什么？"

琼羞怯地一笑，伸出双手，掌心朝上。她白皙的手腕上隆起粗大的红色伤痕，犹如微型山脉。

"你怎么弄的？"我第一次觉得，琼和我之间或许有共通之处。

"我用拳头打破了室友的窗户。"

"哪个室友？"

"大学时的室友，她在纽约工作。我想不出还能去哪，而且身上也没剩多少钱了，所以只能去投靠她。结果我父母找到了我——是她写信告密，说我举止怪异——我爸飞到纽约，直接把我带回了家。"

"可是你现在已经好了。"我这话说得很肯定。

琼用她那双灰石色的明亮眼睛看着我。“大概吧。”她说，“你不也一样？”

晚餐后我睡着了。

一个很响亮的声音惊醒了我。那声音叫着：“班尼斯特太太，班尼斯特太太，班尼斯特太太，班尼斯特太太。”我从睡梦中睁开眼，发现自己猛拍床架，嘴里还大喊着班尼斯特太太。夜班护士班尼斯特太太敏捷、歪斜的身影映入眼帘。

“小心，别弄坏了。”

她解开我的表带。

“怎么了？发生了什么事？”

班尼斯特太太的脸迅速堆出一个笑容。“你有反应了。”

“反应？”

“是啊，你感觉如何？”

“怪怪的。有点虚，轻飘飘的。”

班尼斯特太太扶我坐起来。

“你会没事的，很快就会好起来。要不要喝点热牛奶？”

“好。”

班尼斯特太太将杯子端到我嘴边，我边喝边让热牛奶在舌头上漫开来，贪婪地品尝它的滋味，就像婴儿留恋母乳一般。

“班尼斯特太太说你有反应了。”诺兰医生坐在窗边的扶手椅里，拿出一小盒火柴，看起来和我藏在浴袍折边里的那盒一模一样。我一时怀疑，是不是哪个护士发现了我的火柴，不动声色地把它还给了诺兰医生。

诺兰医生在盒子一侧划燃火柴，一道黄热的火焰腾空而起，我看着她把火焰吸入香烟里。

“班太太说你觉得好些了。”

“只好了那么一会儿。现在又回到老样子了。”

“有件事要告诉你。”

我等着她说下去。每天的早上、下午、晚上，我裹着白色毯子，靠在走廊内凹室的躺椅上假装看书，已经不知有多少天了。我隐隐觉得诺兰医生会允许我过几天自由的日子，然后就会像戈登大夫一样对我说：“很抱歉，你似乎没什么进展，我想你最好接受电击治疗……”

“怎么，你不想知道是什么事吗？”

“什么事？”我无精打采地说，做好了心理准备。

“接下来一段时间我们不允许访客探视你。”

我惊讶地望着诺兰医生。“啊，这太好了。”

“我就知道你会很高兴。”她笑着说。

然后，我看着五斗柜旁的垃圾桶，诺兰医生也看着那里。垃圾桶外露出一打长茎玫瑰的血红花蕾。

那天下午，母亲来看我。

母亲只是络绎不绝的访客中的一个——我的前老板，那个信奉基督教科学派的女人来过，跟我在草坪上散步，谈起《圣经》中从地上升起的雾气。她说，这雾气不是真实的，而我的所有问题就在于把它当了真，只要我不再相信它，它就会消失无踪，我也会发现自己本就好端端的。我的高中英文老师也来过，他试图教我玩拼字游戏，认为这可以帮我重燃对文字的热情。来的人里还有费罗米娜·吉尼亚本人，她很不满意医生对我的治疗，对他们抱怨个不停。

我烦透了这些探视。

每次我坐在走廊内凹室或自己的房中，就会有护士笑着探进头来，说有这个或那个访客。有一次她们甚至带了个一神教的牧师进来，我从来都不喜欢这个人。他从头到尾都紧张兮兮，我看得出来，他认为我真的疯了，因为我告诉他我相信地狱。我还说，有些人，比如我，还没死就得活在地狱里，免得死后没地狱可下，谁让我们不相信死后会有来生。因为一个人相信死后有什么，死后便会有什么。

我讨厌这些访客，因为我总觉得他们老是盯着我油腻腻的打绺儿的头发，比较我从前的模样，或对照他们心目中的我。我知道，他们离去时对我的变化百思不解。

如果他们让我一个人待着，我或许能平静些。

母亲是所有访客中我最不想见的。她从不苛责我，却总是愁容满面地哀求我告诉她，她到底做错了什么。她说，她确定医生们都认为她有错，因为他们问了她许多关于训练我上厕所的往事。我年纪很小的时候这方面就被训练得很好，从没给她添过麻烦。

那天下午，母亲给我带来了玫瑰花。

“留到我的葬礼再送吧。”我说。

母亲蹙额皱眉，看起来快哭了。

“可是埃斯特，你不记得今天是什么日子吗？”

“不记得。”

我以为是情人节。“今天是你的生日。”

这时，我正好把玫瑰花扔进垃圾桶里。

“她这样做实在很蠢。”我对诺兰医生说。

诺兰医生点点头，似乎明白我的意思。“我恨她。”我说，等着她抨击我。

可是诺兰医生只是对我笑，好像有什么事逗得她非常非常开心，然后她说：“我想也是。”

17

“今天是你的幸运日哦。”

年轻护士收走我的早餐盘，我继续裹着白毯子，像个在轮船甲板上吹海风的旅客。

“为什么这么说？”

“嗯，不晓得该不该现在就告诉你，今天你就要搬到贝尔赛思楼了。”护士满眼期待地看着我。

“贝尔赛思楼。”我说，“我不能去那里。”

“为什么？”

“我还没准备好。我恢复得还不够好。”

“你当然够好了。别担心，要是你不够好，他们不会让你搬过去。”

护士走后，我开始苦苦思索诺兰医生这一新动作是怎么回事。她想证明什么？我根本没有变化。一切都没有变化。贝尔赛思是疗养院里最好的大楼，离开贝尔赛思的人就可以重回工作岗位，重回学校，重回家庭。

琼应该在贝尔赛思楼，她和她的物理书、高尔夫球杆、羽毛球拍、带着气音的声音一起住在那儿。琼，代表的就是我和即将康复的人之间的那道鸿沟。自打她离开卡普兰楼后，我就从各种小道消息随时了解她的进展。

琼有了散步权，琼有了购物权，琼有了进城权。我将搜集到的所有关于琼的消息聚拢成一个令我感到苦涩的小堆，尽管我表面上为她高兴。她就像以前最美时光的我，是故意来这里跟踪、折磨我的。

等我到贝尔赛思楼，她可能已经走了。

不过，至少在贝尔赛思楼可以忘了电击。卡普兰楼里很多女人都受过电击治疗，我能看出谁做过，因为她们不像我们其他人这样有人送早餐来。我们在房间吃早餐的时候，她们在接受电击。做完后，护士像领着一队小孩一样，带着安静不语、死气沉沉的她们去休息厅吃早餐。

每天清晨，听见护士敲门送早餐的声音，我心中都感到一阵汹涌澎湃的安慰，因为我知道那一天我安全了。我不明白诺兰医生自己没经历过电击治疗，凭什么说做电击的时候可以睡着。她又怎么会知道被电击的人并不像表面上看到的睡着的样子，其实从始至终病人的脑中都是蓝色的电流和巨响？

走廊尽头传来钢琴声。

晚餐时，我静静地坐着，听贝尔赛思楼的女人们叽叽喳喳。她们都打扮入时，妆容精致，有几个已经结了婚。有些人刚进城购物回来，有些则外出访过友，整个晚餐期间她们都不停地说着她们的私房笑话。

“我会给杰克打电话。”一个名叫蒂蒂的女人说，“只怕他不在家。当然喽，我知道可以打去哪里找他，他一定会在那儿。”

我同桌一个矮小活泼的女人笑着说："我今天差点就搞定了罗林医生。"她睁着炯炯有神的蓝色眼睛，活像个洋娃娃，"我不介意用老波希换个新款式。"

在房间的另一头，琼狼吞虎咽地吃着斯帕姆午餐肉和焗番茄，胃口好得很。她似乎跟这些女人很合得来，对我却冷冰冰的，还带着点鄙夷，她似乎是把我当成一个迟钝的熟人，高攀不上她。

吃过晚餐我打算去睡觉，可正好听见了钢琴声，脑海中浮现琼、蒂蒂、金发女人罗贝尔和其他女人在客厅里背着我讲我闲话、肆意嘲笑我的画面。她们会说贝尔赛思楼有我这种人多可怕啊，我应该待在威玛克楼才对。

我决定让她们闭上鸟嘴。

把毯子往肩上一披，当成个松松垮垮的披肩，我沿着走廊慢慢踱向那片灯火和欢声笑语。

这个夜晚接下来的时间，我都在听蒂蒂用那台大钢琴自弹自唱，其他女人则围坐一圈打牌聊天，就像在大学宿舍里一样。只是她们多半超出大学年龄十岁。

其中有个叫萨维奇太太的，身材高大，头发灰白，声音低沉，毕业于名校瓦萨尔学院。我一眼就看出她是社交名媛，因为她谈的都是少女初入社交界的各种逸事。据说她有两三个女儿，就在她们即将进入社交圈的那年，她自愿进了精神病院，毁了女儿们的初次派对。

蒂蒂创作了首名为《送牛奶工》的歌。大家一直说她应该拿去发表，一定会成为畅销歌曲。她的双手先在琴键上敲出一小段旋律，像小马慢跑的嗒嗒声，接着另一段旋律加入，像送奶工在吹口哨，最后两段旋律合二为一。

“真好听。”我以闲聊的口吻说。

琼靠在钢琴的一角，翻阅着一本刚出版的时尚杂志，蒂蒂抬头冲她一笑，仿佛二人之间有什么心照不宣的秘密。

“哦，埃斯特，”琼举起那本杂志，说，“这不是你吗？”

蒂蒂停下演奏。“让我看看。”她拿走杂志，看着琼指出的那页，然后瞧了我一眼。

“哦，不会吧。”蒂蒂说，“肯定不是。”她又看看杂志，再看看我，“绝不可能！”

“但那就是埃斯特，对不对，埃斯特？”琼说。

罗贝尔和萨维奇太太袅娜而来，我强装信心十足，跟着她们一起走向钢琴。

杂志照片上的女孩穿着毛茸茸的白色无肩带晚礼服，笑得嘴巴简直要裂开，身边一群男生众星拱月似的围着她。那女孩手里端着一杯透明饮料，眼神似乎越过我的肩膀，注视着立在我身后稍偏左的什么东西。一阵微弱的气息吹过我的后颈，我旋即转过身。

夜班护士不知何时进来了，穿着软底胶鞋，没人注意到。

“别开玩笑了。”她说，“真是你吗？”

“不，不是我。琼完全搞错了。那是别人。”

“哦，说吧，是你！”蒂蒂嚷嚷道。我假装没听见，转过身去。罗贝尔求护士跟她们一起打牌，因为这会儿正好三缺一。尽管对桥牌一窍不通，我还是拉了张椅子在一旁观看。大学里我可没时间学这些富家女玩的东西。

我一边看着国王、杰克和王后拉长的扑克脸，一边听着护士大吐生活的苦水。“你们这些女士哪里知道打两份工的辛苦。”她说，“晚上我在这里照看你们……”

罗贝尔咯咯笑道："哦，我们可乖了。我们是这么多人里最乖的，你知道。"

"对，你们很棒。"护士把一包绿薄荷口香糖分给大家，然后打开自己手上那片的锡纸，拿出一片粉红色的口香糖，"你们都很棒，是那些州立医院的笨蛋让我疲于奔命。"

"这么说，你在两个地方工作？"我忽然很有兴趣。

"可不。"护士直直看着我，我看得出来，她觉得我根本没资格待在贝尔赛思楼。"你绝对不会喜欢待在那种地方的，简女士。"

她明明知道我的名字，可是却叫我简女士，真是奇怪。

"为什么呢？"我追问。

"哦，那里可不比这里舒服。这里就像正规的乡村俱乐部，而那里什么都没有，没有专业治疗，不能散步……"

"为什么不能散步？"

"缺人——手——啊。"护士手里的牌占了先机，罗贝尔发出哀叹。护士接着说："相信我，小姐们，只要存够了买车的银子，我就不干了。"

"连这里也不做了？"琼问。

"还用说么。以后只接私活，而且想接的时候才接……"

可我已经听不下去了。

我觉得这个护士是被派来暗示我的，给了我两条出路。要么我好转，要么我沉沦下去，一直沉沦，像一颗燃烧殆尽最终崩塌的星星，从贝尔赛思落到卡普兰，再落到威玛克。最终，当诺兰医生和吉尼亚夫人也放弃我时，就落到隔壁的州立疗养院去了。

我裹紧身上的毯子，将椅子向后推。

"冷啦？"护士粗声问道。

“对。”我说着朝走廊走去，“我快冻僵了。”

我在白色的茧中醒来，温暖而平静。镜子、柜子上的眼镜和金属门把上映出一道苍白却炫目的冬日阳光。厨房女工正在准备早餐，嘈杂的声音透过走廊传来。

我听见护士在敲着隔壁的房门，那是走廊尽头了。萨维奇太太睡意浓浓的声音隆隆作响，护士端着早餐盘，叮里当啷地走了进去。我带着淡淡的欢喜，期待热气腾腾的蓝瓷咖啡壶、蓝瓷早餐杯和那只绘有白色雏菊的蓝瓷奶油罐。

我开始放弃自己了。

即使我会沉沦，起码先把握当下这小小的慰藉，有多久算多久。

护士敲了敲门，没等我应门，就一阵风似的进来了。

今天是个新护士——这里的人总是换来换去——清瘦的脸和头发都是浅褐色的，骨感的鼻子上有斑斑点点的大雀斑。不知为什么，她的出现让我心里一慌。我看着她大步穿过房间，打开绿色百叶窗，才突然意识到，这种奇怪的感觉是因为她两手空空。

我想开口问她我的早餐呢，但随即闭上了嘴，她可能把我错认成别人了，新护士总是这样。贝尔赛思楼里一定有我不认识的人在进行电击治疗，这护士把我和其他病人搞混了，这倒情有可原。

我一直等着。护士在我房里巡了一圈，拍拍这里，扯扯那里，整理一下东西，然后拿着早餐托盘走向长廊的下一个门，那是罗贝尔的病房。

我把脚塞进拖鞋，拽着毯子——早上天气虽然晴朗，却非常冷——快速走到对门的厨房。穿着粉色制服的女帮工正把炉子上一只破旧大茶壶里的液体灌入一排蓝瓷咖啡壶中。

我深情款款地注视着列队等候的托盘——白色的餐巾纸，折成简洁的等边三角形，上面摆着银叉子，半熟的水煮蛋从蓝色蛋杯里露出白色的圆顶，扇贝形的玻璃碟子里盛着橙子果酱。我只要伸出手去，拿起属于我的托盘，世界就会恢复如常。

“一定是搞错了。”我靠着柜台，用亲密的口吻低声对女帮工说，“新来的护士今天忘了把早餐拿到我房间。”

我挤出一个开朗的笑容，表示我没有生气。

“你的名字？”

“格林伍德。埃斯特·格林伍德。”

“格林伍德，格林伍德，格林伍德。”女帮工伸出布满肿疣的食指，一路扫过墙上那张贝尔赛思楼病人名单，“格林伍德，今天没有早餐。”

我双手抓住柜台边缘。

“一定是弄错了。你确定是格林伍德没有早餐？”

“格林伍德。”女帮工坚定地说。正在此时，护士进来了。

她狐疑地看看我，又看看女帮工。“格林伍德小姐要拿她的早餐。”女帮工避开我的目光，告诉护士。

“哦。”护士笑着对我说，“你今天迟点吃早餐，格林伍德小姐。你……”

没等护士说完，我就没头没脑地冲入走廊。我没回房间，因为会被他们抓住，我去了走廊上的内凹室。虽然这里远远比不上卡普兰楼的内凹室，但好歹是走廊上的一个僻静角落，琼、罗贝尔、蒂蒂和萨维奇太太都不会来这里。

我用毯子蒙住头，蜷缩在内凹室的角落。真正打击我的不是电击治疗，而是诺兰医生公然的背叛。我喜欢诺兰医生，敬爱她，我对她推心置腹，倾诉一切，她也信誓旦旦跟我保证，如果非得做电击治疗，一定会事先通知我。

如果她昨晚告诉我，我一定会彻夜难眠，忐忑不安，心中充满不祥的预感，但一夜过后，我应该已经镇定下来，准备妥当。当两名护士挟着我穿过走廊，经过蒂蒂、罗贝尔、萨维奇太太和琼的门前时，我会保持尊严，冷静地奔赴“刑场”。

护士弯下腰，唤我的名字。

我挪动身体，又往角落里缩了缩。护士走了，我知道她马上就会带着两个身材魁梧的男看护过来，架着我走过休息厅里那群微笑的看客，任凭我一路嘶喊挣扎。

诺兰医生像母亲一样伸手抱住我。

“你说你会提前告诉我！”我躲在一团凌乱的毯子里对她吼道。

“我**就是**来告诉你的呀。”诺兰医生说，“我特地一大早来跟你说，而且我会亲自陪你过去。”

我睁开浮肿的眼皮盯着她。“昨晚为什么不告诉我？”

“我怕你会睡不着。要是早知道……”

“你**说过**，你会提前告诉我的。”

“听我说，埃斯特。”诺兰医生说，“我会陪你去，全程在场，一切都会像我保证过的那样进行。你醒来时就会看见我，我会把你带回来。”

我看着她，她一脸忧心。

等了一会儿，我说：“答应我，你会一直陪着我。”

“我保证。”

诺兰医生拿出一条白手帕擦擦我的脸，然后像老朋友一般挽起我的手臂，扶我起身，走向长廊。毯子纠缠在我脚边，我索性丢开它，不过诺兰医生似乎并未注意到。我们走过琼的房间，她正好出来，我对她露出一个意味深长的冷笑，她急忙躲回房去等着我们走远。

诺兰医生打开长廊尽头的一扇房门，领我走下台阶，进入神秘的地下通道。通道里有许多复杂的地道和洞穴，像张网一样连接着疗养院的各栋建筑。

通道墙壁贴着洗手间用的光面白瓷砖，黑色天花板上间隔有序地挂着光秃秃的灯泡。随处可见担架和轮椅靠在嘶嘶震动的管子上，管子沿着白亮的墙面延伸、分岔，形成一个复杂的神经系统图案。我吓得半死，紧紧攀着诺兰医生的手臂，她不时捏捏我，给我打气。

最后，我们停在一扇绿色的门前，门上印有黑色字体：电击治疗室。我裹足不前，诺兰医生耐心等着。然后我说："做就做吧。"我们一起走了进去。

等候区里除了诺兰医生和我，还有一个面色惨白、穿着破旧紫褐色浴袍的男子和他的随行护士。

"要不要坐着等？"诺兰医生指着一张木质长椅，但我的双腿重得像灌了铅一样，坐下容易，等电疗人员进来带我时，站起来就难了。

"还是站着好了。"

终于，一个穿着白色工作服、一脸憔悴的高个子女人从里屋走出来。我以为她会带走那个穿紫褐色浴袍的男人，因为他排在我前面，所以她向我走来的时候我真的很吃惊。

"早上好，诺兰医生。"女人说着，伸手揽住我的肩膀，"这就是埃斯特吧？"

“没错，休伊小姐。埃斯特，这位是休伊小姐，她会好好照顾你的，我把你的情况都跟她说了。”

我想，这位休伊女士的身高足有七英尺。她亲切地弯下腰，我看见她的脸，暴突的门牙在中间突出，脸上都是青春痘疤，看起来就像是月球上的环形山分布图。

“我想我们可以先给你做，埃斯特。”休伊小姐说，“安德森先生不会介意稍等一下的，是不是，安德森先生？”

安德森先生没回答，于是休伊小姐搂着我的肩膀走进隔壁房间，诺兰医生紧随其后。

从眯起的眼缝中——我不敢把眼睛睁得太大，怕一下子看清房间会吓死自己——我看见一张高架床，白色床单紧绷如鼓面，床后就是机器，有个人站在机器后面——戴着口罩辨不出男女——床两侧也站了几个戴口罩的人。

休伊小姐扶我爬上床，帮我仰面躺好。

“跟我说话。”我说。

休伊小姐一边轻声细语安抚我，一边将软膏涂在我太阳穴上，然后在我头两侧贴上小小的电流片。“你绝对不会有事的，什么感觉也没有。来，咬住……”她往我舌头上塞了个东西，我惊恐地咬住。黑暗将我像黑板上的粉笔字一样擦去。

18

“埃斯特。”

我从沉睡中醒来，浑身湿透，首先映入眼帘的是诺兰医生晃来晃去的脸。她不停地唤我：“埃斯特，埃斯特。”

我用尚不灵便的双手揉了揉眼睛。

我看到诺兰医生身后有个穿着皱巴巴的黑白格纹长袍的女人，像从高处坠落一样正被抛到床上。没来得及细瞧，诺兰医生就把我带出了门。外面空气清爽，天空蔚蓝。

所有的燥热和恐惧都一扫而光，我感到一种出奇的平静。钟形罩悬在头顶上方几英尺处，我置身于开放流动的空气中。

“就像我跟你说的一样，对吧？”我们一路踩着窸窣作响的落叶回到贝尔赛思楼时，诺兰医生这么问我。

“对。”

“好，以后做起来也都是这种感觉。”她笃定地说，“你每周做三次——周二、周四和周六。”

我倒抽了一口长长的冷气。

“要做多久？”

“看情况。”诺兰医生说，“由你、我共同决定。”

我拿起银质餐刀，敲掉水煮蛋顶上的壳。放下刀，我怔怔地看着它。我努力回想为什么以前我那么喜欢刀子，但思绪却如出笼的鸟儿，在空虚中飞舞。

琼和蒂蒂肩并肩坐在琴凳上，蒂蒂在教琼弹奏《筷子曲》的低音部，她自己弹高音部。

我觉得琼真可悲，长得壮如牛，牙齿巨大，眼睛凸如灰色的鹅卵石。唉，她连巴迪·威拉德这样的男人都拴不住。蒂蒂的老公肯定跟某个情妇同居了，把她气得像只乖戾凶狠的老猫。

“我收到一封——信。”琼像吟诵歌曲一样，蓬乱的头探进我的房间。

“恭喜。”我的眼睛没有离开书本。连续做了五次电击治疗后，我有了进城的自由。打那时起，琼就像只大果蝇，成天气喘吁吁地绕着我转——仿佛只要靠近我，就能汲取康复的甜美滋味。他们拿走了她原本堆在房间里的物理书和落满灰尘的线圈笔记本，里面都是上课笔记。此外，她又被禁足在疗养院里了。

“你不想知道是谁寄来的吗？”

琼慢慢蹭进屋里，坐在我的床上。我想让她滚出去，她让我不舒服，但我说不出口。

“好吧。”我把手指夹入正在读的那一页，合上书，“谁寄来的？”

琼从裙子口袋里掏出一个浅蓝色的信封，调皮地挥了挥。

“哈，真是巧了。”我说。

“你说什么，巧？”

我起身走到五斗柜前，拿起一个浅蓝色的信封，像挥动告别时的手帕一样，对琼挥了挥。“我也收到一封信，不知道是不是一样的。”

“他好多了。”琼说，“已经出院了。”

一阵沉默。

“你会嫁给他吗？”

“不。”我说。“你呢？”

琼逃避地笑笑。“反正我也不是很喜欢他。”

“哦？”

“对，我喜欢的是他的家人。”

“你是说威拉德先生和太太？”

“是的。”琼的声音像一股气流，飕飕滑下我的脊背。“我喜欢他们。他们人很好，生活很开心，跟我的父母一点也不一样。我经常去看他们。”她停顿了一下，“直到你出现。”

“很抱歉。”我说，“既然你那么喜欢他们，为什么不保持来往呢？”

“唉，我做不到。”琼说，“因为你和巴迪在交往。如果我去了，好像……我也不知道怎么说，反正怪怪的。”

我想了想，道：“应该是。”

“那——”琼欲言又止，“你会让他来看你吗？”

“我不知道。”

一开始我觉得让巴迪来疗养院看我是一件很可怕的事——他很可能只会幸灾乐祸，或与其他医生相谈甚欢。不过随后又想，这或许可以是一记妙招，先评判他，再抛弃他，就算我身边没有其他男人——直接告诉他根本没有什么同声传译官，谁都没有，但他不是我想要的，我就是不想再跟他纠缠下去了。“你会让他来吗？”

“我会。”琼带着气音说，“他可能会带他妈来。我会叫他带妈妈一起来……”

“他妈妈？”

琼噘起嘴。“我喜欢威拉德太太啊。威拉德太太是个很棒很棒的女人。对我来说，她就像亲妈一样。”

我可以想见威拉德太太穿着杂色花呢大衣，穿着结实的鞋，说着充满母性光辉的智慧格言。威拉德先生是她的小宝贝，声音也如小男孩一样高亢可爱。琼和威拉德太太。琼……和威拉德太太……

那天早上我去敲蒂蒂的门，想借几张两个声部的乐谱。等了一会儿，见没有人来开门，我心想蒂蒂一定出门去了，我可以直接从她的柜子里拿。于是我推门而入。

在贝尔赛思楼，即便在病人情况最好的贝尔赛思楼，房间也有锁，只是病人没有钥匙。关门等同于上锁，代表病人的隐私权，这一点大家都会尊重。敲敲门，再敲敲，没人应门，就会主动离去。我从明亮的长廊猛地进入弥漫着麝香味的昏暗房间，眼睛一时无法适应，在原地呆站的时候才想起这规矩。

视力逐渐恢复，只见有个身影从床上坐起，接着发出咯咯轻笑。这身影拨弄了一下头发，两颗灰石色的眼睛在幽暗中盯着我。蒂蒂躺回床上，绿色的羊毛晨袍底下露出赤裸的双腿，她带着嘲讽的微笑望向我，右手指间闪着烟头的火光。

“我只是想……”我说。

“我知道。”蒂蒂说，“拿乐谱。”

“嗨，埃斯特。”琼开口了，她那粗嘎如剥玉米皮的声音让人作呕。“等一下，埃斯特，我来弹低音部，跟你合奏。”

现在，琼口吻坚决地说：“我从没真正喜欢过巴迪·威拉德。他自以为无所不知，以为自己完全了解女人……”

我看着琼。虽然她总让我寒毛倒竖，对她的反感由来已久且根深蒂固，但这会儿她真令我着迷，那感觉就像观察一个火星人或者一只特别丑陋多疣的癞蛤蟆。她的想法和我的想法不同，她的感觉和我的感觉不同，但我们又如此相近，她的想法和感受简直就是我的想法和感受的扭曲、黑暗版。

有时我怀疑，琼是不是我捏造出来的人物。有时则会想，是否在我生命的每一个关键时刻，她都会冒出来提醒我，过去的我是什么样的，又经历过什么，然后她就在我眼前度过她自己的危机，那些与我无关却又相似的危机。

“我不明白女人在其他女人身上可以得到什么。”那天中午跟诺兰医生会面时，我告诉她，“在女人身上，女人可以得到什么是男人所没有的？”

诺兰医生沉默了片刻，然后说：“温柔。”

我无言以对。

“我喜欢你。”琼说，“我喜欢你，胜于喜欢巴迪。”

她整个人呈大字躺在我的床上，一脸傻笑。我想起大学宿舍里的一件小丑闻：有个大四女生和一个大一女生，大四女生胖胖的，胸部丰满，平日里朴实得像老祖母一般，主修宗教，信仰虔诚；而大一女生高大笨拙，每次和对象约会，总是刚刚开始就被对方用尽各种方法甩掉。两人开始过从甚密，形影不离，据说后来有人撞见她们在大四女生的房间里拥抱。

“可她们做了什么？”我曾追问。每当我想到男人和男人，女人和女人在一起，我都无法想象出他们或她们到底会做些什么。

“哦。”探子说，“米莉坐在椅子上，西奥朵拉躺在床上，米莉轻抚着西奥朵拉的头发。”

我好生失望，还以为会听到什么天理不容的行径。莫非女人和女人在一起做的，只是躺着抱抱而已？

当然，我们学校就有这种事情，一个著名女诗人跟另一个女人同居——她的女伴是研究古典文学的老学者，身材矮胖，留着齐耳短发。当我告诉女诗人，我很可能有一天会找人嫁了，生一堆孩子时，她大惊失色地看着我，喊道：“那你的事业怎么办？”

我的头好痛。为什么我总是吸引这些怪里怪气的老女人？那个著名诗人、费罗米娜·吉尼亚、杰·茜和那个信奉基督教科学派的女老板，天知道还有谁。她们都想以某种方式领养我，要我跟她们看齐，以回报她们对我的关心和熏陶。

“我喜欢你。”

“这可难办了，琼。”我说着拿起书，“因为我不喜欢你。你让我作呕，如果你想知道的话。”

我离开房间，听任琼躺在我的床上，像匹粗笨的老马。

我一边等医生，一边想着是否要临阵脱逃。我知道我要做的事是违法的——至少在马萨诸塞州是如此，因为这个州全是天主教徒——但诺兰医生说这个医生是她的老友，是个很明理的人。

“你预约看的是什么病？”穿着白制服的接待员问话干脆利落，同时在笔记本的名单中勾出我的名字。

“什么意思？”除了医生之外，我没想过别人会问我这个问题。公共候诊室里满满都是其他医生的病人，她们多半身怀有孕或带着宝宝，我感到她们的目光都落在我尚是处女的平坦小腹上。

接待员抬头看着我，我的脸红了。

“是装避孕器的吧？”她和气地说，“我只是确认一下，才知道该收多少钱。你是学生吗？”

“是——是的。”

“那就是半价。原价十美元，只收你五美元。要寄账单给你吗？”

我正打算说出家庭住址，因为账单寄到时我也应该回家了，但就在这时，我想到万一母亲拆开账单，就会知道这钱花在什么事情上。除了家里，我只有一个邮政信箱号码是安全的，住在疗养院的人不想被人知道自己的状况时，都用这个信箱。可我又担心接待员认得这个信箱号码，所以我说：“我现在就付吧。”说着，从皮包里的一卷纸钞中抽出一张五美元的钞票来。

这五美元是费罗米娜·吉尼亚送我的康复贺礼中的一部分。我真好奇，要是她知道自己的钱派作了这个用途，不晓得会做何感想。

不管她知道与否，费罗米娜·吉尼亚替我买来了自由。

“一想到要受男人的摆布，我就心生恨意。”我告诉诺兰医生，“男人完全不必担心这种事，而会怀孕的阴影就像根大棒悬在我头顶，提醒我不可越界。”

“如果不必担心怀孕，你的做法会不一样吗？”

“会。”我说，“但是……”我向诺兰医生说起那位已婚的女律师和她那篇大作《捍卫贞操》。

诺兰医生耐心等我讲完，然后哈哈大笑。“纯属说教！”然后她在处方笺上草草写下我今天求诊的这位医生的名字和地址。

我魂不守舍地翻阅一本叫《宝宝经》的杂志。每一页都有胖嘟嘟的宝宝对我露出灿烂的笑脸——光头的宝宝，巧克力色的宝宝，艾森豪威尔长相的宝宝，第一次翻身的宝宝，伸手抓拨浪鼓的宝宝，吃下第一勺固体食物的宝宝，做各种小动作的宝宝。这些是他们成长的必经之路，然后一步一步，他们将走进一个令人躁郁不安的世界。

宝宝乐牌婴儿食品、发酸的牛奶和臭咸鱼一样的尿布混合在一起的气味触动了我，令我心生一种悲哀和温柔。怀孕对我身边的这些女人是多么轻松的一件事啊！我为什么如此缺乏母性，如此与世疏离？为什么我不能像朵朵·康威一样，梦想身边有一个又一个胖嘟嘟又爱哭的孩子？如果我必须整天围着孩子团团转，我会发疯的。我看着对面那个女人腿上坐着的宝宝。我猜不出宝宝的年龄，向来如此——我只知道他们会叽里咕噜地说话，噘起的粉嫩小嘴后面藏着二十颗牙。这个宝宝的脑袋摇摇晃晃地架在肩膀上——好像没脖子一样——带着柏拉图式的、充满智慧的表情望着我。

宝宝的妈妈笑个不停，抱着孩子的模样好似捧着天下至宝。我看着妈妈和宝宝，想弄明白是什么让他们彼此这么满足，可是没等我寻到蛛丝马迹，就被医生叫了进去。

“你要装避孕器。”轻快的声音让我松了口气，还好他不是那种问起话来让人尴尬的医生。我曾突发奇想，跟医生说我要嫁给一个水兵，只等他的船停靠在查尔斯镇的军港就举行婚礼，而我之所以没戴订婚戒指，是因为我们太穷。但是在最后一秒，我将这个动人的故事抛于脑后，只回答他：“对。”

我边爬上检查台，边想：“我正爬向自由，不再恐惧的自由，不会只因为上过床而要错嫁给像巴迪·威拉德那种人的自由，不必沦落到那些穷苦女孩去的未婚妈妈之家的自由。那些姑娘真该像我一样装避孕器，因为她们之前做过的事，反正以后还会再做，无论……”

完事后，我坐车回疗养院，腿上放着一个用素面褐色纸张包装的盒子。我就像是任何一个在城里待了一整天的某太太，回家时顺手买了施拉夫家的一块蛋糕或飞琳地下商场的一顶帽子，准备送给家里嫁不出去的老姨妈。慢慢地，我已不再怀疑天主教徒有一双锐利如X光的眼睛，而我也越来越自如。我想，今天外出购物的特权可真是物尽其用。

我是个自主的女性了。

下一步就是找个合适的男人。

19

“我要当精神科医生。”

琼像平常一样气息急促、充满热情地说。我们正在贝尔赛思楼的休息厅里喝苹果汁。

“哦。”我冷淡地回应，“不错。”

“我和昆因医生聊了很久，她认为这很有可能。”昆因是琼的主治医生，一个精明干练的单身女人。我常想，如果当初我被分配到昆因医生的手里，我很可能还在卡普兰楼待着，甚至有可能沦落到威玛克楼去。昆因医生有一种令琼深为之着迷的独特气质，却让我感到一种极地般的寒冷。

琼喋喋不休地谈着“自我”“本我”一类的东西，而我的思绪早已飘远，想着最下层抽屉里那个被打开了的褐色包裹。我不曾与诺兰医生谈过“自我”“本我”。其实，我都不知道我谈过些什么。

“……我要搬出去了。”

我把思绪收回到琼身上。“搬到哪里去？”我掩饰着嫉妒问道。

诺兰医生说，有她的保证和费罗米娜·吉尼亚的奖学金支持，学校愿意让我下学期复学。不过，医生反对我在返校前回家与母亲同住，所以我要在疗养院待到寒假后的新学期开始。

即便如此，我还是愤愤不平于琼先我一步出院。

“搬到哪儿去？”我继续追问。“他们不会让你自己一个人住吧？”直到这个星期，琼才重新获准进城。

“哦，当然不让。我会跟肯尼迪护士住在剑桥镇。她的室友刚结婚，搬走了，她得找个人合租。”

“恭喜。”我举起手里的苹果汁，和她碰杯。虽然我在心底对她仍有所保留，但我会永远珍惜这个朋友。好像我们俩被战争或瘟疫这类不可抗拒的大环境所迫，共享过一个只属于我们俩的世界。“什么时候走？”

“下个月一号。”

“很好。”

琼眼含期盼，问道：“你会来看我的吧，埃斯特？”

“当然。”

但我心想：“不大可能。”

“好痛。”我说，“本来就这么痛吗？”

欧文没回答，过了一会儿才说：“有时候会痛。”

我是在哈佛大学的怀德纳图书馆长阶上认识的欧文，当时我站在长阶的顶端，看着下方红墙之内的积雪中庭，准备乘电车回疗养院。一个个子颇高，长得相当丑陋，戴着眼镜但看起来挺聪明的年轻人走上前来，问我：“请问现在几点？”

我看了一眼手表。“四点零五。”

这男人胸前抱着一摞书，像端了个餐盘，他动了动手臂，露出细瘦的手腕。

“哎，你自己有表啊！”

他无奈地看着他的表，抬起手腕在耳边晃动。“坏了。”他露出迷人的微笑。“你去哪儿？”

我正打算说“回疗养院”，但这男人看起来会是个好对象，于是我改变主意说：“回家。”

“想先来杯咖啡吗？”

我犹豫了。我应该赶回疗养院吃晚饭的，他们就要批准我永远离开那里，我可不想这个马上就能永远离开疗养院的时候因为迟归而横生枝节。

“只喝小小的一杯咖啡？”

在我犹豫不决之时，他告诉我他叫欧文，是个薪水优渥的数学教授，而我决定在这个男人面前表现出我全新、正常的一面，于是我说：“好吧。”然后迈开大步，跟他并肩走下结冰的长阶。

不过，我是在参观过欧文的书房后，才决定要勾引他。

欧文住的地下室位于剑桥外围一条破落的街道上，里面幽暗舒适。他先带我到学生餐馆喝了三杯苦咖啡，然后开车载我到他家。“喝杯啤酒吧。”他说。我们坐在他书房的褐色皮椅上，四周堆满蒙尘的艰深晦涩的书籍，巨大的公式雅致地穿插在书页之中，像诗一样。

我小口啜着第一杯啤酒——我向来不喜欢在隆冬喝冰啤，不过为了让双手有坚实的东西可握，我还是接过了玻璃杯——这时，门铃响起。

欧文一脸尴尬。“我想可能是位女士。”

欧文有个老派的怪习惯，称呼女人为女士。

“没关系，没关系。”我夸张地挥挥手，“请她进来啊。”

欧文摇摇头。“她看到你会不高兴。”

我微笑地看着手中装着冰啤的琥珀色玻璃杯。

门铃又被用力地按响。欧文叹了口气，起身应门。他一走开，我立刻闪进浴室，躲在脏兮兮的银铝色软式百叶窗后面，从门缝中偷窥欧文那张如修士般的脸。

一个身材高大、胸部丰满的斯拉夫裔女子出现在门外。她穿着天然羊毛织的笨重毛衣，宽松的紫色长裤，脚上是波斯羊毛褶边的黑色高跟罩靴，头上戴着与鞋同款的小圆帽。我听不清她说了些什么，只看见吐露的字眼在冷冽的空气中凝成一团团白雾。欧文的声音沿着寒冷的走廊飘向我的耳朵。

"对不起，奥尔嘉……我在工作，奥尔嘉……不，我没这么想，奥尔嘉。"这位女士的红唇动个不停，一字一句都化作白雾，缭绕于门边那棵紫丁香光秃的枝丫间。最后，终于听见："再说吧，奥尔嘉……再见，奥尔嘉。"

这位女士被羊毛覆盖的胸部宽广无垠，如草原一般，我自叹弗如。我眼看着她从我眼前渐渐后退，走下嘎吱作响的木头台阶，曾经鲜活的双唇似乎蒙上了西伯利亚的苦寒。

"我猜，你在剑桥有过很多很多的艳遇。"在剑桥附近一家坚守法式风格的餐厅里，我一边愉快地同欧文说着话，一边用一根针挑出蜗牛肉。

"我啊——"欧文谦虚地浅笑道，"似乎真的很有女士缘。"

我拿起空的蜗牛壳，嘬尽里面草绿色的肉汁。我不知道这样做是否显得失礼，但在疗养院吃了几个月索然无味的健康饮食，我太想念黄油的滋味了。

我在餐厅用公用电话打给诺兰医生，请她准许我在剑桥和琼住一晚。当然，我不确定晚餐后欧文会不会带我回他的公寓，不过我想他既然打发了那位斯拉夫女士——另一位教授的太太——看起来我很有希望。

我仰头饮尽一杯夜圣乔治葡萄酒。

“你确实很喜欢红酒。”欧文观察入微。

“只爱夜圣乔治。我想象着他……屠龙……”

欧文握住了我的手。

我曾想过，我的第一个男人一定得聪明，这样才能赢得我的敬重。欧文二十六岁就当上正教授，还有天才儿童般白皙无汗毛的皮肤，正合我意。况且，我也需要一个经验丰富的老手来弥补我的青涩懵懂，欧文的女士缘确保他在这方面是我的上上之选。另外，为安全起见，我要找的是以前不认识、以后也不会有瓜葛的对象——就像部落传说中那种了无私情的神职人员，帮助女孩完成初夜的仪式。

夜幕低垂之时，我已确定欧文是不二人选。

自从看清了巴迪·威拉德堕落的一面，贞操就成了我脖子上重如磐石的枷锁。这么久以来，我视守贞为头等大事，不计代价的捍卫甚至已经变成了一种习惯。五年了，我厌倦了。

回到公寓，欧文把我搂入怀中，将醉醺醺、软绵绵的我带入漆黑的卧室，这时我才对他喃喃低语：“欧文，我想我该告诉你，我还是处女。”

欧文笑着将我推倒在床上。

几分钟后，欧文一声惊呼。可见他之前并未拿我的话当真。我庆幸自己已经装了避孕器，否则晚上带着醉意，我一定无心采取那些细致的必要措施。我赤裸地躺在欧文的粗毛毯上，心驰神往地等候着奇妙新境界的降临。

可我感觉到的，只有慑人的剧痛。

“好痛。”我说，“本来就这么痛吗？”

欧文没回答，过了一会儿才说：“有时候会痛。”

没多久，欧文起身走进浴室，我听见哗哗的沐浴声。我不确定欧文是否按计划做了他想做的事，还是我的处女身份令他多少受了些妨碍。我很想问问他，我还是不是处女，但整个人晕乎乎的。突然两腿间涌出一股热流，我试探地伸手去摸。

收回手，借着浴室透出的光线，我的手指尖似乎是黑色的。

“欧文。”我紧张起来，“给我条毛巾。”

欧文腰间系着浴巾，闲适地走过来，扔给我一条小毛巾。我把毛巾塞在两腿之间，接着立刻就又抽了出来。毛巾被血染红了大半。

“我在流血！”我倏然起身，大声说道。

“哦，这是常有的事。”欧文向我保证，“一会儿就好。”

那一刻，各种故事浮现在我的脑海：新娘落红的床单，已非完璧的新娘私藏红墨水胶囊假造初夜。我一边想着到底会流多少血，一边躺回床上轻抚着毛巾，突然意识到这血就是我要的答案，我不可能再是处女了。黑暗中，我扬起嘴角，感到自己终于成为伟大传统的一分子。

我用白毛巾的干净部分偷偷擦拭我的创口，心想：等血止住了就搭夜班电车回疗养院，我要在全然平静之中思考人生的新境界。可是抽出毛巾一看，还是滴着黑色的血。

“我……我还是回家吧。”我虚弱地说。

“不用这么急。”

“不，我最好还是回家。”

我跟欧文借了那条毛巾，垫在两腿间当吸血的绷带，然后穿上汗湿的衣服。欧文要载我回家，但我怎么可能让他送我回疗养院呢，所以我从手提包里翻出琼的地址。欧文知道那条街，出去发动了车子。我心里很是慌张，没法告诉他我还在流血，只能默默祈祷血快点止住。

可是当欧文载着我穿过积雪的荒凉街巷，我感觉到两腿间的暖流透过层层叠叠的毛巾和裙子，渗到了车座上。

车速慢了下来，驶过一间间亮着灯的房子。我心想，还好不是在学校或家里时失去贞操，否则这狼狈的模样无论如何也无法掩饰。

琼打开门，一脸惊喜。欧文吻了我的手，交代琼要好好照顾我。

我靠在关好的门上，觉得自己脸部的血液也随着大出血流干了。

“怎么了，埃斯特？”琼问，“到底发生了什么事？”

不知琼何时才会注意到血正沿着我的大腿往下流，黏糊糊地渗进两只黑色漆皮鞋里。我想就算我中弹，奄奄一息，琼也只会茫然地看着我，等我开口要杯咖啡和三明治。

“护士在吗？”

“不在，她去卡普兰楼值夜班了……”

“好极了。”我苦笑一声，又一股血流冲过湿透的毛巾，开始直奔我鞋子而去的乏味旅程。“我是说……不妙。”

“你的样子好奇怪。”琼说。

“你最好去找医生来。”

“为什么？”

“快去。”

“但是……”

她还是什么都没发现。

我弯下腰，发出一声短促的呻吟，脱下一只购自布鲁明戴尔百货商店，已经因严冬而皲裂的黑皮鞋。我把这只鞋子举到琼那双睁大的灰石色眼睛前，将鞋子倾斜，看着她注视着一道血瀑从鞋里流到米色的地毯上。

“天哪！这是什么？”

“我大出血。”

琼把我半拖半拽到沙发上躺下，在我沾满血的双脚下垫了几个枕头，接着往后一退，质问道：“那个男人是谁？”

有那么一刻，我有个疯狂的念头，觉得要是我没全盘招认整晚和欧文干的好事，琼就不会帮我找医生，而且即便我坦白之后，她还是不会去请医生，这算是她对我的某种惩罚。但我随即意识到，她会真的认为我的解释就是表面的意思而已，所以她完全无法理解我和欧文上床这件事背后的意义。她很高兴我的到访，而欧文的出现不过让她有点扫兴罢了。

“只是某个人而已。”我边回答，边打出个无力再说的手势。又一股鲜血涌出，我惊恐地收缩腹部肌肉，“拿毛巾来。”

琼跑出去，转眼就拿了一叠毛巾和床单回来。她像个手脚麻利的护士，脱掉我被鲜血浸透的衣服，当她看见原来那条血红的毛巾时，飞快地吸了一口气，连忙为我换上干净的绷带。我躺在那里，努力让心跳慢下来，因为每一次的心跳都会推动又一波的血涌。

我想起在学校修过一门探讨维多利亚时期小说的恼人课程。那个时期的小说经常描写女人难产后，一个个苍白而高贵地死在血泊之中。或许欧文以某种可怕而隐晦的方式伤害了我，现在我躺在琼的沙发上，真的快要死了。

琼拉过一个印度风格的跪垫，就着一长串剑桥医生的名单开始拨电话。第一个号码没人接。第二个有人接，琼开始解释我的状况，但说到一半就打住，说声“明白了”后挂断电话。

“怎么了？”

“今天是星期天，他只看常客和急诊。”

我想抬手看看表，但放在身侧的手僵得像石头一样，根本动不了。星期天——医生的天堂！医生们会去乡村俱乐部，医生们会到海滩，医生们会约情人，医生们会陪老婆，医生们会上教堂，医生们会开游艇，每个医生都铁了心要当凡人，不当医生。

“看在上帝的分上。”我说，“就跟他们说我的状况很紧急。”

第三个号码没人接。第四个，一听琼说是月经问题就挂了电话。琼哭了起来。

“听着，琼。”我费力地说，“打给这里的医院，告诉他们是急诊，必须来接我。”

琼眼睛一亮，开始拨第五个电话。急诊室答应，如果我能设法自行前往医院，会有医生来处理我的状况。于是琼叫了辆出租车。

琼坚持要陪我去。我绝望般地按紧新换上的毛巾，琼告知的目的地让司机加足了马力，在破晓的街道上猛抄捷径，终于轮胎发出尖锐的刹车声，车子停在急诊处的门口。

我留下琼付车费，自己冲进空空荡荡却灯火通明的急诊室。护士从白色屏风后跑出来，我赶紧三言两语交代了来龙去脉。接着琼进来了，眨着大眼睛，活像只近视的猫头鹰。

急诊处的医生不紧不慢地走出来，护士扶着我爬上检查台，再对医生耳语了几句，医生点点头，解开我身上血淋淋的毛巾，我感觉到他的手指探入我体内。琼就像个军人一样直挺挺地站在我身旁，握着我的手，也不知道是为了给我打气，还是让她自己好受些。

“啊哦！”医生一个猛戳，我痛得身子一缩。

医生吹了声口哨。

“你是百万分之一。”

“什么意思？”

“我说，一百万人中只有一个人会发生你这种情况。”

医生低声和护士交代了几句，护士匆忙跑到边上的小桌旁，拿了几卷纱布和银亮的工具回来。“我看见了，”医生弯腰说道，“出血处就在那里。”

“能缝上吗？”

医生笑起来，“哦，能缝上，没问题。”

我被敲门声惊醒。已过午夜，疗养院一片死寂。我想不出这时还有谁没睡。

“进来。”我打开床头灯。门咔嗒一声开了，昆因医生长着利落黑发的头从门缝中探进来。我惊讶地看着她。虽然我知道她是谁，也常与她在长廊里擦身而过点头示意，但从不曾与她交谈过。

此时她说：“格林伍德小姐，我可以进来吗？”

我点点头。

昆因医生走进房间，静静地关上门。她穿着整洁的海军蓝套装——这种衣服她有好几件——V形领口下露出素净的白色衬衫。

“很抱歉打扰你，格林伍德小姐，尤其是现在这么晚了，但事关琼，我想或许你可以帮忙。”

一时之间，我以为昆因医生深夜来访是怪我害得琼重回疗养院。我不确定那晚去过急诊处后，琼到底知道了多少，不过几天之后她就住回贝尔赛思楼，但仍保有进城的自由。

“我会尽我所能。”我对昆因医生说。

昆因医生坐在我的床沿上，面色凝重。“我们想知道琼上哪儿去了。或许你知道。”

我突然想跟琼划清界限。“我不知道。”我冷冷地说，“她不在房间里吗？”

贝尔赛思楼的宵禁时间早就过了。

“不在。她今晚获准进城看电影，到现在还没回来。”

“她和谁一起去的？”

“她一个人。”昆因医生顿了顿，“你想得到她可能会在哪里过夜吗？”

“她肯定会回来的。一定是有事耽搁了。”但我实在想不出波士顿平常无奇的夜生活，能有什么事让她流连忘返。

昆因医生摇摇头。“末班电车一小时前就开走了。”

“也许她会坐出租车回来。”

昆因医生叹了口气。

“你们和那个肯尼迪护士联系过了吗？”我不死心，“之前琼和她住过。”

昆因医生点了点头。

“她的家人呢？”

“哦，她从不回家……但我们还是问过了。”

昆因医生在我房间逗留了一会儿，好像可以从这静谧的房间里嗅出点线索来。接着她说：“好吧，我们再尽力找找看。”然后就离开了。

我关上灯，倒回床上试图重新入睡，但眼前飘浮着琼的脸，没有身体，笑得像《爱丽丝梦游仙境》里的那只柴郡猫。我甚至感觉听见了她的声音，在黑暗中沙沙作响，但随即发现只是夜风吹过树梢……

雾蒙蒙的破晓时分，又一阵敲门声惊醒了我。

这一次我亲自开的门。

在我面前的是昆因医生。她立正的站姿像个疲弱的训练教官，而她的轮廓竟怪异地模糊不清。

“我想应该通知你一声。”昆因医生说，“琼被我们找到了。”

昆因医生的一个“被”字，让我的血液流速都减慢了。

“哪儿？”

“树林里，封冻的湖边。”

我张开嘴，却说不出话来。

“一名护理员发现的……”昆因医生继续道，“就在刚才，上班途中……”

“她没……”

“死了。”昆因医生说，“应该是上吊自杀。”

20

初雪在疗养院的地上覆了厚厚的一层——不是年底圣诞的那种絮絮薄雪，而是深可及人的一月大雪，足以让学校、办公室和教堂关闭，让备忘录、日程表和日历留下至少一日的空白。

如果我能顺利通过评估委员会的面谈，一周后，费罗米娜·吉尼亚的黑色大轿车就会载着我西行，送我回到学校的锻铁大门前。

隆冬时分！

马萨诸塞州会沉浸在一片大理石般的冷寂之中。我想起摩西奶奶笔下的村庄雪花纷扬，干枯的香蒲在绵延的沼泽地里沙沙作响，池塘里的青蛙和鲇鱼在冰层下做梦，树木簌簌轻摆。

然而，在表面白净平整的页岩之下，地形依旧。我要学着面对的不是旧金山、欧洲或火星，而是旧日的风景、小溪、山峦与草木。说起来也没什么大不了，不过是时隔半年，我从当初愤而出离的地方重新开始。

当然，我的事已经尽人皆知。

诺兰医生说得很直接，许多人会小心翼翼地对待我，甚至躲着我，当我是戴着警示铃铛的麻风病人。母亲的脸浮现在我的眼前，如同一轮充满自责的苍白满月，那是在我二十岁生日过后，母亲第一次也是最后一次来疗养院看我。女儿进了精神病院！是我令她承担这一切。可是，她显然已经决定原谅我。

“我们在哪里跌倒，就从哪里站起来吧，埃斯特。”她带着殉道者般慈爱的微笑说，“就当之前的一切是场噩梦吧。”

噩梦一场。

活在钟形罩里的人有如困在标本罐里茫然、停止生长的死婴，这世界本就是噩梦一场。

噩梦一场。

我记得梦里的每一件事。

我记得那些尸体，朵琳，无花果树的故事，马可的钻石，公园里的水兵，戈登大夫诊所里的斜眼护士，摔碎的体温计，黑人厨工和两种豆子配餐的那顿饭，注射胰岛素后我暴增的二十磅，还有海天交界处那块灰色头颅般的礁岩。

或许忘却就像一场雪，善意地麻痹和掩盖了一切。

但它们都是我的一部分，都是我人生的风景。

“有位先生来看你。”

帽子上沾了雪花的护士含笑探进头来。恍然之间我以为自己真的回到学校了，只是原本伤痕累累的桌椅和光秃秃的内院变成了白色松木家具和银装素裹的树林山丘。“一个男的找你！”值班女生打宿舍的内线电话告诉我。

贝尔赛思楼里的我们，究竟跟我即将返回的大学里那些打牌、聊八卦、读书的女孩有何不同？那些女孩不也是坐在某种钟形罩里么？

“进来。”我喊道。巴迪·威拉德走进房间，手里拿着顶卡其色的帽子。

"嗨，巴迪。"我说。

"嗨，埃斯特。"

我们就这么站着，彼此对望。我等待着我们俩之间情感的悸动，那最弱的一丝微光。没有，什么也没有，只有一团和气的强烈乏味感。穿着卡其色外套的巴迪看起来很小，而且似乎与我毫无关系，就像一年前的那天，他站在滑雪道的尽头，倚着那些褐色的柱子时一样。

"你怎么来的？"我终于开口问他。

"开我妈的车。"

"冒这么大的雪？"

"嗯。"巴迪笑道，"车陷在外面的雪堆里了。这条山路我真开不过来。有地方借铁锹吗？"

"可以跟管理员借一把。"

"好。"巴迪转身要走。

"等等，我也去帮忙。"

巴迪看着我，眼中闪过一抹怪异的神情，夹杂着好奇和谨慎。之前来探视我的那些人，例如信奉基督教科学派的前老板、英文老师和一神教的牧师，他们也都曾流露出这样的眼神。

"哎，巴迪。"我笑着说，"我没事的啦。"

"哦，我知道，我知道，埃斯特。"巴迪连忙说。

"倒是你别太费力铲雪挖车，巴迪。我没关系。"

结果巴迪让我干了大部分铲雪的活。

车子是在通往疗养院的光滑山路上打滑的，一个轮子冲出车道边缘，整辆车陷入了高高的雪堆中。

太阳从灰蒙蒙的云层后探出头，像夏日艳阳般照耀着无人踏足的山坡。我停下手里的活，眺望这片纯净原始的坡地，悸动油然而生，就像看到齐腰深的洪水淹没草木——仿佛这世界的寻常秩序有了轻微的改变，进入一个新的阶段。

幸好车子陷进了雪堆，这让巴迪没办法问出我知道他要问的问题。不过，在贝尔赛思楼喝下午茶的时候，他还是压低嗓子，紧张地问了。蒂蒂像只嫉妒的猫，从杯沿上偷瞄着我们。自从琼死后，蒂蒂被迁往威玛克楼住了一阵子，但现在又回来了。

"我一直在想……"巴迪笨拙地把杯子放回茶托上，发出脆响。

"你一直在想什么？"

"我一直在想……我的意思是，我想你或许可以告诉我一些事情。"巴迪迎着我的目光，我第一次发现他变了不少，原本像摄影师的闪光灯一样轻松且频繁浮现的笃定笑容已不复见，取而代之的是凝重，甚至踌躇的脸色——男人若是常常得不到想要的东西，就会有这种表情。

"如果可以，我会告诉你的，巴迪。"

"你觉得我身上是不是有什么东西，会把女人逼疯？"

我忍不住大笑起来——也许是因为巴迪的表情过于严肃，以及"逼疯"在这样的句子里所代表的含义。

"我的意思是，"巴迪继续解释，"我先跟琼交往，然后是你，后来你先……走了，接着琼也……"

我伸出一根手指，把桌上的面包屑推入一滴褐色的茶水里。

"当然不是你造成的。"我听见诺兰医生这么说。我去找她谈琼的事，结果她的话里带着怒气，这是我唯一一次见她这样。"没人让她这样。这是她的决定。"接着诺兰医生告诉我，即使是最厉害的精神科医生，病人里也有自杀的。如果真要追究责任，他们或许难辞其咎，但他们恰恰都认为自己无须负责……

“我们的事跟你无关，巴迪。”

“你确定？”

“确定。”

“好。”巴迪松了口气，“那我就放心了。”

他把茶一饮而尽，好像喝下的是补药。

“听说你要走了？”

在这个有护士陪同的小小散步行列中，我调整步伐与瓦莱丽并肩而行。“医生同意了才算数，他们明天和我面谈。”

被踩实的雪在脚下嘎吱作响，正午的太阳融化了冰柱和雪地，流水滴答的美妙声音随处可闻，而夜幕降临之前融雪又会变成一层光滑的冰面。

大片黑松林的树荫在灿烂的阳光下变成淡紫色，我和瓦莱丽走在熟悉的迷宫般的疗养院小径上。路面的雪已铲到两侧，堆在路边，毗邻小径上经过的医生护士都被遮住了下半身，看起来像脚上装了轮子似的移动。

“面谈！”瓦莱丽嗤之以鼻，“根本就是做做样子。如果他们真打算让你出去，你就能出去。”

“但愿如此。”

我和瓦莱丽在卡普兰楼前道别，她一脸淡定，就像雪姑娘，好事坏事仿佛都与她无关。我独自前行，尽管阳光明媚，呼出的气息仍化作缕缕白烟。瓦莱丽最后开心地冲我说了句“再见！会再相见的！”

“我觉得不会了吧。”我心想。

但是我不确定，根本不确定。我怎么知道，将来某天——在学校，在欧洲，在某个地方，在任何地方——那个让人窒息、扭曲一切的钟形罩会不会又凌空而下？

巴迪不也说了："埃斯特，我都不知道你现在能和谁结婚。"他说这话，好像是为了报复我径自将他的车子从雪堆里挖出来，而把他晾在一旁干瞪眼。

"什么？"我边问，边把雪铲到一旁的小丘上，飞散的雪花很刺眼，我不得不眯缝起眼睛。

"我说，我不知道你现在能和谁结婚。你已经来到了——"巴迪双手一拢，环扫了山峦、松树和一栋栋尖顶覆盖着白雪、阻隔了绵延风景的朴实屋舍，"这地方。"

当然，我不知道走到了这一步，还能跟谁结婚。我真的不知道。

"欧文，我这里有张账单。"

我在疗养院行政大楼的大厅，对着付费电话的话筒，平静地说出这句话。一开始，我担心坐在总机台前的接线员会偷听，后来发现她忙着插拔那些小管线，连眼睛都没有眨一下。

"好。"欧文说。

"账单一共二十美元，包括十二月那天的急诊费和一周后的复检。"

"好。"欧文说。

"医院说他们把账单寄给我，是因为之前寄给你，你没有回应。"

"好的，好的，我现在就开支票。我给他们开一张空白的支票，金额随他们填。"接着，他的声音有了微妙的变化。"我什么时候可以再见到你？"

“你真想知道？”

“很想。”

“永远别想了。”我说完，决绝地挂断了电话。

有那么一刻，我担心欧文因此不寄支票给医院，但随后一想：“他一定会寄出支票的，他是数学教授——不会给人留下话柄。”

我没来由地觉得膝盖一软，同时也如释重负。

欧文的声音对我本就毫无意义。

自从跟他初次也是最后一次见面，这是我第一次和他说话。我十分确信，这将是我们的最后一次交谈。欧文绝无可能找到我，除非去肯尼迪护士的公寓。但自从琼死后，肯尼迪护士就搬走了，没有留下任何去向的线索。

我完全自由了。

琼的父母邀请我参加她的葬礼。

吉林夫人说，我是琼最好的朋友之一。

“你不一定要去，知道吧。”诺兰医生告诉我，“你可以随时写信给他们，说我建议你别去。”

“我要去。”我说，而且我真的去了。在简单的葬礼仪式过程中，我一直在想，我知道自己在埋葬什么吗？

祭坛上，灵柩掩映于白花之间——那是某个不在现场的东西的黑影。四周教堂长椅上的人，脸被烛光映得蜡黄。圣诞节残留的松枝在冷冽的空气中散发着阴郁的香气。

乔蒂在我身边，脸颊红润如苹果。在这一小群送葬的人中，我不时看到一些校友和同乡的脸。蒂蒂和肯尼迪护士包着头巾，坐在前排长椅上，低垂着头。

接着，在灵柩、鲜花、牧师的脸和吊唁者的脸的后方，我看见原本绵延起伏的墓园草坪如今雪深及膝，突出于雪面的墓碑宛如无烟的烟囱。

坚硬的土地上会掘出一个六英尺深的黑洞，那个黑影将跟这个黑洞结合，然后用当地特殊的黄土填补雪白大地的伤口，只要再来一场大雪，就将抹去琼坟茔上的新痕。

我深吸一口气，聆听内心昔日的豪言壮语。

我存在，我存在，我存在。

医生们正在开每周例会——旧事、新事、入院、出院、面谈。我在疗养院的图书馆里，心不在焉地翻着一本破烂的《国家地理》杂志，等着他们叫我进去。

一群病人由护士陪同，在摆满书籍的书架间来回走动，与图书管理员低声交谈，这位管理员本身也是疗养院的“女院友”。我看向她——近视眼，老处女，毫不起眼——我暗想，她怎么知道自己已经“毕业”，而且完全康复，跟她所服务的客人不一样？

“别怕。”诺兰医生告诉过我，“我会在场，其他医生你都认得，还有几位来宾。主任医生维宁大夫会问你一些问题，问完之后你就可以离开了。”

尽管诺兰医生一再保证，我还是怕得要死。

我曾经期盼，在我离开的时候，满怀信心，知晓未来要面对的一切——毕竟，我已经被“分析”过了。可是现在，我看见的只有一连串的问号。

我一次次将焦灼的目光投向会议室紧闭的大门。我的丝袜接缝笔直，黑皮鞋虽有裂痕，但擦得很亮，红色的羊毛套装就像我的计划一样光彩夺目。我这一身行头，有新有旧……

但我并非要结婚[①]。我只是想，应该有种仪式庆贺喜获重生——修补，翻新，获准重新上路。我正在想着什么样的仪式才恰当，诺兰医生忽然冒出来，拍拍我的肩。

“来吧，埃斯特。”

我起身跟她走向敞开的会议室大门。

跨过门槛时，我停下脚步，迅速调整了一下气息。我看见入院第一天跟我讲述河流和清教徒移民的银发医生，还有满脸痘疤、面色惨白的休伊小姐，还有几双我能认出的戴着口罩的人的眼睛。

那些眼睛和面孔全都转向我，我被他们引导着，仿佛是被一根神奇的绳子引导着，我走进那个房间。

① 西方婚礼中，按照习俗，新娘需要准备四样东西：新的，旧的，借来的，蓝色的。

书号	书名	定价	作者
9787544745048	哈姆雷特	22.00	（英国）威廉·莎士比亚
9787544744560	奥赛罗	20.00	（英国）威廉·莎士比亚
9787544744829	李尔王	22.80	（英国）威廉·莎士比亚
9787544744812	麦克白	19.80	（英国）威廉·莎士比亚
9787544745055	威尼斯商人	19.80	（英国）威廉·莎士比亚
9787544745895	无事生非	20.00	（英国）威廉·莎士比亚
9787544711104	仲夏夜之梦	22.80	（英国）威廉·莎士比亚
9787544731386	第十二夜	21.80	（英国）威廉·莎士比亚
9787544746618	罗密欧与朱丽叶	22.80	（英国）威廉·莎士比亚
9787544726207	鲁滨孙漂流记	38.80	（英国）丹尼尔·笛福
9787544726092	双城记	48.80	（英国）查尔斯·狄更斯
9787544724661	雾都孤儿	49.80	（英国）查尔斯·狄更斯
9787544723473	呼啸山庄	36.80	（英国）艾米莉·勃朗特
9787544727655	简·爱	39.80	（英国）夏洛蒂·勃朗特
9787544723220	傲慢与偏见	39.80	（英国）简·奥斯汀
9787544738668	理智与情感	49.80	（英国）简·奥斯汀
9787544752909	劝导	38.80	（英国）简·奥斯汀
9787544755207	诺桑觉寺	34.80	（英国）简·奥斯汀
9787544736114	夜莺与玫瑰	20.00	（英国）奥斯卡·王尔德
9787544724852	道林·格雷的画像	32.80	（英国）奥斯卡·王尔德
9787544754194	莎乐美	22.00	（英国）奥斯卡·王尔德
9787544720748	动物庄园	18.00	（英国）乔治·奥威尔
9787544720021	一九八四	29.80	（英国）乔治·奥威尔
9787544713115	巴黎伦敦落魄记	29.80	（英国）乔治·奥威尔
9787544750226	上来透口气	34.80	（英国）乔治·奥威尔
9787544744799	恋爱中的女人	56.00	（英国）D. H. 劳伦斯
9787544724081	儿子与情人	49.80	（英国）D. H. 劳伦斯
9787544754682	美丽新世界	32.80	（英国）奥尔德斯·赫胥黎

书号	书名	定价	作者
9787544756983	伍尔夫读书随笔	26.80	(英国)弗吉尼亚·伍尔夫
9787544731812	培根论说文集	28.00	(英国)弗朗西斯·培根
9787544755269	曼殊斐尔小说集	18.80	(英国)曼殊菲尔
9787544726115	格列佛游记	39.00	(英国)乔纳森·斯威夫特
9787544750455	小人物日记	20.00	(英国)乔治·格罗史密斯,威登·格罗史密斯
9787544759250	像爱丽丝的小镇	45.00	(英国)内维尔·舒特
9787544725125	勃朗宁夫人十四行诗	19.80	(英国)伊丽莎白·勃朗宁
9787544720267	泰戈尔诗选	20.00	(印度)泰戈尔
9787544723657	马克·吐温中短篇小说选	38.80	(美国)马克·吐温
9787544750660	汤姆·索亚历险记	34.80	(美国)马克·吐温
9787544751087	哈克贝利·费恩历险记	38.80	(美国)马克·吐温
9787544723213	欧·亨利中短篇小说选	36.80	(美国)欧·亨利
9787544723107	野性的呼唤	18.00	(美国)杰克·伦敦
9787544726122	海狼	39.00	(美国)杰克·伦敦
9787544726436	了不起的盖茨比	26.80	(美国)F. S. 菲茨杰拉德
9787544722568	红字	28.80	(美国)纳撒尼尔·霍桑
9787544738859	老人与海	22.00	(美国)欧内斯特·海明威
9787544733915	太阳照常升起	29.80	(美国)欧内斯特·海明威
9787544733380	永别了，武器	32.80	(美国)欧内斯特·海明威
9787544726627	爱伦·坡短篇小说选	37.80	(美国)爱伦·坡
9787544723206	嘉莉妹妹	42.80	(美国)西奥多·德莱塞
9787544724654	都柏林人	34.80	(爱尔兰)詹姆斯·乔伊斯
9787544759717	一个青年艺术家的画像	36.80	(爱尔兰)詹姆斯·乔伊斯
9787544745857	一个陌生女人的来信	38.00	(奥地利)斯蒂芬·茨威格
9787544758659	少年维特的烦恼	26.80	(德国)歌德
9787544720236	契诃夫中短篇小说选	29.80	(俄罗斯)安东·契诃夫
9787544728409	克雷洛夫寓言选	22.80	(俄罗斯)克雷洛夫
9787544760195	父与子	38.80	(俄罗斯)屠格涅夫
9787544746441	猎人笔记	46.00	(俄罗斯)屠格涅夫

书号	书名	定价	作者
9787544723015	白夜	28.80	（俄罗斯）陀思妥耶夫斯基
9787544727761	红与黑	49.80	（法国）司汤达
9787544723725	茶花女	29.80	（法国）小仲马
9787544725156	莫泊桑中短篇小说选	36.80	（法国）居伊·德·莫泊桑
9787544730129	最后一课——都德短篇小说选	23.80	（法国）阿尔封斯·都德
9787544748254	窄门	21.80	（法国）安德烈·纪德
9787544748223	田园交响曲	20.00	（法国）安德烈·纪德
9787544748230	背德者	21.80	（法国）安德烈·纪德
9787544722360	包法利夫人	36.80	（法国）古斯塔夫·福楼拜
9787544720243	沉思录	26.80	（古罗马）马可·奥勒留
9787544726429	里柯克幽默小品选	38.80	（加拿大）斯蒂芬·里柯克
9787544752916	先知·沙与沫	29.80	（黎巴嫩）纪伯伦
9787544758680	泪与笑	32.80	（黎巴嫩）纪伯伦
9787544738392	走出非洲	38.80	（丹麦）凯伦·布里克森
9787544743075	老残游记	32.80	（清）刘鹗
9787544741439	浮生六记	25.00	（清）沈复
9787544721028	假如给我三天光明	25.00	（美国）海伦·凯勒
9787544720274	爱的教育	29.80	（意大利）亚米契斯
9787544717793	安徒生童话	29.80	（丹麦）安徒生
9787544723589	小王子	19.80	（法国）圣埃克苏佩里
9787544761475	丛林故事	45.00	（英国）吉卜林
9787544722827	原来如此	18.00	（英国）吉卜林
9787544723794	爱丽丝漫游奇境记	28.80	（英国）刘易斯·卡罗尔
9787544752923	彼得·潘	26.80	（英国）J. M. 巴里
9787544757973	鹅妈妈的故事	22.80	（法国）沙尔·贝洛
9787544728164	小妇人	48.80	（美国）L. M. 奥尔科特
9787544752626	绿山墙的安妮	38.00	（加拿大）L. M. 蒙哥马利
9787544754910	小公主	28.80	（美国）弗朗西斯·伯内特
9787544755184	秘密花园	36.80	（美国）弗朗西斯·伯内特
9787544753821	黑骏马	32.80	（英国）安娜·塞维尔

书号	书名	定价	作者
9787544753838	怪医杜立德	22.80	（美国）休·洛夫廷
9787544757720	小熊维尼	34.80	（英国）A. A. 米尔恩
9787544751919	小鹿斑比	26.80	（奥地利）F. 萨尔腾
9787544754217	柳林风声	29.80	（英国）肯尼斯·格雷厄姆
9787544754200	奥兹国历险记	26.80	（美国）莱曼·弗兰克·鲍姆
9787544754859	化身博士	19.80	（英国）罗伯特·史蒂文森
9787544725071	金银岛	28.80	（英国）罗伯特·史蒂文森
9787544727174	八十天环游地球	32.80	（法国）儒勒·凡尔纳
9787544733069	海底两万里	46.80	（法国）儒勒·凡尔纳
9787544734233	神秘岛	46.80	（法国）儒勒·凡尔纳
9787544754187	地心游记	36.80	（法国）儒勒·凡尔纳
9787544733649	时间机器	18.80	（英国）H. G. 威尔斯
9787544757430	失落的世界	35.80	（英国）阿瑟·柯南·道尔
9787544755658	007经典原著系列：金手指	36.80	（英国）伊恩·弗莱明
9787544733922	消失的地平线	25.00	（英国）詹姆斯·希尔顿
9787544723305	社会契约论	18.80	（法国）让－雅克·卢梭
9787544723299	忏悔录	25.80	（法国）让－雅克·卢梭
9787544757751	论人类不平等的起源和基础	22.80	（法国）让－雅克·卢梭
9787544725002	君主论	16.80	（意大利）马基雅弗利
9787544735414	富兰克林自传	32.00	（美国）本杰明·富兰克林
9787544720212	人性的弱点	29.80	（美国）戴尔·卡耐基
9787544721011	人性的优点	32.80	（美国）戴尔·卡耐基
9787544720250	致加西亚的信	16.00	（美国）埃尔伯特·哈伯德
9787544757102	我们时代的神经症人格	29.80	（美国）卡伦·霍妮
9787544754149	我们内心的冲突	28.80	（美国）卡伦·霍妮
9787544731348	菊与刀	26.00	（美国）露丝·本尼迪克特
9787544732239	中国人的气质	26.80	（美国）明恩溥
9787544757393	月亮与六便士	39.80	（英国）萨默塞特·毛姆
9787544754446	木偶奇遇记	26.80	（意大利）卡洛·科洛迪

书号	书名	定价	作者
9787544771238	面纱	49.80	（英国）萨默塞特·毛姆
9787544765367	刀锋	45.00	（英国）萨默塞特·毛姆
9787544769501	生活的真相 ——毛姆短篇小说选	46.80	（英国）萨默塞特·毛姆
9787544765138	黑暗的心	24.80	（英国）约瑟夫·康拉德
9787544767590	墙上的斑点 ——伍尔夫短篇小说选	36.80	（英国）弗吉尼亚·伍尔夫
9787544763943	弗兰肯斯坦	34.80	（英国）玛丽·雪莱
9787544762700	居里夫人的故事	33.00	（英国）埃列娜·多丽
9787544771511	彼得兔的故事	38.00	（英国）毕翠克丝·波特
9787544762441	物种起源	49.80	（英国）达尔文
9787544764735	列那狐	26.80	（英国）威廉·卡克斯顿
9787544766395	狮子、女巫和魔衣柜	24.80	（英国）C. S. 刘易斯
9787544770996	凯斯宾王子	36.80	（英国）C. S. 刘易斯
9787544771412	坎特维尔的幽灵 ——奥斯卡·王尔德短篇小说选	36.80	（英国）奥斯卡·王尔德
9787544770569	莎士比亚十四行诗集	34.80	（英国）威廉·莎士比亚
9787544767286	摩尔·弗兰德斯	42.80	（英国）丹尼尔·笛福
9787544765350	马丁·伊登	49.00	（美国）杰克·伦敦
9787544770774	热爱生命 ——杰克·伦敦短篇小说选	39.80	（美国）杰克·伦敦
9787544766593	睡谷的传说 ——欧文奇幻短篇小说选	25.80	（美国）华盛顿·欧文
9787544764520	牧师的黑面纱 ——霍桑短篇小说集	33.80	（美国）纳撒尼尔·霍桑
9787544763868	乞力马扎罗的雪 ——海明威短篇小说选	49.80	（美国）欧内斯特·海明威
9787544765497	西尔维娅·普拉斯诗集	32.80	（美国）西尔维娅·普拉斯
9787544769402	波兰吹号手	36.80	（美国）埃里克·凯利
9787544768078	波莉安娜	35.80	（美国）埃莉诺·波特

书号	书名	定价	作者
9787544766685	彩虹鸽	26.80	（美国）达恩·葛帕·默克奇
9787544762755	小勋爵	29.80	（美国）弗朗西丝·伯内特
9787544765015	如何享受人生，享受工作	29.80	（美国）戴尔·卡耐基
9787544756655	股票大作手回忆录	38.00	（美国）埃德温·勒菲弗
9787544772327	伤心咖啡馆之歌	36.80	（美国）卡森·麦卡勒斯
9787544768054	公主的月亮 ——詹姆斯·瑟伯童话集	29.80	（美国）詹姆斯·瑟伯
9787544762656	吉檀迦利	24.80	（印度）泰戈尔
9787544763103	园丁集	28.00	（印度）泰戈尔
9787544765763	泰戈尔回忆录	32.80	（印度）泰戈尔
9787544767231	格林童话	35.00	（德国）雅各布·格林 威廉·格林
9787544763974	阴谋与爱情	26.80	（德国）弗里德里希·席勒
9787544772662	豪夫童话	59.80	（德国）威廉·豪夫
9787544765695	涡堤孩	22.00	（德国）莫特·福凯
9787544769198	高老头	42.80	（法国）巴尔扎克
9787544763837	昆虫记	35.80	（法国）让－亨利·法布尔
9787544766807	死魂灵	42.80	（俄国）尼古莱·果戈里
9787544770750	老屋子	36.80	（丹麦）卡尔·爱华尔德
9787544763875	小约翰	28.80	（荷兰）F. 望·蔼覃
9787544765701	伊索寓言	29.80	（古希腊）伊索
9787544772075	青鸟	32.80	（比利时）梅特林克

THE BELL JAR

Sylvia Plath

CONTENTS

One

It was a queer, sultry summer, the summer they electrocuted the Rosenbergs, and I didn't know what I was doing in New York. I'm stupid about executions. The idea of being electrocuted makes me sick, and that's all there was to read about in the papers —goggle-eyed headlines staring up at me on every street corner and at the fusty, peanut-smelling mouth of every subway. It had nothing to do with me, but I couldn't help wondering what it would be like, being burned alive all along your nerves.

I thought it must be the worst thing in the world.

New York was bad enough. By nine in the morning the fake, country-wet freshness that somehow seeped in overnight evaporated like the tail end of a sweet dream. Mirage-gray at the bottom of their granite canyons, the hot streets wavered in the sun, the car tops sizzled and glittered, and the dry, cindery dust blew into my eyes and down my throat.

I kept hearing about the Rosenbergs over the radio and at the office till I couldn't get them out of my mind. It was like the first time I saw a cadaver. For weeks afterward, the cadaver's head—or what there was left of it—floated up behind my eggs and bacon at breakfast and behind the face of Buddy Willard, who was responsible for my seeing it in the first place, and pretty soon I felt as though I were carrying that cadaver's head around with me on a string, like some black, noseless balloon stinking of vinegar.

I knew something was wrong with me that summer, because all I could think about was the Rosenbergs and how stupid I'd been to buy all those uncomfortable, expensive clothes, hanging limp as fish in my closet, and how all the little successes I'd totted up so happily at college fizzled to nothing outside the slick marble and plate-glass fronts along Madison Avenue.

I was supposed to be having the time of my life.

I was supposed to be the envy of thousands of other college girls just like me all over America who wanted nothing more than to be tripping about in those same size-seven patent leather shoes I'd bought in Bloomingdale's one lunch hour with a black patent leather belt and black patent leather pocketbook to match. And when my picture came out in the magazine the twelve of us were working on—drinking martinis in a skimpy, imitation silver-lamé bodice stuck on to a big, fat cloud of white tulle, on some Starlight Roof, in the company of several anonymous young men with all-American bone structures hired or loaned for the occasion—everybody would think I must be having a real whirl.

Look what can happen in this country, they'd say. A girl lives in some out-of-the-way town for nineteen years, so poor she can't afford a magazine, and then she gets a scholarship to college and wins a prize here and a prize there and ends up steering New York like her own private car.

Only I wasn't steering anything, not even myself. I just bumped from my hotel to work and to parties and from parties to my hotel and back to work like a numb trolleybus. I guess I should have been excited the way most of the other girls were, but I couldn't get myself to react. I felt very still and very empty, the way the eye of a tornado must feel, moving dully along in the middle of the surrounding hullabaloo.

There were twelve of us at the hotel.

We had all won a fashion magazine contest, by writing essays and stories and poems and fashion blurbs, and as prizes they gave us jobs in New York for a month, expenses paid, and piles and piles of free bonuses, like ballet tickets and passes to fashion shows and hair stylings at a famous expensive salon and chances to meet successful people in the field of our desire and advice about what to do with our particular complexions.

I still have the make-up kit they gave me, fitted out for a person with brown eyes and brown hair: an oblong of brown mascara with a tiny brush, and a round basin of blue eye shadow just big enough to dab the tip of your finger in, and three lipsticks ranging from red to pink, all cased in the same little gilt box with a mirror on one side. I also have a white plastic sunglasses case with colored shells and sequins and a green plastic starfish sewed onto it.

I realized we kept piling up these presents because it was as good as free advertising for the firms involved, but I couldn't be cynical. I got such a kick out of all those free gifts showering on to us. For a long time afterward I hid them away, but later, when I was all right again, I brought them out, and I still have them around the house. I use the lipsticks now and then, and last week I cut the plastic starfish off the sunglasses case for the baby to play with.

So there were twelve of us at the hotel, in the same wing on the same floor in single rooms, one after the other, and it reminded me of my dormitory at college. It wasn't a proper hotel—I mean a hotel where there are both men and women mixed about here and there on the same floor.

This hotel—the Amazon—was for women only, and they were mostly girls my age with wealthy parents who wanted to be sure their daughters would be living where men couldn't get at them and deceive them; and they were all going to posh secretarial schools like Katy Gibbs, where they had to wear hats and stockings and gloves to class, or they had just graduated from places like Katy Gibbs and were secretaries to executives and junior executives and simply hanging around in New York waiting to get married to some career man or other.

These girls looked awfully bored to me. I saw them on the sunroof, yawning and painting their nails and trying to keep up their Bermuda tans, and they seemed bored as hell. I talked with one of them, and she was bored with yachts and bored with flying around in airplanes and bored with skiing in Switzerland at Christmas and bored with the men in Brazil.

Girls like that make me sick. I'm so jealous I can't speak. Nineteen years, and I hadn't been out of New England except for this trip to New York. It was my first big chance, but here I was, sitting back and letting it run through my fingers like so much water.

I guess one of my troubles was Doreen.

I'd never known a girl like Doreen before. Doreen came from a society girls' college down South and had bright white hair standing out in a cotton candy fluff round her head and blue eyes like transparent agate marbles, hard and polished and just about indestructible, and a mouth set in a sort of perpetual sneer. I don't mean a nasty sneer, but an amused, mysterious sneer, as if all the people around her were pretty silly and she could tell some good jokes on them if she wanted to.

Doreen singled me out right away. She made me feel I was that much sharper than the others, and she really was wonderfully funny. She used to sit next to me at the conference table, and when the visiting celebrities were talking she'd whisper witty sarcastic remarks to me under her breath.

Her college was so fashion conscious, she said, that all the girls had pocketbook covers made out of the same material as their dresses, so each time they changed their clothes they had a matching pocketbook. This kind of detail impressed me. It suggested a whole life of marvelous, elaborate decadence that attracted me like a magnet.

The only thing Doreen ever bawled me out about was bothering to get my assignments in by a deadline.

"What are you sweating over that for?" Doreen lounged on my bed in a peach silk dressing gown, filing her long, nicotine-yellow nails with an emery board, while I typed up the draft of an interview with a best-selling novelist.

That was another thing—the rest of us had starched cotton summer nighties and quilted housecoats, or maybe terry-cloth robes that doubled as beach coats, but Doreen wore these full-length nylon and lace jobs you could half see through, and dressing gowns the color of skin, that stuck to her by some kind of electricity. She had an interesting, slightly sweaty smell that reminded me of those scallopy leaves of sweet fern you break off and crush between your fingers for the musk of them.

"You know old Jay Cee won't give a damn if that story's in tomorrow or Monday." Doreen lit a cigarette and let the smoke flare slowly from her nostrils so her eyes were veiled. "Jay Cee's ugly as sin," Doreen went on coolly. "I bet that old husband of hers turns out all the lights before he gets near her or he'd puke otherwise."

Jay Cee was my boss, and I liked her a lot, in spite of what Doreen said. She wasn't one of the fashion magazine gushers with fake eyelashes and giddy jewelry. Jay Cee had brains, so her plug-ugly looks didn't seem to matter. She read a couple of languages and knew all the quality writers in the business.

I tried to imagine Jay Cee out of her strict office suit and luncheon-duty hat and in bed with her fat husband, but I just couldn't do it. I always had a terribly hard time trying to imagine people in bed together.

Jay Cee wanted to teach me something, all the old ladies I ever knew wanted to teach me something, but I suddenly didn't think they had anything to teach me. I fitted the lid on my typewriter and clicked it shut.

Doreen grinned. "Smart girl."

Somebody tapped at the door.

"Who is it?" I didn't bother to get up.

"It's me, Betsy. Are you coming to the party?"

"I guess so." I still didn't go to the door.

They imported Betsy straight from Kansas with her bouncing blonde ponytail and Sweetheart-of-Sigma-Chi smile. I remember once the two of us were called over to the office of some blue-chinned TV producer in a pinstripe suit to see if we had any angles he could build up for a program, and Betsy started to tell about the male and female corn in Kansas. She got so excited about that damn corn even the producer had tears in his eyes, only he couldn't use any of it, unfortunately, he said.

Later on, the Beauty Editor persuaded Betsy to cut her hair and made a cover girl out of her, and I still see her fare now and then, smiling out of those "P.Q.'s wife wears B.H. Wragge" ads.

Betsy was always asking me to do things with her and the other girls as if she were trying to save me in some way. She never asked Doreen. In private, Doreen called her Pollyanna Cowgirl.

"Do you want to come in our cab?" Betsy said through the door.

Doreen shook her head.

"That's all right, Betsy," I said. "I'm going with Doreen."

"Okay." I could hear Betsy padding off down the hall.

"We'll just go till we get sick of it," Doreen told me, stubbing out her cigarette in the base of my bedside reading lamp, "then we'll go out on the town. Those parties they stage here remind me of the old dances in the school gym. Why do they always round up Yalies? They're so stoo pit!"

Buddy Willard went to Yale, but now I thought of it, what was wrong with him was that he was stupid. Oh, he'd managed to get good marks all right, and to have an affair with some awful waitress on the Cape by the name of Gladys, but he didn't have one speck of intuition. Doreen had intuition. Everything she said was like a secret voice speaking straight out of my own bones.

We were stuck in the theater-hour rush. Our cab sat wedged in back of Betsy's cab and in front of a cab with four of the other girls, and nothing moved.

Doreen looked terrific. She was wearing a strapless white lace dress zipped up over a snug corset affair that curved her in at the middle and bulged her out again spectacularly above and below, and her skin had a bronzy polish under the pale dusting powder. She smelled strong as a whole perfume store.

I wore a black shantung sheath that cost me forty dollars. It was part of a buying spree I had with some of my scholarship money when I heard I was one of the lucky ones going to New York. This dress was cut so queerly I couldn't wear any sort of a bra under it, but that didn't matter much as I was skinny as a boy and barely rippled, and I liked feeling almost naked on the hot summer nights.

The city had faded my tan, though. I looked yellow as a Chinaman. Ordinarily, I would have been nervous about my dress and my odd color, but being with Doreen made me forget my worries. I felt wise and cynical as all hell.

When the man in the blue lumber shirt and black chinos and tooled leather cowboy boots started to stroll over to us from under the striped awning of the bar where he'd been eyeing our cab, I couldn't have any illusions. I knew perfectly well he'd come for Doreen. He threaded his way out between the stopped cars and leaned engagingly on the sill of our open window.

"And what, may I ask, are two nice girls like you doing all alone in a cab on a nice night like this?"

He had a big, wide, white toothpaste-ad smile.

"We're on our way to a party," I blurted, since Doreen had gone suddenly dumb as a post and was fiddling in a blasé way with her white lace pocketbook cover.

"That sounds boring," the man said. "Whyn't you both join me for a couple of drinks in that bar over there? I've some friends waiting as well."

He nodded in the direction of several informally dressed men slouching around under the awning. They had been following him with their eyes, and when he glanced back at them, they burst out laughing.

The laughter should have warned me. It was a kind of low, know-it-all snicker, but the traffic showed signs of moving again, and I knew that if I sat tight, in two seconds I'd be wishing I'd taken this gift of a chance to see something of New York besides what the people on the magazine had planned out for us so carefully.

"How about it, Doreen?" I said.

"How about it, Doreen?" the man said, smiling his big smile. To this day I can't remember what he looked like when he wasn't smiling. I think he must have been smiling the whole time. It must have been natural for him, smiling like that.

"Well, all right," Doreen said to me. I opened the door, and we stepped out of the cab just as it was edging ahead again and started to walk over to the bar.

There was a terrible shriek of brakes followed by a dull thump-thump.

"Hey you!" Our cabby was craning out of his window with a furious, purple expression. "Waddaya think you're doin'?"

He had stopped the cab so abruptly that the cab behind bumped smack into him, and we could see the four girls inside waving and struggling and scrambling up off the floor.

The man laughed and left us on the curb and went back and handed a bill to the driver in the middle of a great honking and some yelling, and then we saw the girls from the magazine moving off in a row, one cab after another, like a wedding party with nothing but bridesmaids.

"Come on, Frankie," the man said to one of his friends in the group, and a short, scrunty fellow detached himself and came into the bar with us.

He was the type of fellow I can't stand. I'm five feet ten in my stocking feet, and when I am with little men I stoop over a bit and slouch my hips, one up and one down, so I'll look shorter, and I feel gawky and morbid as somebody in a sideshow.

For a minute I had a wild hope we might pair off according to size, which would line me up with the man who had spoken to us in the first place, and he cleared a good six feet, but he went ahead with Doreen and didn't give me a second look. I tried to pretend I didn't see Frankie dogging along at my elbow and sat close by Doreen at the table.

It was so dark in the bar I could hardly make out anything except Doreen. With her white hair and white dress she was so white she looked silver. I think she must have reflected the neons over the bar. I felt myself melting into the shadows like the negative of a person I'd never seen before in my life.

"Well, what'll we have?" the man asked with a large smile.

"I think I'll have an old-fashioned," Doreen said to me.

Ordering drinks always floored me. I didn't know whisky from gin and never managed to get anything I really liked the taste of. Buddy Willard and the other college boys I knew were usually too poor to buy hard liquor or they scorned drinking altogether. It's amazing how many college boys don't drink or smoke. I seemed to know them all. The farthest Buddy Willard ever went was buying us a bottle of Dubonnet, which he only did because he was trying to prove he could be aesthetic in spite of being a medical student.

"I'll have a vodka," I said.

The man looked at me more closely. "With anything?"

"Just plain," I said. "I always have it plain."

I thought I might make a fool of myself by saying I'd have it with ice or soda or gin or anything. I'd seen a vodka ad once, just a glass full of vodka standing in the middle of a snowdrift in a blue light, and the vodka looked clear and pure as water, so I thought having vodka plain must be all right. My dream was someday ordering a drink and finding out it tasted wonderful.

The waiter came up then, and the man ordered drinks for the four of us. He looked so at home in that citified bar in his ranch outfit I thought he might well be somebody famous.

Doreen wasn't saying a word, she only toyed with her cork placemat and eventually lit a cigarette, but the man didn't seem to mind. He kept staring at her the way people stare at the great white macaw in the zoo, waiting for it to say something human.

The drinks arrived, and mine looked clear and pure, just like the vodka ad.

"What do you do?" I asked the man, to break the silence shooting up around me on all sides, thick as jungle grass. "I mean what do you do here in New York?"

Slowly and with what seemed a great effort, the man dragged his eyes away from Doreen's shoulder. "I'm a disc jockey," he said. "You prob'ly must have heard of me. The name's Lenny Shepherd."

"I know you," Doreen said suddenly.

"I'm glad about that, honey," the man said, and burst out laughing. "That'll come in handy. I'm famous as hell."

Then Lenny Shepherd gave Frankie a long look.

"Say, where do you come from?" Frankie asked, sitting up with a jerk. "What's your name?"

"This here's Doreen." Lenny slid his hand around Doreen's bare arm and gave her a squeeze.

What surprised me was that Doreen didn't let on she noticed what he was doing. She just sat there, dusky as a bleached-blonde Negress in her white dress, and sipped daintily at her drink.

"My name's Elly Higginbottom," I said. "I come from Chicago." After that I felt safer. I didn't want anything I said or did that night to be associated with me and my real name and coming from Boston.

"Well, Elly, what do you say we dance some?"

The thought of dancing with that little runt in his orange suede elevator shoes and mingy T-shirt and droopy blue sports coat made me laugh. If there's anything I look down on, it's a man in a blue outfit. Black or gray, or brown, even. Blue just makes me laugh.

"I'm not in the mood," I said coldly, turning my back on him and hitching my chair over nearer to Doreen and Lenny.

Those two looked as if they'd known each other for years by now. Doreen was spooning up the hunks of fruit at the bottom of her glass with a spindly silver spoon, and Lenny was grunting each time she lifted the spoon to her mouth, and snapping and pretending to be a dog or something, and trying to get the fruit off the spoon. Doreen giggled and kept spooning up the fruit.

I began to think vodka was my drink at last. It didn't taste like anything, but it went straight down into my stomach like a sword swallower's sword and made me feel powerful and godlike.

"I better go now," Frankie said, standing up.

I couldn't see him very clearly, the place was so dim, but for the first time I heard what a high, silly voice he had. Nobody paid him any notice.

"Hey, Lenny, you owe me something. Remember, Lenny, you owe me something, don't you, Lenny?"

I thought it odd Frankie should be reminding Lenny he owed him something in front of us, and we being perfect strangers, but Frankie stood there saying the same thing over and over until Lenny dug into his pocket and pulled out a big roll of green bills and peeled one off and handed it to Frankie. I think it was ten dollars.

"Shut up and scram."

For a minute I thought Lenny was talking to me as well, but then I heard Doreen say, "I won't come unless Elly comes." I had to hand it to her the way she picked up my fake name.

"Oh, Elly'll come, won't you, Elly?" Lenny said, giving me a wink.

"Sure I'll come," I said. Frankie had wilted away into the night, so I thought I'd string along with Doreen. I wanted to see as much as I could.

I liked looking on at other people in crucial situations. If there was a road accident or a street fight or a baby pickled in a laboratory jar for me to look at, I'd stop and look so hard I never forgot it.

I certainly learned a lot of things I never would have learned otherwise this way, and even when they surprised me or made me sick I never let on, but pretended that's the way I knew things were all the time.

Two

I wouldn't have missed Lenny's place for anything.

It was built exactly like the inside of a ranch, only in the middle of a New York apartment house. He'd had a few partitions knocked down to make the place broaden out, he said, and then had them pine-panel the walls and fit up a special pine-paneled bar in the shape of a horseshoe. I think the floor was pine-paneled, too.

Great white bearskins lay about underfoot, and the only furniture was a lot of low beds covered with Indian rugs. Instead of pictures hung up on the walls, he had antlers and buffalo horns and a stuffed rabbit head. Lenny jutted a thumb at the meek little gray muzzle and stiff jackrabbit ears.

"Ran over that in Las Vegas."

He walked away across the room, his cowboy boots echoing like pistol shots.

"Acoustics," he said, and grew smaller and smaller until he vanished through a door in the distance.

All at once music started to come out of the air on every side. Then it stopped, and we heard Lenny's voice say "This is your twelve o'clock disc jock, Lenny Shepherd, with a roundup of the tops in pops. Number Ten in the wagon train this week is none other than that little yaller-haired gal you been hearin' so much about lately...the one an' only Sunflower!"

> **I was born in Kansas, I was bred in Kansas,**
> **And when I marry I'll be wed in Kansas...**

"What a card!" Doreen said. "Isn't he a card?"

"You bet," I said.

"Listen, Elly, do me a favor." She seemed to think Elly was who I really was by now.

"Sure," I said.

"Stick around, will you? I wouldn't have a chance if he tried anything funny. Did you see that muscle?" Doreen giggled.

Lenny popped out of the back room. "I got twenty grand's worth of recording equipment in there." He ambled over to the bar and set out three glasses and a silver ice bucket and a big pitcher and began to mix drinks from several different bottles.

> **...to a true-blue gal who promised she would wait —**
> **She's the sunflower of the Sunflower State.**

"Terrific, huh?" Lenny came over, balancing three glasses. Big drops stood out on them like sweat, and the ice cubes jingled as he passed them around. Then the music twanged to a stop, and we heard Lenny's voice announcing the next number.

"Nothing like listening to yourself talk. Say," Lenny's eye lingered on me, "Frankie vamoosed, you ought to have somebody, I'll call up one of the fellers."

"That's okay," I said. "You don't have to do that." I didn't want to come straight out and ask for somebody several sizes larger than

Frankie.

Lenny looked relieved. "Just so's you don't mind. I wouldn't want to do wrong by a friend of Doreen's." He gave Doreen a big white smile. "Would I, honeybun?"

He held out a hand to Doreen, and without a word they both started to jitterbug, still hanging on to their glasses.

I sat cross-legged on one of the beds and tried to look devout and impassive like some businessmen I once saw watching an Algerian belly dancer, but as soon as I leaned back against the wall under the stuffed rabbit, the bed started to roll out into the room, so I sat down on a bearskin on the floor and leaned back against the bed instead.

My drink was wet and depressing. Each time I took another sip it tasted more and more like dead water. Around the middle of the glass there was painted a pink lasso with yellow polka dots. I drank to about an inch below the lasso and waited a bit, and when I went to take another sip, the drink was up to lasso-level again.

Out of the air Lenny's ghost voice boomed, "Wye oh wye did I ever leave Wyoming?"

The two of them didn't even stop jitterbugging during the intervals. I felt myself shrinking to a small black dot against all those red and white rugs and that pine paneling. I felt like a hole in the ground.

There is something demoralizing about watching two people get more and more crazy about each other, especially when you are the only extra person in the room.

It's like watching Paris from an express caboose heading in the opposite direction—every second the city gets smaller and smaller, only you feel it's really you getting smaller and smaller and lonelier and lonelier, rushing away from all those lights and that excitement at about a million miles an hour.

Every so often Lenny and Doreen would bang into each other and kiss and then swing to take a long drink and close in on each other again. I thought I might just lie down on the bearskin and go to sleep until Doreen felt ready to go back to the hotel.

Then Lenny gave a terrible roar. I sat up. Doreen was hanging on to Lenny's left earlobe with her teeth.

"Leggo, you bitch!"

Lenny stooped, and Doreen went flying up on to his shoulder, and her glass sailed out of her hand in a long, wide arc and fetched up against the pine paneling with a silly tinkle. Lenny was still roaring and whirling round so fast I couldn't see Doreen's face.

I noted, in the routine way you notice the color of somebody's eyes, that Doreen's breasts had popped out of her dress and were swinging out slightly like full brown melons as she circled belly-down on Lenny's shoulder, thrashing her legs in the air and screeching, and then they both started to laugh and slow up, and Lenny was trying to bite Doreen's hip through her skirt when I let myself out the door before anything more could happen and managed to get downstairs by leaning with both hands on the banister and half sliding the whole way.

I didn't realize Lenny's place had been air-conditioned until I wavered out onto the pavement. The tropical, stale heat the sidewalks had been sucking up all day hit me in the face like a last insult. I didn't know where in the world I was.

For a minute I entertained the idea of taking a cab to the party after all, but decided against it because the dance might be over by now, and I didn't feel like ending up in an empty barn of a ballroom strewn with confetti and cigarette butts and crumpled cocktail napkins.

I walked carefully to the nearest street corner, brushing the wall of the buildings on my left with the tip of one finger to steady myself. I looked at the street sign. Then I took my New York street map out of my pocketbook. I was exactly forty-three blocks by five blocks away from my hotel.

Walking has never fazed me. I just set out in the right direction, counting the blocks under my breath, and when I walked into the lobby of the hotel I was perfectly sober and my feet only slightly swollen, but that was my own fault because I hadn't bothered to wear any stockings.

The lobby was empty except for a night clerk dozing in his lit booth among the key rings and the silent telephones.

I slid into the self-service elevator and pushed the button for my floor. The doors folded shut like a noiseless accordion. Then my ears went funny, and I noticed a big, smudgy-eyed Chinese woman staring idiotically into my face. It was only me, of course. I was appalled to see how wrinkled and used up I looked.

There wasn't a soul in the hall. I let myself into my room. It was full of smoke. At first I thought the smoke had materialized out of thin air as a sort of judgment, but then I remembered it was Doreen's smoke and pushed the button that opened the window vent. They had the windows fixed so you couldn't really open them and lean out, and for some reason this made me furious.

By standing at the left side of the window and laying my cheek to the woodwork, I could see downtown to where the UN balanced itself in the dark, like a weird green Martian honeycomb. I could see the moving red and white lights along the drive and the lights of the bridges whose names I didn't know.

The silence depressed me. It wasn't the silence of silence. It was my own silence.

I knew perfectly well the cars were making noise, and the people in them and behind the lit windows of the buildings were making a noise, and the river was making a nowise, but I couldn't hear a thing. The city hung in my window, flat as a poster, glittering and blinking, but it might just as well not have been there at all, for the good it did me.

The china-white bedside telephone could have connected me up with things, but there it sat, dumb as a death's head. I tried to think of people I'd given my phone number to, so I could make a list of all the possible calls I might be about to receive, but all I could think of was that I'd given my phone number to Buddy Willard's mother so she could give it to a simultaneous interpreter she knew at the UN.

I let out a small, dry laugh.

I could imagine the sort of simultaneous interpreter Mrs. Willard would introduce me to when all the time she wanted me to marry Buddy, who was taking the cure for TB somewhere in upper New York State. Buddy's mother had even arranged for me to be given a job as a waitress at the TB sanatorium that summer so Buddy wouldn't be lonely. She and Buddy couldn't understand why I chose to go to New York City instead.

The mirror over my bureau seemed slightly warped and much too silver. The face in it looked like the reflection in a ball of dentist's mercury. I thought of crawling in between the bed sheets and trying to sleep, but that appealed to me about as much as stuffing a dirty, scrawled-over letter into a fresh, clean envelope. I decided to take a hot bath.

There must be quite a few things a hot bath won't cure, but I don't know many of them. Whenever I'm sad I'm going to die, or so nervous I can't sleep, or in love with somebody I won't be seeing for a week, I slump down just so far and then I say: "I'll go take a hot bath."

I meditate in the bath. The water needs to be very hot, so hot you can barely stand putting your foot in it. Then you lower yourself, inch by inch, till the water's up to your neck.

I remember the ceiling over every bathtub I've stretched out in. I remember the texture of the ceilings and the cracks and the colors and the damp spots and the light fixtures. I remember the tubs, too: the antique griffin-legged tubs, and the modern coffin-shaped tubs, and the fancy pink marble tubs overlooking indoor lily ponds, and I remember the shapes and sizes of the water taps and the different sorts of soap holders.

I never feel so much myself as when I'm in a hot bath.

I lay in that tub on the seventeenth floor of this hotel for-women-only, high up over the jazz and push of New York, for near onto an hour, and I felt myself growing pure again. I don't believe in baptism or the waters of Jordan or anything like that, but I guess I feel about a hot bath the way those religious people feel about holy water.

I said to myself: "Doreen is dissolving, Lenny Shepherd is dissolving, Frankie is dissolving, New York is dissolving, they are all dissolving away and none of them matter any more. I don't know them, I have never known them and I am very pure. All that liquor and those sticky kisses I saw and the dirt that settled on my skin on the way back is turning into something pure."

The longer I lay there in the clear hot water the purer I felt, and when I stepped out at last and wrapped myself in one of the big, soft white hotel bath towels I felt pure and sweet as a new baby.

I don't know how long I had been asleep when I heard the knocking. I didn't pay any attention at first, because the person knocking kept saying, "Elly, Elly, Elly, let me in," and I didn't know any Elly. Then another kind of knock sounded over the first dull, bumping knock—a sharp tap-tap, and another, much crisper voice said, "Miss Greenwood, your friend wants you," and I knew it was Doreen.

I swung to my feet and balanced dizzily for a minute in the middle of the dark room. I felt angry with Doreen for waking me up. All I stood a chance of getting out of that sad night was a good sleep, and she had to wake me up and spoil it. I thought if I pretended to be asleep the knocking might go away and leave me in peace, but I waited, and it didn't.

"Elly, Elly, Elly," the first voice mumbled, while the other voice went on hissing, "Miss Greenwood, Miss Greenwood, Miss Greenwood," as if I had a split personality or something.

I opened the door and blinked out into the bright hall. I had the impression it wasn't night and it wasn't day, but some lurid third interval that had suddenly slipped between them and would never end.

Doreen was slumped against the doorjamb. When I came out, she toppled into my arms. I couldn't see her face because her head was hanging down on her chest and her stiff blonde hair fell down from its dark roots like a hula fringe.

I recognized the short, squat, mustached woman in the black uniform as the night maid who ironed day dresses and party frocks in a crowded cubicle on our floor. I couldn't understand how she came to know Doreen or why she should want to help Doreen wake me up instead of leading her quietly back to her own room.

Seeing Doreen supported in my arms and silent except for a few wet hiccups, the woman strode away down the hall to her cubicle with its ancient Singer sewing machine and white ironing board. I wanted to run after her and tell her I had nothing to do with Doreen, because she looked stern and hardworking and moral as an old-style European immigrant and reminded me of my Austrian grandmother.

"Lemme lie down, lemme lie down," Doreen was muttering. "Lemme lie down, lemme lie down."

I felt if I carried Doreen across the threshold into my room and helped her onto my bed I would never get rid of her again.

Her body was warm and soft as a pile of pillows against my arm where she leaned her weight, and her feet, in their high, spiked heels, dragged foolishly. She was much too heavy for me to budge down the long hall.

I decided the only thing to do was to dump her on the carpet and shut and lock my door and go back to bed. When Doreen woke up she wouldn't remember what had happened and would think she must have passed out in front of my door while I slept, and she would get up of her own accord and go sensibly back to her room.

I started to lower Doreen gently onto the green hall carpet, but she gave a low moan and pitched forward out of my arms. A jet of brown vomit flew from her mouth and spread in a large puddle at my feet.

Suddenly Doreen grew even heavier. Her head drooped forward into the puddle, the wisps of her blonde hair dabbling in it like tree roots in a bog, and I realized she was asleep. I drew back. I felt half-asleep myself.

I made a decision about Doreen that night. I decided I would watch her and listen to what she said, but deep down I would have nothing at all to do with her. Deep down, I would be loyal to Betsy and her innocent friends. It was Betsy I resembled at heart.

Quietly, I stepped back into my room and shut the door. On second thought, I didn't lock it. I couldn't quite bring myself to do that.

When I woke up in the dull, sunless heat the next morning, I dressed and splashed my face with cold water and put on some lipstick and opened the door slowly. I think I still expected to see Doreen's body lying there in the pool of vomit like an ugly, concrete testimony to my own dirty nature.

There was nobody in the hall. The carpet stretched from one end of the hall to the other, clean and eternally verdant except for a faint, irregular dark stain before my door as if somebody had by accident spilled a glass of water there, but dabbed it dry again.

Three

Arrayed on the *Ladies' Day* banquet table were yellow-green avocado pear halves stuffed with crabmeat and mayonnaise, and platters of rare roast beef and cold chicken, and every so often a cut-glass bowl heaped with black caviar. I hadn't had time to eat any breakfast at the hotel cafeteria that morning, except for a cup of overstewed coffee so bitter it made my nose curl, and I was starving.

Before I came to New York I'd never eaten out in a proper restaurant. I don't count Howard Johnson's, where I only had french fries and cheeseburgers and vanilla frappes with people like Buddy Willard. I'm not sure why it is, but I love food more than just about anything else. No matter how much I eat, I never put on weight. With one exception I've been the same weight for ten years.

My favorite dishes are full of butter and cheese and sour cream. In New York we had so many free luncheons with people on the magazine and various visiting celebrities I developed the habit of running my eye down those huge handwritten menus, where a tiny side dish of peas cost fifty or sixty cents, until I'd picked the richest, most expensive dishes and ordered a string of them.

We were always taken out on expense accounts, so I never felt guilty. I made a point of eating so fast I never kept the other people waiting who generally ordered only chef's salad and grapefruit juice because they were trying to reduce. Almost everybody I met in New York was trying to reduce.

"I want to welcome the prettiest, smartest bunch of young ladies our staff has yet had the good luck to meet," the plump, bald master-of-ceremonies wheezed into his lapel microphone. "This banquet is just a small sample of the hospitality our Food Testing Kitchens here on *Ladies' Day* would like to offer in appreciation for your visit."

A delicate, ladylike spatter of applause, and we all sat down at the enormous linen-draped table.

There were eleven of us girls from the magazine, together with most of our supervising editors, and the whole staff of the *Ladies' Day* Food Testing Kitchens in hygienic white smocks, neat hairnets and flawless makeup of a uniform peach-pie color.

There were only eleven of us, because Doreen was missing. They had set her place next to mine for some reason, and the chair stayed empty. I saved her placecard for her—a pocket mirror with "Doreen" painted along the top of it in lacy script and a wreath of frosted daisies around the edge, framing the silver hole where her face would show.

Doreen was spending the day with Lenny Shepherd. She spent most of her free time with Lenny Shepherd now.

In the hour before our luncheon at *Ladies' Day*—the big women's magazine that features lush double-page spreads of Technicolor meals, with a different theme and locale each month—we had been shown around the endless glossy kitchens and seen how difficult it is to photograph apple pie à la mode under bright lights because the ice cream keeps melting and has to be propped up from behind with toothpicks and changed every time it starts looking too soppy.

The sight of all the food stacked in those kitchens made me dizzy. It's not that we hadn't enough to eat at home, it's just that my grandmother always cooked economy joints and economy meat loafs and had the habit of saying, the minute you lifted the first forkful to your mouth, "I hope you enjoy that, it cost forty-one cents a pound," which always made me feel I was somehow eating pennies instead of Sunday roast.

While we were standing up behind our chairs listening to the welcome speech, I had bowed my head and secretly eyed the position of the bowls of caviar. One bowl was set strategically between me and Doreen's empty chair.

I figured the girl across from me couldn't reach it because of the mountainous centerpiece of marzipan fruit, and Betsy, on my right, would be too nice to ask me to share it with her if I just kept it out of the way at my elbow by my bread-and-butter plate. Besides, another bowl of caviar sat a little way to the right of the girl next to Betsy, and she could eat that.

My grandfather and I had a standing joke. He was the head waiter at a country club near my home town, and every Sunday my grandmother drove in to bring him home for his Monday off. My brother and I alternated going with her, and my grandfather always served Sunday supper to my grandmother and whichever of us was along as if we were regular club guests. He loved introducing me to special tidbits, and by the age of nine I had developed a passionate taste for cold vichyssoise and caviar and anchovy paste.

The joke was that at my wedding my grandfather would see I had all the caviar I could eat. It was a joke because I never intended to get married, and even if I did, my grandfather couldn't have afforded enough caviar unless he robbed the country club kitchen and carried it off in a suitcase.

Under cover of the clinking of water goblets and silverware and bone china, I paved my plate with chicken slices. Then I covered the chicken slices with caviar thickly as if I were spreading peanut butter on a piece of bread. Then I picked up the chicken slices in my fingers one by one, rolled them so the caviar wouldn't ooze off and ate them.

I'd discovered, after a lot of extreme apprehension about what spoons to use, that if you do something incorrect at table with a certain arrogance, as if you knew perfectly well you were doing it properly, you can get away with it and nobody will think you are bad-mannered or poorly brought up. They will think you are original and very witty.

I learned this trick the day Jay Cee took me to lunch with a famous poet. He wore a horrible, lumpy, speckled brown tweed jacket and gray pants and a red-and-blue checked open-throated jersey in a very formal restaurant full of fountains and chandeliers, where all the other men were dressed in dark suits and immaculate white shirts.

This poet ate his salad with his fingers, leaf by leaf, while talking to me about the antithesis of nature and art. I couldn't take my eyes off the pale, stubby white fingers traveling back and forth from the poet's salad bowl to the poet's mouth with one dripping lettuce leaf after another. Nobody giggled or whispered rude remarks. The poet made eating salad with your fingers seem to be the only natural and sensible thing to do.

None of our magazine editors or the *Ladies' Day* staff members sat anywhere near me, and Betsy seemed sweet and friendly, she didn't even seem to like caviar, so I grew more and more confident.

When I finished my first plate of cold chicken and caviar, I laid out another. Then I tackled the avocado and crabmeat salad.

Avocados are my favorite fruit. Every Sunday my grandfather used to bring me an avocado pear hidden at the bottom of his briefcase under six soiled shirts and the Sunday comics. He taught me how to eat avocados by melting grape jelly and french dressing together in a saucepan and filling the cup of the pear with the garnet sauce. I felt homesick for that sauce. The crabmeat tasted bland in comparison.

"How was the fur show?" I asked Betsy, when I was no longer worried about competition over my caviar. I scraped the last few salty black eggs from the dish with my soup spoon and licked it clean.

"It was wonderful," Betsy smiled. "They showed us how to make an all-purpose neckerchief out of mink tails and a gold chain, the sort of chain you can get an exact copy of at Woolworth's for a dollar ninety-eight, and Hilda nipped down to the wholesale fur warehouses right afterward and bought a bunch of mink tails at a big discount and dropped in at Woolworth's and then stitched the whole thing together coming up on the bus."

I peered over at Hilda, who sat on the other side of Betsy. Sure enough, she was wearing an expensive-looking scarf of furry tails fastened on one side by a dangling gilt chain.

I never really understood Hilda. She was six feet tall, with huge, slanted green eyes and thick red lips and a vacant, Slavic expression. She made hats. She was apprenticed to the Fashion Editor, which set her apart from the more literary ones among us like Doreen and Betsy and I myself, who all wrote columns, even if some of them were only about health and beauty. I don't know if Hilda could read, but she made startling hats. She went to a special school for making hats in New York and every day she wore a new hat to work, constructed by her own hands out of bits of straw or fur or ribbon or veiling in subtle, bizarre shades.

"That's amazing," I said. "Amazing." I missed Doreen. She would have murmured some fine, scalding remark about Hilda's miraculous furpiece to cheer me up.

I felt very low. I had been unmasked only that morning by Jay Cee herself, and I felt now that all the uncomfortable suspicions I had about myself were coming true, and I couldn't hide the truth much longer. After nineteen years of running after good marks and prizes and grants of one sort and another, I was letting up, slowing down, dropping clean out of the race.

"Why didn't you come along to the fur show with us?" Betsy asked. I had the impression she was repeating herself, and that she'd asked me the same question a minute ago, only I couldn't have been listening. "Did you go off with Doreen?"

"No," I said, "I wanted to go to the fur show, but Jay Cee called up and made me come into the office." That wasn't quite true about wanting to go to the show, but I tried to convince myself now that it was true, so I could be really wounded about what Jay Cee had done.

I told Betsy how I had been lying in bed that morning planning to go to the fur show. What I didn't tell her was that Doreen had come into my room earlier and said, "What do you want to go to that assy show for, Lenny and I are going to Coney Island, so why don't you come along? Lenny can get you a nice fellow, the day's shot to hell anyhow with that luncheon and then the film première in the afternoon, so nobody'll miss us."

For a minute I was tempted. The show certainly did seem stupid. I have never cared for furs. What I decided to do in the end was lie in bed as long as I wanted to and then go to Central Park and spend the day lying in the grass, the longest grass I could find in that bald, duck-ponded wilderness.

I told Doreen I would not go to the show or the luncheon or the film première, but that I would not go to Coney Island either, I would stay in bed. After Doreen left, I wondered why I couldn't go the whole way doing what I should any more. This made me sad and tired. Then I wondered why I couldn't go the whole way doing what I shouldn't, the way Doreen did, and this made me even sadder and more tired.

I didn't know what time it was, but I'd heard the girls bustling and calling in the hall and getting ready for the fur show, and then I'd heard the hall go still, and as I lay on my back in bed staring up at the blank, white ceiling the stillness seemed to grow bigger and bigger until I felt my eardrums would burst with it. Then the phone rang.

I stared at the phone for a minute. The receiver shook a bit in its bone-colored cradle, so I could tell it was really ringing. I thought I might have given my phone number to somebody at a dance or a party and then forgotten about it. I lifted the receiver and spoke in a husky, receptive voice.

"Hello?"

"Jay Cee here," Jay Cee rapped out with brutal promptitude. "I wondered if you happened to be planning to come into the office today?"

I sank down into the sheets. I couldn't understand why Jay Cee thought I'd be coming into the office. We had these mimeographed schedule cards so we could keep track of all our activities, and we spent a lot of mornings and afternoons away from the office going to affairs in town. Of course, some of the affairs were optional.

There was quite a pause. Then I said meekly, "I thought I was going to the fur show." Of course I hadn't thought any such thing, but I couldn't figure out what else to say.

"I told her I thought I was going to the fur show," I said to Betsy. "But she told me to come into the office, she wanted to have a little talk with me, and there was some work to do."

"Oh-oh!" Betsy said sympathetically. She must have seen the tears that plopped down into my dessert dish of meringue and brandy ice cream, because she pushed over her own untouched dessert and I started absently on that when I'd finished my own. I felt a bit awkward about the tears, but they were real enough. Jay Cee had said some terrible things to me.

When I made my wan entrance into the office at about ten o'clock, Jay Cee stood up and came round her desk to shut the door, and I sat in the swivel chair in front of my typewriter table facing her, and she sat in the swivel chair behind her desk facing me, with the window full of potted plants, shelf after shelf of them, springing up at her back like a tropical garden.

"Doesn't your work interest you, Esther?"

"Oh, it does, it does," I said. "It interests me very much." I felt like yelling the words, as if that might make them more convincing, but I controlled myself.

All my life I'd told myself studying and reading and writing and working like mad was what I wanted to do, and it actually seemed to be true, I did everything well enough and got all A's, and by the time

I made it to college nobody could stop me.

I was college correspondent for the town Gazette and editor of the literary magazine and secretary of Honor Board, which deals with academic and social offenses and punishments—a popular office—and I had a well-known woman poet and professor on the faculty championing me for graduate school at the biggest universities in the east, and promises of full scholarships all the way, and now I was apprenticed to the best editor on an intellectual fashion magazine, and what did I do but balk and balk like a dull cart horse?

"I'm very interested in everything." The words fell with a hollow flatness on to Jay Cee's desk, like so many wooden nickels.

"I'm glad of that," Jay Cee said a bit waspishly. "You can learn a lot in this month on the magazine, you know, if you just roll up your shirtsleeves. The girl who was here before you didn't bother with any of the fashion-show stuff. She went straight from this office onto *Time*."

"My!" I said, in the same sepulchral tone. "That was quick!"

"Of course, you have another year at college yet," Jay Cee went on a little more mildly. "What do you have in mind after you graduate?"

What I always thought I had in mind was getting some big scholarship to graduate school or a grant to study all over Europe, and then I thought I'd be a professor and write books of poems or write books of poems and be an editor of some sort. Usually I had these plans on the tip of my tongue.

"I don't really know," I heard myself say. I felt a deep shock, hearing myself say that, because the minute I said it, I knew it was true.

It sounded true, and I recognized it, the way you recognize

some nondescript person that's been hanging around your door for ages and then suddenly comes up and introduces himself as your real father and looks exactly like you, so you know he really is your father, and the person you thought all your life was your father is a sham.

"I don't really know."

"You'll never get anywhere like that." Jay Cee paused. "What languages do you have?"

"Oh, I can read a bit of French, I guess, and I've always wanted to learn German." I'd been telling people I'd always wanted to learn German for about five years.

My mother spoke German during her childhood in America and was stoned for it during the First World War by the children at school. My German-speaking father, dead since I was nine, came from some manic-depressive hamlet in the black heart of Prussia. My younger brother was at that moment on the Experiment in International Living in Berlin and speaking German like a native.

What I didn't say was that each time I picked up a German dictionary or a German book, the very sight of those dense, black, barbed-wire letters made my mind shut like a clam.

"I've always thought I'd like to go into publishing." I tried to recover a thread that might lead me back to my old, bright salesmanship. "I guess what I'll do is apply at some publishing house."

"You ought to read French and German," Jay Cee said mercilessly, "and probably several other languages as well, Spanish and Italian—better still, Russian. Hundreds of girls flood into New York every June thinking they'll be editors. You need to offer something more than the run-of-the-mill person. You better learn some languages."

I hadn't the heart to tell Jay Cee there wasn't one scrap of space on my senior year schedule to learn languages in. I was taking one of those honors programs that teach you to think independently, and except for a course in Tolstoy and Dostoevsky and a seminar in advanced poetry composition, I would spend my whole time writing on some obscure theme in the works of James Joyce. I hadn't picked out my theme yet, because I hadn't got round to reading *Finnegans Wake*, but my professor was very excited about my thesis and had promised to give me some leads on images about twins.

"I'll see what I can do," I told Jay Cee. "I probably might just fit in one of those double-barreled accelerated courses in elementary German they've rigged up." I thought at the time I might actually do this. I had a way of persuading my Class Dean to let me do irregular things. She regarded me as a sort of interesting experiment.

At college I had to take a required course in physics and chemistry. I had already taken a course in botany and done very well. I never answered one test question wrong the whole year, and for a while I toyed with the idea of being a botanist and studying the wild grasses in Africa or the South American rain forests, because you can win big grants to study offbeat things like that in queer areas much more easily than winning grants to study art in Italy or English in England; there's not so much competition.

Botany was fine, because I loved cutting up leaves and putting them under the microscope and drawing diagrams of bread mold and the odd, heart-shaped leaf in the sex cycle of the fern, it seemed so real to me.

The day I went into physics class it was death.

A short dark man with a high lisping voice, named Mr. Manzi, stood in front of the class in a tight blue suit holding a little wooden ball. He put the ball on a steep grooved slide and let it run down to the bottom. Then he started talking about let a equal acceleration and let t equal time and suddenly he was scribbling letters and numbers and equals signs all over the blackboard and my mind went dead.

I took the physics book back to my dormitory. It was a huge book on porous mimeographed paper—four hundred pages long with no drawings or photographs, only diagrams and formulas—between brick-red cardboard covers. This book was written by Mr. Manzi to explain physics to college girls, and if it worked on us he would try to have it published.

Well, I studied those formulas, I went to class and watched balls roll down slides and listened to bells ring and by the end of the semester most of the other girls had failed and I had a straight A. I heard Mr. Manzi saying to a bunch of the girls who were complaining that the course was too hard, "No, it can't be too hard, because one girl got a straight A." "Who is it? Tell us," they said, but he shook his head and didn't say anything and gave me a sweet little conspiring smile.

That's what gave me the idea of escaping the next semester of chemistry. I may have made a straight A in physics, but I was panic-struck. Physics made me sick the whole time I learned it. What I couldn't stand was this shrinking everything into letters and numbers. Instead of leaf shapes and enlarged diagrams of the holes the leaves breathe through and fascinating words like carotene and xanthophyll on the blackboard, there were these hideous, cramped, scorpion-lettered formulas in Mr. Manzi's special red chalk.

I knew chemistry would be worse, because I'd seen a big chart of the ninety-odd elements hung up in the chemistry lab, and all the perfectly good words like gold and silver and cobalt and aluminum were shortened to ugly abbreviations with different decimal numbers after them. If I had to strain my brain with any more of that stuff I would go mad. I would fail outright. It was only by a horrible effort of will that I had dragged myself through the first half of the year.

So I went to my Class Dean with a clever plan.

My plan was that I needed the time to take a course in Shakespeare, since I was, after all, an English major. She knew and I knew perfectly well I would get a straight A again in the chemistry course, so what was the point of my taking the exams; why couldn't I just go to the classes and look on and take it all in and forget about marks or credits? It was a case of honor among honorable people, and the content meant more than the form, and marks were really a bit silly anyway, weren't they, when you knew you'd always get an A? My plan was strengthened by the fact that the college had just dropped the second year of required science for the classes after me anyway, so my class was the last to suffer under the old ruling.

Mr. Manzi was in perfect agreement with my plan. I think it flattered him that I enjoyed his classes so much I would take them for no materialistic reason like credit and an A, but for the sheer beauty of chemistry itself. I thought it was quite ingenious of me to suggest sitting in on the chemistry course even after I'd changed over to Shakespeare. It was quite an unnecessary gesture and made it seem I simply couldn't bear to give chemistry up.

Of course, I would never have succeeded with this scheme if I hadn't made that A in the first place. And if my Class Dean had known how scared and depressed I was, and how I seriously contemplated desperate remedies such as getting a doctor's certificate that I was unfit to study chemistry, the formulas made me dizzy and so on, I'm sure she wouldn't have listened to me for a minute, but would have made me take the course regardless.

As it happened, the Faculty Board passed my petition, and my Class Dean told me later that several of the professors were touched by it. They took it as a real step in intellectual maturity.

I had to laugh when I thought about the rest of that year. I went to the chemistry class five times a week and didn't miss a single one. Mr. Manzi stood at the bottom of the big, rickety old amphitheater, making blue flames and red flares and clouds of yellow stuff by pouring the contents of one test tube into another, and I shut his voice out of my ears by pretending it was only a mosquito in the distance and sat back enjoying the bright lights and the colored fires and wrote page after page of villanelles and sonnets.

Mr. Manzi would glance at me now and then and see me writing, and send up a sweet little appreciative smile. I guess he thought I was writing down all those formulas not for exam time, like the other girls, but because his presentation fascinated me so much I couldn't help it.

Four

I don't know just why my successful evasion of chemistry should have floated into my mind there in Jay Cee's office.

All the time she talked to me, I saw Mr. Manzi standing on thin air in back of Jay Cee's head, like something conjured up out of a hat, holding his little wooden ball and the test tube that billowed a great cloud of yellow smoke the day before Easter vacation and smelt of rotten eggs and made all the girls and Mr. Manzi laugh.

I felt sorry for Mr. Manzi. I felt like going down to him on my hands and knees and apologizing for being such an awful liar.

Jay Cee handed me a pile of story manuscripts and spoke to me much more kindly. I spent the rest of the morning reading the stories and typing out what I thought of them on the pink Interoffice Memo sheets and sending them into the office of Betsy's editor to be read by Betsy the next day. Jay Cee interrupted me now and then to tell me something practical or a bit of gossip.

Jay Cee was going to lunch that noon with two famous writers, a man and a lady. The man had just sold six short stories to the *New Yorker* and six to Jay Cee. This surprised me, as I didn't know magazines bought stories in lots of six, and I was staggered by the thought of the amount of money six stories would probably bring in. Jay Cee said she had to be very careful at this lunch, because the lady writer wrote stories too, but she had never had any in the *New Yorker* and Jay Cee had only taken one from her in five years. Jay Cee had to flatter the more famous man at the same time as she was careful not to hurt the less famous lady.

When the cherubs in Jay Cee's French wall clock waved their wings up and down and put their little gilt trumpets to their lips and pinged out twelve notes one after the other, Jay Cee told me I'd done enough work for the day, and to go off to the *Ladies' Day* tour and banquet and to the film première, and she would see me bright and early tomorrow.

Then she slipped a suit jacket over her lilac blouse, pinned a hat of imitation lilacs on the top of her head, powdered her nose briefly and adjusted her thick spectacles. She looked terrible, but very wise. As she left the office, she patted my shoulder with one lilac-gloved hand.

"Don't let the wicked city get you down."

I sat quietly in my swivel chair for a few minutes and thought about Jay Cee. I tried to imagine what it would be like if I were Ee Gee, the famous editor, in an office full of potted rubber plants and African violets my secretary had to water each morning. I wished I had a mother like Jay Cee. Then I'd know what to do.

My own mother wasn't much help. My mother had taught shorthand and typing to support us ever since my father died, and secretly she hated it and hated him for dying and leaving no money because he didn't trust life insurance salesmen. She was always on to me to learn shorthand after college, so I'd have a practical skill as well as a college degree. "Even the apostles were tentmakers," she'd say. "They had to live, just the way we do."

I dabbled my fingers in the bowl of warm water a *Ladies' Day* waitress set down in place of my two empty ice cream dishes. Then I wiped each finger carefully with my linen napkin which was still quite clean. Then I folded the linen napkin and laid it between my lips and brought my lips down on it precisely. When I put the napkin back on the table a fuzzy pink lip shape bloomed right in the middle of it like a tiny heart.

I thought what a long way I had come.

The first time I saw a fingerbowl was at the home of my benefactress. It was the custom at my college, the little freckled lady in the Scholarships Office told me, to write to the person whose scholarship you had, if they were still alive, and thank them for it.

I had the scholarship of Philomena Guinea, a wealthy novelist who went to my college in the early nineteen hundreds and had her first novel made into a silent film with Bette Davis as well as a radio serial that was still running, and it turned out she was alive and lived in a large mansion not far from my grandfather's country club.

So I wrote Philomena Guinea a long letter in coal-black ink on gray paper with the name of the college embossed on it in red. I wrote what the leaves looked like in autumn when I bicycled out into the hills, and how wonderful it was to live on a campus instead of commuting by bus to a city college and having to live at home, and how all knowledge was opening up before me and perhaps one day I would be able to write great books the way she did.

I had read one of Mrs. Guinea's books in the town library—the college library didn't stock them for some reason—and it was crammed from beginning to end with long, suspenseful questions: "Would Evelyn discern that Gladys knew Roger in her past? wondered Hector feverishly" and "How could Donald marry her when he learned of the child Elsie, hidden away with Mrs. Rollmop on the secluded country farm? Griselda demanded of her bleak, moonlit pillow." These books earned Philomena Guinea, who later told me she had been very stupid at college, millions and millions of dollars.

Mrs. Guinea answered my letter and invited me to lunch at her home. That was where I saw my first fingerbowl.

The water had a few cherry blossoms floating in it, and I thought it must be some clear sort of Japanese after-dinner soup and ate every bit of it, including the crisp little blossoms. Mrs. Guinea never said anything, and it was only much later, when I told a debutante I knew at college about the dinner, that I learned what I had done.

When we came out of the sunnily lit interior of the *Ladies' Day* offices, the streets were gray and fuming with rain. It wasn't the nice kind of rain that rinses you clean, but the sort of rain I imagine they must have in Brazil. It flew straight down from the sky in drops the size of coffee saucers and hit the hot sidewalks with a hiss that sent clouds of steam writhing up from the gleaming, dark concrete.

My secret hope of spending the afternoon alone in Central Park died in the glass eggbeater of *Ladies' Day* revolving doors. I found myself spewed out through the warm rain and into the dim, throbbing cave of a cab, together with Betsy and Hilda and Emily Ann Offenbach, a prim little girl with a bun of red hair and a husband and three children in Teaneck, New Jersey.

The movie was very poor. It starred a nice blond girl who looked like June Allyson but was really somebody else, and a sexy black-haired girl who looked like Elizabeth Taylor but was also somebody else, and two big, broad-shouldered bone-heads with names like Rick and Gil.

It was a football romance and it was in Technicolor.

I hate Technicolor. Everybody in a Technicolor movie seems to feel obliged to wear a lurid costume in each new scene and to stand around like a clotheshorse with a lot of very green trees or very yellow wheat or very blue ocean rolling away for miles and miles in every direction.

Most of the action in this picture took place in the football stands, with the two girls waving and cheering in smart suits with orange chrysanthemums the size of cabbages on their lapels, or in a ballroom, where the girls swooped across the floor with their dates, in dresses like something out of *Gone With the Wind*, and then sneaked off into the powder room to say nasty intense things to each other.

Finally I could see the nice girl was going to end up with the nice football hero and the sexy girl was going to end up with nobody, because the man named Gil had only wanted a mistress and not a wife all along and was now packing off to Europe on a single ticket.

At about this point I began to feel peculiar. I looked round me at all the rows of rapt little heads with the same silver glow on them at the front and the same black shadow on them at the back, and they looked like nothing more or less than a lot of stupid moonbrains.

I felt in terrible danger of puking. I didn't know whether it was the awful movie giving me a stomachache or all that caviar I had eaten.

"I'm going back to the hotel," I whispered to Betsy through the half-dark.

Betsy was staring at the screen with deadly concentration. "Don't you feel good?" she whispered, barely moving her lips.

"No," I said. "I feel like hell."

"So do I, I'll come back with you."

We slipped out of our seats and said Excuse me Excuse me Excuse me down the length of our row, while the people grumbled and hissed and shifted their rain boots and umbrellas to let us pass, and I stepped on as many feet as I could because it took my mind off this enormous desire to puke that was ballooning up in front of me so fast I couldn't see round it.

The remains of a tepid rain were still sifting down when we stepped out into the street.

Betsy looked a fright. The bloom was gone from her cheeks and her drained face floated in front of me, green and sweating. We fell into one of those yellow checkered cabs that are always waiting at the curb when you are trying to decide whether or not you want a taxi, and by the time we reached the hotel I had puked once and Betsy had puked twice.

The cab driver took the corners with such momentum that we were thrown together first on one side of the back seat and then on the other. Each time one of us felt sick, she would lean over quietly as if she had dropped something and was picking it up off the floor, and the other one would hum a little and pretend to be looking out the window.

The cab driver seemed to know what we were doing, even so.

"Hey," he protested, driving through a light that had just turned red, "you can't do that in my cab, you better get out and do it in the street."

But we didn't say anything, and I guess he figured we were almost at the hotel so he didn't make us get out until we pulled up in front of the main entrance.

We didn't dare wait to add up the fare. We stuffed a pile of silver into the cabby's hand and dropped a couple of Kleenexes to cover the mess on the floor, and ran in through the lobby and on to the empty elevator. Luckily for us, it was a quiet time of day. Betsy was sick again in the elevator and I held her head, and then I was sick and she held mine.

Usually after a good puke you feel better right away. We hugged each other and then said good-bye and went off to opposite ends of the hall to lie down in our own rooms. There is nothing like puking with somebody to make you into old friends.

But the minute I'd shut the door behind me and undressed and dragged myself on to the bed, I felt worse than ever. I felt I just had to go to the toilet. I struggled into my white bathrobe with the blue cornflowers on it and staggered down to the bathroom.

Betsy was already there. I could hear her groaning behind the door, so I hurried on around the corner to the bathroom in the next wing. I thought I would die, it was so far.

I sat on the toilet and leaned my head over the edge of the washbowl and I thought I was losing my guts and my dinner both. The sickness rolled through me in great waves. After each wave it would fade away and leave me limp as a wet leaf and shivering all over and then I would feel it rising up in me again, and the glittering white torture chamber tiles under my feet and over my head and on all four sides closed in and squeezed me to pieces.

I don't know how long I kept at it. I let the cold water in the bowl go on running loudly with the stopper out, so anybody who came by would think I was washing my clothes, and then when I felt reasonably safe I stretched out on the floor and lay quite still.

It didn't seem to be summer any more. I could feel the winter shaking my bones and banging my teeth together, and the big white hotel towel I had dragged down with me lay under my head numb as a snowdrift.

I thought it very bad manners for anyone to pound on a bathroom door the way some person was pounding. They could just go around the corner and find another bathroom the way I had done and leave me in peace. But the person kept banging and pleading with me to let them in and I thought I dimly recognized the voice. It sounded a bit like Emily Ann Offenbach.

"Just a minute," I said then. My words bungled out thick as molasses.

I pulled myself together and slowly rose and flushed the toilet for the tenth time and sopped the bowl clean and rolled up the towel so the vomit stains didn't show very clearly and unlocked the door and stepped out into the hall.

I knew it would be fatal if I looked at Emily Ann or anybody else so I fixed my eyes glassily on a window that swam at the end of the hall and put one foot in front of the other.

The next thing I had a view of was somebody's shoe.

It was a stout shoe of cracked black leather and quite old, with tiny air holes in a scalloped pattern over the toe and a dull polish, and it was pointed at me. It seemed to be placed on a hard green surface that was hurting my right cheekbone.

I kept very still, waiting for a clue that would give me some notion of what to do. A little to the left of the shoe I saw a vague heap of blue cornflowers on a white ground and this made me want to cry. It was the sleeve of my own bathrobe I was looking at, and my left hand lay pale as a cod at the end of it.

"She's all right now."

The voice came from a cool, rational region far above my head. For a minute I didn't think there was anything strange about it, and then I thought it was strange. It was a man's voice, and no men were allowed to be in our hotel at any time of the night or day.

"How many others are there?" the voice went on.

I listened with interest. The floor seemed wonderfully solid. It was comforting to know I had fallen and could fall no farther.

"Eleven, I think," a woman's voice answered. I figured she must belong to the black shoe. "I think there's eleven more of 'um, but one's missin' so there's oney ten."

"Well, you get this one to bed and I'll take care of the rest."

I heard a hollow boomp boomp in my right ear that grew fainter and fainter. Then a door opened in the distance and there were voices and groans, and the door shut again.

Two hands slid under my armpits and the woman's voice said, "Come, come, lovey, we'll make it yet," and I felt myself being half lifted, and slowly the doors began to move by, one by one, until we came to an open door and went in.

The sheet on my bed was folded back, and the woman helped me lie down and covered me up to the chin and rested for a minute in the bedside armchair, fanning herself with one plump, pink hand. She wore gilt-rimmed spectacles and a white nurse's cap.

"Who are you?" I asked in a fault voice.

"I'm the hotel nurse."

"What's the matter with me?"

"Poisoned," she said briefly. "Poisoned, the whole lot of you. I never seen anythin' like it. Sick here, sick there, whatever have you young ladies been stuffin' yourselves with?"

"Is everybody else sick too?" I asked with some hope.

"The whole of your lot," she affirmed with relish. "Sick as dogs and cryin' for ma."

The room hovered around me with great gentleness, as if the chairs and the tables and the walls were withholding their weight out of sympathy for my sudden frailty.

"The doctor's given you an injection," the nurse said from the doorway. "You'll sleep now."

And the door took her place like a sheet of blank paper, and then a larger sheet of paper took the place of the door, and I drifted toward it and smiled myself to sleep.

Somebody was standing by my pillow with a white cup.

"Drink this," they said.

I shook my head. The pillow crackled like a wad of straw.

"Drink this and you'll feel better."

A thick white china cup was lowered under my nose. In the wan light that might have been evening and might have been dawn I contemplated the clean amber liquid. Pads of butter floated on the surface and a faint chickeny aroma fumed up to my nostrils.

My eyes moved tentatively to the skirt behind the cup. "Betsy," I said.

"Betsy nothing, it's me."

I raised my eyes then, and saw Doreen's head silhouetted against the paling window, her blonde hair lit at the tips from behind like a halo of gold. Her face was in shadow, so I couldn't make out her expression, but I felt a sort of expert tenderness flowing from the ends of her fingers. She might have been Betsy or my mother or a fern-scented nurse.

I bent my head and took a sip of the broth. I thought my mouth must be made of sand. I took another sip and then another and another until the cup was empty.

I felt purged and holy and ready for a new life.

Doreen set the cup on the windowsill and lowered herself into the armchair. I noticed that she made no move to take out a cigarette, and as she was a chain smoker this surprised me.

"Well, you almost died," she said finally.

"I guess it was all that caviar."

"Caviar nothing! It was the crabmeat. They did tests on it and it was chock-full of ptomaine."

I had a vision of the celestially white kitchens of *Ladies' Day* stretching into infinity. I saw avocado pear after avocado pear being stuffed with crabmeat and mayonnaise and photographed under brilliant lights. I saw the delicate, pink-mottled claw meat poking seductively through its blanket of mayonnaise and the bland yellow pear cup with its rim of alligator-green cradling the whole mess.

Poison.

"Who did tests?" I thought the doctor might have pumped somebody's stomach and then analyzed what he found in his hotel laboratory.

"Those dodos on *Ladies' Day*. As soon as you all started keeling over like ninepins somebody called into the office and the office called across to *Ladies' Day* and they did tests on everything left over from the big lunch. Ha!"

"Ha!" I echoed hollowly. It was good to have Doreen back.

"They sent presents," she added. "They're in a big carton out in the hall."

"How did they get here so fast?"

"Special express delivery, what do you think? They can't afford to have the lot of you running around saying you got poisoned at *Ladies' Day*. You could sue them for every penny they own if you just knew some smart law man."

"What are the presents?" I began to feel if it was a good enough present I wouldn't mind about what happened, because I felt so pure as a result.

"Nobody's opened the box yet, they're all out flat. I'm supposed to be carting soup in to everybody, seeing as I'm the only one on my feet, but I brought you yours first."

"See what the present is," I begged. Then I remembered and said, "I've a present for you as well."

Doreen went out into the hall. I could hear her rustling around for a minute and then the sound of paper tearing. Finally she came back carrying a thick book with a glossy cover and people's names printed all over it.

"*The Thirty Best Short Stories of the Year*." She dropped the book in my lap. "There's eleven more of them out there in that box. I suppose they thought it'd give you something to read while you were sick." She paused. "Where's mine?"

I fished in my pocketbook and handed Doreen the mirror with her name and the daisies on it. Doreen looked at me and I looked at her and we both burst out laughing.

"You can have my soup if you want," she said. "They put twelve soups on the tray by mistake and Lenny and I stuffed down so many hotdogs while we were waiting for the rain to stop I couldn't eat another mouthful."

"Bring it in," I said. "I'm starving."

Five

At seven the next morning the telephone rang.

Slowly I swam up from the bottom of a black sleep. I already had a telegram from Jay Cee stuck in my mirror, telling me not to bother to come in to work but to rest for a day and get completely well, and how sorry she was about the bad crabmeat, so I couldn't imagine who would be calling.

I reached out and hitched the receiver onto my pillow so the mouthpiece rested on my collarbone and the earpiece lay on my shoulder.

"Hello?"

A man's voice said, "Is that Miss Esther Greenwood?" I thought I detected a slight foreign accent.

"It certainly is," I said.

"This is Constantin Something-or-Other."

I couldn't make out the last name, but it was full of S's and K's. I didn't know any Constantin, but I hadn't the heart to say so.

Then I remembered Mrs. Willard and her simultaneous interpreter.

"Of course, of course!" I cried, sitting up and clutching the phone to me with both hands.

I'd never have given Mrs.Willard credit for introducing me to a man named Constantin.

I collected men with interesting names. I already knew a Socrates. He was tall and ugly and intellectual and the son of some big Greek movie producer in Hollywood, but also a Catholic, which ruined it for both of us. In addition to Socrates, I knew a White Russian named Attila at the Boston School of Business Administration.

Gradually I realized that Constantin was trying to arrange a meeting for us later in the day.

"Would you like to see the UN this afternoon?"

"I can already see the UN," I told him, with a little hysterical giggle.

He seemed nonplussed.

"I can see it from my window." I thought perhaps my English was a touch too fast for him.

There was a silence.

Then he said, "Maybe you would like a bite to eat afterward."

I detected the vocabulary of Mrs. Willard and my heart sank. Mrs. Willard always invited you for a bite to eat. I remembered that this man had been a guest at Mrs. Willard's house when he first came to America—Mrs. Willard had one of these arrangements where you open your house to foreigners and then when you go abroad they open their houses to you.

I now saw quite clearly that Mrs. Willard had simply traded her open house in Russia for my bite to eat in New York.

"Yes, I would like a bite to eat," I said stiffly. "What time will you come?"

"I'll call for you in my car about two. It's the Amazon, isn't it?"

"Yes."

"Ah, I know where that is."

For a moment I thought his tone was laden with special

meaning, and then I figured that probably some of the girls at the Amazon were secretaries at the UN and maybe he had taken one of them out at one time. I let him hang up first, and then I hung up and lay back in the pillows, feeling grim.

There I went again, building up a glamorous picture of a man who would love me passionately the minute he met me, and all out of a few prosy nothings. A duty tour of the UN and a post-UN sandwich!

I tried to jack up my morale.

Probably Mrs.Willard's simultaneous interpreter would be short and ugly and I would come to look down on him in the end the way I looked down on Buddy Willard. This thought gave me a certain satisfaction. Because I did look down on Buddy Willard, and although everybody still thought I would marry him when he came out of the TB place, I knew I would never marry him if he were the last man on earth.

Buddy Willard was a hypocrite.

Of course, I didn't know he was a hypocrite at first. I thought he was the most wonderful boy I'd ever seen. I'd adored him from a distance for five years before he even looked at me, and then there was a beautiful time when I still adored him and he started looking at me, and then just as he was looking at me more and more I discovered quite by accident what an awful hypocrite he was, and now he wanted me to marry him and I hated his guts.

The worst part of it was I couldn't come straight out and tell him what I thought of him, because he caught TB before I could do that, and now I had to humor him along till he got well again and could take the unvarnished truth.

I decided not to go down to the cafeteria for breakfast. It would only mean getting dressed, and what was the point of getting dressed if you were staying in bed for the morning? I could have called down and asked for a breakfast tray in my room, I guess, but then I would have to tip the person who brought it up and I never knew how much to tip. I'd had some very unsetting experiences trying to tip people in New York.

When I first arrived at the Amazon a dwarfish, bald man in a bellhop's uniform carried my suitcase up in the elevator and unlocked my room for me. Of course I rushed immediately to the window and looked out to see what the view was. After a while I was aware of this bellhop turning on the hot and cold taps in the washbowl and saying "This is the hot and this is the cold" and switching on the radio and telling me all the names of all the New York stations and I began to get uneasy, so I kept my back to him and said firmly, "Thank you for bringing up my suitcase."

"Thank you thank you thank you. Ha!" he said in a very nasty insinuating tone, and before I could wheel round to see what had come over him he was gone, shutting the door behind him with a rude slam.

Later, when I told Doreen about his curious behavior, she said, "You ninny, he wanted his tip."

I asked how much I should have given and she said a quarter at least and thirty-five cents if the suitcase was too heavy. Now I could have carried that suitcase to my room perfectly well by myself, only the bellhop seemed so eager to do it that I let him. I thought that sort of service came along with what you paid for your hotel room.

I hate handing over money to people for doing what I could just as easily do myself, it makes me nervous.

Doreen said ten percent was what you should tip a person, but I somehow never had the right change and I'd have felt awfully silly giving somebody half a dollar and saying, "Fifteen cents of this is a tip for you, please give me thirty-five cents back."

The first time I took a taxi in New York I tipped the driver ten cents. The fare was a dollar, so I thought ten cents was exactly right and gave the driver my dime with a little flourish and a smile. But he only held it in the palm of his hand and stared and stared at it, and when I stepped out of the cab, hoping I had not handed him a Canadian dime by mistake, he started yelling, "Lady, I gotta live like you and everybody else," in a loud voice which scared me so much I broke into a run. Luckily he was stopped at a traffic light or I think he would have driven along beside me yelling in that embarrassing way.

When I asked Doreen about this she said the tipping percentage might well have risen from ten to fifteen percent since she was last in New York. Either that, or that particular cabdriver was an out-and-out louse.

I reached for the book the people from *Ladies' Day* had sent.

When I opened it a card fell out. The front of the card showed a poodle in a flowered bedjacket sitting in a poodle basket with a sad face, and the inside of the card showed the poodle lying down in the basket with a smile, sound asleep under an embroidered sampler that said, "You'll get well best with lots and lots of rest." At the bottom of the card somebody had written, "Get well quick! from all of your good friends at *Ladies' Day*," in lavender ink.

I flipped through one story after another until finally I came to a story about a fig tree.

This fig grew on a green lawn between the house of a Jewish

man and a convent, and the Jewish man and a beautiful dark nun kept meeting at the tree to pick the ripe figs, until one day they saw an egg hatching in a bird's nest on a branch of the tree, and as they watched the little bird peck its way out of the egg, they touched the backs of their hands together, and then the nun didn't come out to pick figs with the Jewish man any more but a mean-faced Catholic kitchen maid came to pick them instead and counted up the figs the man picked after they were both through to be sure he hadn't picked any more than she had, and the man was furious.

I thought it was a lovely story, especially the part about the fig tree in winter under the snow and then the fig tree in spring with all the green fruit. I felt sorry when I came to the last page. I wanted to crawl in between those black lines of print the way you crawl through a fence, and go to sleep under that beautiful big green fig tree.

It seemed to me Buddy Willard and I were like that Jewish man and that nun, although of course we weren't Jewish or Catholic but Unitarian. We had met together under our own imaginary fig tree, and what we had seen wasn't a bird coming out of an egg but a baby coming out of a woman, and then something awful happened and we went our separate ways.

As I lay there in my white hotel bed feeling lonely and weak, I thought I was up in that sanatorium in the Adirondacks, and I felt like a heel of the worst sort. In his letters Buddy kept telling me how he was reading poems by a poet who was also a doctor and how he'd found out about some famous dead Russian short-story writer who had been a doctor too, so maybe doctors and writers could get along fine after all.

Now this was a very different tune from what Buddy Willard

had been singing all the two years we were getting to know each other. I remember the day he smiled at me and said, “Do you know what a poem is, Esther?”

“No, what?” I said.

“A piece of dust.” And he looked so proud of having thought of this that I just stared at his blond hair and his blue eyes and his white teeth—he had very long, strong white teeth —and said, “I guess so.”

It was only in the middle of New York a whole year later that I finally thought of an answer to that remark.

I spent a lot of time having imaginary conversations with Buddy Willard. He was a couple of years older than I was and very scientific, so he could always prove things. When I was with him I had to work to keep my head above water.

These conversations I had in my mind usually repeated the beginnings of conversations I’d really had with Buddy, only they finished with me answering him back quite sharply, instead of just sitting around and saying, “I guess so.”

Now, lying on my back in bed, I imagined Buddy saying, “Do you know what a poem is, Esther?”

“No, what?” I would say.

“A piece of dust.”

Then just as he was smiling and starting to look proud, I would say, “So are the cadavers you cut up. So are the people you think you’re curing. They’re dust as dust as dust. I reckon a good poem lasts a whole lot longer than a hundred of those people put together.”

And of course Buddy wouldn’t have any answer to that, because what I said was true. People were made of nothing so much as dust, and I couldn’t see that doctoring all that dust was a bit better than writing poems people would remember and repeat to themselves when they were unhappy or sick and couldn't sleep.

My trouble was I took everything Buddy Willard told me as the honest-to-God truth. I remember the first night he kissed me. It was after the Yale Junior Prom.

It was strange, the way Buddy had invited me to that prom.

He popped into my house out of the blue one Christmas vacation, wearing a thick white turtleneck sweater and looking so handsome I could hardly stop staring, and said, "I might drop over to see you at college some day, all right?"

I was flabbergasted. I only saw Buddy at church on Sundays when we were both home from college, and then at a distance, and I couldn't figure what had put it into his head to run over and see me—he had run the two miles between our houses for cross-country practice, he said.

Of course, our mothers were good friends. They had gone to school together and then both married their professors and settled down in the same town, but Buddy was always off on a scholarship at prep school in the fall or earning money by fighting blister rust in Montana in the summer, so our mothers being old school chums really didn't matter a bit.

After this sudden visit I didn't hear a word from Buddy until one fine Saturday morning in early March. I was up in my room at college, studying about Peter the Hermit and Walter the Penniless for my history exam on the crusades the coming Monday, when the hall phone rang.

Usually people are supposed to take turns answering the hall phone, but as I was the only freshman on a floor with all seniors they made me answer it most of the time. I waited a minute to see if anybody would beat me to it. Then I figured everybody was probably out playing squash or away on weekends, so I answered it myself.

"Is that you, Esther?" the girl on watch downstairs said, and when I said yes, she said, "There's a man to see you."

I was surprised to hear this, because of all the blind dates I'd had that year not one called me up again for a second date. I just didn't have any luck. I hated coming downstairs sweaty-handed and curious every Saturday night and having some senior introduce me to her aunt's best friend's son and finding some pale, mushroomy fellow with protruding ears or buck teeth or a bad leg. I didn't think I deserved it. After all, I wasn't crippled in any way, I just studied too hard, I didn't know when to stop.

Well, I combed my hair and put on some more lipstick and took my history book—so I could say I was on my way to the library if it turned out to be somebody awful—and went down, and there was Buddy Willard leaning against the mail table in a khaki zipper jacket and blue dungarees and frayed gray sneakers and grinning up at me.

"I just came over to say hello," he said.

I thought it odd he should come all the way up from Yale even hitchhiking, as he did, to save money, just to say hello.

"Hello," I said. "Let's go out and sit on the porch."

I wanted to go out on the porch because the girl on watch was a nosy senior and eyeing me curiously. She obviously thought Buddy had made a big mistake.

We sat side by side in two wicker rocking chairs. The sunlight was clean and windless and almost hot.

"I can't stay for more than a few minutes," Buddy said.

"Oh, come on, stay for lunch," I said.

"Oh, I can't do that. I'm up here for the Sophomore Prom with

Joan."

I felt like a prize idiot.

"How is Joan?" I asked coldly.

Joan Gilling came from our home town and went to our church and was a year ahead of me at college. She was a big wheel—president of her class and a physics major and the college hockey champion. She always made me feel squirmy with her starey pebble-colored eyes and her gleaming tombstone teeth and her breathy voice. She was big as a horse, too. I began to think Buddy had pretty poor taste.

"Oh, Joan," he said. "She asked me up to this dance two months ahead of time and her mother asked my mother if I would take her, so what could I do?"

"Well, why did you say you'd take her if you didn't want to?" I asked meanly.

"Oh, I like Joan. She never cares whether you spend any money on her or not and she enjoys doing things out-of-doors. The last time she came down to Yale for house weekend we went on a bicycle trip to East Rock and she's the only girl I haven't had to push up hills. Joan's all right."

I went cold with envy. I had never been to Yale, and Yale was the place all the seniors in my house liked to go best on weekends. I decided to expect nothing from Buddy Willard. If you expect nothing from somebody you are never disappointed.

"You better go and find Joan then," I said in a matter-of-fact voice. "I've a date coming any minute and he won't like seeing me sitting around with you."

"A date?" Buddy looked surprised. "Who is it?"

"It's two," I said, "Peter the Hermit and Walter the Penniless."

Buddy didn't say anything, so I said, "Those are their nicknames." Then I added, "They're from Dartmouth."

I guess Buddy never read much history, because his mouth stiffened. He swung up from the wicker rocking chair and gave it a sharp little unnecessary push. Then he dropped a pale blue envelope with a Yale crest into my lap.

"Here's a letter I meant to leave for you if you weren't in. There's a question in it you can answer by mail. I don't feel like asking you about it right now."

After Buddy had gone I opened the letter. It was a letter inviting me to the Yale Junior Prom.

I was so surprised I let out a couple of yips and ran into the house shouting, "I'm going I'm going I'm going." After the bright white sun on the porch it looked pitch dark in there, and I couldn't make out a thing. I found myself hugging the senior on watch. When she heard I was going to the Yale Junior Prom she treated me with amazement and respect.

Oddly enough, things changed in the house after that. The seniors on my floor started speaking to me and every now and then one of them would answer the phone quite spontaneously and nobody made any more nasty loud remarks outside my door about people wasting their golden college days with their noses stuck in a book.

Well, all during the Junior Prom Buddy treated me like a friend or a cousin.

We danced about a mile apart the whole time, until during "Auld Lang Syne" he suddenly rested his chin on the top of my head as if he were very tired. Then in the cold, black, three-o'clock wind we walked very slowly the five miles back to the house where I was sleeping in the living room on a couch that was too short because it only cost fifty cents a night instead of two dollars like most of the other places with proper beds.

I felt dull and flat and full of shattered visions.

I had imagined Buddy would fall in love with me that weekend and that I wouldn't have to worry about what I was doing on any more Saturday nights the rest of the year. Just as we approached the house where I was staying Buddy said, "Let's go up to the chemistry lab."

I was aghast. "The chemistry lab?"

"Yes." Buddy reached for my hand. "There's a beautiful view up there behind the chemistry lab."

And sure enough, there was a sort of hilly place behind the chemistry lab from which you could see the lights of a couple of houses in New Haven.

I stood pretending to admire them while Buddy got a good footing on the rough soil. While he kissed me I kept my eyes open and tried to memorize the spacing of the house lights so I would never forget them.

Finally Buddy stepped back. "Wow!" he said.

"Wow what?" I said, surprised. It had been a dry, uninspiring little kiss, and I remember thinking it was too bad both our mouths were so chapped from walking five miles in that cold wind.

"Wow, it makes me feel terrific to kiss you."

I modestly didn't say anything.

"I guess you go out with a lot of boys," Buddy said then.

"Well, I guess I do." I thought I must have gone out with a different boy for every week in the year.

"Well, I have to study a lot."

"So do I," I put in hastily. "I have to keep my scholarship after all."

"Still, I think I could manage to see you every third weekend."

"That's nice." I was almost fainting and dying to get back to college and tell everybody.

Buddy kissed me again in front of the house steps, and the next fall, when his scholarship to medical school came through, I went there to see him instead of to Yale and it was there I found out how he had fooled me all those years and what a hypocrite he was.

I found out on the day we saw the baby born.

Six

I had kept begging Buddy to show me some really interesting hospital sights, so one Friday I cut all my classes and came down for a long weekend and he gave me the works.

I started out by dressing in a white coat and sitting on a tall stool in a room with four cadavers, while Buddy and his friends cut them up. These cadavers were so unhuman-looking they didn't bother me a bit. They had stiff, leathery, purple-black skin and they smelt like old pickle jars.

After that, Buddy took me out into the hall where they had some big glass bottles full of babies that had died before they were born. The baby in the first bottle had a large white head bent over a tiny curled-up body the size of a frog. The baby in the next bottle was bigger and the baby next to that one was bigger still and the baby in the last bottle was the size of a normal baby and he seemed to be looking at me and smiling a little piggy smile.

I was quite proud of the calm way I stared at all these gruesome things. The only time I jumped was when I leaned my elbow on Buddy's cadaver's somach to watch him dissect a lung. After a minute or two I felt this burning sensation in my elbow and it occurred to me the cadaver might just be half alive since it was still warm, so I leapt off my stool with a small exclamation. Then Buddy explained the burning was only from the pickling fluid, and I sat back in my old position.

In the hour before lunch Buddy took me to a lecture on sickle-cell anemia and some other depressing diseases, where they wheeled sick people out onto the platform and asked them questions and then wheeled them off and showed colored slides.

One slide I remember showed a beautiful laughing girl with a black mole on her cheek. “Twenty days after that mole appeared the girl was dead,” the doctor said, and everybody went very quiet for a minute and then the bell rang, so I never really found out what the mole was or why the girl died.

In the afternoon we went to see a baby born.

First we found a linen closet in the hospital corridor where Buddy took out a white mask for me to wear and some gauze.

A tall fat medical student, big as Sydney Greenstreet, lounged nearby, watching Buddy wind the gauze round and round my head until my hair was completely covered and only my eyes peered out over the white mask.

The medical student gave an unpleasant little snicker. “At least your mother loves you,” he said.

I was so busy thinking how very fat he was and how unfortunate it must be for a man and especially a young man to be fat, because what woman could stand leaning over that big stomach to kiss him, that I didn’t immediately realize what this student had said to me was an insult. By the time I figured he must consider himself quite a fine fellow and had thought up a cutting remark about how only a mother loves a fat man, he was gone.

Buddy was examining a queer wooden plaque on the wall with a row of holes in it, starting from a hole about the size of a silver dollar and ending with one the size of a dinner plate.

"Fine, fine," he said to me. "There's somebody about to have a baby this minute."

At the door of the delivery room stood a thin, stoop-shouldered medical student Buddy knew.

"Hello, Will," Buddy said. "Who's on the job?"

"I am," Will said gloomily, and I noticed little drops of sweat beading his high pale forehead. "I am, and it's my first."

Buddy told me Will was a third-year man and had to deliver eight babies before he could graduate.

Then he noticed a bustle at the far end of the hall and some men in lime-green coats and skull caps and a few nurses came moving toward us in a ragged procession wheeling a trolley with a big white lump on it.

"You oughtn't to see this," Will muttered in my ear. "You'll never want to have a baby if you do. They oughtn't to let women watch. It'll be the end of the human race."

Buddy and I laughed, and then Buddy shook Will's hand and we all went into the room.

I was so struck by the sight of the table where they were lifting the woman I didn't say a word. It looked like some awful torture table, with these metal stirrups sticking up in mid-air at one end and all sorts of instruments and wires and tubes I couldn't make out properly at the other.

Buddy and I stood together by the window, a few feet away from the woman, where we had a perfect view.

The woman's stomach stuck up so high I couldn't see her face or the upper part of her body at all. She seemed to have nothing but an enormous spider-fat stomach and two little ugly spindly legs propped in the high stirrups, and all the time the baby was being born she never stopped making this unhuman whooing noise.

Later Buddy told me the woman was on a drug that would make her forget she'd had any pain and that when she swore and groaned she really didn't know what she was doing because she was in a kind of twilight sleep.

I thought it sounded just like the sort of drug a man would invent. Here was a woman interrible pain, obviously feeling every bit of it or she wouldn't groan like that, and she would go straight home and start another baby, because the drug would make her forget how bad the pain had been, when all the time, in some secret part of her, that long, blind, doorless and windowless corridor of pain was waiting to open up and shut her in again.

The head doctor, who was supervising Will, kept saying to the woman, "Push down, Mrs. Tomolillo, push down, that's a good girl, push down," and finally through the split, shaven place between her legs, lurid with disinfectant, I saw a dark fuzzy thing appear.

"The baby's head," Buddy whispered under cover of the woman's groans.

But the baby's head stuck for some reason, and the doctor told Will he'd have to make a cut. I heard the scissors close on the woman's skin like cloth and the blood began to run down—a fierce, bright red. Then all at once the baby seemed to pop out into Will's hands, the color of a blue pluto and floured with white stuff and streaked with blood, and Will kept saying, "I'm going to drop it, I'm going to drop it, I'm going to drop it," in a terrified voice.

"No, you're not," the doctor said, and took the baby out of Will's hands and started massaging it, and the blue color went away and the baby started to cry in a lorn, croaky voice and I could see it was a boy.

The first thing that baby did was pee in the doctor's face. I told Buddy later I didn't see how that was possible, but he said it was quite possible, though unusual, to see something like that happen.

As soon as the baby was born the people in the room divided up into two groups, the nurses tying a metal dog tag on the baby's wrist and swabbing its eyes with cotton on the end of a stick and wrapping it up and putting it in a canvas-sided cot, while the doctor and Will started sewing up the woman's cut with a needle and a long thread.

I think somebody said, "It's a boy, Mrs. Tomolillo," but the woman didn't answer or raise her head.

"Well, how was it?" Buddy asked with a satisfied expression as we walked across the green quadrangle to his room.

"Wonderful," I said. "I could see something like that every day."

I didn't feel up to asking him if there were any other ways to have babies. For some reason the most important thing to me was actually seeing the baby come out of you yourself and making sure it was yours. I thought if you had to have all that pain anyway you might just as well stay awake.

I had always imagined myself hitching up on to my elbows on the delivery table after it was all over—dead white, of course, with no makeup and from the awful ordeal, but smiling and radiant, with my hair down to my waist, and reaching out for my first little squirmy child and saying its name, whatever it was.

"Why was it all covered with flour?" I asked then, to keep the conversation going, and Buddy told me about the waxy stuff that guarded the baby's skin.

When we were back in Buddy's room, which reminded me

of nothing so much as a monk's cell, with its bare walls and bare bed and bare floor and the desk loaded with Gray's *Anatomy* and other thick gruesome books, Buddy lit a candle and uncorked a bottle of Dubonnet. Then we lay down side by side on the bed and Buddy sipped his wine while I read aloud "somewhere I have never travelled" and other poems from a book I'd brought.

Buddy said he figured there must be something in poetry if a girl like me spent all her days over it, so each time we met I read him some poetry and explained to him what I found in it. It was Buddy's idea. He always arranged our weekends so we'd never regret wasting our time in any way. Buddy's father was a teacher, and I think Buddy could have been a teacher as well, he was always trying to explain things to me and introduce me to new knowledge.

Suddenly, after I finished a poem, he said, "Esther, have you ever seen a man?"

The way he said it I knew he didn't mean a regular man or a man in general, I knew he meant a man naked.

"No," I said. "Only statues."

"Well, don't you think you would like to see me?"

I didn't know what to say. My mother and my grandmother had started hinting around to me a lot lately about what a fine, clean boy Buddy Willard was, coming from such a fine, clean family, and how everybody at church thought he was a model person, so kind to his parents and to older people, as well as so athletic and so handsome and so intelligent.

All I'd heard about, really, was how fine and clean Buddy was and how he was the kind of a person a girl should stay fine and clean for. So I didn't really see the harm in anything Buddy would think up to do.

"Well, all right, I guess so," I said.

I stared at Buddy while he unzipped his chino pants and took them off and laid them on a chair and then took off his underpants that were made of something like nylon fishnet.

"They're cool," he explained, "and my mother says they wash easily."

Then he just stood there in front of me and I kept on staring at him. The only thing I could think of was turkey neck and turkey gizzards and I felt very depressed.

Buddy seemed hurt I didn't say anything. "I think you ought to get used to me like this," he said. "Now let me see you."

But undressing in front of Buddy suddenly appealed to me about as much as having my Posture Picture taken at college, where you have to stand naked in front of a camera, knowing all the time that a picture of you stark naked, both full view and side view, is going into the college gym files to be marked A B C or D depending on how straight you are.

"Oh, some other time," I said.

"All right." Buddy got dressed again.

Then we kissed and hugged a while and I felt a little better. I drank the rest of the Dubonnet and sat cross-legged at the end of Buddy's bed and asked for a comb. I began to comb my hair down over my face so Buddy couldn't see it. Suddenly I said, "Have you ever had an affair with anyone, Buddy?"

I don't know what made me say it, the words just popped out of my mouth. I never thought for one minute that Buddy Willard would have an affair with anyone. I expected him to say, "No, I have been saving myself for when I get married to somebody pure and a virgin like you."

But Buddy didn't say anything, he just turned pink.

"Well, have you?"

"What do you mean, an affair?" Buddy asked then in a hollow voice.

"You know, have you ever gone to bed with anyone?" I kept rhythmically combing the hair down over the side of my face nearest to Buddy, and I could feel the little electric filaments clinging to my hot cheeks and I wanted to shout, "Stop, stop, don't tell me, don't say anything." But I didn't, I just kept still.

"Well, yes, I have," Buddy said finally.

I almost fell over. From the first night Buddy Willard kissed me and said I must go out with a lot of boys, he made me feel I was much more sexy and experienced than he was and that everything he did like hugging and kissing and petting was simply what I made him feel like doing out of the blue, he couldn't help it and didn't know how it came about.

Now I saw he had only been pretending all this time to be so innocent.

"Tell me about it." I combed my hair slowly over and over, feeling the teeth of the comb dig into my cheek at every stroke. "Who was it?"

Buddy seemed relieved I wasn't angry. He even seemed relieved to have somebody to tell about how he was seduced.

Of course, somebody had seduced Buddy, Buddy hadn't started it and it wasn't really his fault. It was this waitress at the hotel he worked at as a busboy the last summer at Cape Cod. Buddy had noticed her staring at him queerly and shoving her breasts up against him in the confusion of the kitchen, so finally one day he asked her what the trouble was and she looked him straight in the eye and said,

"I want you."

"Served up with parsley?" Buddy had laughed innocently.

"No," she had said. "Some night."

And that's how Buddy had lost his pureness and his virginity.

At first I thought he must have slept with the waitress only the once, but when I asked how many times, just to make sure, he said he couldn't remember but a couple of times a week for the rest of the summer. I multiplied three by ten and got thirty, which seemed beyond all reason.

After that something in me just froze up.

Back at college I started asking a senior here and a senior there what they would do if a boy they knew suddenly told them he'd slept thirty times with some slutty waitress one summer, smack in the middle of knowing them. But these seniors said most boys were like that and you couldn't honestly accuse them of anything until you were at least pinned or engaged to be married.

Actually, it wasn't the idea of Buddy sleeping with somebody that bothered me. I mean I'd read about all sorts of people sleeping with each other, and if it had been any other boy I would merely have asked him the most interesting details, and maybe gone out and slept with somebody myself just to even things up, and then thought no more about it.

What I couldn't stand was Buddy's pretending I was so sexy and he was so pure, when all the time he'd been having an affair with that tarty waitress and must have felt like laughing in my face.

"What does your mother think about this waitress?" I asked Buddy that weekend.

Buddy was amazingly close to his mother. He was always quoting what she said about the relationship between a man and a woman, and I knew Mrs.Willard was a real fanatic about virginity for men and women both. When I first went to her house for supper she gave me a queer, shrewd, searching look, and I knew she was trying to tell whether I was a virgin or not.

Just as I thought, Buddy was embarrassed. "Mother asked me about Gladys," he admitted.

"Well, what did you say?"

"I said Gladys was free, white and twenty-one."

Now I knew Buddy would never talk to his mother as rudely as that for my sake. He was always saying how his mother said, "What a man wants is a mate and what a woman wants is infinite security," and, "What a man is is an arrow into the future and what a woman is is the place the arrow shoots off from," until it made me tired.

Every time I tried to argue, Buddy would say his mother still got pleasure out of his father and wasn't that wonderful for people their age, it must mean she really knew what was what.

Well, I had just decided to ditch Buddy Willard for once and for all, not because he'd slept with that waitress but because he didn't have the honest guts to admit it straight off to everybody and face up to it as part of his character, when the phone in the hall rang and somebody said in a little knowing singsong, "It's for you, Esther, it's from Boston."

I could tell right away something must be wrong, because Buddy was the only person I knew in Boston, and he never called me long distance because it was so much more expensive than letters. Once, when he had a message he wanted me to get almost immediately, he went all round his entry at medical school asking if anybody was driving up to my college that weekend, and sure enough, somebody was, so he gave them a note for me and I got it the same day. He didn't even have to pay for a stamp.

It was Buddy all right. He told me that the annual fall chest X-ray showed he had caught TB and he was going off on a scholarship for medical students who caught TB to a TB place in the Adirondacks. Then he said I hadn't written since that last weekend and he hoped nothing was the matter between us, and would I please try to write him at least once a week and come to visit him at this TB place in my Christmas vacation?

I had never heard Buddy so upset. He was very proud of his perfect health and was always telling me it was psychosomatic when my sinuses blocked up and I couldn't breathe. I thought this an odd attitude for a doctor to have and perhaps he should study to be a psychiatrist instead, but of course I never came right out and said so.

I told Buddy how sorry I was about the TB and promised to write, but when I hung up I didn't feel one bit sorry. I only felt a wonderful relief.

I thought the TB might just be a punishment for living the kind of double life Buddy lived and feeling so superior to people. And I thought how convenient it would be now I didn't have to announce to everybody at college I had broken off with Buddy and start the boring business of blind dates all over again.

I simply told everyone that Buddy had TB and we were practically engaged, and when I stayed in to study on Saturday nights they were extremely kind to me because they thought I was so brave, working the way I did just to hide a broken heart.

Seven

Of course, Constantin was much too short, but in his own way he was handsome, with light brown hair and dark blue eyes and a lively, challenging expression. He could almost have been an American, he was so tan and had such good teeth, but I could tell straight away that he wasn't. He had what no American man I've ever met has had, and that's intuition.

From the start Constantin guessed I wasn't any protégée of Mrs. Willard's. I raised an eyebrow here and dropped a dry little laugh there, and pretty soon we were both openly raking Mrs. Willard over the coals and I thought, "This Constantin won't mind if I'm too tall and don't know enough languages and haven't been to Europe, he'll see through all that stuff to what I really am."

Constantin drove me to the UN in his old green convertible with cracked, comfortable brown leather seats and the top down. He told me his tan came from playing tennis, and when we were sitting there side by side flying down the streets in the open sun he took my hand and squeezed it, and I felt happier than I had been since I was about nine and running along the hot white beaches with my father the summer before he died.

And while Constantin and I sat in one of those hushed plush auditoriums in the UN, next to a stern muscular Russian girl with no makeup who was a simultaneous interpreter like Constantin, I thought how strange it had never occurred to me before that I was only purely happy until I was nine years old.

After that—in spite of the Girl Scouts and the piano lessons and the water-color lesson sand the dancing lessons and the sailing camp, all of which my mother scrimped to give me, and college, with crewing in the mist before breakfast and blackbottom pies and the little new firecrackers of ideas going off every day—I had never been really happy again.

I stared through the Russian girl in her double-breasted gray suit, rattling off idiom after idiom in her own unknowable tongue—which Constantin said was the most difficult part because the Russians didn't have the same idioms as our idioms—and I wished with all my heart I could crawl into her and spend the rest of my life barking out one idiom after another. It mightn't make me any happier, but it would be one more little pebble of efficiency among all the other pebbles.

Then Constantin and the Russian girl interpreter and the whole bunch of black and white and yellow men arguing down there behind their labeled microphones seemed to move off at a distance. I saw their mouths going up and down without a sound, as if they were sitting on the deck of a departing ship, stranding me in the middle of a huge silence.

I started adding up all the things I couldn't do.

I began with cooking.

My grandmother and my mother were such good cooks that I left everything to them. They were always trying to teach me one dish or another, but I would just look on and say, "Yes, yes, I see," while the instructions slid through my head like water, and then I'd always spoil what I did so nobody would ask me to do it again.

I remember Jody, my best and only girlfriend at college in my freshman year, making me scrambled eggs at her house one morning. They tasted unusual, and when I asked her if she had put in anything extra, she said cheese and garlic salt. I asked who told her to do that, and she said nobody, she just thought it up. But then, she was practical and a sociology major.

I didn't know shorthand either.

This meant I couldn't get a good job after college. My mother kept telling me nobody wanted a plain English major. But an English major who knew shorthand was something else again. Everybody would want her. She would be in demand among all the up-and-coming young men and she would transcribe letter after thrilling letter.

The trouble was, I hated the idea of serving men in any way. I wanted to dictate my own thrilling letters. Besides, those little shorthand symbols in the book my mother showed me seemed just as bad as let t equal time and let s equal the total distance.

My list grew longer.

I was a terrible dancer. I couldn't carry a tune. I had no sense of balance, and when we had to walk down a narrow board with our hands out and a book on our heads in gym class I always fell over. I couldn't ride a horse or ski, the two things I wanted to do most, because they cost too much money. I couldn't speak German or read Hebrew or write Chinese. I didn't even know where most of the old out-of-the-way countries the UN men in front of me represented fitted in on the map.

For the first time in my life, sitting there in the soundproof heart of the UN building between Constantin who could play tennis as well as simultaneouly interpret and the Russian girl who knew so many idioms, I felt dreadfully inadequate. The trouble was, I had been inadequate all along, I simply hadn't thought about it.

The one thing I was good at was winning scholarships and prizes, and that era was coming to an end.

I felt like a racehorse in a world without racetracks or a champion college footballer suddenly confronted by Wall Street and a business suit, his days of glory shrunk to a little gold cup on his mantel with a date engraved on it like the date on a tombstone.

I saw my life branching out before me like the green fig tree in the story.

From the tip of every branch, like a fat purple fig, a wonderful future beckoned and winked. One fig was a husband and a happy home and children, and another fig was a famous poet and another fig was a brilliant professor, and another fig was Ee Gee, the amazing editor, and another fig was Europe and Africa and South America, and another fig was Constantin and Socrates and Attila and a pack of other lovers with queer names and offbeat professions, and another fig was an Olympic lady crew champion, and beyond and above these figs were many more figs I couldn't quite make out.

I saw myself sitting in the crotch of this fig tree, starving to death, just because I couldn't make up my mind which of the figs I would choose. I wanted each and every one of them, but choosing one meant losing all the rest, and, as I sat there, unable to decide, the figs began to wrinkle and go black, and, one by one, they plopped to the ground at my feet.

Constantin's restaurant smelt of herbs and spices and sour cream. All the time I had been in New York I had never found such a restaurant. I only found those Heavenly Hamburger places, where they serve giant hamburgers and soup-of-the-day and four kinds of fancy cake at a very clean counter facing a long glarey mirror.

To reach this restaurant we had to climb down seven dimly lit steps into a sort of cellar.

Travel posters plastered the smoke-dark walls, like so many picture windows overlooking Swiss lakes and Japanese mountains and African velds, and thick, dusty bottle-candles, that seemed for centuries to have wept their colored waxes red over blue over green in a fine, three-dimensional lace, cast a circle of light round each table where the faces floated, flushed and flamelike themselves.

I don't know what I ate, but I felt immensely better after the first mouthful. It occurred to me that my vision of the fig tree and all the fat figs that withered and fell to earth might well have arisen from the profound void of an empty stomach.

Constantin kept refilling our glasses with a sweet Greek wine that tasted of pine bark, and I found myself telling him how I was going to learn German and go to Europe and be a war correspondent like Maggie Higgins.

I felt so fine by the time we came to the yogurt and strawberry jam that I decided I would let Constantin seduce me.

Ever since Buddy Willard had told me about that waitress I had been thinking I ought to go out and sleep with somebody myself. Sleeping with Buddy wouldn't count, though, because he would still be one person ahead of me, it would have to be with somebody else.

The only boy I ever actually discussed going to bed with was a bitter, hawk-nosed Southerner from Yale, who came up to college one weekend only to find his date had eloped with a taxi driver the day before. As the girl had lived in my house and I was the only one home that particular night, it was my job to cheer him up.

At the local coffee shop, hunched in one of the secretive, high-backed booths with hundreds of people's names gouged into the wood, we drank cup after cup of black coffee and talked frankly about sex.

This boy—his name was Eric—said he thought it disgusting the way all the girls at my college stood around on the porches under the porch lights and in the bushes in plain view, necking madly before the one o'clock curfew, so everybody passing by could see them. A million years of evolution, Eric said bitterly, and what are we? Animals.

Then Eric told me how he had slept with his first woman.

He went to a Southern prep school that specialized in building all-round gentlemen, and by the time you graduated it was an unwritten rule that you had to have known a woman. Known in the Biblical sense, Eric said.

So one Saturday Eric and a few of his classmates took a bus into the nearest city and visited a notorious whorehouse. Eric's whore hadn't even taken off her dress. She was a fat, middle-aged woman with dyed red hair and suspiciously thick lips and rat-colored skin and she wouldn't turn off the light, so he had had her under a fly-spotted twenty-five-watt bulb, and it was nothing like it was cracked up to be. It was boring as going to the toilet.

I said maybe if you loved a woman it wouldn't seem so boring, but Eric said it would be spoiled by thinking this woman too was just an animal like the rest, so if he loved anybody he would never go to bed with her. He'd go to a whore if he had to and keep the woman he loved free of all that dirty business.

It had crossed my mind at the time that Eric might be a good person to go to bed with, since he had already done it and, unlike the usual run of boys, didn't seem dirty-minded or silly when he talked about it. But then Eric wrote me a letter saying he thought he might really be able to love me, I was so intelligent and cynical and yet had such a kind face, surprisingly like his older sister's; so I knew it was no use, I was the type he would never go to bed with, and wrote him I was unfortunately about to marry a childhood sweetheart.

The more I thought about it the better I liked the idea of being seduced by a simultaneous interpreter in New York City. Constantin seemed mature and considerate in every way. There were no people I knew he would want to brag to about it, the way college boys bragged about sleeping with girls in the backs of cars to their roommates or their friends on the basketball team. And there would be a pleasant irony in sleeping with a man Mrs. Willard had introduced me to, as if she were, in a roundabout way, to blame for it.

When Constantin asked if I would like to come up to his apartment to hear some balalaika records I smiled to myself. My mother had always told me never under any circumstances to go with a man to a man's rooms after an evening out, it could mean only the one thing.

"I am very fond of balalaika music," I said.

Constantin's room had a balcony, and the balcony overlooked the river, and we could hear the hooing of the tugs down in the darkness. I felt moved and tender and perfectly certain about what I was going to do.

I knew I might have a baby, but that thought hung far and dim in the distance and didn't trouble me at all. There was no one hundred percent sure way not to have a baby, it said in an article my mother cut out of the *Reader's Digest* and mailed to me at college. This article was written by a married woman lawyer with children and called "In Defense of Chastity."

It gave all the reasons a girl shouldn't sleep with anybody but her husband and then only after they were married.

The main point of the article was that a man's world is different from a woman's world and a man's emotions are different from a woman's emotions and only marriage can bring the two worlds and the two different sets of emotions together properly. My mother said this was something a girl didn't know about till it was too late, so she had to take the advice of people who were already experts, like a married woman.

This woman lawyer said the best men wanted to be pure for their wives, and even if they weren't pure, they wanted to be the ones to teach their wives about sex. Of course they would try to persuade a girl to have sex and say they would marry her later, but as soon as she gave in, they would lose all respect for her and start saying that if she did that with them she would do that with other men and they would end up by making her life miserable.

The woman finished her article by saying better be safe than sorry and besides, there was no sure way of not getting stuck with a baby and then you'd really be in a pickle.

Now the one thing this article didn't seem to me to consider was how a girl felt.

It might be nice to be pure and then to marry a pure man, but what if he suddenly confessed he wasn't pure after we were married, the way Buddy Willard had? I couldn't stand the idea of a woman having to have a single pure life and a man being able to have a double life, one pure and one not.

Finally I decided that if it was so difficult to find a red-blooded intelligent man who was still pure by the time he was twenty-one I might as well forget about staying pure myself and marry somebody who wasn't pure either. Then when he started to make my life miserable I could make his miserable as well.

When I was nineteen, pureness was the great issue.

Instead of the world being divided up into Catholics and Protestants or Republicans and Democrats or white men and black men or even men and women, I saw the world divided into people who had slept with somebody and people who hadn't, and this seemed the only really significant difference between one person and another.

I thought a spectacular change would come over me the day I crossed the boundary line.

I thought it would be the way I'd feel if I ever visited Europe. I'd come home, and if I looked closely into the mirror I'd be able to make out a little white Alp at the back of my eye. Now I thought that if I looked into the mirror tomorrow I'd see a doll-size Constantin sitting in my eye and smiling out at me.

Well, for about an hour we lounged on Constantin's balcony in two separate slingback chairs with the victrola playing and the balalaika records stacked between us. A faint milky light diffused from the street lights or the half moon or the cars or the stars, I couldn't tell what, but apart from holding my hand Constantin showed no desire to seduce me whatsoever.

I asked if he was engaged or had any special girlfriend, thinking maybe that's what was the matter, but he said no, he made a point of keeping clear of such attachments.

At last I felt a powerful drowsiness drifting through my veins from all the pine-bark wine I had drunk.

"I think I'll go in and lie down," I said.

I strolled casually into the bedroom and stooped over to nudge off my shoes. The clean bed bobbed before me like a safe boat. I stretched full length and shut my eyes. Then I heard Constantin sigh and come in from the balcony. One by one his shoes clonked on to the floor, and he lay down by my side.

I looked at him secretly from under a fall of hair.

He was lying on his back, his hands under his head, staring at the ceiling. The starched white sleeves of his shirt, rolled up to the elbows, glimmered eerily in the half dark and his tan skin seemed almost black. I thought he must be the most beautiful man I'd ever seen.

I thought if only I had a keen, shapely bone structure to my face or could discuss politics shrewdly or was a famous writer Constantin might find me interesting enough to sleep with.

And then I wondered if as soon as he came to like me he would sink into ordinariness,and if as soon as he came to love me I would find fault after fault, the way I did with Buddy Willard and the boys before him.

The same thing happened over and over:

I would catch sight of some flawless man off in the distance, but as soon as he moved closer I immediately saw he wouldn't do at all.

That's one of the reasons I never wanted to get married. The last thing I wanted was infinite security and to be the place an arrow shoots off from. I wanted change and excitement and to shoot off in all directions myself, like the colored arrows from a Fourth of July rocket.

I woke to the sound of rain.

It was pitch dark. After a while I deciphered the faint outlines of an unfamiliar window. Every so often a beam of light appeared out of thin air, traversed the wall like a ghostly, exploratory finger, and slid off into nothing again.

Then I heard the sound of somebody breathing.

At first I thought it was only myself, and that I was lying in the dark in my hotel room after being poisoned. I held my breath, but the breathing kept on.

A green eye glowed on the bed beside me. It was divided into quarters like a compass. I reached out slowly and dosed my hand on it. I lifted it up. With it came an arm, heavy as a dead man's, but warm with sleep.

Constantin's watch said three o'clock.

He was lying in his shirt and trousers and stocking feet just as I had left him when I dropped asleep, and as my eyes grew used to the darkness I made out his pale eyelids and his straight nose and his tolerant, shapely mouth, but they seemed insubstantial, as if drawn on fog. For a few minutes I leaned over, studying him. I had never fallen asleep beside a man before.

I tried to imagine what it would be like if Constantin were my husband.

It would mean getting up at seven and cooking him eggs and bacon and toast and coffee and dawdling about in my nightgown and curlers after he'd left for work to wash up the dirty plates and make the bed, and then when he came home after a lively, fascinating day he'd expect a big dinner, and I'd spend the evening washing up even more dirty plates till I fell into bed, utterly exhausted.

This seemed a dreary and wasted life for a girl with fifteen years of straight A's, but I knew that's what marriage was like, because cook and clean and wash was just what Buddy Willard's mother did from morning till night, and she was the wife of a university professor and had been a private school teacher herself.

Once when I visited Buddy I found Mrs.Willard braiding a rug out of strips of wool from Mr. Willard's old suits. She'd spent weeks on that rug, and I had admired the tweedy browns and greens and blues patterning the braid, but after Mrs. Willard was through, instead of hanging the rug on the wall the way I would have done, she put it down in place of her kitchen mat, and in a few days it was soiled and dull and indistinguishable from any mat you could buy for under a dollar in the five and ten.

And I knew that in spite of all the roses and kisses and restaurant dinners a man showered on a woman before he married her, what he secretly wanted when the wedding service ended was for her to flatten out underneath his feet like Mrs. Willard's kitchenmat.

Hadn't my own mother told me that as soon as she and my father left Reno on their honeymoon—my father had been married before, so he needed a divorce—my father said to her, "Whew, that's a relief, now we can stop pretending and be ourselves?"—and from that day on my mother never had a minute's peace.

I also remembered Buddy Willard saying in a sinister, knowing way that after I had children I would feel differently, I wouldn't want to write poems any more. So I began to think maybe it was true that when you were married and had children it was like being brainwashed, and afterward you went about numb as a slave in some private, totalitarian state.

As I stared down at Constantin the way you stare down at a bright, unattainable pebble at the bottom of a deep well, his eyelids lifted and he looked through me, and his eyes were full of love. I watched dumbly as a shutter of recognition clicked across the blur of tenderness and the wide pupils went glossy and depthless as patent leather.

Constantin sat up, yawning. “What time is it?”

“Three,” I said in a flat voice. “I better go home. I have to be at work first thing in the morning.”

“I’ll drive you.”

As we sat back to back on our separate sides of the bed fumbling with our shoes in the horrid cheerful white light of the bed lamp, I sensed Constantin turn round. “Is your hair always like that?”

“Like what?”

He didn’t answer but reached over and put his hand at the root of my hair and ran his fingers out slowly to the tip ends like a comb. A little electric shock flared through me and I sat quite still. Ever since I was small I loved feeling somebody comb my hair. It made me go all sleepy and peaceful.

“Ah, I know what it is,” Constantin said. “You’ve just washed it.”

And he bent to lace up his tennis shoes.

An hour later I lay in my hotel bed, listening to the rain. It didn’t even sound like rain, it sounded like a tap running. The ache in the middle of my left shin bone came to life, and I abandoned any hope of sleep before seven, when my radio-alarm clock would rouse me with its hearty renderings of Sousa.

Every time it rained the old leg-break seemed to remember itself, and what it remembered was a dull hurt.

Then I thought, “Buddy Willard made me break that leg.”

Then I thought, “No, I broke it myself. I broke it on purpose to pay myself back for being such a heel.”

Eight

Mr. Willard drove me up to the Adirondacks.

It was the day after Christmas and a gray sky bellied over us, fat with snow. I felt overstuffed and dull and disappointed, the way I always do the day after Christmas, as if whatever it was the pine boughs and the candles and the silver and gilt-ribboned presents and the birch-log fires and the Christmas turkey and the carols at the piano promised never came to pass.

At Christmas I almost wished I was a Catholic.

First Mr. Willard drove and then I drove. I don't know what we talked about, but as the countryside, already deep under old falls of snow, turned us a bleaker shoulder, and as the fir trees crowded down from the gray hills to the road edge, so darkly green they looked black, I grew gloomier and gloomier.

I was tempted to tell Mr. Willard to go ahead alone, I would hitchhike home.

But one glance at Mr. Willard's face—the silver hair in its boyish crewcut, the clear blue eyes, the pink cheeks, all frosted like a sweet wedding cake with the innocent, trusting expression—and I knew I couldn't do it. I'd have to see the visit through to the end.

At midday the grayness paled a bit, and we parked in an icy turnoff and shared out the tunafish sandwiches and the oatmeal cookies and the apples and the thermos of black coffee Mrs. Willard had packed for our lunch.

Mr. Willard eyed me kindly. Then he cleared his throat and brushed a few last crumbs from his lap. I could tell he was going to say something serious, because he was very shy, and I'd heard him clear his throat in that same way before giving an important economics lecture.

"Nelly and I have always wanted a daughter."

For one crazy minute I thought, Mr. Willard was going to announce that Mrs. Willard was pregnant and expecting a baby girl. Then he said, "But I don't see how any daughter could be nicer than you."

Mr. Willard must have thought I was crying because I was so glad he wanted to be a father to me. "There, there," he patted my shoulder and cleared his throat once or twice. "I think we understand each other."

Then he opened the car door on his side and strolled round to my side, his breath shaping tortuous smoke signals in the gray air. I moved over to the seat he had left and he started the car and we drove on.

I'm not sure what I expected of Buddy's sanatorium.

I think I expected a kind of wooden chalet perched up on top of a small mountain, with rosy-cheeked young men and women, all very attractive but with hectic glittering eyes, lying covered with thick blankets on outdoor balconies.

"TB is like living with a bomb in your lung," Buddy had written to me at college. "You just lie around very quietly hoping it won't go off."

I found it hard to imagine Buddy lying quietly. His whole

philosophy of life was to be up and doing every second. Even when we went to the beach in the summer he never lay down to drowse in the sun the way I did. He ran back and forth or played ball or did a little series of rapid pushups to use the time.

Mr. Willard and I waited in the reception room for the end of the afternoon rest cure.

The color scheme of the whole sanatorium seemed to be based on liver. Dark, glowering woodwork, burnt-brown leather chairs, walls that might once have been white but had succumbed under a spreading malady of mold or damp. A mottled brown linoleum sealed off the floor.

On a low coffee table, with circular and semicircular stains bitten into the dark veneer, lay a few wilted numbers of *Time* and *Life*. I flipped to the middle of the nearest magazine.The face of Eisenhower beamed up at me, bald and blank as the face of a fetus in a bottle.

After a while I became aware of a sly, leaking noise. For a minute I thought the walls had begun to discharge the moisture that must saturate them, but then I saw the noise came from a small fountain in one corner of the room.

The fountain spurted a few inches into the air from a rough length of pipe, threw up its hands, collapsed and drowned its ragged dribble in a stone basin of yellowing water. The basin was paved with the white hexagonal tiles one finds in public lavatories.

A buzzer sounded. Doors opened and shut in the distance. Then Buddy came in.

"Hello, Dad."

Buddy hugged his father, and promptly, with a dreadful brightness, came over to me and held out his hand. I shook it. It felt moist and fat.

Mr. Willard and I sat together on a leather couch. Buddy perched opposite us on the edge of a slippery armchair. He kept smiling, as if the corners of his mouth were strung up on invisible wire.

The last thing I expected was for Buddy to be fat. All the time I thought of him at the sanatorium I saw shadows carving themselves under his cheekbones and his eyes burning out of almost fleshless sockets.

But everything concave about Buddy had suddenly turned convex. A pot belly swelled under the tight white nylon shirt and his cheeks were round and ruddy as marzipan fruit. Even his laugh sounded plump.

Buddy's eyes met mine. "It's the eating," he said. "They stuff us day after day and then just make us lie around. But I'm allowed out on walk hours now, so don't worry, I'll thin down in a couple of weeks." He jumped up, smiling like a glad host. "Would you like to see my room?"

I followed Buddy, and Mr. Willard followed me, through a pair of swinging doors set with panes of frosted glass down a dim, liver-colored corridor smelling of floor wax and Lysol and another vaguer odor, like bruised gardenias.

Buddy threw open a brown door, and we filed into the narrow room.

A lumpy bed, shrouded by a thin white spread, pencil-striped with blue, took up most of the space. Next to it stood a bed table with a pitcher and a water glass and the silver twig of a thermometer poking up from a jar of pink disinfectant. A second table, covered with books and papers and off-kilter clay pots—baked and painted, but not glazed—squeezed itself between the bed foot and the closet door.

"Well," Mr. Willard breathed, "it looks comfortable enough."

Buddy laughed.

"What are these?" I picked up a clay ashtray in the shape of a lilypad, with the veinings carefully drawn in yellow on a murky green ground. Buddy didn't smoke.

"That's an ashtray," Buddy said. "It's for you."

I put the tray down. "I don't smoke."

"I know," Buddy said. "I thought you might like it, though."

"Well," Mr. Willard rubbed one papery lip against another. "I guess I'll be getting on. I guess I'll be leaving you two young people..."

"Fine, Dad. You be getting on."

I was surprised. I had thought Mr. Willard was going to stay the night before driving me back the next day. "Shall I come too?"

"No, no." Mr. Willard peeled a few bills from his wallet and handed them to Buddy. "See that Esther gets a comfortable seat on the train. She'll stay a day or so, maybe." Buddy escorted his father to the door.

I felt Mr. Willard had deserted me. I thought he must have planned it all along, but Buddy said no, his father simply couldn't stand the sight of sickness and especially his own son's sickness, because he thought all sickness was sickness of the will. Mr. Willard had never been sick a day in his life.

I sat down on Buddy's bed. There simply wasn't anywhere else to sit.

Buddy rummaged among his papers in a businesslike way. Then he handed me a thin, gray magazine. "Turn to page eleven."

The magazine was printed somewhere in Maine and full

of stenciled poems and descriptive paragraphs separated from each other by asterisks. On page eleven I found a poem titled "Florida Dawn." I skipped down through image after image about watermelon lights and turtle-green palms and shells fluted like bits of Greek architecture.

"Not bad." I thought it was dreadful.

"Who wrote it?" Buddy asked with an odd, pigeony smile.

My eye dropped to the name on the lower right-hand corner of the page. B. S. Willard.

"I don't know." Then I said, "Of course I know, Buddy. You wrote it."

Buddy edged over to me.

I edged back. I have very little knowledge about TB, but it seemed to me an extremely sinister disease, the way it went on so invisibly. I thought Buddy might well be sitting in his own little murderous aura of TB germs.

"Don't worry," Buddy lughed. "I'm not positive."

"Positive?"

"You can't catch anything."

Buddy stopped for a breath, the way you do in the middle of climbing something very steep.

"I want to ask you a question." He had a disquieting new habit of boring into my eyes with his look as if actually bent on piercing my head, the better to analyze what went on inside it.

"I'd thought of asking it by letter."

I had a fleeting vision of a pale blue envelope with a Yale crest on the back flap.

"But then I decided it would be better if I waited until you came up, so I could ask you in person." He paused. "Well, don't you want to know what it is?"

"What?" I said in a small, unpromising voice.

Buddy sat down beside me. He put his arm around my waist and brushed the hair from my ear. I didn't move. Then I heard him whisper, "How would you like to be Mrs. Buddy Willard?"

I had an awful impulse to laugh.

I thought how that question would have bowled me over at any time in my five-or six-year period of adoring Buddy Willard from a distance.

Buddy saw me hesitate.

"Oh, I'm in no shape now, I know," he said quickly. "I'm still on P.A.S. and I may yet lose a rib or two, but I'll be back at med school by next fall. A year from this spring at the latest..."

"I think I should tell you something, Buddy."

"I know," Buddy said stiffly. "You've met someone."

"No, it's not that."

"What is it, then?"

"I'm never going to get married."

"You're crazy." Buddy brightened. "You'll change your mind."

"No. My mind's made up."

But Buddy just went on looking cheerful.

"Remember," I said, "that time you hitchhiked back to college with me after Skit Night?"

"I remember."

"Remember how you asked me where would I like to live best, the country or the city?"

"And you said..."

"And I said I wanted to live in the country and in the city both?"

Buddy nodded.

"And you," I continued with sudden force, "laughed and said I had the perfect setup of a true neurotic and that that question came from some questionnaire you'd had in psychology class that week?"

Buddy's smile dimmed.

"Well, you were right. I am neurotic. I could never settle down in either the country or the city."

"You could live between them," Buddy suggested helpfully. "Then you could go to the city sometimes and to the country sometimes."

"Well, what's so neurotic about that?"

Buddy didn't answer.

"Well?" I rapped out, thinking, You can't coddle these sick people, it's the worst thing for them, it'll spoil them to bits.

"Nothing," Buddy said in a pale, still voice.

"Neurotic, ha!" I let out a scornful laugh. "If neurotic is wanting two mutually exclusive things at one and the same time, then I'm neurotic as hell. I'll be flying back and forth between one mutually exclusive thing and another for the rest of my days."

Buddy put his hand on mine.

"Let me fly with you."

I stood at the top of the ski slope on Mount Pisgah, looking down. I had no business to be up there. I had never skied before in my life. Still, I thought I would enjoy the view while I had the chance.

At my left, the rope tow deposited skier after skier on the snowy summit which, packed by much crossing and recrossing and slightly melted in the noon sun, had hardened to the consistency and polish of glass. The cold air punished my lungs and sinuses to a visionary clearness.

On every side of me the red and blue and white jacketed skiers tore away down the blinding slope like fugitive bits of an American flag. From the foot of the ski run, the imitation log cabin lodge piped its popular songs into the overhang of silence.

> Gazing down on the Jungfrau
> From our chalet for two...

The lilt and boom threaded by me like an invisible rivulet in a desert of snow. One careless, superb gesture, and I would be hurled into motion down the slope toward the small khaki spot in the sidelines, among the spectators, which was Buddy Willard.

All morning Buddy had been teaching me how to ski.

First, Buddy borrowed skis and ski poles from a friend of his in the village, and ski boots from a doctor's wife whose feet were only one size larger than my own, and a red ski jacket from a student nurse. His persistence in the face of mulishness was astounding.

Then I remembered that at medical school Buddy had won a prize for persuading the most relatives of dead people to have their dead ones cut up whether they needed it or not, in the interests of science. I forget what the prize was, but I could just see Buddy in his white coat with his stethoscope sticking out of a side pocket like part of his anatomy, smiling and bowing and talking those numb, dumb relatives into signing the postmortem papers.

Next, Buddy borrowed a car from his own doctor, who'd had TB himself and was very understanding, and we drove off as the buzzer for walk hour rasped along the sunless sanatorium corridors.

Buddy had never skied before either, but he said that the

elementary principles were quite simple, and as he'd often watched the ski instructors and their pupils he could teach me all I'd need to know.

For the first half hour I obediently herringboned up a small slope, pushed off with my poles and coasted straight down. Buddy seemed pleased with my progress.

"That's fine, Esther," he observed, as I negotiated my slope for the twentieth time. "Now let's try you on the rope tow."

I stopped in my tracks, flushed and panting.

"But Buddy, I don't know how to zigzag yet. All those people coming down from the top know how to zigzag."

"Oh, you need only go halfway. Then you won't gain very much momentum."

And Buddy accompanied me to the rope tow and showed me how to let the rope run through my hands, and then told me to close my fingers round it and go up.

It never occurred to me to say no.

I wrapped my fingers around the rough, bruising snake of a rope that slithered through them, and went up.

But the rope dragged me, wobbling and balancing, so rapidly I couldn't hope to dissociate myself from it halfway. There was a skier in front of me and a skier behind me, and I'd have been knocked over and stuck full of skis and poles the minute I let go, and I didn't want to make trouble, so I hung quietly on.

At the top, though, I had second thoughts.

Buddy singled me out, hesitating there in the red jacket. His arms chopped the air like khaki windmills. Then I saw he was signaling me to come down a path that had opened in the middle of the weaving skiers. But as I poised, uneasy, with a dry throat, the smooth white path from my feet to his feet grew blurred.

A skier crossed it from the left, another crossed it from the right, and Buddy's arms went on waving feebly as antennae from the other side of a field swarming with tiny moving animalcules like germs, or bent, bright exclamation marks.

I looked up from that churning amphitheater to the view beyond it.

The great, gray eye of the sky looked back at me, its mist-shrouded sun focusing all the white and silent distances that poured from every point of the compass, hill after pale hill, to stall at my feet.

The interior voice nagging me not to be a fool—to save my skin and take off my skis and walk down, camouflaged by the scrub pines bordering the slope—fled like a disconsolate mosquito. The thought that I might kill myself formed in my mind coolly as a tree or a flower.

I measured the distance to Buddy with my eye.

His arms were folded, now, and he seemed of a piece with the split-rail fence behind him—numb, brown and inconsequential.

Edging to the rim of the hilltop, I dug the spikes of my poles into the snow and pushed myself into a flight I knew I couldn't stop by skill or any belated access of will.

I aimed straight down.

A keen wind that had been hiding itself struck me full in the mouth and raked the hair back horizontal on my head. I was descending, but the white sun rose no higher. It hung over the suspended waves of the hills, an insentient pivot without which the world would not exist.

A small, answering point in my own body flew toward it. I felt my lungs inflate with the inrush of scenery—air, mountains, trees, people. I thought, “This is what it is to be happy.”

I plummeted down past the zigzaggers, the students, the experts, through year after year of doubleness and smiles and compromise, into my own past.

People and trees receded on either hand like the dark sides of a tunnel as I hurtled on to the still, bright point at the end of it, the pebble at the bottom of the well, the white sweet baby cradled in its mother’s belly.

My teeth crunched a gravelly mouthful. Ice water seeped down my throat.

Buddy’s face hung over me, near and huge, like a distracted planet. Other faces showed themselves up in back of his. Behind him, black dots swarmed on a plane of whiteness. Piece by piece, as at the strokes of a dull godmother’s wand, the old world sprang back into position.

“You were doing fine,” a familiar voice informed my ear, “until that man stepped into your path.”

People were unfastening my bindings and collecting my ski poles from where they poked skyward, askew, in their separate snowbanks. The lodge fence propped itself at my back.

Buddy bent to pull off my boots and the several pairs of white wool socks that padded them. His plump hand shut on my left foot, then inched up my ankle, closing and probing, as if feeling for a concealed weapon.

A dispassionate white sun shone at the summit of the sky. I wanted to hone myself on it till I grew saintly and thin and essential as the blade of a knife.

“I’m going up,” I said. “I’m going to do it again.”

"No, you're not."

A queer, satisfied expression came over Buddy's face.

"No, you're not," he repeated with a final smile. "Your leg's broken in two places. You'll be stuck in a cast for months."

Nine

"I'm so glad they're going to die."

Hilda arched her cat-limbs in a yawn, buried her head in her arms on the conference table and went back to sleep. A wisp of bilious green straw perched on her brow like a tropical bird.

Bile green. They were promoting it for fall, only Hilda, as usual, was half a year ahead of time. Bile green with black, bile green with white, bile green with nile green, its kissing cousin.

Fashion blurbs, silver and full of nothing, sent up their fishy bubbles in my brain. They surfaced with a hollow pop.

I'm so glad they're going to die.

I cursed the luck that had timed my arrival in the hotel cafeteria to coincide with Hilda's. After a late night I felt too dull to think up the excuse that would take me back to my room for the glove, the handkerchief, the umbrella, the notebook I forgot. My penalty was the long, dead walk from the frosted glass doors of the Amazon to the strawberry-marble slab of our entry on Madison Avenue.

Hilda moved like a mannequin the whole way.

"That's a lovely hat, did you make it?"

I half expected Hilda to turn on me and say, "You sound sick," but she only extended and then retracted her swanny neck.

"Yes."

The night before I'd seen a play where the heroine was possessed by a dybbuk, and when the dybbuk spoke from her mouth its voice sounded so cavernous and deep you couldn't tell whether it was a man or a woman. Well, Hilda's voice sounded just like the voice of that dybbuk.

She stared at her reflection in the glossed shop windows as if to make sure, moment by moment, that she contained to exist. The silence between us was so profound I thought part of it must be my fault.

So I said, "Isn't it awful about the Rosenbergs?" The Rosenbergs were to be electrocuted late that night.

"Yes!" Hilda said, and at last I felt I had touched a human string in the cat's cradle of her heart. It was only as the two of us waited for the others in the tomblike morning gloom of the conference room that Hilda amplified that Yes of hers.

"It's awful such people should be alive."

She yawned then, and her pale orange mouth opened on a large darkness. Fascinated, I stared at the blind cave behind her face until the two lips met and moved and the dybbuk spoke out of its hiding place, "I'm so glad they're going to die."

"Come on, give us a smile."

I sat on the pink velvet loveseat in Jay Cee's office, holding a paper rose and facing the magazine photographer. I was the last of the twelve to have my picture taken. I had tried concealing myself in the powder room, but it didn't work. Betsy had spied my feet under the doors.

I didn't want my picture taken because I was going to cry. I didn't know why I was going to cry, but I knew that if anybody spoke to me or looked at me too closely the tears would fly out of my eyes and the sobs would fly out of my throat and I'd cry for a week. I could feel the tears brimming and sloshing in me like water in a glass that is unsteady and too full.

This was the last round of photographs before the magazine went to press and were turned to Tulsa or Biloxi or Teaneck or Coos Bay or wherever we'd come from, and we were supposed to be photographed with props to show what we wanted to be.

Betsy held an ear of corn to show she wanted to be a farmer's wife, and Hilda held the bald, faceless head of a hatmaker's dummy to show she wanted to design hats, and Doreen held a gold-embroidered sari to show she wanted to be a social worker in India (she didn't really, she told me, she only wanted to get her hands on a sari) .

When they asked me what I wanted to be I said I didn't know.

"Oh, sure you know," the photographer said.

"She wants," said Jay Cee wittily, "to be everything."

I said I wanted to be a poet.

Then they scouted about for something for me to hold.

Jay Cee suggested a book of poems, but the photographer said no, that was too obvious. It should be something that showed what inspired the poems. Finally Jay Cee undipped the single, long-stemmed paper rose from her latest hat.

The photographer fiddled with his hot white lights. "Show us how happy it makes you to write a poem."

I stared through the frieze of rubber-plant leaves in Jay Cee's window to the blue sky beyond. A few stagey cloud puffs were traveling from right to left. I fixed my eyes on the largest cloud, as if, when it passed out of sight, I might have the good luck to pass with it.

I felt it was very important to keep the line of my mouth level.

"Give us a smile."

At last, obediently, like the mouth of a ventriloquist's dummy, my own mouth started to quirk up.

"Hey," the photographer protested, with sudden foreboding, "you look like you're going to cry."

I couldn't stop.

I buried my face in the pink velvet facade of Jay Cee's loveseat and with immense relief the salt tears and miserable noises that had been prowling around in me all morning burst out into the room.

When I lifted my head, the photographer had vanished. Jay Cee had vanished as well. I felt limp and betrayed, like the skin shed by a terrible animal. It was a relief to be free of the animal, but it seemed to have taken my spirit with it, and everything else it could lay its paws on.

I fumbled in my pocketbook for the gilt compact with the mascara and the mascara brush and the eyeshadow and the three lipsticks and the side mirror. The face that peered back at me seemed to be peering from the grating of a prison cell after a prolonged beating. It looked bruised and puffy and all the wrong colors. It was a face that needed soap and water and Christian tolerance.

I started to paint it with small heart.

Jay Cee breezed back after a decent interval with an armful of manuscripts.

"These'll amuse you," she said. "Have a good read."

Every morning a snowy avalanche of manuscripts swelled the dust-gray piles in the office of the Fiction Editor. Secretly, in studies and attics and schoolrooms all over America, people must be writing. Say someone or other finished a manuscript every minute;

in five minutes that would be five manuscripts stacked on the Fiction Editor's desk. Within the hour there would be sixty, crowding each other onto the floor. And in a year...

I smiled, seeing a pristine, imaginary manuscript floating in mid-air, with Esther Greenwood typed in the upper-right-hand corner. After my month on the magazine I'd applied for a summer school course with a famous writer where you sent in the manuscript of a story and he read it and said whether you were good enough to be admitted into his class.

Of course, it was a very small class, and I had sent in my story a long time ago and hadn't heard from the writer yet, but I was sure I'd find the letter of acceptance waiting on the mail table at home.

I decided I'd surprise Jay Cee and send in a couple of the stories I wrote in this class under a pseudonym. Then one day the Fiction Editor would come in to Jay Cee personally and plop the stories down on her desk and say, "Here's something a cut above the usual," and Jay Cee would agree and accept them and ask the author to lunch and it would be me.

"Honestly," Doreen said, "this one'll be different."

"Tell me about him," I said stonily.

"He's from Peru."

"They're squat," I said. "They're ugly as Aztecs."

"No, no, no, sweetie, I've already met him."

We were sitting on my bed in a mess of dirty cotton dresses and laddered nylons and gray underwear, and for ten minutes Doreen had been trying to persuade me to go to a country club dance with a friend of somebody Lenny knew which, she insisted, was a very different thing from a friend of Lenny's, but as I was catching the eight o'clock train home the next morning I felt I should make some attempt to pack.

I also had a dim idea that if I walked the streets of New York by myself all night something of the city's mystery and magnificence might rub off on to me at last.

But I gave it up.

It was becoming more and more difficult for me to decide to do anything in those last days. And when I eventually did decide to do something, such as packing a suitcase, I only dragged all my grubby, expensive clothes out of the bureau and the closet and spread them on the chairs and the bed and the floor and then sat and stared at them, utterly perplexed. They seemed to have a separate, mulish identity of their own that refused to be washed and folded and stowed.

"It's these clothes," I told Doreen. "I just can't face these clothes when I come back."

"That's easy."

And in her beautiful, one-track way, Doreen started to snatch up slips and stockings and the elaborate strapless bra, full of steel springs—a free gift from the Primrose Corset Company, which I'd never had the courage to wear—and finally, one by one, the sad array of queerly cut forty-dollar dresses...

"Hey, leave that one out. I'm wearing it."

Doreen extricated a black scrap from her bundle and dropped it in my lap. Then, snowballing the rest of the clothes into one soft, conglomerate mass, she stuffed them out of sight under the bed.

Doreen knocked on the green door with the gold knob.

Scuffing and a man's laugh, cut short, sounded from inside.

Then a tall boy in shirtsleeves and a blond crewcut inched the door open and peered out.

"Baby!" he roared.

Doreen disappeared in his arms. I thought it must be the person Lenny knew.

I stood quietly in the doorway in my black sheath and my black stole with the fringe, yellower than ever, but expecting less. "I am an observer," I told myself, as I watched Doreen being handed into the room by the blond boy to another man, who was also tall, but dark, with slightly longer hair. This man was wearing an immaculate white suit, a pale blue shirt and a yellow satin tie with a bright stickpin.

I couldn't take my eyes off that stickpin.

A great white light seemed to shoot out of it, illuminating the room. Then the light withdrew into itself, leaving a dewdrop on a field of gold.

I put one foot in front of the other.

"That's a diamond," somebody said, and a lot of people burst out laughing.

My nail tapped a glassy facet

"Her first diamond."

"Give it to her,Marco."

Marco bowed and deposited the stickpin in my palm.

It dazzled and danced with light like a heavenly ice cube. I slipped it quickly into my imitation jet bead evening bag and looked around. The faces were empty as plates, and nobody seemed to be breathing.

"Fortunately," a dry, hard hand encircled my upper arm, "I am escorting the lady for the rest of the evening. Perhaps," the spark in Marco's eyes extinguished, and they went black, "I shall perform some small service...”

Somebody laughed.

“...worthy of a diamond.”

The hand round my arm tightened.

“Ouch!”

Marco removed his hand. I looked down at my arm. A thumbprint purpled into view. Marco watched me. Then he pointed to the underside of my arm. “Look there.”

I looked, and saw four, faint matching prints.

“You see, I am quite serious.”

Marco’s small, flickering smile reminded me of a snake I’d teased in the Bronx Zoo. When I tapped my finger on the stout cage glass the snake had opened its clockwork jaws and seemed to smile. Then it struck and struck and struck at the invisible pane till I moved off.

I had never met a woman-hater before.

I could tell Marco was a woman-hater, because in spite of all the models and TV starlets in the room that night he paid attention to nobody but me. Not out of kindness or even curiosity, but because I’d happened to be dealt to him, like a playing card in a pack of identical cards.

A man in the country club band stepped up to the mike and started shaking those seedpod rattles that mean South American music.

Marco reached for my hand, but I hung on to my fourth daiquiri and stayed put. I’d never had a daiquiri before. The reason I had a daiquiri was because Marco ordered it for me, and I felt so grateful he hadn’t asked what sort of drink I wanted that I didn’t say a word,

I just drank one daiquiri after another.

Marco looked at me.

"No," I said.

"What do you mean, no?"

"I can't dance to that kind of music."

"Don't be stupid."

"I want to sit here and finish my drink."

Marco bent toward me with a tight smile, and in one scoop my drink took wing and landed in a potted palm. Then Marco gripped my hand in such a way I had to choose between following him on to the floor or having my arm torn off.

"It's a tango." Marco maneuvered me out among the dancers. "I love tangos."

"I can't dance."

"You don't have to dance. I'll do the dancing."

Marco hooked an arm around my waist and jerked me up against his dazzling white suit. Then he said, "Pretend you are drowning."

I shut my eyes, and the music broke over me like a rainstorm. Marco's leg slid forwardag ainst mine and my leg slid back and I seemed to be riveted to him, limb for limb, moving as he moved, without any will or knowledge of my own, and after a while I thought, "It doesn't take two to dance, it only takes one," and I let myself blow and bend like a tree in the wind.

"What did I tell you?" Marco's breath scorched my ear. "You're a perfectly respectable dancer."

I began to see why woman-haters could make such fools of women. Woman-haters were like gods: invulnerable and chock-full of power. They descended, and then they disappeared. You could never catch one.

After the South American music there was an interval.

Marco led me through the French doors into the garden. Lights and voices spilled from the ballroom window, but a few yards beyond the darkness drew up its barricade and sealed them off. In the infinitesimal glow of the stars, the trees and flowers were strewing their cool odors. There was no moon.

The box hedges shut behind us. A deserted golf course stretched away toward a few hilly clumps of trees, and I felt the whole desolate familiarity of the scene—the country club and the dance and the lawn with its single cricket.

I didn't know where I was, but it was somewhere in the wealthy suburbs of New York.

Marco produced a slim cigar and a silver lighter in the shape of a bullet. He set the cigar between his lips and bent over the small flare. His face, with its exaggerated shadows and planes of light, looked alien and pained, like a refugee's.

I watched him.

"Who are you in love with?" I said then.

For a minute Marco didn't say anything, he simply opened his mouth and breathed out ablue, vaporous ring.

"Perfect!" he laughed.

The ring widened and blurred, ghost-pale on the dark air.

Then he said, "I am in love with my cousin."

I felt no surprise.

"Why don't you marry her?"

"Impossible."

"Why?"

Marco shrugged. "She's my first cousin. She's going to be a

nun."

"Is she beautiful?"

"There's no one to touch her."

"Does she know you love her?"

"Of course."

I paused. The obstacle seemed unreal to me.

"If you love her," I said, "you'll love somebody else someday."

Marco dashed his cigar underfoot.

The ground soared and struck me with a soft shock. Mud squirmed through my fingers. Marco waited until I half rose. Then he put both hands on my shoulders and flung me back.

"My dress..."

"Your dress!" The mud oozed and adjusted itself to my shoulder blades. "Your dress!" Marco's face lowered cloudily over mine. A few drops of spit struck my lips. "Your dress is black and the dirt is black as well."

Then he threw himself face down as if he would grind his body through me and into the mud.

"It's happening," I thought. "It's happening. If I just lie here and do nothing it will happen."

Marco set his teeth to the strap at my shoulder and tore my sheath to the waist. I saw the glimmer of bare skin, like a pale veil separating two bloody-minded adversaries.

"Slut!"

The words hissed by my ear.

"Slut!"

The dust cleared, and I had a full view of the battle.

I began to writhe and bite.

Marco weighed me to the earth.

"Slut!"

I gouged at his leg with the sharp heel of my shoe. He turned, fumbling for the hurt.

Then I fisted my fingers together and smashed them at his nose. It was like hitting the steel plate of a battleship. Marco sat up. I began to cry.

Marco pulled out a white handkerchief and dabbed his nose. Blackness, like ink, spread over the pale cloth.

I sucked at my salty knuckles.

"I want Doreen."

Marco stared off across the golf links.

"I want Doreen. I want to go home."

"Sluts, all sluts." Marco seemed to be talking to himself. "Yes or no, it is all the same."

I poked Marco's shoulder. "Where's Doreen?"

Marco snorted. "Go to the parking lot. Look in the backs of all the cars."

Then he spun around.

"My diamond."

I got up and retrieved my stole from the darkness. I started to walk off. Marco sprang to his feet and blocked my path. Then, deliberately, he wiped his finger under his bloody nose and with two strokes stained my cheeks. "I have earned my diamond with this blood. Give it to me."

"I don't know where it is."

Now I knew perfectly well that the diamond was in my evening bag and that when Marco knocked me down my evening bag had soared, like a night bird, into the enveloping darkness. I began to think I would lead him away and then return on my own and hunt for it.

I had no idea what a diamond that size would buy, but whatever it was, I knew it would be a lot.

Marco took my shoulders in both hands.

"Tell me," he said, giving each word equal emphasis. "Tell me, or I'll break your neck."

Suddenly I didn't care.

"It's in my imitation jet bead evening bag," I said. "Somewhere in the muck."

I left Marco on his hands and knees, scrabbling in the darkness for another, smaller darkness that hid the light of his diamond from his furious eyes.

Doreen was not in the ballroom nor in the parking lot. I kept to the fringe of the shadows so nobody would notice the grass plastered to my dress and shoes, and with my black stole I covered my shoulders and bare breasts.

Luckily for me, the dance was nearly over, and groups of people were leaving and coming out to the parked cars. I asked at one car after another until finally I found a car that had room and would drop me in the middle of Manhattan.

At that vague hour between dark and dawn, the sunroof of the Amazon was deserted.

Quiet as a burglar in my cornflower-sprigged bathrobe, I crept to the edge of the parapet. The parapet reached almost to my shoulders, so I dragged a folding chair from the stack against the wall, opened it, and climbed onto the precarious seat.

A stiff breeze lifted the hair from my head. At my feet, the city doused its lights in sleep, its buildings blackened, as if for a funeral.

It was my last night.

I grasped the bundle I carried and pulled at a pale tail. A

strapless elasticized slip which, in the course of wear, had lost its elasticity, slumped into my hand. I waved it, like a flag of truce, once, twice...The breeze caught it, and I let go.

A white flake floated out into the night, and began its slow descent. I wondered on what street or rooftop it would come to rest.

I tugged at the bundle again.

The wind made an effort, but failed, and a batlike shadow sank toward the roof garden of the penthouse opposite.

Piece by piece, I fed my wardrobe to the night wind, and flutteringly, like a loved one's ashes, the gray scraps were ferried off, to settle here, there, exactly where I would never know, in the dark heart of New York.

Ten

The face in the mirror looked like a sick Indian.

I dropped the compact into my pocketbook and stared out of the train window. Like a colossal junkyard, the swamps and back lots of Connecticut flashed past, one broken-down fragment bearing no relation to another.

What a hotchpotch the world was!

I glanced down at my unfamiliar skirt and blouse.

The skirt was a green dirndl with tiny black, white and electric-blue shapes swarming across it, and it stuck out like a lampshade. Instead of sleeves, the white eyelet blouse had frills at the shoulder, floppy as the wings of a new angel.

I'd forgotten to save any day clothes from the ones I let fly over New York, so Betsy had traded me a blouse and skirt for my bathrobe with the cornflowers on it.

A wan reflection of myself, white wings, brown ponytail and all, ghosted over the landscape.

"Pollyanna Cowgirl," I said out loud.

A woman in the seat opposite looked up from her magazine.

I hadn't, at the last moment, felt like washing off the two diagonal lines of dried blood that marked my cheeks. They seemed touching, and rather spectacular, and I thought I would carry them around with me, like the relic of a dead lover, till they wore off of their own accord.

Of course, if I smiled or moved my face much, the blood would flake away in no time, so I kept my face immobile, and when I had to speak I spoke through my teeth, without disturbing my lips.

I didn't really see why people should look at me.

Plenty of people looked queerer than I did.

My gray suitcase rode on the rack over my head, empty except for *The Thirty Best Short Stories of the Year*, a white plastic sunglasses case and two dozen avocado pears, a parting present from Doreen.

The pears were unripe, so they would keep well, and whenever I lifted my suitcase up or down or simply carried it along, they cannoned from one end to the other with a special little thunder of their own.

"Root Wan Twenny Ate!" the conductor bawled.

The domesticated wilderness of pine, maple and oak rolled to a halt and stuck in the frame of the train window like a bad picture. My suitcase grumbled and bumped as I negotiated the long aisle.

I stepped from the air-conditioned compartment onto the station platform, and the motherly breath of the suburbs enfolded me. It smelt of lawn sprinklers and station wagons and tennis rackets and dogs and babies.

A summer calm laid its soothing hand over everything, like death.

My mother was waiting by the glove-gray Chevrolet.

"Why lovey, what's happened to your face?"

"Cut myself," I said briefly, and crawled into the back seat after my suitcase. I didn't want her staring at me the whole way home.

The upholstery felt slippery and clean.

My mother climbed behind the wheel and tossed a few letters into my lap, then turned her back.

The car purred into life.

"I think I should tell you right away," she said, and I could see bad news in the set of her neck, "you didn't make that writing course."

The air punched out of my stomach.

All through June the writing course stretched before me like a bright, safe bridge over the dull gulf of the summer. Now I saw it totter and dissolve, and a body in a white blouse and green skirt plummet into the gap.

Then my mouth shaped itself sourly.

I had expected it.

I slunk down on the middle of my spine, my nose level with the rim of the window, and watched the houses of outer Boston glide by. As the houses grew more familiar I slunk still lower.

I felt it was very important not to be recognized.

The gray, padded car roof closed over my head like the roof of a prison van, and the white, shining, identical clapboard houses with their interstices of well-groomed green proceeded past, one bar after another in a large but escape-proof cage.

I had never spent a summer in the suburbs before.

The soprano screak of carriage wheels punished my ear. Sun, seeping through the blinds, filled the bedroom with a sulphurous light. I didn't know how long I had slept, but I felt one big twitch of exhaustion.

The twin bed next to mine was empty and unmade.

At seven I had heard my mother get up, slip into her clothes and tiptoe out of the room. Then the buzz of the orange squeezer sounded from downstairs, and the smell of coffee and bacon filtered under my door. Then the sink water ran from the tap and dishes clinked as my mother dried them and put them back in the cupboard.

Then the front door opened and shut. Then the car door opened and shut, and the motor went broom-broom and, edging off with a crunch of gravel, faded into the distance.

My mother was teaching shorthand and typing to a lot of city college girls and wouldn't be home till the middle of the afternoon.

The carriage wheels screaked past again. Somebody seemed to be wheeling a baby back and forth under my window.

I slipped out of bed and onto the rug, and quietly, on my hands and knees, crawled over to see who it was.

Ours was a small, white clapboard house set in the middle of a small green lawn on the corner of two peaceful suburban streets, but in spite of the little maple trees planted at intervals around our property, anybody passing along the sidewalk could glance up at the second story windows and see just what was going on.

This was brought home to me by our next-door neighbor, a spiteful woman named Mrs. Ockenden.

Mrs. Ockenden was a retired nurse who had just married her third husband—the other two died in curious circumstances—and she spent an inordinate amount of time peering from behind the starched white curtains of her windows.

She had called my mother up twice about me—once to report that I had been sitting in front of the house for an hour under the streetlight and kissing somebody in a blue Plymouth, and once to say that I had better pull the blinds down in my room, because she had seen me half-naked getting ready for bed one night when she happened to be out walking her Scotch terrier.

With great care, I raised my eyes to the level of the windowsill.

A woman not five feet tall, with a grotesque, protruding stomach, was wheeling an old black baby carriage down the street. Two or three small children of various sizes, all pale, with smudgy faces and bare smudgy knees, wobbled along in the shadow of her skirts.

A serene, almost religious smile lit up the woman's face. Her head tilted happily back, like a sparrow egg perched on a duck egg, she smiled into the sun.

I knew the woman well.

It was Dodo Conway.

Dodo Conway was a Catholic who had gone to Barnard and then married an architect who had gone to Columbia and was also a Catholic. They had a big, rambling house up the street from us, set behind a morbid facade of pine trees, and surrounded by scooters, tricycles, doll carriages, toy fire trucks, baseball bats, badminton nets, croquet wickets, hamster cages and cocker spaniel puppies—the whole sprawling paraphernalia of suburban childhood.

Dodo interested me in spite of myself.

Her house was unlike all the others in our neighborhood in its size (it was much bigger)and its color (the second story was constructed of dark brown clapboard and the first of gray stucco, studded with gray and purple golfball-shaped stones), and the pine trees completely screened it from view, which was considered unsociable in our community of adjoining lawns and friendly, waist-high hedges.

Dodo raised her six children—and would no doubt raise her

seventh—on Rice Krispies, peanut-butter-and-marshmallow sandwiches, vanilla ice cream and gallon upon gallon of Hoods milk. She got a special discount from the local milkman.

Everybody loved Dodo, although the swelling size of her family was the talk of the neighborhood. The older people around, like my mother, had two children, and the younger, more prosperous ones had four, but nobody but Dodo was on the verge of a seventh. Even six was considered excessive, but then, everybody said, of course Dodo was a Catholic.

I watched Dodo wheel the youngest Conway up and down. She seemed to be doing it for my benefit. Children made me sick.

A floorboard creaked, and I ducked down again, just as Dodo Conway's face, by instinct, or some gift of supernatural hearing, turned on the little pivot of its neck.

I felt her gaze pierce through the white clapboard and the pink wallpaper roses and uncover me, crouching there behind the silver pickets of the radiator.

I crawled back into bed and pulled the sheet over my head. But even that didn't shut out the light, so I buried my head under the darkness of the pillow and pretended it was night. I couldn't see the point of getting up. I had nothing to look forward to.

After a while I heard the telephone ringing in the downstairs hall. I stuffed the pillow into my ears and gave myself five minutes. Then I lifted my head from its bolt hole. The ringing had stopped.

Almost at once it started up again.

Cursing whatever friend, relative or stranger had sniffed out my homecoming, I padded barefoot downstairs. The black instrument on the hall table trilled its hysterical note over and over, like a nervous bird. I picked up the receiver. "Hullo," I said, in a low, disguised voice.

"Hullo, Esther, what's the matter, have you got laryngitis?" It was my old friend Jody, calling from Cambridge.

Jody was working at the Coop that summer and taking a lunchtime course in sociology. She and two other girls from my college had rented a big apartment from four Harvard law students, and I'd been planning to move in with them when my writing course began.

Jody wanted to know when they could expect me.

"I'm not coming," I said. "I didn't make the course."

There was a small pause.

"He's an ass," Jody said then. "He doesn't know a good thing when he sees it."

"My sentiments exactly." My voice sounded strange and hollow in my ears.

"Come anyway. Take some other course."

The notion of studying German or abnormal psychology flitted through my head. After all, I'd saved nearly the whole of my New York salary, so I could just about afford it.

But the hollow voice said, "You better count me out."

"Well," Jody began, "there's this other girl who wanted to come in with us if anybody dropped out..."

"Fine. Ask her."

The minute I hung up I knew I should have said I would come. One morning listening to Dodo Conway's baby carriage would drive me crazy. And I made a point of never living in the same house with my mother for more than a week.

I reached for the receiver.

My hand advanced a few inches, then retreated and fell limp. I forced it toward the receiver again, but again it stopped short, as if it had collided with a pane of glass.

I wandered into the dining room.

Propped on the table I found a long, businesslike letter from the summer school and a thin blue letter on leftover Yale stationery, addressed to me in Buddy Willard's lucid hand.

I slit open the summer school letter with a knife.

Since I wasn't accepted for the writing course, it said, I could choose some other course instead, but I should call in to the Admissions Office that same morning, or it would be too late to register, the courses were almost full.

I dialed the Admissions Office and listened to the zombie voice leave a message that Miss Esther Greenwood was canceling all arrangements to come to summer school.

Then I opened Buddy Willard's letter.

Buddy wrote that he was probably falling in love with a nurse who also had TB, but his mother had rented a cottage in the Adirondacks for the month of July, and if I came along with her, he might well find his feeling for the nurse was a mere infatuation.

I snatched up a pencil and crossed out Buddy's message. Then I turned the letter paper over and on the opposite side wrote that I was engaged to a simultaneous interpreter and never wanted to see Buddy again as I did not want to give my children a hypocrite for a father.

I stuck the letter back in the envelope, Scotch-taped it together, and readdressed it to Buddy, without putting on a new stamp. I thought the message was worth a good three cents.

Then I decided I would spend the summer writing a novel.

That would fix a lot of people.

I strolled into the kitchen, dropped a raw egg into a teacup of raw hamburger, mixed it up and ate it. Then I set up the card table on the screened breezeway between the house and the garage.

A great wallowing bush of mock orange shut off the view of the street in front, the house wall and the garage wall took care of either side, and a clump of birches and a box hedge protected me from Mrs. Ockenden at the back.

I counted out three hundred and fifty sheets of corrasable bond from my mother's stock in the hall closet, secreted away under a pile of old felt hats and clothes brushes and woolen scarves.

Back on the breezeway, I fed the first, virgin sheet into my old portable and rolled it up.

From another, distanced mind, I saw myself sitting on the breezeway, surrounded by two white clapboard walls, a mock orange bush and a clump of birches and a box hedge, small as a doll in a doll's house.

A feeling of tenderness filled my heart. My heroine would be myself, only in disguise. She would be called Elaine. Elaine. I counted the letters on my fingers. There were six letters in Esther, too. It seemed a lucky thing.

> **Elaine sat on the breezeway in an old yellow nightgown of her mother's waiting for something to happen. It was a sweltering morning in July, and drops of sweat crawled down her back one by one, like slow insects.**

I leaned back and read what I had written.

It seemed lively enough, and I was quite proud of the bit about the drops of sweat like insects, only I had the dim impression I'd probably read it somewhere else a long time ago.

I sat like that for about an hour, trying to think what would come next, and in my mind, the barefoot doll in her mother's old yellow nightgown sat and stared into space as well.

"Why, honey, don't you want to get dressed?"

My mother took care never to tell me to do anything. She would only reason with me sweetly, like one intelligent mature person with another.

"It's almost three in the afternoon."

"I'm writing a novel," I said. "I haven't got time to change out of this and change into that."

I lay on the couch on the breezeway and shut my eyes. I could hear my mother clearing the typewriter and the papers from the card table and laying out the silver for supper, but I didn't move.

Inertia oozed like molasses through Elaine's limbs. That's what it must feel like to have malaria, she thought.

At any rate, I'd be lucky if I wrote a page a day.

Then I knew what the trouble was.

I needed experience.

How could I write about life when I'd never had a love affair or a baby or even seen anybody die? A girl I knew had just won a prize for a short story about her adventures among the pygmies in Africa. How could I compete with that sort of thing?

By the end of supper my mother had convinced me I should study shorthand in the evenings. Then I would be killing two birds with one stone, writing a novel and learning something practical as well. I would also be saving a whole lot of money.

That same evening, my mother unearthed an old blackboard from the cellar and set it up on the breezeway. Then she stood at the blackboard and scribbled little curlicues in white chalk while I sat in a chair and watched.

At first I felt hopeful.

I thought I might learn shorthand in no time, and when the freckled lady in the Scholarships Office asked me why I hadn't worked to earn money in July and August, the way you were supposed to if you were a scholarship girl, I could tell her I had taken a free shorthand course instead, so I could support myself right after college.

The only thing was, when I tried to picture myself in some job, briskly jotting down line after line of shorthand, my mind went blank. There wasn't one job I felt like doing where you used shorthand. And, as I sat there and watched, the white chalk curlicues blurred into senselessness.

I told my mother I had a terrible headache, and went to bed.

An hour later the door inched open, and she crept into the room. I heard the whisper of her clothes as she undressed. She climbed into bed. Then her breathing grew slow and regular.

In the dim light of the streetlamp that filtered through the drawn blinds, I could see the pin curls on her head glittering like a row of little bayonets.

I decided I would put off the novel until I had gone to Europe and had a lover, and that I would never learn a word of shorthand. If I never learned shorthand I would never have to use it.

I thought I would spend the summer reading *Finnegans Wake* and writing my thesis.

Then I would be way ahead when college started at the end of

September, and able to enjoy my last year instead of swotting away with no makeup and stringy hair, on a diet of coffee and Benzedrine, the way most of the seniors taking honors did, until they finished their thesis.

Then I thought I might put off college for a year and apprentice myself to a pottery maker.

Or work my way to Germany and be a waitress, until I was bilingual.

Then plan after plan started leaping through my head, like a family of scatty rabbits.

I saw the years of my life spaced along a road in the form of telephone poles, threaded together by wires. I counted one, two, three...nineteen telephone poles, and then the wires dangled into space, and try as I would, I couldn't see a single pole beyond the nineteenth.

The room blued into view, and I wondered where the night had gone. My mother turned from a foggy log into a slumbering, middle-aged woman, her mouth slightly open and a snore raveling from her throat. The piggish noise irritated me, and for a while it seemed to me that the only way to stop it would be to take the column of skin and sinew from which it rose and twist it to silence between my hands.

I feigned sleep until my mother left for school, but even my eyelids didn't shut out the light. They hung the raw, red screen of their tiny vessels in front of me like a wound. I crawled between the mattress and the padded bedstead and let the mattress fall across me like a tombstone. It felt dark and safe under there, but the mattress was not heavy enough.

It needed about a ton more weight to make me sleep.

riverrun, past Eve and Adam's, from swerve of shore to bend of bay, brings us by a commodius vicus of recirculation back to Howth Castle and Environs...

The thick book made an unpleasant dent in my stomach.

riverrun, past Eve and Adam's...

I thought the small letter at the start might mean that nothing ever really began all new, with a capital, but that it just flowed on from what came before. Eve and Adam's was Adam and Eve, of course, but it probably signified something else as well.

Maybe it was a pub in Dublin.

My eyes sank through an alphabet soup of letters to the long word in the middle of the page.

bababadalgharaghtakamminarronnkonnbronntonner-ronntuonnthunntrovarrhounawnskawntoohoohoordenenth-urnuk!

I counted the letters. There were exactly a hundred of them. I thought this must be important.

Why should there be a hundred letters?

Haltingly, I tried the word aloud.

It sounded like a heavy wooden object falling downstairs, boomp boomp boomp, step after step. Lifting the pages of the book, I let them fan slowly by my eyes. Words, dimly familiar but twisted all awry, like faces in a funhouse mirror, fled past, leaving no impression on the glassy surface of my brain.

I squinted at the page.

The letters grew barbs and rams' horns. I watched them separate, each from the other, and jiggle up and down in a silly way. Then they associated themselves in fantastic, untranslatable shapes, like Arabic or Chinese.

I decided to junk my thesis.

I decided to junk the whole honors program and become an ordinary English major. I went to look up the requirements of an ordinary English major at my college.

There were lots of requirements, and I didn't have half of them. One of the requirements was a course in the eighteenth century. I hated the very idea of the eighteenth century, with all those smug men writing tight little couplets and being so dead keen on reason. So I'd skipped it. They let you do that in honors, you were much freer. I had been so free I'd spent most of my time on Dylan Thomas.

A friend of mine, also in honors, had managed never to read a word of Shakespeare; butshe was a real expert on the *Four Quartets*.

I saw how impossible and embarrassing it would be for me to try to switch from my free program into the stricter one. So I looked up the requirements for English majors at the city college where my mother taught.

They were even worse.

You had to know Old English and the History of the English Language and a representative selection of all that had been written from *Beowulf* to the present day.

This surprised me. I had always looked down on my mother's college, as it was coed, and filled with people who couldn't get scholarships to the big eastern colleges.

Now I saw that the stupidest person at my mother's college

knew more than I did. I saw they wouldn't even let me in through the door, let alone give me a large scholarship like the one I had at my own college.

I thought I'd better go to work for a year and think things over. Maybe I could study the eighteenth century in secret.

But I didn't know shorthand, so what could I do?

I could be a waitress or a typist.

But I couldn't stand the idea of being either one.

"You say you want more sleeping pills?"

"Yes."

"But the ones I gave you last week are very strong."

"They don't work any more."

Teresa's large, dark eyes regarded me thoughtfully. I could hear the voices of her three children in the garden under the consulting-room window. My Aunt Libby had married an Italian, and Teresa was my aunt's sister-in-law and our family doctor.

I liked Teresa. She had a gentle, intuitive touch.

I thought it must be because she was Italian.

There was a little pause.

"What seems to be the matter?" Teresa said then.

"I can't sleep. I can't read." I tried to speak in a cool, calm way, but the zombie rose up in my throat and choked me off. I turned my hands palm up.

"I think," Teresa tore off a white slip from her prescription pad and wrote down a name and address, "you'd better see another doctor I know. He'll be able to help you more than I can."

I peered at the writing, but I couldn't read it.

"Doctor Gordon," Teresa said. "He's a psychiatrist."

Eleven

Doctor Gordon's waiting room was hushed and beige.

The walls were beige, and the carpets were beige, and the upholstered chairs and sofas were beige. There were no mirrors or pictures, only certificates from different medical schools, with Doctor Gordon's name in Latin, hung about the walls. Pale green loopy ferns and spiked leaves of a much darker green filled the ceramic pots on the end table and the coffee table and the magazine table.

At first I wondered why the room felt so safe. Then I realized it was because there were no windows.

The air-conditioning made me shiver.

I was still wearing Betsy's white blouse and dirndl skirt. They drooped a bit now, as I hadn't washed them in my three weeks at home. The sweaty cotton gave off a sour but friendly smell.

I hadn't washed my hair for three weeks, either.

I hadn't slept for seven nights.

My mother told me I must have slept, it was impossible not to sleep in all that time, but if I slept, it was with my eyes wide open, for I had followed the green, luminous course of the second hand and the minute hand and the hour hand of the bedside clock through their circles and semi-circles, every night for seven nights, without missing a second, or a minute, or an hour.

The reason I hadn't washed my clothes or my hair was because it seemed so silly.

I saw the days of the year stretching ahead like a series of bright, white boxes, and separating one box from another was sleep, like a black shade. Only for me, the long perspective of shades that set off one box from the next had suddenly snapped up, and I could see day after day after day glaring ahead of me like a white, broad, infinitely desolate avenue.

It seemed silly to wash one day when I would only have to wash again the next.

It made me tired just to think of it.

I wanted to do everything once and for all and be through with it.

Doctor Gordon twiddled a silver pencil

"Your mother tells me you are upset."

I curled in the cavernous leather chair and faced Doctor Gordon across an acre of highly polished desk.

Doctor Gordon waited. He tapped his pencil—tap, tap, tap—across the neat green field of his blotter.

His eyelashes were so long and thick they looked artificial. Black plastic reeds fringing two green, glacial pools.

Doctor Gordon's features were so perfect he was almost pretty.

I hated him the minute I walked in through the door.

I had imagined a kind, ugly, intuitive man looking up and saying "Ah!" in an encoraging way, as if he could see something I couldn't, and then I would find words to tell him how I was so scared, as if I were being stuffed farther and farther into a black, airless sack with no way out.

Then he would lean back in his chair and match the tips of his fingers together in a little steeple and tell me why I couldn't sleep and why I couldn't read and why I couldn't eat and why everything people did seemed so silly, because they only died in the end.

And then, I thought, he would help me, step by step, to be myself again.

But Doctor Gordon wasn't like that at all. He was young and good-looking, and I could see right away he was conceited.

Doctor Gordon had a photograph on his desk, in a silver frame, that half faced him and half faced my leather chair. It was a family photograph, and it showed a beautiful dark-haired woman, who could have been Doctor Gordon's sister, smiling out over the heads of two blond children.

I think one child was a boy and one was a girl, but it may have been that both children were boys or that both were girls, it is hard to tell when children are so small. I think there was also a dog in the picture, toward the bottom—a kind of airedale or a golden retriever—but it may have only been the pattern in the woman's skirt.

For some reason the photograph made me furious.

I didn't see why it should be turned half toward me unless Doctor Gordon was trying to show me right away that he was married to some glamorous woman and I'd better not get any funny ideas.

Then I thought, how could this Doctor Gordon help me anyway, with a beautiful wife and beautiful children and a beautiful dog haloing him like the angels on a Christmas card?

"Suppose you try and tell me what you think is wrong."

I turned the words over suspiciously, like round, sea-polished pebbles that might suddenly put out a claw and change into something else.

What did I think was wrong?

That made it sound as if nothing was really wrong, I only thought it was wrong.

In a dull, flat voice—to show I was not beguiled by his good looks or his family photograph—I told Doctor Gordon about not sleeping and not eating and not reading. I didn't tell him about the handwriting, which bothered me most of all.

That morning I had tried to write a letter to Doreen, down in West Virginia, asking whether I could come and live with her and maybe get a job at her college waiting on table or something.

But when I took up my pen, my hand made big, jerky letters like those of a child, and the lines sloped down the page from left to right almost diagonally, as if they were loops of string lying on the paper, and someone had come along and blown them askew.

I knew I couldn't send a letter like that, so I tore it up in little pieces and put them in my pocketbook, next to my all-purpose compact, in case the psychiatrist asked to see them.

But of course Doctor Gordon didn't ask to see them, as I hadn't mentioned them, and I began to feel pleased at my cleverness. I thought I only need tell him what I wanted to, and that I could control the picture he had of me by hiding this and revealing that, all the while he thought he was so smart.

The whole time I was talking, Doctor Gordon bent his head as if he were praying, and the only noise apart from the dull, flat voice was the tap, tap, tap of Doctor Gordon's pencil at the same point on the green blotter, like a stalled walking stick.

When I had finished, Doctor Gordon lifted his head. "Where did you say you went to college?" Baffled, I told him. I didn't see where college fitted in. "Ah!" Doctor Gordon leaned back in his chair, staring into the air over my shoulder with a reminiscent smile.

I thought he was going to tell me his diagnosis, and that perhaps I had judged him too hastily and too unkindly. But he only said, "I remember your college well. I was up there, during the war. They had a WAC station, didn't they? Or was it WAVES?"

I said I didn't know.

"Yes, a WAC station, I remember now. I was doctor for the lot, before I was sent overseas. My, they were a pretty bunch of girls."

Doctor Gordon laughed.

Then, in one smooth move, he rose to his feet and strolled toward me round the corner of his desk. I wasn't sure what he meant to do, so I stood up as well.

Doctor Gordon reached for the hand that hung at my right side and shook it.

"See you next week, then."

The full, bosomy elms made a tunnel of shade over the yellow and red brick fronts along Commonwealth Avenue, and a trolley car was threading itself toward Boston down its slim, silver track. I waited for the trolley to pass, then crossed to the gray Chevrolet at the opposite curb.

I could see my mother's face, anxious and sallow as a slice of lemon, peering up at me through the windshield.

"Well, what did he say?"

I pulled the car door shut. It didn't catch. I pushed it out and drew it in again with a dull slam.

"He said he'll see me next week."

My mother sighed.

Doctor Gordon cost twenty-five dollars an hour.

"Hi there, what's your name?"

"Elly Higginbottom."

The sailor fell into step beside me, and I smiled.

I thought there must be as many sailors on the Common as there were pigeons. They seemed to come out of a dun-colored recruiting house on the far side, with blue and white "Join the Navy" posters stuck up on billboards round it and all over the inner walls.

"Where do you come from, Elly?"

"Chicago."

I had never been to Chicago, but I knew one or two boys who went to Chicago University, and it seemed the sort of place where unconventional, mixed-up people would come from.

"You sure are a long way from home."

The sailor put his arm around my waist, and for a long time we walked around the Common like that, the sailor stroking my hip through the green dirndl skirt, and me smiling mysteriously and trying not to say anything that would show I was from Boston and might at any moment meet Mrs.Willard, or one of my mother's other friends, crossing the Common after tea on Beacon Hill or shopping in Filene's Basement.

I thought if I ever did get to Chicago, I might change my name to Elly Higginbottom for good. Then nobody would know I had thrown up a scholarship at a big eastern women's college and mucked up a month in New York and refused a perfectly solid medical student for a husband who would one day be a member of the AMA and earn pots of money.

In Chicago, people would take me for what I was.

I would be simple Elly Higgenbottom, the orphan. People

would love me for my sweet, quiet nature. They wouldn't be after me to read books and write long papers on the twins in James Joyce. And one day I might just marry a virile, but tender, garage mechanic and have a big cowy family, like Dodo Conway.

If I happened to feel like it.

"What do you want to do when you get out of the Navy?" I asked the sailor suddenly.

It was the longest sentence I had said, and he seemed taken aback. He pushed his white cupcake cap to one side and scratched his head.

"Well, I dunno, Elly," he said. "I might just go to college on the G.I. Bill."

I paused. Then I said suggestively, "You ever thought of opening a garage?"

"Nope," said the sailor. "Never have."

I peered at him from the corner of my eye. He didn't look a day over sixteen.

"Do you know how old I am?" I said accusingly.

The sailor grinned at me. "Nope, and I don't care either."

It occurred to me that this sailor was really remarkably handsome. He looked Nordic and virginal. Now I was simple-minded it seemed I attracted clean, handsome people.

"Well, I'm thirty," I said, and waited.

"Gee, Elly, you don't look it." The sailor squeezed my hip.

Then he glanced quickly from left to right. "Listen, Elly, if we go round to those steps over there, under the monument, I can kiss you."

At that moment I noticed a brown figure in sensible flat brown shoes striding across the Common in my direction. From the distance, I couldn't make out any features on the dime-sized face, but I knew it was Mrs. Willard.

"Could you please tell me the way to the subway?" I said to the sailor in a loud voice.

"Huh?"

"The subway that goes out to the Deer Island Prison?"

When Mrs. Willard came up I would have to pretend I was only asking the sailor directions, and didn't really know him at all.

"Take your hands off me," I said between my teeth.

"Say, Elly, what's up?"

The woman approached and passed by without a look or a nod, and of course it wasn't Mrs. Willard. Mrs. Willard was at her cottage in the Adirondacks.

I fixed the woman's receding back with a vengeful stare.

"Say, Elly..."

"I thought it was somebody I knew," I said. "Some blasted lady from this orphan home in Chicago."

The sailor put his arm around me again.

"You mean you got no mom and dad, Elly?"

"No." I let out a tear that seemed ready. It made a little hot track down my cheek.

"Say, Elly, don't cry. This lady, was she mean to you?"

"She was...she was awful."

The tears came in a rush, then, and while the sailor was holding me and patting them dry with a big, clean, white linen handkerchief in the shelter of an American elm, I thought what an awful woman that lady in the brown suit had been, and how she, whether she knew it or not, was responsible for my taking the wrong turn here and the wrong path there and for everything bad that happened after that.

"Well, Esther, how do you feel this week?"

Doctor Gordon cradled his pencil like a slim, silver bullet.

"The same."

"The same?" He quirked an eyebrow, as if he didn't believe it.

So I told him again, in the same dull, flat voice, only it was angrier this time, because he seemed so slow to understand, how I hadn't slept for fourteen nights and how I couldn't read or write or swallow very well.

Doctor Gordon seemed unimpressed.

I dug into my pocketbook and found the scraps of my letter to Doreen. I took them out and let them flutter on to Doctor Gordon's immaculate green blotter. They lay there, dumb as daisy petals in a summer meadow.

"What," I said, "do you think of that?"

I thought Doctor Gordon must immediately see how bad the handwriting was, but he only said, "I think I would like to speak to your mother. Do you mind?"

"No." But I didn't like the idea of Doctor Gordon talking to my mother one bit. I though the might tell her I should be locked up. I picked up every scrap of my letter to Doreen, so Doctor Gordon couldn't piece them together and see I was planning to run away, and walked out of his office without another word.

I watched my mother grow smaller and smaller until she disappeared into the door of Doctor Gordon's office building. Then I watched her grow larger and larger as she came back to the car.

"Well?" I could tell she had been crying.

My mother didn't look at me. She started the car.

Then she said, as we glided under the cool, deep-sea shade of the elms, "Doctor Gordon doesn't think you've improved at all. He thinks you should have some shock treatments at his private hospital in Walton."

I felt a sharp stab of curiosity, as if I had just read a terrible newspaper headline about somebody else.

"Does he mean live there?"

"No," my mother said, and her chin quivered.

I thought she must be lying.

"You tell me the truth," I said, "or I'll never speak to you again."

"Don't I always tell you the truth?" my mother said, and burst into tears.

SUICIDE SAVED FROM 7-STORY LEDGE!

After two hours on a narrow ledge seven stories above a concrete parking lot and gathered crowds, Mr. George Pollucci let himself be helped to safety through a nearby window by Sgt. Will Kilmartin of the Charles Street police force.

I cracked open a peanut from the ten-cent bag I had bought to feed the pigeons, and ate it. It tasted dead, like a bit of old tree bark.

I brought the newspaper close up to my eyes to get a better view of George Pollucci's face, spotlighted lie a three-quarter moon against a vague background of brick and black sky. I felt he had something important to tell me, and whatever it was might just be written on his face.

But the smudgy crags of George Pollucci's features melted

away as I peered at them, and resolved themselves into a regular pattern of dark and light and medium-gray dots.

The inky-black newspaper paragraph didn't tell why Mr. Pollucci was on the ledge, or what Sgt. Kilmartin did to him when he finally got him in through the window.

The trouble about jumping was that if you didn't pick the right number of stories, you might still be alive when you hit bottom. I thought seven stories must be a safe distance.

I folded the paper and wedged it between the slats of the park bench. It was what my mother called a scandal sheet, full of the local murders and suicides and beatings and robbings, and just about every page had a half-naked lady on it with her breasts surging over the edge of her dress and her legs arranged so you could see to her stocking tops.

I didn't know why I had never bought any of these papers before. They were the only things I could read. The little paragraphs between the pictures ended before the letters had a chance to get cocky and wiggle about. At home, all I ever saw was the *Christian Science Monitor*, which appeared on the doorstep at five o'clock every day but Sunday and treated suicides and sex crimes and airplane crashes as if they didn't happen.

A big white swan full of little children approached my bench, then turned around a bosky islet covered with ducks and paddled back under the dark arch of the bridge. Everything I looked at seemed bright and extremely tiny.

I saw, as if through the keyhole of a door I couldn't open, myself and my younger brother, knee-high and holding rabbit-eared balloons, climb aboard a swanboat and fight for a seat at the edge, over the peanut-shell-paved water. My mouth tasted of cleanness and peppermint. If we were good at the dentist's, my mother always bought us a swanboat ride.

I circled the Public Garden—over the bridge and under the blue-green monuments, past the American flag flowerbed and the entrance where you could have your picture taken in an orange-and-white striped canvas booth for twenty-five cents—reading the names of the trees.

My favorite tree was the Weeping Scholar Tree. I thought it must come from Japan. They understood things of the spirit in Japan.

They disemboweled themselves when anything went wrong.

I tried to imagine how they would go about it. They must have an extremely sharp knife. No, probably two extremely sharp knives. Then they would sit down, cross-legged, a knife in either hand. Then they would cross their hands and point a knife at each side of their stomach. They would have to be naked, or the knife would get stuck in their clothes.

Then in one quick flash, before they had time to think twice, they would jab the knives in and zip them round, one on the upper crescent and one on the lower crescent, making a full circle. Then their stomach skin would come loose, like a plate, and their insides would fall out, and they would die.

It must take a lot of courage to die like that.

My trouble was I hated the sight of blood.

I thought I might stay in the park all night.

The next morning Dodo Conway was driving my mother and me to Walton, and if I was to run away before it was too late, now was the time. I looked in my pocketbook and counted out a dollar bill and seventy-nine cents in dimes and nickels and pennies.

I had no idea how much it would cost to get to Chicago, and

I didn't dare go to the bank and draw out all my money, because I thought Doctor Gordon might well have warned the bank clerk to intercept me if I made an obvious move.

Hitchhiking occurred to me, but I had no idea which of all the routes out of Boston led to Chicago. It's easy enough to find directions on a map, but I had very little knowledge of directions when I was smack in the middle of somewhere. Every time I wanted to figure what was east or what was west it seemed to be noon, or cloudy, which was no help at all, or nighttime, and except for the Big Dipper and Cassiopeia's Chair, I was hopeless at stars, a failing which always disheartened Buddy Willard.

I decided to walk to the bus terminal and inquire about the fares to Chicago. Then I might go to the bank and withdraw precisely that amount, which would not cause so much suspicion.

I had just strolled in through the glass doors of the terminal and was browsing over the rack of colored tour leaflets and schedules, when I realized that the bank in my home town would be closed, as it was already mid-afternoon, and I couldn't get any money out till the next day.

My appointment at Walton was for ten o'clock.

At that moment, the loudspeaker crackled into life and started announcing the stops of a bus getting ready to leave in the parking lot outside. The voice on the loudspeaker went bockle bockle bockle, the way they do, so you can't understand a word, and then, in the middle of all the static, I heard a familiar name clear as A on the piano in the middle of all the tuning instruments of an orchestra.

It was a stop two blocks from my house.

I hurried out into the hot, dusty, end-of-July afternoon, sweating and sandy-mouthed, as if late for a difficult interview, and boarded the red bus, whose motor was already running.

I handed my fare to the driver, and silently, on gloved hinges, the door folded shut at my back.

Twelve

Doctor Gordon's private hospital crowned a grassy rise at the end of a long, secluded drive that had been whitened with broken quahog shells. The yellow clapboard walls of the large house, with its encircling veranda, gleamed in the sun, but no people strolled on the green dome of the lawn.

As my mother and I approached the summer heat bore down on us, and a cicada started up, like an aerial lawnmower, in the heart of a copper beech tree at the back. The sound of the cicada only served to underline the enormous silence.

A nurse met us at the door.

"Will you wait in the living room, please. Doctor Gordon will be with you presently."

What bothered me was that everything about the house seemed normal, although I knew it must be chock-full of crazy people. There were no bars on the windows that I could see, and no wild or disquieting noises. Sunlight measured itself out in regular oblongs on the shabby, but soft red carpets, and a whiff of fresh-cut grass sweetened the air.

I paused in the doorway of the living room.

For a minute I thought it was the replica of a lounge in a guest house I visited once on an island off the coast of Maine. The French doors let in a dazzle of white light, a grand piano filled the far corner of the room, and people in summer clothes were sitting about at card tables and in the lopsided wicker armchairs one so often finds at down-at-heel seaside resorts.

Then I realized that none of the people were moving.

I focused more closely, trying to pry some clue from their stiff postures. I made out men and women, and boys and girls who must be as young as I, but there was a uniformity to their faces, as if they had lain for a long time on the shelf, out of the sunlight, under siftings of pale, fine dust.

Then I saw that some of the people were indeed moving, but with such small, birdlike gestures I had not at first discerned them.

A gray-faced man was counting out a deck of cards, one, two, three, four...I though he must be seeing if it was a full pack, but when he had finished counting, he started over again. Next to him, a fat lady played with a string of wooden beads. She drew all the beads up to one end of the string. Then click, click, click, she let them fall back on each other.

At the piano, a young girl leafed through a few sheets of music, but when she saw me looking at her, she ducked her head crossly and tore the sheets in half.

My mother touched my arm, and I followed her into the room.

We sat, without speaking, on a lumpy sofa that creaked each time one stirred.

Then my gaze slid over the people to the blaze of green beyond the diaphanous curtains, and I felt as if I were sitting in the window of an enormous department store. The figures around me weren't people, but shop dummies, painted to resemble people and propped up in attitudes counterfeiting life.

I climbed after Doctor Gordon's dark-jacketed back.

Downstairs, in the hall, I had tried to ask him what the shock treatment would be like, but when I opened my mouth no words came out, my eyes only widened and stared at the smiling, familiar face that floated before me like a plate full of assurances.

At the top of the stairs, the garnet-colored carpet stopped. A plain, brown linoleum, tacked to the floor, took its place, and extended down a corridor lined with shut white doors. As I followed Doctor Gordon, a door opened somewhere in the distance, and I heard a woman shouting.

All at once a nurse popped around the corner of the corridor ahead of us leading a woman in a blue bathrobe with shaggy, waist-length hair. Doctor Gordon stepped back, and I flattened against the wall

As the woman was dragged by, waving her arms and struggling in the grip of the nurse, she was saying, "I'm going to jump out of the window, I'm going to jump out of the window, I'm going to jump out of the window."

Dumpy and muscular in her smudge-fronted uniform, the wall-eyed nurse wore such thick spectacles that four eyes peered out at me from behind the round, twin panes of glass. I was trying to tell which eyes were the real eyes and which the false eyes, and which of the real eyes was the wall-eye and which the straight eye, when she brought her face up to mine with a large, conspiratorial grin and hissed, as if to reassure me, "She thinks she's going to jump out the window but she can't jump out the window because they're all barred!"

And as Doctor Gordon led me into a bare room at the back of

the house, I saw that the windows in that part were indeed barred, and that the room door and the closet door and the drawers of the bureau and everything that opened and shut was fitted with a keyhole so it could be locked up.

I lay down on the bed.

The wall-eyed nurse came back. She unclasped my watch and dropped it in her pocket. Then she started tweaking the hairpins from my hair.

Doctor Gordon was unlocking the closet. He dragged out a table on wheels with a machine on it and rolled it behind the head of the bed. The nurse started swabbing my temples with a smelly grease.

As she leaned over to reach the side of my head nearest the wall, her fat breast muffled my face like a cloud or a pillow. A vague, medicinal stench emanated from her flesh.

"Don't worry," the nurse grinned down at me. "Their first time everybody's scared to death."

I tried to smile, but my skin had gone stiff, like parchment.

Doctor Gordon was fitting two metal plates on either side of my head. He buckled them into place with a strap that dented my forehead, and gave me a wire to bite.

I shut my eyes.

There was a brief silence, like an indrawn breath.

Then something bent down and took hold of me and shook me like the end of the world.Whee-ee-ee-ee-ee, it shrilled, through an air crackling with blue light, and with each flash a great jolt drubbed me till I thought my bones would break and the sap fly out of me like a split plant.

I wondered what terrible thing it was that I had done.

I was sitting in a wicker chair, holding a small cocktail glass of tomato juice. The watch had been replaced on my wrist, but it looked odd. Then I realised it had been fastened upside down. I sensed the unfamiliar positioning of the hairpins in my hair.

"How do you feel?"

An old metal floor lamp surfaced in my mind. One of the few relics of my father's study, it was surrounded by a copper bell which held the light bulb, and from which a frayed, tiger-colored cord ran down the length of the metal stand to a socket in the wall.

One day I decided to move this lamp from the side of my mother's bed to my desk at the other end of the room. The cord would be long enough, so I didn't unplug it. I closed both hands around the lamp and the fuzzy cord and gripped them tight.

Then something leapt out of the lamp in a blue flash and shook me till my teeth rattled, and I tried to pull my hands off, but they were stuck, and I screamed, or a scream was torn from my throat, for I didn't recognize it, but heard it soar and quaver in the air like a violently disembodied spirit.

Then my hands jerked free, and I fell back onto my mother's bed. A small hole, blackened as if with pencil lead, pitted the center of my right palm.

"How do you feel?"

"All right."

But I didn't. I felt terrible.

"Which college did you say you went to?"

I said what college it was.

"Ah!" Doctor Gordon's face lighted with a slow, almost tropical smile. "They had a WAC station up there, didn't they, during the war?"

My mother's knuckles were bone-white, as if the skin had worn off them in the hour of waiting. She looked past me to Doctor Gordon, and he must have nodded, or smiled, because her face relaxed.

"A few more shock treatments, Mrs. Greenwood," I heard Doctor Gordon say, "and I think you'll notice a wonderful improvement."

The girl was still sitting on the piano stool, the torn sheet of music splayed at her feet like a dead bird. She stared at me, and I stared back. Her eyes narrowed. She stuck out her tongue.

My mother was following Doctor Gordon to the door. I lingered behind, and when their backs were turned, I rounded on the girl and thumbed both ears at her. She pulled her tongue in, and her face went stony.

I walked out into the sun.

Pantherlike in a dapple of tree shadow, Dodo Conway's black station wagon lay in wait.

The station wagon had been ordered originally by a wealthy society lady, black, without a speck of chrome, and with black leather upholstery, but when it came, it depressed her. It was the dead spit of a hearse, she said, and everybody else thought so too, and nobody would buy it, so the Conways drove it home, cut-price, and saved themselves a couple of hundred dollars.

Sitting in the front seat, between Dodo and my mother, I felt dumb and subdued. Every time I tried to concentrate, my mind glided off, like a skater, into a large empty space, and pirouetted there, absently.

"I'm through with that Doctor Gordon," I said, after we had left Dodo and her black station wagon behind the pines. "You can call him up and tell him I'm not coming next week."

My mother smiled. "I knew my baby wasn't like that."

I looked at her. "Like what."

"Like those awful people. Those awful dead people at that hospital." She paused. "I knew you'd decide to be all right again."

STARLET SUCCUMBS AFTER 68-HOUR COMA.

I felt in my pocketbook among the paper scraps and the compact and the peanut shells and the dimes and nickels and the blue jiffy box containing nineteen Gillette blades, till I unearthed the snapshot I'd had taken that afternoon in the orange-and-white striped booth.

I brought it up next to the smudgy photograph of the dead girl. It matched, mouth for mouth, nose for nose. The only difference was the eyes. The eyes in the snapshot were open, and those in the newspaper photograph were closed. But I knew if the dead girl's eyes were to be thumbed wide, they would look at me with the same dead, black, vacant expression as the eyes in the snapshot.

I stuffed the snapshot back in my pocketbook.

"I will just sit here in the sun on this park bench five minutes more by the clock on that building over there," I told myself, "and then I will go somewhere and do it."

I summoned my little chorus of voices.

Doesn't your work interest you, Esther?

You know, Esther, you've got the perfect setup of a true neurotic.

You'll never get anywhere like that, you'll never get anywhere like that, you'll never get anywhere like that.

Once on a hot summer night, I had spent an hour kissing a hairy, ape-shaped law student from Yale because I felt sorry for him, he was so ugly. When I had finished, he said, "I have you typed, baby. You'll be a prude at forty."

"Factitious!" my creative writing professor at college scrawled on a story of mine called "The Big Weekend."

I hadn't known what factitious meant, so I looked it up in the dictionary.

Factitious, artificial, sham.

You'll never get anywhere like that.

I hadn't slept for twenty-one nights.

I thought the most beautiful thing in the world must be shadow, the million moving shapes and cul-de-sacs of shadow. There was shadow in bureau drawers and closets and suitcases, and shadow under houses and trees and stones, and shadow at the back of people's eyes and smiles, and shadow, miles and miles and miles of it, on the night side of the earth.

I looked down at the two flesh-colored Band-Aids forming a cross on the calf of my right leg.

That morning I had made a start.

I had locked myself in the bathroom, and run a tub full of warm water, and taken out a Gillette blade.

When they asked some old Roman philosopher or other how he wanted to die, he said he would open his veins in a warm bath. I thought it would be easy, lying in the tub and seeing the redness flower from my wrists, flush after flush through the clear water, till I sank to sleep under a surface gaudy as poppies.

But when it came right down to it, the skin of my wrist looked so white and defenseless that I couldn't do it. It was as if what I wanted to kill wasn't in that skin or the thin blue pulse that jumped under my thumb, but somewhere else, deeper, more secret, a whole lot harder to get at.

It would take two motions. One wrist, then the other wrist. Three motions, if you counted changing the razor from hand to hand. Then I would step into the tub and lie down.

I moved in front of the medicine cabinet. If I looked in the mirror while I did it, it would be like watching somebody else, in a book or a play.

But the person in the mirror was paralyzed and too stupid to do a thing.

Then I thought maybe I ought to spill a little blood for practice, so I sat on the edge of the tub and crossed my right ankle over my left knee. Then I lifted my right hand with the razor and let it drop of its own weight, like a guillotine, onto the calf of my leg.

I felt nothing. Then I felt a small, deep thrill, and a bright seam of red welled up at the lip of the slash. The blood gathered darkly, like fruit, and rolled down my ankle into the cup of my black patent leather shoe.

I thought of getting into the tub then, but I realized my dallying had used up the better part of the morning, and that my mother would probably come home and find me before I was done.

So I bandaged the cut, packed up my Gillette blades and caught the eleven-thirty bus to Boston.

"Sorry, baby, there's no subway to the Deer Island Prison, it's on an island."

"No, it's not on an island, it used to be on an island, but they filled up the water with dirt and now it joins on to the mainland."

"There's no subway."

"I've got to get there."

"Hey," the fat man in the ticket booth peered at me through the grating, "don't cry. Who you got there, honey, some relative?"

People shoved and bumped by me in the artificially lit dark, hurrying after the trains that rumbled in and out of the intestinal tunnels under Scollay Square. I could feel the tears start to spurt from the screwed-up nozzles of my eyes.

"It's my father."

The fat man consulted a diagram on the wall of his booth. "Here's how you do," he said, "you take a car from that track over there and get off at Orient Heights and then hop a bus with The Point on it." He beamed at me. "It'll run you straight to the prison gate."

"Hey you!" A young fellow in a blue uniform waved from the hut.

I waved back and kept on going.

"Hey you!"

I stopped and walked slowly over to the hut that perched like a circular living room on the waste of sands.

"Hey, you can't go any further. That's prison property, no trespassers allowed."

"I thought you could go anyplace along the beach," I said. "So long as you stayed under the tideline."

The fellow thought a minute. Then he said, "Not this beach."

He had a pleasant, fresh face.

"You've a nice place here," I said. "It's like a little house."

He glanced back into the room, with its braided rug and chintz curtains. He smiled.

"We even got a coffee pot."

"I used to live near here."

"No kidding. I was born and brought up in this town myself."

I looked across the sands to the parking lot and the barred gate, and past the barred gate to the narrow road, lapped by the ocean on both sides, that led out to the one-time island.

The red brick buildings of the prison looked friendly, like the buildings of a seaside college. On a green hump of lawn to the left, I could see small white spots and slightly larger pink spots moving about. I asked the guard what they were, and he said, "Them's pigs 'n' chickens."

I was thinking that if I'd had the sense to go on living in that old town I might just have met this prison guard in school and married him and had a parcel of little kids by now. It would be nice, living by the sea with piles of little kids and pigs and chickens, wearing what my grandmother called wash dresses, and sitting about in some kitchen with bright linoleum and fat arms, drinking pots of coffee.

"How do you get into that prison?"

"You get a pass."

"No, how do you get locked in?"

"Oh," the guard laughed, "you steal a car, you rob a store."

"You got any murderers in there?"

"No. Murderers go to a big state place."

"Who else is in there?"

"Well, the first day of winter we get these old bums out of Boston. They heave a brick through a window, and then they get picked up and spend the winter out of the cold, with TV and plenty to eat, and basketball games on the weekend."

"That's nice."

"Nice if you like it," said the guard.

I said good-bye and started to move off, glancing back over my shoulder only once. The guard still stood in the doorway of his observation booth, and when I turned he lifted his arm in a salute.

The log I sat on was lead-heavy and smelled of tar. Under the stout, gray cylinder of the water tower on its commanding hill, the sandbar curved out into the sea. At high tide the bar completely submerged itself.

I remembered that sandbar well. It harbored, in the crook of its inner curve, a particular shell that could be found nowhere else on the beach.

The shell was thick, smooth, big as a thumb joint, and usually white, although sometimes pink or peach-colored. It resembled a sort of modest conch.

"Mummy, that girl's still sitting there."

I looked up, idly, and saw a small, sandy child being dragged up from the sea's edge by a skinny, bird-eyed woman in red shorts and a red-and-white polka-dot halter.

I hadn't counted on the beach being overrun with summer people. In the ten years of my absence, fancy blue and pink and pale green shanties had sprung up on the flat sands of the Point like a crop of tasteless mushrooms, and the silver airplanes and cigar-shaped blimps had given way to jets that scoured the rooftops in their loud offrush from the airport across the bay.

I was the only girl on the beach in a skirt and high heels, and it occurred to me I must stand out. I had removed my patent leather shoes after a while, for they foundered badly in the sand. It pleased me to think they would be perched there on the silver log, pointing out to sea, like a sort of soul-compass, after I was dead.

I fingered the box of razors in my pocketbook.

Then I thought how stupid I was. I had the razors, but no warm bath.

I considered renting a room. There must be a boarding-house among all those summer places. But I had no luggage. That would create suspicion. Besides, in a boardinghouse other people are always wanting to use the bathroom. I'd hardly have time to do it and step into the tub when somebody would be pounding at the door.

The gulls on their wooden stilts at the tip of the bar miaowed like cats. Then they flapped up, one by one, in their ash-colored jackets, circling my head and crying.

"Say, lady, you better not sit out here, the tide's coming in."

The small boy squatted a few feet away. He picked up a round purple stone and lobbed it into the water. The water swallowed it with a resonant plop. Then he scrabbled around, and I heard the dry stones clank together like money.

He skimmed a flat stone over the dull green surface, and it skipped seven times before it sliced out of sight.

"Why don't you go home?" I said.

The boy skipped another, heavier stone. It sank after the second bounce.

"Don't want to."

"Your mother's looking for you."

"She is not." He sounded worried.

"If you go home, I'll give you some candy."

The boy hitched closer. "What kind?"

But I knew without looking into my pocketbook that all I had was peanut shells.

"I'll give you some money to buy some candy."

"Ar-thur!"

A woman was indeed coming out on the sandbar, slipping and no doubt cursing to herself, for her lips went up and down between her clear, peremptory calls.

"Ar-thur!"

She shaded her eyes with one hand, as if this helped her discern us through the thickening sea dusk.

I could sense the boy's interest dwindle as the pull of his mother increased. He began to pretend he didn't know me. He kicked over a few stones, as if searching for something, and edged off.

I shivered.

The stones lay lumpish and cold under my bare feet. I thought longingly of the black shoes on the beach. A wave drew back, like a hand, then advanced and touched my foot.

The drench seemed to come off the sea floor itself, where blind white fish ferried themselves by their own light through the great polar cold. I saw sharks' teeth and whales' earbones littered about down there like gravestones.

I waited, as if the sea could make my decision for me.

A second wave collapsed over my feet, lipped with white froth, and the chill gripped my ankles with a mortal ache.

My flesh winced, in cowardice, from such a death.

I picked up my pocketbook and started back over the cold stones to where my shoes kept their vigil in the violet light.

Thirteen

"Of course his mother killed him."

I looked at the mouth of the boy Jody had wanted me to meet. His lips were thick and pink and a baby face nestled under the silk of white-blond hair. His name was Cal, which I thought must be short for something, but I couldn't think what it would be short for, unless it was California.

"How can you be sure she killed him?" I said.

Cal was supposed to be very intelligent, and Jody had said over the phone that he was cute and I would like him. I wondered, if I'd been my old self, if I would have liked him.

It was impossible to tell.

"Well, first she says No no no, and then she says Yes."

"But then she says No no again."

Cal and I lay side by side on an orange-and-green striped towel on a mucky beach across the swamps from Lynn. Jody and Mark, the boy she was pinned to, were swimming. Cal hadn't wanted to swim, he had wanted to talk, and we were arguing about this play where a young man finds out he has a brain disease, on account of his father fooling around with unclean women, and in the end his brain, which has been softening all along, snaps completely, and his mother is debating whether to kill him or not.

I had a suspicion that my mother had called Jody and begged her to ask me out, so I wouldn't sit around in my room all day with the shades drawn. I didn't want to go at first, because I thought Jody would notice the change in me, and that anybody with half an eye would see I didn't have a brain in my head.

But all during the drive north, and then east, Jody had joked and laughed and chattered and not seemed to mind that I only said, "My" or "Gosh" or "You don't say."

We browned hot dogs on the public grills at the beach, and by watching Jody and Mark and Cal very carefully I managed to cook my hot dog just the right amount of time and didn't burn it or drop it into the fire, the way I was afraid of doing. Then, when nobody was looking, I buried it in the sand.

After we ate, Jody and Mark ran down to the water hand-in-hand, and I lay back, staring into the sky, while Cal went on and on about this play.

The only reason I remembered this play was because it had a mad person in it, and everything I had ever read about mad people stuck in my mind, while everything else flew out.

"But it's the Yes that matters," Cal said. "It's the Yes she'll come back to in the end."

I lifted my head and squinted out at the bright blue plate of the sea—a bright blue plate with a dirty rim. A big round gray rock, like the upper half of an egg, poked out of the water about a mile from the stony headland.

"What was she going to kill him with? I forget."

I hadn't forgotten. I remembered perfectly well, but I wanted to hear what Cal would say.

"Morphia powders."

"Do you suppose they have morphia powders in America?"

Cal considered a minute. Then he said, "I wouldn't think so. They sound awfully old-fashioned."

I rolled over onto my stomach and squinted at the view in the other direction, toward Lynn. A glassy haze rippled up from the fires in the grills and the heat on the road, and through the haze, as through a curtain of clear water, I could make out a smudgy skyline of gas tanks and factory stacks and derricks and bridges.

It looked one hell of a mess.

I rolled onto my back again and made my voice casual. "If you were going to kill yourself, how would you do it?"

Cal seemed pleased. "I've often thought of that. I'd blow my brains out with a gun."

I was disappointed. It was just like a man to do it with a gun. A fat chance I had of laying my hands on a gun. And even if I did, I wouldn't have a clue as to what part of me to shoot at.

I'd already read in the papers about people who'd tried to shoot themselves, only they ended up shooting an important nerve and getting paralyzed or blasting their face off, but being saved, by surgeons and a sort of miracle, from dying outright.

The risks of a gun seemed great.

"What kind of a gun?"

"My father's shotgun. He keeps it loaded. I'd just have to walk into his study one day and," Cal pointed a finger to his temple and made a comical, screwed-up face, "click!" He widened his pale gray eyes and looked at me.

"Does your father happen to live near Boston?" I asked idly.

"Nope, in Clacton-on-Sea. He's English."

Jody and Mark ran up hand-in-hand, dripping and shaking off water drops like two loving puppies. I thought there would be too many people, so I stood up and pretended to yawn.

"I guess I'll go for a swim."

Being with Jody and Mark and Cal was beginning to weigh on my nerves, like a dull wooden block on the strings of a piano. I was afraid that at any moment my control would snap, and I would start babbling about how I couldn't read and couldn't write and how I must be just about the only person who had stayed awake for a solid month without dropping dead of exhaustion.

A smoke seemed to be going up from my nerves like the smoke from the grills and the sun-saturated road. The whole landscape—beach and headland and sea and rock—quavered in front of my eyes like a stage backcloth.

I wondered at what point in space the silly, sham blue of the sky turned black.

"You swim too, Cal."

Jody gave Cal a playful little push.

"Ohhh." Cal hid his face in the towel. "It's too cold."

I started to walk toward the water.

Somehow, in the broad, shadowless light of noon, the water looked amiable and welcoming.

I thought drowning must be the kindest way to die, and burning the worst. Some of those babies in the jars that Buddy Willard showed me had gills, he said. They went through a stage where they were just like fish.

A little, rubbishy wavelet, full of candy wrappers and orange peel and seaweed, folded over my foot.

I heard the sand thud behind me, and Cal came up.

"Let's swim to that rock out there." I pointed at it.

"Are you crazy? That's a mile out."

"What are you?" I said. "Chicken?"

Cal took me by the elbow and jostled me into the water. When we were waist high, he pushed me under. I surfaced, splashing, my eyes seared with salt. Underneath, the water was green and semi-opaque as a hunk of quartz.

I started to swim, a modified dogpaddle, keeping my face toward the rock. Cal did a slow crawl. After a while he put his head up and treaded water.

"Can't make it." He was panting heavily.

"Okay. You go back."

I thought I would swim out until I was too tired to swim back. As I paddled on, my heartbeat boomed like a dull motor in my ears.

I am I am I am.

That morning I had tried to hang myself.

I had taken the silk cord of my mother's yellow bathrobe as soon as she left for work, and, in the amber shade of the bedroom, fashioned it into a knot that slipped up and down on itself. It took me a long time to do this, because I was poor at knots and had no idea how to make a proper one.

Then I hunted around for a place to attach the rope.

The trouble was, our house had the wrong kind of ceilings. The ceilings were low, white and smoothly plastered, without a light fixture or a wood beam in sight. I thought with longing of the house my grandmother had before she sold it to come and live with us, and then with my Aunt Libby.

My grandmother's house was built in the fine, nineteenth-century style, with lofty rooms and sturdy chandelier brackets and high closets with stout rails across them, and an attic where nobody ever went, full of trunks and parrot cages and dressmakers' dummies and overhead beams thick as a ship's timbers.

But it was an old house, and she'd sold it, and I didn't know anybody else with a house like that.

After a discouraging time of walking about with the silk cord dangling from my neck like a yellow cat's tail and finding no place to fasten it, I sat on the edge of my mother's bed and tried pulling the cord tight.

But each time I would get the cord so tight I could feel a rushing in my ears and a flush of blood in my face, my hands would weaken and let go, and I would be all right again.

Then I saw that my body had all sorts of little tricks, such as making my hands go limp at the crucial second, which would save it, time and again, whereas if I had the whole say, I would be dead in a flash.

I would simply have to ambush it with whatever sense I had left, or it would trap me in its stupid cage for fifty years without any sense at all. And when people found out my mind had gone, as they would have to, sooner or later, in spite of my mother's guarded tongue, they would persuade her to put me into an asylum where I could be cured.

Only my case was incurable.

I had bought a few paperbacks on abnormal psychology at the drugstore and compared my symptoms with the symptoms in the books, and sure enough, my symptoms tallied with the most hopeless cases.

The only thing I could read, besides the scandal sheets, were those abnormal-psychology books. It was as if some slim opening had been left, so I could learn all I needed to know about my case to end it in the proper way.

I wondered, after the hanging fiasco, if I shouldn't just give it up and turn myself over to the doctors, and then I remembered Doctor Gordon and his private shock machine. Once I was locked up they could use that on me all the time.

And I thought of how my mother and brother and friends would visit me, day after day, hoping I would be better. Then their visits would slacken off, and they would give up hope. They would grow old. They would forget me.

They would be poor, too.

They would want me to have the best of care at first, so they would sink all their money in a private hospital like Doctor Gordon's. Finally, when the money was used up, I would be moved to a state hospital, with hundreds of people like me, in a big cage in the basement.

The more hopeless you were, the further away they hid you.

Cal had turned around and was swimming in.

As I watched, he dragged himself slowly out of the neck-deep sea. Against the khaki-colored sand and the green shore wavelets, his body was bisected for a moment, like a white worm. Then it crawled completely out of the green and onto the khaki and lost itself among dozens and dozens of other worms that were wriggling or just lolling about between the sea and the sky.

I paddled my hands in the water and kicked my feet. The egg-shaped rock didn't seem to be any nearer than it had been when Cal and I had looked at it from the shore.

Then I saw it would be pointless to swim as far as the rock, because my body would take that excuse to climb out and lie in the sun, gathering strength to swim back.

The only thing to do was to drown myself then and there.

So I stopped.

I brought my hands to my breast, ducked my head, and dived, using my hands to push the water aside. The water pressed in on my eardrums and on my heart. I fanned myself down, but before I knew where I was, the water had spat me up into the sun, the world was sparkling all about me like blue and green and yellow semi-precious stones.

I dashed the water from my eyes.

I was panting, as after a strenuous exertion, but floating, without effort.

I dived, and dived again, and each time popped up like a cork.

The gray rock mocked me, bobbing on the water easy as a lifebuoy.

I knew when I was beaten.

I turned back.

The flowers nodded like bright, knowledgeable children as I trundled them down the hall.

I felt silly in my sage-green volunteer's uniform, and superfluous, unlike the white-uniformed doctors and nurses, or even the brown-uniformed scrubwomen with their mops and their buckets of grimy water, who passed me without a word.

If I had been getting paid, no matter how little, I could at least count this a proper job, but all I got for a morning of pushing round magazines and candy and flowers was a free lunch.

My mother said the cure for thinking too much about yourself was helping somebody who was worse off than you, so Teresa had arranged for me to sign on as a volunteer at our local hospital. It was difficult to be a volunteer at this hospital, because that's what all the Junior League women wanted to do, but luckily for me, a lot of them were away on vacation. I had hoped they would send me to a ward with some really gruesome cases, who would see through my numb, dumb face to how I meant well, and be grateful. But the head of the volunteers, a society lady at our church, took one look at me and said, "You're on maternity."

So I rode the elevator up three flights to the maternity ward and reported to the head nurse. She gave me the trolley of flowers. I was supposed to put the right vases at the right beds in the right rooms.

But before I came to the door of the first room I noticed that a lot of the flowers were droopy and brown at the edges. I thought it would be discouraging for a woman who'd just had a baby to see somebody plonk down a big bouquet of dead flowers in front of her, so I steered the trolley to a washbasin in an alcove in the hall and began to pick out all the flowers that were dead.

Then I picked out all those that were dying.

There was no wastebasket in sight, so I crumpled the flowers up and laid them in the deep white basin. The basin felt cold as a tomb. I smiled. This must be how they laid the bodies away in the hospital morgue. My gesture, in its small way, echoed the larger gesture of the doctors and nurses.

I swung the door of the first room open and walked in, dragging my trolley. A couple of nurses jumped up, and I had a confused impression of shelves and medicine cabinets.

"What do you want?" one of the nurses demanded sternly. I couldn't tell one from the other, they all looked just alike.

"I'm taking the flowers round."

The nurse who had spoken put a hand on my shoulder and led me out of the room, maneuvering the trolley with her free, expert hand. She flung open the swinging doors of the room next to that one and bowed me in. Then she disappeared.

I could hear giggles in the distance till a door shut and cut them off.

There were six beds in the room, and each bed had a woman in it. The women were all sitting up and knitting or riffling through magazines or putting their hair in pin curls and chattering like parrots in a parrot house.

I had thought they would be sleeping, or lying quiet and pale, so I could tiptoe round without any trouble and match the bed numbers to the numbers inked on adhesive tape on the vases, but before I had a chance to get my bearings, a bright, jazzy blonde with a sharp, triangular face beckoned to me.

I approached her, leaving the trolley in the middle of the floor, but then she made an impatient gesture, and I saw she wanted me to bring the trolley too.

I wheeled the trolley over to her bedside with a helpful smile.

"Hey, where's my larkspur?" A large, flabby lady from across the ward raked me with an eagle eye.

The sharp-faced blonde bent over the trolley. "Here are my yellow roses," she said, "but they're all mixed up with some lousy iris."

Other voices joined the voices of the first two women. They sounded cross and loud and full of complaint.

I was opening my mouth to explain that I had thrown a bunch of dead larkspur in the sink, and that some of the vases I had weeded out looked skimpy, there were so few flowers left, so I had joined a few of the bouquets together to fill them out, when the swinging door flew open and a nurse stalked in to see what the commotion was.

"Listen, nurse, I had this big bunch of larkspur Larry brought last night."

"She's loused up my yellow roses."

Unbuttoning the green uniform as I ran, I stuffed it, in passing, into the washbasin with the rubbish of dead flowers. Then I took the deserted side steps down to the street two at a time, without meeting another soul.

"Which way is the graveyard?"

The Italian in the black leather jacket stopped and pointed down an alley behind the white Methodist church. I remembered the Methodist church. I had been a Methodist for the first nine years of my life, before my father died and we moved and turned Unitarian.

My mother had been a Catholic before she was a Methodist. My grandmother and my grandfather and my Aunt Libby were all still Catholics. My Aunt Libby had broken away from the Catholic Church at the same time my mother did, but then she'd fallen in love with an Italian Catholic, so she'd gone back again.

Lately I had considered going into the Catholic Church myself. I knew the Catholics thought killing yourself was an awful sin. But perhaps, if this was so, they might have a good way to persuade me out of it.

Of course, I didn't believe in life after death or the virgin birth or the Inquisition or the infallibility of that little monkey-faced Pope or anything, but I didn't have to let the priest see this, I could just concentrate on my sin, and he would help me repent.

The only trouble was, Church, even the Catholic Church, didn't take up the whole of your life. No matter how much you knelt and prayed, you still had to eat three meals a day and have a job and live in the world.

I thought I might see how long you had to be a Catholic before you became a nun, so I asked my mother, thinking she'd know the best way to go about it.

My mother had laughed at me. "Do you think they'll take somebody like you, right off the bat? Why you've got to know all these catechisms and credos and believe in them, lock, stock and barrel. A girl with your sense!"

Still, I imagined myself going to some Boston priest—it would have to be Boston, because I didn't want any priest in my home town to know I'd thought of killing myself. Priests were terrible gossips.

I would be in black, with my dead white face, and I would throw myself at this priest's feet and say, "O Father, help me."

But that was before people had begun to look at me in a funny way, like those nurses in the hospital.

I was pretty sure the Catholics wouldn't take in any crazy nuns. My Aunt Libby's husband had made a joke once, about a nun that a nunnery sent to Teresa for a checkup. This nun kept hearing harp notes in her ears and a voice saying over and over, "Alleluia!" Only she wasn't sure, on being closely questioned, whether the voice was saying Alleluia or Arizona. The nun had been born in Arizona. I think she ended up in some asylum.

I tugged my black veil down to my chin and strode in through the wrought-iron gates. I thought it odd that in all the time my father had been buried in this graveyard, none of us had ever visited him. My mother hadn't let us come to his funeral because we were only children then, and he had died in the hospital, so the graveyard and even his death had always seemed unreal to me.

I had a great yearning, lately, to pay my father back for all the years of neglect, and start tending his grave. I had always been my father's favorite, and it seemed fitting I should take on a mourning my mother had never bothered with.

I thought that if my father hadn't died, he would have taught me all about insects, which was his specialty at the university. He would also have taught me German and Greek and Latin, which he knew, and perhaps I would be a Lutheran. My father had been a Lutheran in Wisconsin, but they were out of style in New England, so he had become a lapsed Lutheran and then, my mother said, a bitter atheist.

The graveyard disappointed me. It lay at the outskirts of the town, on low ground, like a rubbish dump, and as I walked up and down the gravel paths, I could smell the stagnant salt marshes in the distance.

The old part of the graveyard was all right, with its worn, flat stones and lichen-bitten monuments, but I soon saw my father must be buried in the modern part with dates in the nineteen forties.

The stones in the modern part were crude and cheap, and here and there a grave was rimmed with marble, like an oblong bathtub full of dirt, and rusty metal containers stuck up about where the person's navel would be, full of plastic flowers.

A fine drizzle started drifting down from the gray sky, and I grew very depressed.

I couldn't find my father anywhere.

Low, shaggy clouds scudded over that part of the horizon where the sea lay, behind the marshes and the beach shanty settlements, and raindrops darkened the black mackintosh I had bought that morning. A clammy dampness sank through to my skin.

I had asked the sales girl, "Is it water-repellent?" And she had said, "No raincoat is ever water-repellent. It's showerproofed."

And when I asked her what showerproofed was, she told me I had better buy an umbrella.

But I hadn't enough money for an umbrella. What with bus fare in and out of Boston and peanuts and newspapers and abnormal-psychology books and trips to my old home town by the sea, my New York fund was almost exhausted.

I had decided that when there was no more money in my bank account I would do it, and that morning I'd spent the last of it on the black raincoat.

Then I saw my father's gravestone.

It was crowded right up by another gravestone, head to head, the way people are crowded in a charity ward when there isn't enough space. The stone was of a mottled pink marble, like canned salmon, and all there was on it was my father's name and, under it, two dates, separated by a little dash.

At the foot of the stone I arranged the rainy armful of azaleas I had picked from a bush at the gateway of the graveyard. Then my legs folded under me, and I sat down in the sopping grass. I couldn't understand why I was crying so hard.

Then I remembered that I had never cried for my father's death.

My mother hadn't cried either. She had just smiled and said what a merciful thing it was for him he had died, because if he had lived he would have been crippled and an invalid for life, and he couldn't have stood that, he would rather have died than had that happen.

I laid my face to the smooth face of the marble and howled my loss into the cold salt rain.

I knew just how to go about it.

The minute the car tires crunched off down the drive and the sound of the motor faded, I jumped out of bed and hurried into my white blouse and green figured skirt and black raincoat. The raincoat felt damp still, from the day before, but that would soon cease to matter.

I went downstairs and picked up a pale blue envelope from the dining room table and scrawled on the back, in large, painstaking letters: I am going for a long walk.

I propped the message where my mother would see it the minute she came in.

Then I laughed.

I had forgotten the most important thing.

I ran upstairs and dragged a chair into my mother's closet. Then I climbed up and reached for the small green strongbox on the top shelf. I could have torn the metal cover off with my bare hands, the lock was so feeble, but I wanted to do things in a calm, orderly way.

I pulled out my mother's upper right-hand bureau drawer and slipped the blue jewelry box from its hiding place under the scented Irish linen handkerchiefs. I unpinned the little key from the dark velvet. Then I unlocked the strongbox and took out the bottle of new pills. There were more than I had hoped.

There were at least fifty.

If I had waited until my mother doled them out to me, night by night, it would have taken me fifty nights to save up enough. And in fifty nights, college would have opened, and my brother would have come back from Germany, and it would be too late.

I pinned the key back in the jewelry box among the clutter of inexpensive chains and rings, put the jewelry box back in the drawer under the handkerchiefs, returned the strongbox to the closet shelf and set the chair on the rug in the exact spot I had dragged it from.

Then I went downstairs and into the kitchen. I turned on the tap and poured myself a tall glass of water. Then I took the glass of water and the bottle of pills and went down into the cellar.

A dim, undersea light filtered through the slits of the cellar windows. Behind the oil burner, a dark gap showed in the wall at about shoulder height and ran back under the breezeway, out of sight. The breezeway had been added to the house after the cellar was dug, and built out over this secret, earth-bottomed crevice.

A few old, rotting fireplace logs blocked the hole mouth. I shoved them back a bit. Then I set the glass of water and the bottle of pills side by side on the flat surface of one of the logs and started to heave myself up.

It took me a good while to heft my body into the gap, but at last, after many tries, I managed it, and crouched at the mouth of the darkness, like a troll.

The earth seemed friendly under my bare feet, but cold. I wondered how long it had been since this particular square of soil had seen the sun.

Then, one after the other, I lugged the heavy, dust-covered logs across the hole mouth. The dark felt thick as velvet. I reached for the glass and bottle, and carefully, on my knees, with bent head, crawled to the farthest wall.

Cobwebs touched my face with the softness of moths. Wrapping my black coat round me like my own sweet shadow, I unscrewed the bottle of pills and started taking them swiftly, between gulps of water, one by one by one.

At first nothing happened, but as I approached the bottom of the bottle, red and blue lights began to flash before my eyes. The bottle slid from my fingers and I lay down.

The silence drew off, baring the pebbles and shells and all the tatty wreckage of my life. Then, at the rim of vision, it gathered itself, and in one sweeping tide, rushed me to sleep.

Fourteen

It was completely dark.

I felt the darkness, but nothing else, and my head rose, feeling it, like the head of a worm. Someone was moaning. Then a great, hard weight smashed against my cheek like a stone wall and the moaning stopped.

The silence surged back, smoothing itself as black water smooths to its old surface calm over a dropped stone.

A cool wind rushed by. I was being transported at enormous speed down a tunnel into the earth. Then the wind stopped. There was a rumbling, as of many voices, protesting and disagreeing in the distance. Then the voices stopped.

A chisel cracked down on my eye, and a slit of light opened, like a mouth or a wound, till the darkness clamped shut on it again. I tried to roll away from the direction of the light, but hands wrapped round my limbs like mummy bands, and I couldn't move.

I began to think I must be in an underground chamber, lit by blinding lights, and that the chamber was full of people who for some reason were holding me down.

Then the chisel struck again, and the light leapt into my head, and through the thick, warm, furry dark, a voice cried, "Mother!"

Air breathed and played over my face.

I felt the shape of a room around me, a big room with open windows. A pillow molded itself under my head, and my body floated, without pressure, between thin sheets.

Then I felt warmth, like a hand on my face. I must be lying in the sun. If I opened my eyes, I would see colors and shapes bending in upon me like nurses.

I opened my eyes.

It was completely dark.

Somebody was breathing beside me.

"I can't see," I said.

A cheery voice spoke out of the dark. "There are lots of blind people in the world. You'll marry a nice blind man someday."

The man with the chisel had come back.

"Why do you bother?" I said. "It's no use."

"You musn't talk like that." His fingers probed at the great, aching boss over my left eye. Then he loosened something, and a ragged gap of light appeared, like the hole in a wall. A man's hand peered round the edge of it.

"Can you see me?"

"Yes."

"Can you see anything else?"

Then I remembered. "I can't see anything." The gap narrowed and went dark. "I'm blind."

"Nonsense! Who told you that?"

"The nurse."

The man snorted. He finished taping the bandage back over my eye. "You are a very lucky girl. Your sight is perfectly intact."

"Somebody to see you."

The nurse beamed and disappeared.

My mother came smiling round the foot of the bed. She was wearing a dress with purple cartwheels on it and she looked awful.

A big tall boy followed her. At first I couldn't make out who it was, because my eye only opened a short way, but then I saw it was my brother.

"They said you wanted to see me."

My mother perched on the edge of the bed and laid a hand on my leg. She looked loving and reproachful, and I wanted her to go away.

"I didn't think I said anything."

"They said you called for me." She seemed ready to cry. Her face puckered up and quivered like a pale jelly.

"How are you?" my brother said.

I looked my mother in the eye.

"The same," I said.

"You have a visitor."

"I don't want a visitor."

The nurse bustled out and whispered to somebody in the hall. Then she came back. "He'd very much like to see you."

I looked down at the yellow legs sticking out of the unfamiliar white silk pajamas they had dressed me in. The skin shook flabbily when I moved, as if there wasn't a muscle in it, and it was covered with a short, thick stubble of black hair.

"Who is it?"

"Somebody you know."

"What's his name?"

"George Bakewell."

"I don't know any George Bakewell."

"He says he knows you."

Then the nurse went out, and a very familiar boy came in and said, "Mind if I sit on the edge of your bed?"

He was wearing a white coat, and I could see a stethoscope poking out of his pocket. I thought it must be somebody I knew dressed up as a doctor.

I had meant to cover my legs if anybody came in, but now I saw it was too late, so I let them stick out, just as they were, disgusting and ugly.

"That's me," I thought. "That's what I am."

"You remember me, don't you, Esther?" I squinted at the boy's face through the crack of my good eye. The other eye hadn't opened yet, but the eye doctor said it would be all right in a few days.

The boy looked at me as if I were some exciting new zoo animal and he was about to burst out laughing.

"You remember me, don't you, Esther?" He spoke slowly, the way one speaks to a dull child. "I'm George Bakewell. I go to your church. You dated my roommate once at Amherst."

I thought I placed the boy's face then. It hovered dimly at the rim of memory—the sort of face to which I would never bother to attach a name.

"What are you doing here?"

"I'm houseman at this hospital."

How could this George Bakewell have become a doctor so suddenly? I wondered. He didn't really know me, either. He just wanted to see what a girl who was crazy enough to kill herself looked like.

I turned my face to the wall.

"Get out," I said. "Get the hell out and don't come back."

"I want to see a mirror."

The nurse hummed busily as she opened one drawer after another, stuffing the new underclothes and blouses and skirts and pajamas my mother had bought me into the black patent leather overnight case.

"Why can't I see a mirror?"

I had been dressed in a sheath, striped gray and white, like mattress ticking, with a wide, shiny red belt, and they had propped me up in an armchair.

"Why can't I?"

"Because you better not." The nurse shut the lid of the overnight case with a little snap.

"Why?"

"Because you don't look very pretty."

"Oh, just let me see."

The nurse sighed and opened the top bureau drawer. She took out a large mirror in a wooden frame that matched the wood of the bureau and handed it to me.

At first I didn't see what the trouble was. It wasn't a mirror at all, but a picture.

You couldn't tell whether the person in the picture was a man or a woman, because their hair was shaved off and sprouted in bristly chicken-feather tufts all over their head. One side of the person's face was purple, and bulged out in a shapeless way, shading to green along the edges, and then to a sallow yellow. The person's mouth was pale brown, with a rose-colored sore at either corner.

The most startling thing about the face was its supernatural conglomeration of bright colors.

I smiled.

The mouth in the mirror cracked into a grin.

A minute after the crash another nurse ran in. She took one look at the broken mirror, and at me, standing over the blind, white pieces, and hustled the young nurse out of the room.

"Didn't I tell you," I could hear her say.

"But I only..."

"Didn't I tell you!"

I listened with mild interest. Anybody could drop a mirror. I didn't see why they should get so stirred up.

The other, older nurse came back into the room. She stood there, arms folded, staring hard at me.

"Seven years' bad luck."

"What?"

"I said," the nurse raised her voice, as if speaking to a deaf person, "seven years' bad luck."

The young nurse returned with a dustpan and brush and began to sweep up the glittery splinters.

"That's only a superstition," I said then.

"Huh!" The second nurse addressed herself to the nurse on her hands and knees as if I wasn't there. "At you-know-where they'll take care of her!"

From the back window of the ambulance I could see street after familiar street funneling off into a summery green distance. My mother sat on one side of me, and my brother on the other.

I had pretended I didn't know why they were moving me from the hospital in my hometown to a city hospital, to see what they would say.

"They want you to be in a special ward," my mother said. "They don't have that sort of ward at our hospital."

"I liked it where I was."

My mother's mouth tightened. "You should have behaved better, then."

"What?"

"You shouldn't have broken that mirror. Then maybe they'd have let you stay."

But of course I knew the mirror had nothing to do with it.

I sat in bed with the covers up to my neck.

"Why can't I get up? I'm not sick."

"Ward rounds," the nurse said. "You can get up after ward rounds." She shoved the bed curtains back and revealed a fat young Italian woman in the next bed.

The Italian woman had a mass of tight black curls, starting at her forehead, that rose in a mountainous pompadour and cascaded down her back. Whenever she moved, the huge arrangement of hair moved with her, as if made of stiff black paper.

The woman looked at me and giggled. "Why are you here?" She didn't wait for an answer. "I'm here on account of my French-Canadian mother-in-law." She giggled again. "My husband knows I can't stand her, and still he said she could come and visit us, and when she came, my tongue stuck out of my head, I couldn't stop it. They ran me into Emergency and then they put me up here," she lowered her voice, "along with the nuts." Then she said, "What's the matter with you?"

I turned her my full face, with the bulging purple and green eye. "I tried to kill myself."

The woman stared at me. Then, hastily, she snatched up a movie magazine from her bed table and pretended to be reading.

The swinging door opposite my bed flew open, and a whole troop of young boys and girls in white coats came in, with an older, gray-haired man. They were all smiling with bright, artificial smiles. They grouped themselves at the foot of my bed.

"And how are you feeling this morning, Miss Greenwood?"

I tried to decide which one of them had spoken. I hate saying anything to a group of people. When I talk to a group of people I always have to single out one and talk to him, and all the while I am talking I feel the others are peering at me and taking unfair advantage. I also hate people to ask cheerfully how you are when they know you're feeling like hell and expect you to say "Fine."

"I feel lousy."

"Lousy. Hmm," somebody said, and a boy ducked his head with a little smile. Somebody else scribbled something on a clipboard. Then somebody pulled a straight, solemn face and said, "And why do you feel lousy?"

I thought some of the boys and girls in that bright group might well be friends of Buddy Willard. They would know I knew him, and they would be curious to see me, and afterward they would gossip about me among themselves. I wanted to be where nobody I knew could ever come.

"I can't sleep..."

They interrupted me. "But the nurse says you slept last night." I looked around the crescent of fresh, strange faces.

"I can't read." I raised my voice. "I can't eat." It occurred to me I'd been eating ravenously ever since I came to.

The people in the group had turned from me and were murmuring in low voices to each other. Finally, the gray-haired man stepped out.

"Thank you, Miss Greenwood. You will be seen by one of the staff doctors presently."

Then the group moved on to the bed of the Italian woman.

"And how are you feeling today, Mrs..." somebody said, and the name sounded long and full of l's, like Mrs. Tomolillo.

Mrs. Tomolillo giggled. "Oh, I'm fine, doctor. I'm just fine." Then she lowered her voice and whispered something I couldn't hear. One or two people in the group glanced in my direction. Then somebody said, "All right, Mrs. Tomolillo," and somebody stepped out and pulled the bed curtain between us like a white wall.

I sat on one end of a wooden bench in the grassy square between the four brick walls of the hospital. My mother, in her purple cartwheel dress, sat at the other end. She had her head propped in her hand, index finger on her cheek and thumb under her chin.

Mrs. Tomolillo was sitting with some dark-haired, laughing Italians on the next bench down. Every time my mother moved, Mrs. Tomolillo imitated her. Now Mrs. Tomolillo was sitting with her index finger on her cheek and her thumb under her chin, and her head tilted wistfully to one side.

"Don't move," I told my mother in a low voice. "That woman's imitating you."

My mother turned to glance round, but quick as a wink, Mrs. Tomolillo dropped her fat white hands in her lap and started talking vigorously to her friends.

"Why no, she's not," my mother said. "She's not even paying any attention to us."

But the minute my mother turned round to me again, Mrs. Tomolillo matched the tips of her fingers together the way my mother had just done and cast a black, mocking look at me.

The lawn was white with doctors.

All the time my mother and I had been sitting there, in the narrow cone of sun that shone down between the tall brick walls, doctors had been coming up to me and introducing themselves. "I'm Doctor Soandso, I'm Doctor Soandso."

Some of them looked so young I knew they couldn't be proper doctors, and one of them had a queer name that sounded just like Doctor Syphilis, so I began to look out for suspicious, fake names, and sure enough, a dark-haired fellow who looked very like Doctor Gordon, except that he had black skin where Doctor Gordon's skin was white, came up and said, "I'm Doctor Pancreas," and shook my hand.

After introducing themselves, the doctors all stood within listening distance, only I couldn't tell my mother that they were taking down every word we said without their hearing me, so I leaned over and whispered into her ear.

My mother drew back sharply.

"Oh, Esther, I wish you would cooperate. They say you don't cooperate. They say you won't talk to any of the doctors or make anything in Occupational Therapy..."

"I've got to get out of here," I told her meaningly. "Then I'd be all right. You got me in here," I said. "You get me out."

I thought if only I could persuade my mother to get me out of the hospital I could work on her sympathies, like that boy with brain disease in the play, and convince her what was the best thing to do.

To my surprise, my mother said, "All right, I'll try to get you out—even if only to a better place. If I try to get you out," she laid a hand on my knee, "promise you'll be good?"

I spun round and glared straight at Doctor Syphilis, who stood at my elbow taking notes on a tiny, almost invisible pad. "I promise," I said in a loud, conspicuous voice.

The Negro wheeled the food cart into the patients' dining room. The Psychiatric Ward at the hospital was very small—just two corridors in an L-shape, lined with rooms, and an alcove of beds behind the OT shop, where I was, and a little area with a table and a few seats by a window in the corner of the L, which was our lounge and dining room.

Usually it was a shrunken old white man that brought our food, but today it was a Negro. The Negro was with a woman in blue stiletto heels, and she was telling him what to do. The Negro kept grinning and chuckling in a silly way.

Then he carried a tray over to our table with three lidded tin tureens on it, and started banging the tureens down. The woman left the room, locking the door behind her. All the time the Negro was banging down the tureens and then the dinted silver and the thick, white china plates, he gawped at us with big, rolling eyes.

I could tell we were his first crazy people.

Nobody at the table made a move to take the lids off the tin tureens, and the nurse stood back to see if any of us would take the lids off before she came to do it. Usually Mrs. Tomolillo had taken the lids off and dished out everybody's food like a little mother, but then they sent her home, and nobody seemed to want to take her place.

I was starving, so I lifted the lid off the first bowl.

"That's very nice of you, Esther," the nurse said pleasantly. "Would you like to take some beans and pass them round to the others?"

I dished myself out a helping of green string beans and turned to pass the tureen to the enormous red-headed woman at my right. This was the first time the red-headed woman had been allowed up to the table. I had seen her once, at the very end of the L-shaped corridor, standing in front of an open door with bars on the square, inset windows.

She had been yelling and laughing in a rude way and slapping her thighs at the passing doctors, and the white-jacketed attendant who took care of the people in that end of the ward was leaning against the radiator, laughing himself sick.

The red-headed woman snatched the tureen from me and upended it on her plate. Beans mountained up in front of her and scattered over onto her lap and onto the floor like stiff, green straws.

"Oh, Mrs. Mole!" the nurse said in a sad voice. "I think you better eat in your room today."

And she returned most of the beans to the tureen and gave it to the person next to Mrs. Mole and led Mrs. Mole off. All the way down the hall to her room, Mrs. Mole kept turning round and making leering faces at us, and ugly, oinking noises.

The Negro had come back and was starting to collect the empty plates of people who hadn't dished out any beans yet.

"We're not done," I told him. "You can just wait."

"Mah, mah!" The Negro widened his eyes in mock wonder. He glanced round. The nurse had not yet returned from locking up Mrs. Mole. The Negro made me an insolent bow. "Miss Mucky-Muck," he said under his breath.

I lifted the lid off the second tureen and uncovered a wedge of macaroni, stone-cold and stuck together in a gluey paste. The third and last tureen was chock-full of baked beans.

Now I knew perfectly well you didn't serve two kinds of beans together at a meal. Beans and carrots, or beans and peas, maybe, but never beans and beans. The Negro was just trying to see how much we would take.

The nurse came back, and the Negro edged off at a distance. I ate as much as I could of the baked beans. Then I rose from the table, passing round to the side where the nurse couldn't see me below the waist, and behind the Negro, who was clearing the dirty plates. I drew my foot back and gave him a sharp, hard kick on the calf of the leg.

The Negro leapt away with a yelp and rolled his eyes at me. "Oh Miz, oh Miz," he moaned, rubbing his leg. "You shouldn't of done that, you shouldn't, you reely shouldn't."

"That's what you get," I said, and stared him in the eye.

"Don't you want to get up today?"

"No." I huddled down more deeply in the bed and pulled the sheet up over my head. Then I lifted a corner of the sheet and peered out. The nurse was shaking down the thermometer she had just removed from my mouth.

"You see, it's normal." I had looked at the thermometer before she came to collect it, the way I always did. "You see, it's normal, what do you keep taking it for?"

I wanted to tell her that if only something were wrong with my body it would be fine, I would rather have anything wrong with my body than something wrong with my head, but the idea seemed so involved and wearisome that I didn't say anything. I only burrowed down further in the bed.

Then, through the sheet, I felt a slight, annoying pressure on my leg. I peeped out. The nurse had set her tray of thermometers on my bed while she turned her back and took the pulse of the person who lay next to me, in Mrs. Tomolillo's place.

A heavy naughtiness pricked through my veins, irritating and attractive as the hurt of a loose tooth. I yawned and stirred, as if about to turn over, and edged my foot under the box.

"Oh!" The nurse's cry sounded like a cry for help, and another nurse came running. "Look what you've done!"

I poked my head out of the covers and stared over the edge of the bed. Around the overturned enamel tray, a star of thermometer shards glittered, and balls of mercury trembled like celestial dew.

"I'm sorry," I said. "It was an accident."

The second nurse fixed me with a baleful eye. "You did it on purpose. I saw you."

Then she hurried off, and almost immediately two attendants came and wheeled me, bed and all, down to Mrs. Mole's old room, but not before I had scooped up a ball of mercury.

Soon after they had locked the door, I could see the Negro's face, a molasses-colored moon, risen at the window grating, but I pretended not to notice.

I opened my fingers a crack, like a child with a secret, and smiled at the silver globe cupped in my palm. If I dropped it, it would break into a million little replicas of itself, and if I pushed them near each other, they would fuse, without a crack, into one whole again.

I smiled and smiled at the small silver ball.

I couldn't imagine what they had done with Mrs. Mole.

Fifteen

Philomena Guinea's black Cadillac eased through the tight, five o'clock traffic like a ceremonial car. Soon it would cross one of the brief bridges that arched the Charles, and I would, without thinking, open the door and plunge out through the stream of traffic to the rail of the bridge. One jump and the water would be over my head.

Idly I twisted a Kleenex to small, pill-sized pellets between my fingers and watched my chance. I sat in the middle of the back seat of the Cadillac, my mother on one side of me, and my brother on the other, both leaning slightly forward, like diagonal bars, one across each car door.

In front of me I could see the Spam-colored expanse of the chauffeur's neck, sandwiched between a blue cap and the shoulders of a blue jacket and, next to him, like a frail, exotic bird, the silver hair and emerald-feathered hat of Philomena Guinea, the famous novelist.

I wasn't quite sure why Mrs. Guinea had turned up. All I knew was that she had interested herself in my case and that at one time, at the peak of her career, she had been in an asylum as well.

My mother said that Mrs. Guinea had sent her a telegram from the Bahamas, where she read about me in a Boston paper. Mrs. Guinea had telegrammed, "Is there a boy in the case?"

If there was a boy in the case, Mrs. Guinea couldn't, of course, have anything to do with it.

But my mother had telegrammed back, "No, it is Esther's writing. She thinks she will never write again."

So Mrs. Guinea had flown back to Boston and taken me out of the cramped city hospital ward, and now she was driving me to a private hospital that had grounds and golf courses and gardens, like a country club, where she would pay for me, as if I had a scholarship, until the doctors she knew of there had made me well.

My mother told me I should be grateful. She said I had used up almost all her money, and if it weren't for Mrs. Guinea she didn't know where I'd be. I knew where I'd be though. I'd be in the big state hospital in the country, cheek by jowl to this private place.

I knew I should be grateful to Mrs. Guinea, only I couldn't feel a thing. If Mrs. Guinea had given me a ticket to Europe, or a round-the-world cruise, it wouldn't have made one scrap of difference to me, because wherever I sat—on the deck of a ship or at a street cafe in Paris or Bangkok—I would be sitting under the same glass bell jar, stewing in my own sour air.

Blue sky opened its dome above the river, and the river was dotted with sails. I readied myself, but immediately my mother and my brother each laid one hand on a door handle. The tires hummed briefly over the grill of the bridge. Water, sails, blue sky and suspended gulls flashed by like an improbable postcard, and we were across.

I sank back in the gray, plush seat and closed my eyes. The air of the bell jar wadded round me and I couldn't stir.

I had my own room again.

It reminded me of the room in Doctor Gordon's hospital—a bed, a bureau, a closet, a table and chair. A window with a screen, but no bars. My room was on the first floor, and the window, a short distance above the pine-needle-padded ground, overlooked a wooded yard ringed by a red brick wall. If I jumped I wouldn't even bruise my knees. The inner surface of the tall wall seemed smooth as glass.

The journey over the bridge had unnerved me.

I had missed a perfectly good chance. The river water passed me by like an untouched drink. I suspected that even if my mother and brother had not been there I would have made no move to jump.

When I enrolled in the main building of the hospital, a slim young woman had come and introduced herself. "My name is Doctor Nolan. I am to be Esther's doctor."

I was surprised to have a woman. I didn't think they had woman psychiatrists. This woman was a cross between Myrna Loy and my mother. She wore a white blouse and a full skirt gathered at the waist by a wide leather belt, and stylish, crescent-shaped spectacles.

But after a nurse had led me across the lawn to the gloomy brick building called Caplan,where I would live, Doctor Nolan didn't come to see me, a whole lot of strange men came instead.

I lay on my bed under the thick white blanket, and they entered my room, one by one, and introduced themselves. I couldn't understand why there should be so many of them, or why they would want to introduce themselves, and I began to think they were testing me, to see if I noticed there were too many of them, and I grew wary.

Finally, a handsome, white-haired doctor came in and said he was the director of the hospital. Then he started talking about the

Pilgrims and Indians and who had the land after them, and what rivers ran nearby, and who had built the first hospital, and how it had burned down, and who had built the next hospital, until I thought he must be waiting to see when I would interrupt him and tell him I knew all that about rivers and Pilgrims was a lot of nonsense.

But then I thought some of it might be true, so I tried to sort out what was likely to be true and what wasn't, only before I could do that, he had said good-bye.

I waited till I heard the voices of all the doctors die away. Then I threw back the white blanket and put on my shoes and walked out into the hall. Nobody stopped me, so I walked round the corner of my wing of the hall and down another, longer hall, past an open dining room.

A maid in a green uniform was setting the tables for supper. There were white linen tablecloths and glasses and paper napkins. I stored the fact that they were real glasses in the corner of my mind the way a squirrel stores a nut. At the city hospital we had drunk out of paper cups and had no knives to cut our meat. The meat had always been so overcooked we could cut it with a fork.

Finally I arrived at a big lounge with shabby furniture and a threadbare rug. A girl with a round pasty face and short black hair was sitting in an armchair, reading a magazine. She reminded me of a Girl Scout leader I'd had once. I glanced at her feet, and sure enough, she wore those flat brown leather shoes with fringed tongues lapping down over the front that are supposed to be so sporty, and the ends of the laces were knobbed with little imitation acorns.

The girl raised her eyes and smiled. "I'm Valerie. Who are you?"

I pretended I hadn't heard and walked out of the lounge to the end of the next wing. On the way, I passed a waist-high door behind which I saw some nurses.

"Where is everybody?"

"Out." The nurse was writing something over and over on little pieces of adhesive tape. I leaned across the gate of the door to see what she was writing, and it was E. Greenwood, E. Greenwood, E. Greenwood, E. Greenwood.

"Out where?"

"Oh, OT, the golf course, playing badminton."

I noticed a pile of clothes on a chair beside the nurse. They were the same clothes the nurse in the first hospital had been packing into the patent leather case when I broke the mirror. The nurses began sticking the labels onto the clothes.

I walked back to the lounge. I couldn't understand what these people were doing, playing badminton and golf. They mustn't be really sick at all, to do that.

I sat down near Valerie and observed her carefully. Yes, I thought, she might just as well be in a Girl Scout camp. She was reading her tatty copy of *Vogue* with intense interest.

"What the hell is she doing here?" I wondered. "There's nothing the matter with her."

"Do you mind if I smoke?" Doctor Nolan leaned back in the armchair next to my bed.

I said no, I liked the smell of smoke. I thought if Doctor Nolan smoked, she might stay longer. This was the first time she had come to talk with me.When she left I would simply lapse into the old blankness.

"Tell me about Doctor Gordon," Doctor Nolan said suddenly. "Did you like him?"

I gave Doctor Nolan a wary look. I thought the doctors must

all be in it together, and that somewhere in this hospital, in a hidden corner, there reposed a machine exactly like Doctor Gordon's, ready to jolt me out of my skin.

"No," I said. "I didn't like him at all."

"That's interesting. Why?"

"I didn't like what he did to me."

"Did to you?"

I told Doctor Nolan about the machine, and the blue flashes, and the jolting and the noise. While I was telling her she went very still.

"That was a mistake," she said then. "It's not supposed to be like that."

I stared at her.

"If it's done properly," Doctor Nolan said, "it's like going to sleep."

"If anyone does that to me again I'll kill myself."

Doctor Nolan said firmly, "You won't have any shock treatments here. Or if you do," she amended, "I'll tell you about it beforehand, and I promise you it won't be anything like what you had before. Why," she finished, "some people even like them."

After Doctor Nolan had gone I found a box of matches on the windowsill. It wasn't an ordinary-size box, but an extremely tiny box. I opened it and exposed a row of little white sticks with pink tips. I tried to light one, and it crumpled in my hand.

I couldn't think why Doctor Nolan would have left me such a stupid thing. Perhaps she wanted to see if I would give it back. Carefully I stored the toy matches in the hem of my new wool bathrobe. If Doctor Nolan asked me for the matches, I would say I'd thought they were made of candy and had eaten them.

A new woman had moved into the room next to mine.

I thought she must be the only person in the building who was newer than I was, so she wouldn't know how really bad I was, the way the rest did. I thought I might go in and make friends.

The woman was lying on her bed in a purple dress that fastened at the neck with a cameo brooch and reached midway between her knees and her shoes. She had rusty hair knotted in a schoolmarmish bun, and thin, silver-rimmed spectacles attached to her breast pocket with a black elastic.

"Hello," I said conversationally, sitting down on the edge of the bed. "My name's Esther, what's your name?"

The woman didn't stir, just stared up at the ceiling. I felt hurt. I thought maybe Valerie or somebody had told her when she first came in how stupid I was.

A nurse popped her head in at the door.

"Oh, there you are," she said to me. "Visiting Miss Norris. How nice!" And she disappeared again.

I don't know how long I sat there, watching the woman in purple and wondering if her pursed pink lips would open, and if they did open, what they would say.

Finally, without speaking or looking at me, Miss Norris swung her feet in their high, black, buttoned boots over the other side of the bed and walked out of the room. I thought she might be trying to get rid of me in a subtle way. Quietly, at a little distance, I followed her down the hall.

Miss Norris reached the door of the dining room and paused. All the way to the dining room she had walked precisely, placing her feet in the very center of the cabbage roses that twined through the pattern of the carpet. She waited a moment and then, one by one, lifted her feet over the doorsill and into the dining room as though stepping over an invisible shin-high stile.

She sat down at one of the round, linen-covered tables and unfolded a napkin in her lap.

"It's not supper for an hour yet," the cook called out of the kitchen.

But Miss Norris didn't answer. She just stared straight ahead of her in a polite way.

I pulled up a chair opposite her at the table and unfolded a napkin. We didn't speak, but sat there, in a close, sisterly silence, until the gong for supper sounded down the hall.

"Lie down," the nurse said. "I'm going to give you another injection."

I rolled over on my stomach on the bed and hitched up my skirt. Then I pulled down the trousers of my silk pajamas.

"My word, what all have you got under there?"

"Pajamas. So I won't have to bother getting in and out of them all the time."

The nurse made a little clucking noise. Then she said, "Which side?" It was an old joke.

I raised my head and glanced back at my bare buttocks. They were bruised purple and green and blue from past injections. The left side looked darker than the right.

"The right."

"You name it." The nurse jabbed the needle in, and I winced, savoring the tiny hurt. Three times each day the nurses injected me, and about an hour after each injection they gave me a cup of sugary fruit juice and stood by, watching me drink it.

"Lucky you," Valerie said. "You're on insulin."

"Nothing happens."

"Oh, it will. I've had it. Tell me when you get a reaction."

But I never seemed to get any reaction. I just grew fatter and fatter. Already I filled the new, too-big clothes my mother had bought, and when I peered down at my plump stomach and my broad hips I thought it was a good thing Mrs. Guinea hadn't seen me like this, because I looked just as if I were going to have a baby.

"Have you seen my scars?"

Valerie pushed aside her black bangs and indicated two pale marks, one on either side of her forehead, as if at some time she had started to sprout horns, but cut them off.

We were walking, just the two of us, with the Sports Therapist in the asylum gardens. Nowadays I was let out on walk privileges more and more often. They never let Miss Norris out at all.

Valerie said Miss Norris shouldn't be in Caplan, but in a building for worse people called Wymark.

"Do you know what these scars are?" Valerie persisted.

"No. What are they?"

"I've had a lobotomy."

I looked at Valerie in awe, appreciating for the first time her perpetual marble calm. "How do you feel?"

"Fine. I'm not angry any more. Before, I was always angry. I was in Wymark before, and now I'm in Caplan. I can go to town, now, or shopping or to a movie, along with a nurse."

"What will you do when you get out?"

"Oh, I'm not leaving," Valerie laughed. "I like it here."

"Moving day!"

"Why should I be moving?"

The nurse went on blithely opening and shutting my drawers, emptying the closet and folding my belongings into the black overnight case.

I thought they must at last be moving me to Wymark. "Oh, you're only moving to the front of the house," the nurse said cheerfully. "You'll like it. There's lots more sun."

When we came out into the hall, I saw that Miss Norris was moving too. A nurse, young and cheerful as my own, stood in the doorway of Miss Norris's room, helping Miss Norris into a purple coat with a scrawny squirrel-fur collar.

Hour after hour I had been keeping watch by Miss Norris's bedside, refusing the diversion of OT and walks and badminton matches and even the weekly movies, which I enjoyed, and which Miss Norris never went to, simply to brood over the pale, speechless circlet of her lips.

I thought how exciting it would be if she opened her mouth and spoke, and I rushed out into the hall and announced this to the nurses. They would praise me for encouraging Miss Norris, and I would probably be allowed shopping privileges and movie privileges downtown, and my escape would be assured.

But in all my hours of vigil Miss Norris hadn't said a word.

"Where are you moving to?" I asked her now.

The nurse touched Miss Norris's elbow, and Miss Norris jerked into motion like a doll on wheels.

"She's going to Wymark," my nurse told me in a low voice. "I'm afraid Miss Norris isn't moving up like you."

I watched Miss Norris lift one foot, and then the other, over the invisible stile that barred the front doorsill.

"I've a surprise for you," the nurse said as she installed me in a sunny room in the front wing overlooking the green golf links. "Somebody you know's just come today."

"Somebody I know?"

The nurse laughed. "Don't look at me like that. It's not a policeman." Then, as I didn't say anything, she added, "She says she's an old friend of yours. She lives next door. Why don't you pay her a visit?"

I thought the nurse must be joking, and that if I knocked on the door next to mine I would hear no answer, but go in and find Miss Norris, buttoned into her purple, squirrel-collared coat and lying on the bed, her mouth blooming out of the quiet vase of her body like the bud of a rose.

Still, I went out and knocked on the neighboring door.

"Come in!" called a gay voice.

I opened the door a crack and peered into the room. The big, horsey girl in jodhpurs sitting by the window glanced up with a broad smile.

"Esther!" She sounded out of breath, as if she had been running a long, long distance and only just come to a halt. "How nice to see you. They told me you were here."

"Joan?" I said tentatively, then "Joan!" in confusion and disbelief.

Joan beamed, revealing her large, gleaming, unmistakable teeth.

"It's really me. I thought you'd be surprised."

Sixteen

Joan's room, with its closet and bureau and table and chair and white blanket with the big blue C on it, was a mirror image of my own. It occurred to me that Joan, hearing where I was, had engaged a room at the asylum on pretense, simply as a joke. That would explain why she had told the nurse I was her friend. I had never known Joan, except at a cool distance.

"How did you get here?" I curled up on Joan's bed.

"I read about you," Joan said.

"What?"

"I read about you, and I ran away,"

"How do you mean?" I said evenly.

"Well," Joan leaned back in the chintz-flowered asylum armchair, "I had a summer job working for the chapter head of some fraternity, like the Masons, you know, but not the Masons, and I felt terrible. I had these bunions, I could hardly walk—in the last days I had to wear rubber boots to work, instead of shoes, and you can imagine what that did to my morale..."

I thought either Joan must be crazy—wearing rubber boots to work—or she must be trying to see how crazy I was, believing all that. Besides, only old people ever got bunions. I decided to pretend I thought she was crazy, and that I was only humoring her along.

“I always feel lousy without shoes,” I said with an ambiguous smile. “Did your feet hurt much?”

“Terribly. And my boss—he’d just separated from his wife, he couldn’t come right out and get a divorce, because that wouldn’t go with this fraternal order—my boss kept buzzing me in every other minute, and each time I moved my feet hurt like the devil, but the second I’d sit down at my desk again, buzz went the buzzer, and he’d have something else he wanted to get off his chest...”

“Why didn’t you quit?”

“Oh, I did quit, more or less. I stayed off work on sick leave. I didn’t go out. I didn’t see anyone. I stowed the telephone in a drawer and never answered it...

“Then my doctor sent me to a psychiatrist at this big hospital. I had an appointment for twelve o’clock, and I was in an awful state. Finally, at half past twelve, the receptionist came out and told me the doctor had gone to lunch. She asked me if I wanted to wait, and I said yes.”

“Did he come back?” The story sounded rather involved for Joan to have made up out of whole cloth, but I led her on, to see what would come of it.

“Oh yes. I was going to kill myself, mind you. I said ‘If this doctor doesn’t do the trick, that’s the end.’ Well, the receptionist led me down a long hall, and just as we got to the door she turned to me and said, ‘You won’t mind if there are a few students with the doctor, will you?’ What could I say? ‘Oh no,’ I said. I walked in and found nine pairs of eyes fixed on me. Nine! Eighteen separate eyes.

“Now, if that receptionist had told me there were going to be nine people in that room, I’d have walked out on the spot. But there I was, and it was too late to do a thing about it. Well, on this particular day I happened to be wearing a fur coat..."

"In August?"

"Oh, it was one of those cold, wet days, and I thought, my first psychiatrist—you know. Anyway, this psychiatrist kept eyeing that fur coat the whole time I talked to him, and I could just see what he thought of my asking to pay the student's cut rate instead of the full fee. I could see the dollar signs in his eyes. Well, I told him I don't know whatall—about the bunions and the telephone in the drawer and how I wanted to kill myself—and then he asked me to wait outside while he discussed my case with the others, and when he called me back in, you know what he said?"

"What?"

"He folded his hands together and looked at me and said, 'Miss Gilling, we have decided that you would benefit by group therapy.'"

"Group therapy?" I thought I must sound phony as an echo chamber, but Joan didn't pay any notice.

"That's what he said. Can you imagine me wanting to kill myself, and coming round to chat about it with a whole pack of strangers, and most of them no better than myself..."

"That's crazy." I was growing involved in spite of myself. "That's not even human."

"That's just what I said. I went straight home and wrote that doctor a letter. I wrote him one beautiful letter about how a man like that had no business setting himself up to help sick people..."

"Did you get any answer?"

"I don't know. That was the day I read about you."

"How do you mean?"

"Oh," Joan said, "about how the police thought you were dead and all. I've got a pile of clippings somewhere." She heaved herself up, and I had a strong horsey whiff that made my nostrils prickle. Joan had been a champion horse-jumper at the annual college gymkhana, and I wondered if she had been sleeping in a stable.

Joan rummaged in her open suitcase and came up with a fistful of clippings.

"Here, have a look."

The first clipping showed a big, blown-up picture of a girl with black-shadowed eyes and black lips spread in a grin. I couldn't imagine where such a tarty picture had been taken until I noticed the Bloomingdale earrings and the Bloomingdale necklace glinting out of it with bright, white highlights, like imitation stars.

SCHOLARSHIP GIRL MISSING. MOTHER WORRIED.

The article under the picture told how this girl had disappeared from her home on August 17th, wearing a green skirt and a white blouse, and had left a note saying she was taking a long walk. *When Miss Greenwood had not returned by midnight,* it said, *her mother called the town police.*

The next clipping showed a picture of my mother and brother and me grouped together in our backyard and smiling. I couldn't think who had taken that picture either, until I saw I was wearing dungarees and white sneakers and remembered that was what I wore in my spinach-picking summer, and how Dodo Conway had dropped by and taken some family snaps of the three of us one hot afternoon. *Mrs. Greenwood asked that this picture be printed in hopes that it will encourage her daughter to return home.*

SLEEPING PILLS FEARED MISSING WITH GIRL

A dark, midnight picture of about a dozen moon-faced people in a wood. I thought the people at the end of the row looked queer and unusually short until I realized they were not people, but dogs. *Bloodhounds used in search for missing girl. Police Sgt. Bill Hindly says: It doesn't look good.*

GIRL FOUND ALIVE!

The last picture showed policemen lifting a long, limp blanket roll with a featureless cabbage head into the back of an ambulance. Then it told how my mother had been down in the cellar, doing the week's laundry, when she heard faint groans coming from a disused hole...

I laid the clippings on the white spread of the bed.

"You keep them," Joan said. "You ought to stick them in a scrapbook."

I folded the clippings and slipped them in my pocket.

"I read about you," Joan went on. "Not how they found you, but everything up to that, and I put all my money together and took the first plane to New York."

"Why New York?"

"Oh, I thought it would be easier to kill myself in New York."

"What did you do?"

Joan grinned sheepishly and stretched out her hands, palm up. Like a miniature mountain range, large reddish weals upheaved across the white flesh of her wrists.

"How did you do that?" For the first time it occurred to me Joan and I might have something in common.

"I shoved my fists through my roommate's window."

"What roommate?"

"My old college roommate. She was working in New York, and I couldn't think of anyplace else to stay, and besides, I'd hardly any money left, so I went to stay with her. My parents found me there—she'd written them I was acting funny—and my father flew straight down and brought me back."

"But you're all right now." I made it a statement.

Joan considered me with her bright, pebble-gray eyes. "I guess so," she said. "Aren't you?"

I had fallen asleep after the evening meal.

I was awakened by a loud voice. *Mrs. Bannister, Mrs. Bannister, Mrs. Bannister, Mrs. Bannister.* As I pulled out of sleep, I found I was beating on the bedpost with my hands and calling. The sharp, wry figure of Mrs. Bannister, the night nurse, scurried into view.

"Here, we don't want you to break this."

She unfastened the band of my watch.

"What's the matter? What happened?"

Mrs. Bannister's face twisted into a quick smile. "You've had a reaction."

"A reaction?"

"Yes, how do you feel?"

"Funny. Sort of light and airy."

Mrs. Bannister helped me sit up.

"You'll be better now. You'll be better in no time. Would you like some hot milk?"

"Yes."

And when Mrs. Bannister held the cup to my lips, I fanned the hot milk out on my tongue as it went down, tasting it luxuriously, the way a baby tastes its mother.

"Mrs. Bannister tells me you had a reaction." Doctor Nolan seated herself in the armchair by the window and took out a tiny box of matches. The box looked exactly like the one I had hidden in the hem of my bathrobe, and for a moment I wondered if a nurse had discovered it there and given it back to Doctor Nolan on the quiet.

Doctor Nolan scraped a match on the side of the box. A hot yellow flame jumped into life, and I watched her suck it up into the cigarette.

"Mrs. B. says you felt better."

"I did for a while. Now I'm the same again."

"I've news for you."

I waited. Every day now, for I didn't know how many days, I had spent the mornings and afternoons and evenings wrapped up in my white blanket on the deck chair in the alcove, pretending to read. I had a dim notion that Doctor Nolan was allowing me a certain number of days and then she would say just what Doctor Gordon had said: "I'm sorry, you don't seem to have improved, I think you'd better have some shock treatments..."

"Well, don't you want to hear what it is?"

"What?" I said dully, and braced myself.

"You're not to have any more visitors for a while."

I stared at Doctor Nolan in surprise. "Why that's wonderful."

"I thought you'd be pleased." She smiled.

Then I looked, and Doctor Nolan looked, at the wastebasket beside my bureau. Out of the wastebasket poked the blood-red buds of a dozen long-stemmed roses.

That afternoon my mother had come to visit me.

My mother was only one in a long stream of visitors—my former employer, the lady Christian Scientist, who walked on the lawn with me and talked about the mist going up from the earth in the Bible, and the mist being error, and my whole trouble being that I believed in the mist, and the minute I stopped believing in it, it would disappear and I would see I had always been well, and the English teacher I had in high school who came and tried to teach me how to play Scrabble, because he thought it might revive my old interest in words, and Philomena Guinea herself, who wasn't at all satisfied with what the doctors were doing and kept telling them so.

I hated these visits.

I would be sitting in my alcove or in my room, and a smiling nurse would pop in and announce one or another of the visitors. Once they'd even brought the minister of the Unitarian church, whom I'd never really liked at all. He was terribly nervous the whole time, and I could tell he thought I was crazy as a loon, because I told him I believed in hell, and that certain people, like me, had to live in hell before they died, to make up for missing out on it after death, since they didn't believe in life after death, and what each person believed happened to him when he died.

I hated these visits, because I kept feeling the visitors measuring my fat and stringy hair a gainst what I had been and what they wanted me to be, and I knew they went away utterly confounded.

I thought if they left me alone I might have some peace.

My mother was the worst. She never scolded me, but kept begging me, with a sorrowful face, to tell her what she had done wrong. She said she was sure the doctors thought she had done something wrong because they asked her a lot of questions about my toilet training, and I had been perfectly trained at a very early age and given her no trouble whatsoever.

That afternoon my mother had brought me the roses.

"Save them for my funeral," I'd said.

My mother's face puckered, and she looked ready to cry.

"But Esther, don't you remember what day it is today?"

"No."

I thought it might be Saint Valentine's day. "It's your birthday."

And that was when I had dumped the roses in the waste-basket.

"That was a silly thing for her to do," I said to Doctor Nolan.

Doctor Nolan nodded. She seemed to know what I meant. "I hate her," I said, and waited for the blow to fall.

But Doctor Nolan only smiled at me as if something had pleased her very, very much, and said, "I suppose you do."

Seventeen

"You're a lucky girl today."

The young nurse cleared my breakfast tray away and left me wrapped in my white blanket like a passenger taking the sea air on the deck of a ship.

"Why am I lucky?"

"Well, I'm not sure if you're supposed to know yet, but today, you're moving to Belsize." The nurse looked at me expectantly.

"Belsize," I said. "I can't go there."

"Why not?"

"I'm not ready. I'm not well enough."

"Of course, you're well enough. Don't worry, they wouldn't be moving you if you weren't well enough."

After the nurse left, I tried to puzzle out this new move on Doctor Nolan's part. What was she trying to prove? I hadn't changed. Nothing had changed. And Belsize was the best house of all. From Belsize people went back to work and back to school and back to their homes.

Joan would be at Belsize. Joan with her physics books and her golf clubs and her badminton rackets and her breathy voice. Joan, marking the gulf between me and the nearly well ones. Ever since Joan left Caplan I'd followed her progress through the asylum grapevine.

Joan had walk privileges, Joan had shopping privileges, Joan had town privileges. I gathered all my news of Joan into a little, bitter heap, though I received it with surface gladness. Joan was the beaming double of my old best self, specially designed to follow and torment me.

Perhaps Joan would be gone when I got to Belsize.

At least at Belsize I could forget about shock treatments. At Caplan a lot of the women had shock treatments. I could tell which ones they were, because they didn't get their breakfast trays with the rest of us. They had their shock treatments while we breakfasted in our rooms, and then they came into the lounge, quiet and extinguished, led like children by the nurses, and ate their breakfasts there.

Each morning, when I heard the nurse knock with my tray, an immense relief flooded through me, because I knew I was out of danger for that day. I didn't see how Doctor Nolan could tell you went to sleep during a shock treatment if she'd never had a shock treatment herself. How did she know the person didn't just look as if he was asleep, while all the time, inside, he was feeling the blue volts and the noise?

Piano music sounded from the end of the hall.

At supper I sat quietly, listening to the chatter of the Belsize women. They were all fashionably dressed and carefully made up, and several of them were married. Some of them had been shopping downtown, and others had been out visiting friends, and all during supper they kept tossing back and forth these private jokes.

"I'd call Jack," a woman named DeeDee said, "only I'm afraid he wouldn't be home. I know just where I could call him, though, and he'd be in, all right."

The short, spry blonde woman at my table laughed. "I almost had Doctor Loring where I wanted him today." She widened her starey blue eyes like a little doll. "I wouldn't mind trading old Percy in for a new model."

At the opposite end of the room, Joan was wolfing her Spam and broiled tomato with great appetite. She seemed perfectly at home among these women and treated me coolly,with a slight sneer, like a dim and inferior acquaintance.

I had gone to bed right after supper, but then I heard the piano music and pictured Joan and DeeDee and Loubelle, the blonde woman, and the rest of them, laughing and gossiping about me in the living room behind my back. They would be saying how awful it was to have people like me in Belsize and that I should be in Wymark instead.

I decided to put a lid on their nasty talk.

Draping my blanket loosely around my shoulders, like a stole, I wandered down the hall toward the light and the gay noise.

For the rest of the evening I listened to DeeDee thump out some of her own songs on the grand piano, while the other women sat round playing bridge and chatting, just the way they would in a college dormitory, only most of them were ten years over college age.

One of them, a great, tall, gray-haired woman with a booming bass voice, named Mrs. Savage, had gone to Vassar. I could tell right away she was a society woman, because she talked about nothing but débutantes. It seemed she had two or three daughters, and that year they were all going to be débutantes, only she had loused up their débutante party by signing herself into the asylum.

DeeDee had one song she called "The Milkman" and everybody

kept saying she ought to get it published, it would be a hit. First her hands would clop out a little melody on the keys, like the hoofbeats of a slow pony, and next another melody came in, like the milkman whistling, and then the two melodies went on together.

"That's very nice," I said in a conversational voice.

Joan was leaning on one corner of the piano and leafing through a new issue of some fashion magazine, and DeeDee smiled up at her as if the two of them shared a secret.

"Oh, Esther," Joan said then, holding up the magazine, "isn't this you?"

DeeDee stopped playing. "Let me see." She took the magazine, peered at the page Joan pointed to, and then glanced back at me.

"Oh no," DeeDee said. "Surely not." She looked at the magazine again, then at me. "Never!"

"Oh, but it is Esther, isn't it, Esther?" Joan said.

Loubelle and Mrs. Savage drifted over, and pretending I knew what it was all about, I moved to the piano with them.

The magazine photograph showed a girl in a strapless evening dress of fuzzy white stuff, grinning fit to split, with a whole lot of boys bending around her. The girl was holding a glass full of a transparent drink and seemed to have her eyes fixed over my shoulder on something that stood behind me, a little to my left. A faint breath fanned the back of my neck. I wheeled round.

The night nurse had come in, unnoticed, on her soft rubber soles.

"No kidding," she said, "is that really you?"

"No, it's not me. Joan's quite mistaken. It's somebody else."

"Oh, say it's you!" DeeDee cried. But I pretended I didn't hear her and turned away.Then Loubelle begged the nurse to make a fourth at bridge, and I drew up a chair to watch, although I didn't know the first thing about bridge, because I hadn't had time to pick it up at college, the way all the wealthy girls did.

I stared at the flat poker faces of the kings and jacks and queens and listened to the nurse talking about her hard life. "You ladies don't know what it is, holding down two jobs," she said. "Nights I'm over here, watching you..."

Loubelle giggled. "Oh, we're good. We're the best of the lot, and you know it."

"Oh, you're all right." The nurse passed round a packet of spearmint gum, then unfolded a pink strap from its tinfoil wrapper herself. "You're all right, it's those boobies at the state place that worry me off my feet."

"Do you work in both places then?" I asked with sudden interest.

"You bet." The nurse gave me a straight look, and I could see she thought I had no business in Belsize at all. "You wouldn't like it over there one bit, Lady Jane."

I found it strange that the nurse should call me Lady Jane when she knew what my name was perfectly well.

"Why?" I persisted.

"Oh, it's not a nice place, like this. This is a regular country club. Over there they've got nothing. No OT to talk of, no walks..."

"Why haven't they got walks?"

"Not enough em-ploy-ees." The nurse scooped in a trick and Loubelle groaned. "Believe me, ladies, when I collect enough do-re-mi to buy me a car, I'm clearing out."

"Will you clear out of here, too?" Joan wanted to know.

"You bet. Only private cases from then on. When I feel like it..."

But I'd stopped listening.

I felt the nurse had been instructed to show me my alternatives. Either I got better, or I fell, down, down, like a burning, then burnt-out star, from Belsize, to Caplan, to Wymark and finally, after Doctor Nolan and Mrs. Guinea had given me up, to the state place next door.

I gathered my blanket round me and pushed back my chair.

"You cold?" the nurse demanded rudely.

"Yes," I said, moving off down the hall. "I'm frozen stiff."

I woke warm and placid in my white cocoon. A shaft of pale, wintry sunlight dazzled the mirror and the glasses on the bureau and the metal doorknobs. From across the hall came the early-morning clatter of the maids in the kitchen, preparing the breakfast trays.

I heard the nurse knock on the door next to mine, at the far end of the hall. Mrs. Savage's sleepy voice boomed out, and the nurse went in to her with the jingling tray. I thought, with a mild stir of pleasure, of the steaming blue china coffee pitcher and the blue china breakfast cup and the fat blue china cream jug with the white daisies on it.

I was beginning to resign myself.

If I was going to fall, I would hang on to my small comforts, at least, as long as I possibly could.

The nurse rapped on my door and, without waiting for an answer, breezed in.

It was a new nurse—they were always changing—with a lean, sand-colored face and sandy hair, and large freckles polka-dotting her bony nose. For some reason the sight of this nurse made me sick at heart, and it was only as she strode across the room to snap up the green blind that I realized part of her strangeness came from being empty-handed.

I opened my mouth to ask for my breakfast tray, but silenced myself immediately. The nurse would be mistaking me for somebody else. New nurses often did that. Somebody in Belsize must be having shock treatments, unknown to me, and the nurse had, quite understandably, confused me with her.

I waited until the nurse had made her little circuit of my room, patting, straightening, arranging, and taken the next tray in to Loubelle one door farther down the hall.

Then I shoved my feet into my slippers, dragging my blanket with me, for the morning was bright, but very cold, and crossed quickly to the kitchen. The pink-uniformed maid was filling a row of blue china coffee pitchers from a great, battered kettle on the stove.

I looked with love at the lineup of waiting trays—the white paper napkins, folded in their crisp, isosceles triangles, each under the anchor of its silver fork, the pale domes of soft-boiled eggs in the blue egg cups, the scalloped glass shells of orange marmalade. All I had to do was reach out and claim my tray, and the world would be perfectly normal.

"There's been a mistake," I told the maid, leaning over the counter and speaking in a low, confidential tone. "The new nurse forgot to bring me in my breakfast tray today."

I managed a bright smile, to show there were no hard feelings.

"What's the name?"

"Greenwood. Esther Greenwood."

"Greenwood, Greenwood, Greenwood." The maid's warty index finger slid down the list of names of the patients in Belsize tacked upon the kitchen wall. "Greenwood, no breakfast today."

I caught the rim of the counter with both hands.

"There must be a mistake. Are you sure it's Greenwood?"

"Greenwood," the maid said decisively as the nurse came in.

The nurse looked questioningly from me to the maid. "Miss Greenwood wanted her tray," the maid said, avoiding my eyes.

"Oh," the nurse smiled at me, "you'll be getting your tray later on this morning, Miss Greenwood. You..."

But I didn't wait to hear what the nurse said. I strode blindly out into the hall, not to my room, because that was where they would come to get me, but to the alcove, greatly inferior to the alcove at Caplan, but an alcove, nevertheless, in a quiet corner of the hall,where Joan and Loubelle and DeeDee and Mrs. Savage would not come.

I curled up in the far corner of the alcove with the blanket over my head. It wasn't the shock treatment that struck me, so much as the bare-faced treachery of Doctor Nolan. I liked Doctor Nolan, I loved her, I had given her my trust on a platter and told her everything, and she had promised, faithfully, to warn me ahead of time if ever I had to have another shock treatment.

If she had told me the night before I would have lain awake all night, of course, full of dread and foreboding, but by morning I would have been composed and ready. I would have gone down the hall between two nurses, past DeeDee and Loubelle and Mrs. Savage and Joan, with dignity, like a person coolly resigned to execution.

The nurse bent over me and called my name.

I pulled away and crouched farther into the corner. The nurse disappeared. I knew she would return, in a minute, with two burly men attendants, and they would bear me, howling and hitting, past the smiling audience now gathered in the lounge.

Doctor Nolan put her arm around me and hugged me like a mother.

"You said you'd tell me!" I shouted at her through the dishevelled blanket.

"But I am telling you," Doctor Nolan said. "I've come specially early to tell you, and I'm taking you over myself."

I peered at her through swollen lids. "Why didn't you tell me last night?"

"I only thought it would keep you awake. If I'd known..."

"You said you'd tell me."

"Listen, Esther," Doctor Nolan said. "I'm going over with you. I'll be there the whole time, so everything will happen right, the way I promised. I'll be there when you wake up, and I'll bring you back again."

I looked at her. She seemed very upset.

I waited a minute. Then I said, "Promise you'll be there."

"I promise."

Doctor Nolan took out a white handkerchief and wiped my face. Then she hooked her arm in my arm, like an old friend, and helped me up, and we started down the hall. My blanket tangled about my feet, so I let it drop, but Doctor Nolan didn't seem to notice. We passed Joan, coming out of her room, and I gave her a meaning, disdainful smile and she ducked back and waited until we had gone by.

Then Doctor Nolan unlocked a door at the end of the hall and led me down a flight of stairs into the mysterious basement corridors that linked, in an elaborate network of tunnels and burrows, all the various buildings of the hospital.

The walls were bright, white lavatory tile with bald bulbs set at intervals in the black ceiling. Stretchers and wheelchairs were beached here and there against the hissing, knocking pipes that ran and branched in an intricate nervous system along the glittering walls. I hung on to Doctor Nolan's arm like death, and every so often she gave me an encouraging squeeze.

Finally, we stopped at a green door with Electrotherapy printed on it in black letters. I held back, and Doctor Nolan waited. Then I said, "Let's get it over with," and we went in.

The only people in the waiting room besides Doctor Nolan and me were a pallid man in a shabby maroon bathrobe and his accompanying nurse.

"Do you want to sit down?" Doctor Nolan pointed at a wooden bench, but my legs felt full of heaviness, and I thought how hard it would be to hoist myself from a sitting position when the shock treatment people came in.

"I'd rather stand."

At last a tall, cadaverous woman in a white smock entered the room from an inner door. I thought that she would go up and take the man in the maroon bathrobe, as he was first, so I was surprised when she came toward me.

"Good morning, Doctor Nolan," the woman said, putting her arm around my shoulders. "Is this Esther?"

"Yes, Miss Huey. Esther, this is Miss Huey, she'll take good care of you. I've told her about you."

I thought the woman must be seven feet tall. She bent over me in a kind way, and I could see that her face, with the buck teeth protruding in the center, had at one time been badly pitted with acne. It looked like maps of the craters on the moon.

"I think we can take you right away, Esther," Miss Huey said. "Mr. Anderson won't mind waiting, will you, Mr. Anderson?"

Mr. Anderson didn't say a word, so with Miss Huey's arm around my shoulder, and Doctor Nolan following, I moved into the next room.

Through the slits of my eyes, which I didn't dare open too far, lest the full view strike me dead, I saw the high bed with its white, drumtight sheet, and the machine behind the bed, and the masked person—I couldn't tell whether it was a man or a woman—behind the machine, and other masked people flanking the bed on both sides.

Miss Huey helped me climb up and lie down on my back.

"Talk to me," I said.

Miss IIucy bcgan to talk in a low, soothing voice, smoothing the salve on my temples and fitting the small electric buttons on either side of my head. "You'll be perfectly all right, you won't feel a thing, just bite down..." And she set something on my tongue and in panic I bit down, and darkness wiped me out like chalk on a blackboard.

Eighteen

"Esther."

I woke out of a deep, drenched sleep, and the first thing I saw was Doctor Nolan's face swimming in front of me and saying, "Esther, Esther."

I rubbed my eyes with an awkward hand.

Behind Doctor Nolan I could see the body of a woman wearing a rumpled black-and-white checked robe and flung out on a cot as if dropped from a great height. But before I could take in any more, Doctor Nolan led me through a door into fresh, blue-skied air.

All the heat and fear purged itself. I felt surprisingly at peace. The bell jar hung, suspended, a few feet above my head. I was open to the circulating air.

"It was like I told you it would be, wasn't it?" said Doctor Nolan, as we walked back to Belsize together through the crunch of brown leaves.

"Yes."

"Well, it will always be like that," she said firmly. "You will be having shock treatments three times a week—Tuesday, Thursday and Saturday."

I gulped in a long draught of air.

"For how long?"

"That depends," Doctor Nolan said, "on you and me."

I took up the silver knife and cracked off the cap of my egg. Then I put down the knife and looked at it. I tried to think what I had loved knives for, but my mind slipped from the noose of the thought and swung, like a bird, in the center of empty air.

Joan and DeeDee were sitting side by side on the piano bench, and DeeDee was teaching Joan to play the bottom half of "Chopsticks" while she played the top.

I thought how sad it was Joan looked so horsey, with such big teeth and eyes like two gray, goggly pebbles. Why, she couldn't even keep a boy like Buddy Willard. And DeeDee's husband was obviously living with some mistress or other and turning her sour as an old fusty cat.

"I've got a let-ter," Joan chanted, poking her tousled head inside my door.

"Good for you." I kept my eyes on my book. Ever since the shock treatments had ended, after a brief series of five, and I had town privileges, Joan hung about me like a large and breathless fruitfly—as if the sweetness of recovery were something she could suck up by mere nearness. They had taken away her physics books and the piles of dusty spiral pads full of lecture notes that had ringed her room, and she was confined to grounds again.

"Don't you want to know who it's from ?"

Joan edged into the room and sat down on my bed. I wanted to tell her to get the hell out, she gave me the creeps, only I couldn't do it.

"All right." I stuck my finger in my place and shut the book. "Who from?"

Joan slipped out a pale blue envelope from her skirt pocket and waved it teasingly.

"Well, isn't that a coincidence!" I said.

"What do you mean, a coincidence?"

I went over to my bureau, picked up a pale blue envelope and waved it at Joan like aparting handkerchief. "I got a letter too. I wonder if they're the same."

"He's better," Joan said. "He's out of the hospital."

There was a little pause.

"Are you going to marry him?"

"No," I said. "Are you?"

Joan grinned evasively. "I didn't like him much, anyway."

"Oh?"

"No, it was his family I liked."

"You mean Mr. and Mrs. Willard?"

"Yes." Joan's voice slid down my spine like a draft. "I loved them. They were so nice, so happy, nothing like my parents. I went over to see them all the time," she paused, "until you came."

"I'm sorry." Then I added, "Why didn't you go on seeing them, if you liked them so much?"

"Oh, I couldn't," Joan said. "Not with you dating Buddy. It would have looked...I don't know, funny."

I considered. "I suppose so."

"Are you," Joan hesitated, "going to let him come?"

"I don't know."

At first I had thought it would be awful having Buddy come and visit me at the asylum— he would probably only come to gloat and hobnob with the other doctors. But then it seemed to me it would be a step, placing him, renouncing him, in spite of the fact that I had nobody—telling him there was no simultaneous interpreter, nobody, but that he was the wrong one, that I had stopped hanging on. "Are you?"

"Yes," Joan breathed. "Maybe he'll bring his mother. I'm going to ask him to bring his mother..."

"His mother?"

Joan pouted. "I like Mrs. Willard. Mrs. Willard's a wonderful, wonderful woman. She's been a real mother to me."

I had a picture of Mrs. Willard, with her heather-mixture tweeds and her sensible shoes and her wise, maternal maxims. Mr. Willard was her little boy, and his voice was high and dear, like a little boy's. Joan and Mrs. Willard. Joan...and Mrs.Willard...

I had knocked on DeeDee's door that morning, wanting to borrow some two-part sheet music. I waited a few minutes and then, hearing no answer and thinking DeeDee must be out, and I could pick up the music from her bureau, I pushed the door open and stepped into the room.

At Belsize, even at Belsize, the doors had locks, but the patients had no keys. A shut door meant privacy, and was respected, like a locked door. One knocked, and knocked again, then went away. I remembered this as I stood, my eyes half-useless after the brilliance of the hall, in the room's deep, musky dark.

As my vision cleared, I saw a shape rise from the bed. Then somebody gave a low giggle. The shape adjusted its hair, and two pale, pebble eyes regarded me through the gloom. DeeDee lay back on the pillows, bare-legged under her green wool dressing gown, and watched me with a little mocking smile. A cigarette glowed between the fingers of her right hand.

"I just wanted..." I said.

"I know," said DeeDee. "The music."

"Hello, Esther," Joan said then, and her cornhusk voice made me want to puke. "Wait for me, Esther, I'll come play the bottom part with you."

Now Joan said stoutly, "I never really liked Buddy Willard. He thought he knew everything. He thought he knew everything about women..."

I looked at Joan. In spite of the creepy feeling, and in spite of my old, ingrained dislike, Joan fascinated me. It was like observing a Martian, or a particularly warty toad. Her thoughts were not my thoughts, nor her feelings my feelings, but we were close enough so that her thoughts and feelings seemed a wry, black image of my own.

Sometimes I wondered if I had made Joan up. Other times I wondered if she would continue to pop in at every crisis of my life to remind me of what I had been, and what I had been through, and carry on her own separate but similar crisis under my nose.

"I don't see what women see in other women," I'd told Doctor Nolan in my interview that noon. "What does a woman see in a woman that she can't see in a man?"

Doctor Nokn paused. Then she said, "Tenderness."

That shut me up.

"I like you," Joan was saying. "I like you better than Buddy."

And as she stretched out on my bed with a silly smile, I remembered a minor scandal at our college dormitory when a fat, matronly-breasted senior, homely as a grandmother and a pious Religion major, and a tall, gawky freshman with a history of being deserted at an early hour in all sorts of ingenious ways by her blind dates, started seeing too much of each other. They were always together, and once somebody had come upon them embracing, the story went, in the fat girl's room.

"But what were they doing?" I had asked. Whenever I thought about men and men, and women and women, I could never really imagine what they would be actually doing.

"Oh," the spy had said, "Milly was sitting on the chair and Theodora was lying on the bed, and Milly was stroking Theodora's hair."

I was disappointed. I had thought I would have some revelation of specific evil. I wondered if all women did with other women was lie and hug.

Of course, the famous woman poet at my college lived with another woman—a stumpy old Classical scholar with a cropped Dutch cut. And when I had told the poet I might well get married and have a pack of children someday, she stared at me in horror. "But what about your career?" she had cried.

My head ached. Why did I attract these weird old women? There was the famous poet, and Philomena Guinea, and Jay Cee, and the Christian Scientist lady and lord knows who, and they all wanted to adopt me in some way, and, for the price of their care and influence, have me resemble them.

"I like you."

"That's tough, Joan," I said, picking up my book. "Because I don't like you. You make me puke, if you want to know."

And I walked out of the room, leaving Joan lying, lumpy as an old horse, across my bed.

I waited for the doctor, wondering if I should bolt. I knew what I was doing was illegal—in Massachusetts, anyway, because the state was cram-jam full of Catholics—but Doctor Nolan said this doctor was an old friend of hers, and a wise man.

"What's your appointment for?" the brisk, white-uniformed receptionist wanted to know, ticking my name off on a notebook list.

"What do you mean, for?" I hadn't thought anybody but the doctor himself would ask me that, and the communal waiting room was full of other patients waiting for other doctors,most of them pregnant or with babies, and I felt their eyes on my flat, virgin stomach.

The receptionist glanced up at me, and I blushed.

"A fitting, isn't it?" she said kindly. "I only wanted to make sure so I'd know what to charge you. Are you a student?"

"Ye-es."

"That will only be half-price then. Five dollars, instead of ten. Shall I bill you?"

I was about to give my home address, where I would probably be by the time the bill arrived, but then I thought of my mother opening the bill and seeing what it was for. The only other address I had was the innocuous box number which people used who didn't want to advertise the fact they lived in an asylum. But I thought the receptionist might recognize the box number, so I said, "I better pay now," and peeled five dollar notes off the roll in my pocketbook.

The five dollars was part of what Philomena Guinea had sent me as a sort of get-well present. I wondered what she would think if she knew to what use her money was being put.

Whether she knew it or not, Philomena Guinea was buying my freedom.

"What I hate is the thought of being under a man's thumb," I had told Doctor Nolan. "A man doesn't have a worry in the world, while I've got a baby hanging over my head like a big stick, to keep me in line."

"Would you act differently if you didn't have to worry about a baby?"

"Yes," I said, "but..." and I told Doctor Nolan about the married woman lawyer and her *Defense of Chastity*.

Doctor Nolan waited until I was finished. Then she burst out laughing. "Propaganda!"she said, and scribbled the name and address of this doctor on a prescription pad.

I leafed nervously through an issue of *Baby Talk*. The fat, bright faces of babies beamed up at me, page after page—bald babies, chocolate-colored babies, Eisenhower-faced babies, babies rolling over for the first time, babies reaching for rattles, babies eating their first spoonful of solid food, babies doing all the little tricky things it takes to grow up, step by step, into an anxious and unsettling world.

I smelt a mingling of Pablum and sour milk and salt-cod-stinky diapers and felt sorrowful and tender. How easy having babies seemed to the women around me! Why was I so unmaternal and apart? Why couldn't I dream of devoting myself to baby after fat puling baby like Dodo Conway? If I had to wait on a baby all day, I would go mad. I looked at the baby in the lap of the woman opposite. I had no idea how old it was, I never did, with babies—for all I knew it could talk a blue streak and had twenty teeth behind its pursed, pink lips. It held its little wobby head up on its shoulders—it didn't seem to have a neck—and observed me with a wise, Platonic expression.

The baby's mother smiled and smiled, holding that baby as if it were the first wonder of the world. I watched the mother and the baby for some clue to their mutual satisfaction, but before I had discovered anything, the doctor called me in.

"You'd like a fitting," he said cheerfully, and I thought with relief that he wasn't the sort of doctor to ask awkward questions. I had toyed with the idea of telling him I planned to be married to a sailor as soon as his ship docked at the Charlestown Navy Yard, and the reason I didn't have an engagement ring was because we were too poor, but at the last moment I rejected that appealing story and simply said "Yes."

I climbed up on the examination table, thinking: "I am climbing to freedom, freedom from fear, freedom from marrying the wrong person, like Buddy Willard, just because of sex, freedom from the Florence Crittenden Homes where all the poor girls go who should have been fitted out like me, because what they did, they would do anyway, regardless..."

As I rode back to the asylum with my box in the plain brown paper wrapper on my lap. I might have been Mrs. Anybody coming back from a day in town with a Schrafft's cake for her maiden aunt or a Filene's Basement hat. Gradually the suspicion that Catholics had X-ray eyes diminished, and I grew easy. I had done well by my shopping privileges, I thought.

I was my own woman.

The next step was to find the proper sort of man.

Nineteen

"I'm going to be a psychiatrist."

Joan spoke with her usual breathy enthusiasm.We were drinking apple cider in the Belsize lounge.

"Oh," I said dryly, "that's nice."

"I've had a long talk with Doctor Quinn, and she thinks it's perfectly possible." Doctor Quinn was Joan's psychiatrist, a bright, shrewd, single lady, and I often thought if I had been assigned to Doctor Quinn I would be still in Caplan or, more probably,Wymark. Doctor Quinn had an abstract quality that appealed to Joan, but it gave me the polar chills.

Joan chattered on about Egos and Ids, and I turned my mind to something else, to the brown, unwrapped package in my bottom drawer. I never talked about Egos and Ids with Doctor Nolan. I didn't know just what I talked about really.

"...I'm going to live out, now."

I tuned in on Joan then. "Where?" I demanded, trying to hide my envy.

Doctor Nolan said my college would take me back for the second semester, on her recommendation and Philomena Guinea's scholarship, but as the doctors vetoed my living with my mother in the interim, I was staying on at the asylum until the winter term began.

Even so, I felt it unfair of Joan to beat me through the gates.

"Where?" I persisted. "They're not letting you live on your own, are they?" Joan had only that week been given town privileges again.

"Oh no, of course not. I'm living in Cambridge with Nurse Kennedy. Her roommate's just got married, and she needs someone to share the apartment."

"Cheers." I raised my apple cider glass, and we clinked. In spite of my profound reservations, I thought I would always treasure Joan. It was as if we had been forced together by some overwhelming circumstance, like war or plague, and shared a world of our own. "When are you leaving?"

"On the first of the month."

"Nice."

Joan grew wistful, "You'll come visit me, won't you, Esther?"

"Of course."

But I thought, "Not likely."

"It hurts," I said. "Is it supposed to hurt?"

Irwin didn't say anything. Then he said, "Sometimes it hurts."

I had met Irwin on the steps of the Widener Library. I was standing at the top of the long flight, overlooking the red brick buildings that walled the snow-filled quad and preparing to catch the trolley back to the asylum, when a tall young man with a rather ugly and bespectacled, but intelligent face, came up and said, "Could you please tell me the time?"

I glanced at my watch. "Five past four."

Then the man shifted his arms around the load of books he was carrying before him like a dinner tray and revealed a bony wrist.

"Why, you've a watch yourself!"

The man looked ruefully at his watch. He lifted it and shook it by his ear. "Doesn't work." He smiled engagingly. "Where are you going?"

I was about to say, "Back to the asylum," but the man looked promising, so I changed my mind. "Home."

"Would you like some coffee first?"

I hesitated. I was due at the asylum for supper and I didn't want to be late so close to being signed out of there for good.

"A very small cup of coffee?"

I decided to practice my new, normal personality on this man who, in the course of my hesitations, told me his name was Irwin and that he was a very well-paid professor of mathematics, so I said, "All right," and, matching my stride to Irwin's, strolled down the long, ice-encrusted flight at his side.

It was only after seeing Irwin's study that I decided to seduce him.

Irwin lived in a murky, comfortable basement apartment in one of the rundown streets of outer Cambridge and drove me there—for a beer, he said—after three cups of bitter coffee in a student cafe. We sat in his study on stuffed brown leather chairs, surrounded by stacks of dusty, incomprehensible books with huge formulas inset artistically on the page like poems.

While I was sipping my first glass of beer—I have never really cared for cold beer in midwinter, but I accepted the glass to have something solid to hold on to—the doorbell rang.

Irwin seemed embarrassed. "I think it may be a lady."

Irwin had a queer, old-world habit of calling women ladies.

"Fine, fine," I gestured largely. "Bring her in."

Irwin shook his head. "You would upset her."

I smiled into my amber cylinder of cold beer.

The doorbell rang again with a peremptory jab. Irwin sighed and rose to answer it. The minute he disappeared, I whipped into the bathroom and, concealed behind the dirty, aluminum-colored Venetian blind, watched Irwin's monkish face appear in the door crack.

A large, bosomy Slavic lady in a bulky sweater of natural sheep's wool, purple slacks, high-heeled black overshoes with Persian lamb cuffs and a matching toque, puffed white, inaudible words into the wintry air. Irwin's voice drifted back to me through the chilly hall.

"I'm sorry, Olga...I'm working, Olga...no, I don't think so, Olga," all the while the lady's red mouth moved and the words, translated to white smoke, floated up among the branches of the naked lilac by the door. Then, finally, "Perhaps, Olga...good-bye, Olga."

I admired the immense, steppelike expanse of the lady's wool-clad bosom as she retreated a few inches from my eye, down the creaking wooden stair, a sort of Siberian bitterness on her vivid lips.

"I suppose you have lots and lots of affairs in Cambridge," I told Irwin cheerily, as I stuck a snail with a pin in one of Cambridge's determinedly French restaurants.

"I seem," Irwin admitted with a small, modest smile, "to get on with the ladies."

I picked up my empty snail shell and drank the herb-green juice. I had no idea if this was proper, but after months of wholesome, dull asylum diet, I was greedy for butter.

I had called Doctor Nolan from a pay phone at the restaurant and asked for permission to stay overnight in Cambridge with Joan. Of course, I had no idea whether Irwin would invite me back to his apartment after dinner or not, but I thought his dismissal of the Slavic lady—another professor's wife—looked promising.

I tipped back my head and poured down a glass of Nuits-St.-Georges.

"You do like wine," Irwin observed.

"Only Nuits St.-Georges. I imagine him...with the dragon..."

Irwin reached for my hand.

I felt the first man I slept with must be intelligent, so I would respect him. Irwin was afull professor at twenty-six and had the pale, hairless skin of a boy genius. I also needed somebody quite experienced to make up for my lack of it, and Irwin's ladies reassured me on this head. Then, to be on the safe side, I wanted somebody I didn't know and wouldn't go on knowing—a kind of impersonal, priestlike official, as in the tales of tribal rites.

By the end of the evening I had no doubts about Irwin whatsoever.

Ever since I'd learned about the corruption of Buddy Willard my virginity weighed like a millstone around my neck. It had been of such enormous importance to me for so long that my habit was to defend it at all costs. I had been defending it for five years and I was sick of it.

It was only as Irwin swung me into his arms, back at the apartment, and carried me, wine-dazed and limp, into the pitch-black bedroom, that I murmured, "You know, Irwin, I think I ought to tell you, I'm a virgin."

Irwin laughed and flung me down on the bed.

A few minutes later an exclamation of surprise revealed that Irwin hadn't really believed me. I thought how lucky it was I had started practicing birth control during the day, because in my winey state that night I would never have bothered to perform the delicate and necessary operation. I lay, rapt and naked, on Irwin's rough blanket, waiting for the miraculous change to make itself felt.

But all I felt was a sharp, startlingly bad pain.

"It hurts," I said. "Is it supposed to hurt?"

Irwin didn't say anything. Then he said, "Sometimes it hurts."

After a little while Irwin got up and went into the bathroom, and I heard the rushing of shower water. I wasn't sure if Irwin had done what he planned to do, or if my virginity had obstructed him in some way. I wanted to ask him if I was still a virgin, but I felt too unsettled. A warm liquid was seeping out between my legs. Tentatively, I reached down and touched it.

When I held my hand up to the light streaming in from the bathroom, my fingertips looked black.

"Irwin," I said nervously, "bring me a towel."

Irwin strolled back, a bathtowel knotted around his waist, and tossed me a second, smaller towel. I pushed the towel between my legs and pulled it away almost immediately. It was half black with blood.

"I'm bleeding!" I announced, sitting up with a start.

"Oh, that often happens," Irwin reassured me. "You'll be all right."

Then the stories of blood-stained bridal sheets and capsules of red ink bestowed on already deflowered brides floated back to me. I wondered how much I would bleed, and lay down, nursing the towel. It occurred to me that the blood was my answer. I couldn't possibly be a virgin any more. I smiled into the dark. I felt part of a great tradition.

Surreptitiously, I applied a fresh section of white towel to my wound, thinking that as soon as the bleeding stopped, I would take the late trolley back to the asylum. I wanted to brood over my new condition in perfect peace. But the towel came away black and dripping.

"I...think I better go home," I said faintly.

"Surely not so soon."

"Yes, I think I better."

I asked if I could borrow Irwin's towel and packed it between my thighs as a bandage.Then I pulled on my sweaty clothes. Irwin offered to drive me home, but I didn't see how I could let him drive me to the asylum, so I dug in my pocketbook for Joan's address. Irwin knew the street and went out to start the car. I was too worried to tell him I was still bleeding. I kept hoping every minute that it would stop.

But as Irwin drove me through the barren, snow-banked streets I felt the warm seepage let itself through the dam of the towel and my skirt and onto the car seat.

As we slowed, cruising by house after lit house, I thought how fortunate it was I had not discarded my virginity while living at college or at home, where such concealment would have been impossible.

Joan opened the door with an expression of glad surprise. Irwin kissed my hand and told Joan to take good care of me.

I shut the door and leaned back against it, feeling the blood drain from my face in one spectacular flush.

"Why, Esther," Joan said, "what on earth's the matter?"

I wondered when Joan would notice the blood trickling down my legs and oozing, stickily, into each black patent leather shoe. I thought I could be dying from a bullet wound and Joan would still stare through me with her blank eyes, expecting me to ask for a cup of coffee and a sandwich.

"Is that nurse here?"

"No, she's on night duty at Caplan..."

"Good." I made a little bitter grin as another soak of blood let itself through the drenched padding and started the tedious journey into my shoes. "I mean...bad."

"You look funny," Joan said.

"You better get a doctor."

"Why?"

"Quick"

"But..."

Still she hadn't noticed anything.

I bent down, with a brief grunt, and slipped off one of my winter-cracked black Bloomingdale shoes. I held the shoe up, before Joan's enlarged, pebbly eyes, tilted it, and watched her take in the stream of blood that cascaded onto the beige rug.

"My God! What is it?"

"I'm hemorrhaging."

Joan half led, half dragged me to the sofa and made me lie down. Then she propped some pillows under my blood-stained feet. Then she stood back and demanded, "Who was that man?"

For one crazy minute I thought Joan would refuse to call a doctor until I confessed the whole story of my evening with Irwin and that after my confession she would still refuse, as a sort of punishment.

But then I realized that she honestly took my explanation at face value, that my going to bed with Irwin was utterly incomprehensible to her, and his appearance a mere prick to her pleasure at my arrival.

"Oh somebody," I said, with a flabby gesture of dismissal. Another pulse of blood released itself and I contracted my stomach muscles in alarm. "Get a towel."

Joan went out and came back almost immediately with a pile of towels and sheets. Like a prompt nurse, she peeled back my blood-wet clothes, drew a quick breath as she arrived at the original royal red towel, and applied a fresh bandage. I lay, trying to slow the beating of my heart, as every beat pushed forth another gush of blood.

I remembered a worrisome course in the Victorian novel where woman after woman died, palely and nobly, in torrents of blood, after a difficult childbirth. Perhaps Irwin had injured me in some awful, obscure way, and all the while I lay there on Joan's sofa I was really dying.

Joan pulled up an Indian hassock and began to dial down the long list of Cambridge doctors. The first number didn't answer. Joan began to explain my case to the second number, which did answer, but then broke off and said "I see" and hung up.

"What's the trouble?"

"He'll only come for regular customers or emergencies. It's Sunday."

I tried to lift my arm and look at my watch, but my hand was a rock at my side and wouldn't budge. Sunday—the doctor's paradise! Doctors at country clubs, doctors at the seaside, doctors with mistresses, doctors with wives, doctors in church, doctors in yachts, doctors everywhere resolutely being people, not doctors.

"For God's sake," I said, "tell them I'm an emergency."

The third number didn't answer and, at the fourth, the party hung up the minute Joan mentioned it was about a period. Joan began to cry.

"Look, Joan," I said painstakingly, "call up the local hospital. Tell them it's an emergency. They'll have to take me."

Joan brightened and dialed a fifth number. The Emergency Service promised her a staff doctor would attend to me if I could come to the ward. Then Joan called a taxi.

Joan insisted on riding with me. I clasped my fresh padding of towels with a sort of desperation as the cabby, impressed by the address Joan gave him, cut corner after corner in the dawn-pale streets and drew up with a great squeal of tires at the Emergency Ward entrance.

I left Joan to pay the driver and hurried into the empty, glaringly lit room. A nurse bustled out from behind a white screen. In a few swift words, I managed to tell her the truth about my predicament before Joan came in the door, blinking and wide-eyed as a myopic owl.

The EmergencyWard doctor strolled out then, and I climbed, with the nurse's help, on to the examining table. The nurse whispered to the doctor, and the doctor nodded and began unpacking the bloody toweling. I felt his fingers start to probe, and Joan stood, rigid as a soldier, at my side, holding my hand, for my sake or hers I couldn't tell.

"Ouch!" I winced at a particularly bad jab.

The doctor whistled.

"You're one in a million."

"What do you mean?"

"I mean it's one in a million it happens to like this."

The doctor spoke in a low, curt voice to the nurse, and she hurried to a side table and brought back some rolls of gauze and silver instruments. "I can see," the doctor bent down, "exactly where the trouble is coming from."

"But can you fix it?"

The doctor laughed. "Oh, I can fix it, all right."

I was roused by a tap on my door. It was past midnight, and the asylum quiet as death. I couldn't imagine who would still be up.

"Come in!" I switched on the bedside light. The door clicked open, and Doctor Quinn's brisk, dark head appeared in the crack. I looked at her with surprise, because although I knew who she was, and often passed her, with a brief nod, in the asylum hall, I never spoke to her at all.

Now she said, "Miss Greenwood, may I come in a minute?"

I nodded.

Doctor Quinn stepped into the room, shutting the door quietly behind her. She was wearing one of her navy blue, immaculate suits with a plain, snow-white blouse showing in the V of the neck.

"I'm sorry to bother you, Miss Greenwood, and especially at this time of night, but I thought you might be able to help us out about Joan."

For a minute I wondered if Doctor Quinn was going to blame me for Joan's return to the asylum. I still wasn't sure how much Joan knew, after our trip to the Emergency Ward, but a few days later she had come back to live in Belsize, retaining, however, the freest of town privileges.

"I'll do what I can," I told Doctor Quinn.

Doctor Quinn sat down on the edge of my bed with a grave face. “We would like to find out where Joan is. We thought you might have an idea.”

Suddenly I wanted to dissociate myself from Joan completely. “I don’t know,” I said coldly. “Isn’t she in her room?”

It was well after the Belsize curfew hour.

“No, Joan had a permit to go to a movie in town this evening, and she’s not back yet.”

“Who was she with?”

“She was alone.” Doctor Quinn paused. “Have you any idea where she might be likely to spend the night?”

“Surely she’ll be back. Something must have held her up.” But I didn’t see what could have held Joan up in tame night Boston.

Doctor Quinn shook her head. “The last trolley went by an hour ago.”

“Maybe she’ll come back by taxi.”

Doctor Quinn sighed.

“Have you tried the Kennedy girl?” I went on. “Where Joan used to live?”

Doctor Quinn nodded.

“Her family?”

“Oh, she’d never go there...but we’ve tried them, too.”

Doctor Quinn lingered a minute, as if she could sniff out some clue in the still room. Then she said, “Well, we’ll do what we can,” and left.

I turned out the light and tried to drop back to sleep, but Joan’s face floated before me, bodiless and smiling, like the face of the Cheshire cat. I even thought I heard her voice, rustling and hushing through the dark, but then I realized it was only the night wind in the asylum trees...

Another tap woke me in the frost-gray dawn.

This time I opened the door myself.

Facing me was Doctor Quinn. She stood at attention, like a frail drill sergeant, but her outlines seemed curiously smudged.

"I thought you should know," Doctor Quinn said. "Joan has been found."

Doctor Quinn's use of the passive slowed my blood.

"Where?"

"In the woods, by the frozen ponds..."

I opened my mouth, but no words came out.

"One of the orderlies found her," Doctor Quinn continued, "just now, coming to work..."

"She's not..."

"Dead," said Doctor Quinn. "I'm afraid she's hanged herself."

Twenty

A fresh fall of snow blanketed the asylum grounds—not a Christmas sprinkle, but a man-high January deluge, the sort that snuffs out schools and offices and churches, and leaves, for a day or more, a pure, blank sheet in place of memo pads, date books and calendars.

In a week, if I passed my interview with the board of directors, Philomena Guinea's large black car would drive me west and deposit me at the wrought-iron gates of my college.

The heart of winter!

Massachusetts would be sunk in a marble calm. I pictured the snowflaky, Grandma Moses villages, the reaches of swampland rattling with dried cattails, the ponds where frog and hornpout dreamed in a sheath of ice, and the shivering woods.

But under the deceptively clean and level slate the topography was the same, and instead of San Francisco or Europe or Mars I would be learning the old landscape, brook and hill and tree. In one way it seemed a small thing, starting, after a six months' lapse,where I had so vehemently left off.

Everybody would know about me, of course.

Doctor Nolan had said, quite bluntly, that a lot of people would treat me gingerly, or even avoid me, like a leper with a warning bell. My mother's face floated to mind, a pale, reproachful moon, at her last and first visit to the asylum since my twentieth birthday. A daughter in an asylum! I had done that to her. Still, she had obviously decided to forgive me.

"We'll take up where we left off, Esther," she had said, with her sweet, martyr's smile. "Well act as if all this were a bad dream."

A bad dream.

To the person in the bell jar, blank and stopped as a dead baby, the world itself is the bad dream.

A bad dream.

I remembered everything.

I remembered the cadavers and Doreen and the story of the fig tree and Marco's diamond and the sailor on the Common and Doctor Gordon's wall-eyed nurse and the broken thermometers and the Negro with his two kinds of beans and the twenty pounds I gained on insulin and the rock that bulged between sky and sea like a gray skull.

Maybe forgetfulness, like a kind of snow, should numb and cover them.

But they were part of me. They were my landscape.

"A man to see you!"

The smiling, snow-capped nurse poked her head in through the door, and for a confused second I thought I really was back in college and this spruce white furniture, this white view over trees and hills, an improvement on my old room's nicked chairs and desk and outlook over the bald quad. "A man to see you!" the girl on watch had said, on the dormitory phone.

What was there about us, in Belsize, so different from the girls playing bridge and gossiping and studying in the college to which I would return? Those girls, too, sat under bell jars of a sort.

"Come in!" I called, and Buddy Willard, khaki cap in hand, stepped into the room.

"Well, Buddy," I said.

"Well, Esther."

We stood there, looking at each other. I waited for a touch of emotion, the faintest glow. Nothing. Nothing but a great, amiable boredom. Buddy's khaki-jacketed shape seemed small and unrelated to me as the brown posts he had stood against that day a year ago, at the bottom of the ski run.

"How did you get here?" I asked finally.

"Mother's car."

"In all this snow?"

"Well," Buddy grinned, "I'm stuck outside in a drift. The hill was too much for me. Is there anyplace I can borrow a shovel?"

"We can get a shovel from one of the groundsmen."

"Good." Buddy turned to go.

"Wait, I'll come and help you."

Buddy looked at me then, and in his eyes I saw a flicker of strangeness—the same compound of curiosity and wariness I had seen in the eyes of the Christian Scientist and my old English teacher and the Unitarian minister who used to visit me.

"Oh, Buddy," I laughed. "I'm all right."

"Oh, I know, I know, Esther," Buddy said hastily.

"It's you who oughtn't to dig out cars, Buddy. Not me."

And Buddy did let me do most of the work.

The car had skidded on the glassy hill up to the asylum and backed, with one wheel over the rim of the drive, into a steep drift.

The sun, emerged from its gray shrouds of clouds, shone with a summer brillance on the untouched slopes. Pausing in my work to overlook that pristine expanse, I felt the same profound thrill it gives me to see trees and grassland waist-high under flood water—as if the usual order of the world had shifted slightly, and entered a new phase.

I was grateful for the car and the snowdrift. It kept Buddy from asking me what I knew he was going to ask, and what he finally did ask, in a low, nervous voice, at the Belsize afternoon tea. DeeDee was eyeing us like an envious cat over the rim of her teacup. After Joan's death, DeeDee had been moved to Wymark for a while, but now she was among us once more.

"I've been wondering..." Buddy set his cup in the saucer with an awkward clatter.

"What have you been wondering?"

"I've been wondering...I mean, I thought you might be able to tell me something." Buddy met my eyes and I saw, for the first time, how he had changed. Instead of the old, sure smile that flashed on easily and frequently as a photographer's bulb, his face was grave, even tentative—the face of a man who often does not get what he wants.

"I'll tell you if I can, Buddy."

"Do you think there's something in me that drives women crazy?"

I couldn't help myself, I burst out laughing—maybe because of the seriousness of Buddy's face and the common meaning of the word "crazy" in a sentence like that.

"I mean," Buddy pushed on, "I dated Joan, and then you, and first you...went, and then Joan..."

With one finger I nudged a cake crumb into a drop of wet, brown tea.

"Of course you didn't do it!" I heard Doctor Nolan say. I had come to her about Joan, and it was the only time I remember her sounding angry. "Nobody did it. She did it." And then Doctor Nolan told me how the best of psychiatrists have suicides among their patients, and how they, if anybody, should be held responsible, but how they, on the contrary, do not hold themselves responsible...

"You had nothing to do with us, Buddy."

"You're sure?"

"Absolutely."

"Well," Buddy breathed. "I'm glad of that."

And he drained his tea like a tonic medicine.

"I hear you're leaving us."

I fell into step beside Valerie in the little, nurse-supervised group. "Only if the doctors say yes. I have my interview tomorrow."

The packed snow creaked underfoot, and everywhere I could hear a musical trickle and drip as the noon sun thawed icicles and snow crusts that would glaze again before nightfall.

The shadows of the massed black pines were lavender in that bright light, and I walked with Valerie awhile, down the familiar labyrinth of shoveled asylum paths. Doctors and nurses and patients passing on adjoining paths seemed to be moving on casters, cut off at the waist by the piled snow.

"Interviews!" Valerie snorted. "They're nothing! If they're going to let you out, they let you out."

"I hope so."

In front of Caplan I said good-bye to Valerie's calm, snow-maiden face behind which so little, bad or good, could happen, and walked on alone, my breath coming in white puffs even in that sun-filled air. Valerie's last, cheerful cry had been "So long! Be seeing you."

"Not if I know it," I thought.

But I wasn't sure. I wasn't sure at all. How did I know that someday—at college, in Europe, somewhere, anywhere—the bell jar, with its stifling distortions, wouldn't descend again?

And hadn't Buddy said, as if to revenge himself for my digging out the car and his having to stand by, "I wonder who you'll marry now, Esther."

"What?" I'd said, shoveling snow up onto a mound and blinking against the stinging backshower of loose flakes.

"I wonder who you'll marry now, Esther. Now you've been," and Buddy's gesture encompassed the hill, the pines and the severe, snow-gabled buidlings breaking up the rolling landscape, "here."

And of course I didn't know who would marry me now that I'd been where I had been. I didn't know at all.

"I have a bill here, Irwin."

I spoke quietly into the mouthpiece of the asylum pay phone in the main hall of the administration building. At first I suspected the operator, at her switchboard, might be listening, but she just went on plugging and unplugging her little tubes without batting an eye.

"Yes," Irwin said.

"It's a bill for twenty dollars for emergency attention on a certain date in December and a checkup a week thereafter."

"Yes," Irwin said.

"The hospital says they are sending me the bill because there was no answer to the bill they sent to you."

"All right, all right, I'm writing a check now. I'm writing them a blank check." Irwin's voice altered subtly. "When am I going to see you?"

"Do you really want to know?"

"Very much."

"Never," I said, and hung up with a resolute click.

I wondered, briefly, if Irwin would send his check to the hospital after that, and then I thought, "Of course he will, he's a mathematics professor—he won't want to leave any loose ends."

I felt unaccountably weak-kneed and relieved.

Irwin's voice had meant nothing to me.

This was the first time, since our first and last meeting, that I had spoken with him and, I was reasonably sure, it would be the last. Irwin had absolutely no way of getting in touch with me, except by going to Nurse Kennedy's flat, and after Joan's death Nurse Kennedy had moved somewhere else and left no trace.

I was perfectly free.

Joan's parents invited me to the funeral.

I had been, Mrs. Gilling said, one of Joan's best friends.

"You don't have to go, you know," Doctor Nolan told me. "You can always write and say I said it would be better not to."

"I'll go," I said, and I did go, and all during the simple funeral service I wondered what I thought I was burying.

At the altar the coffin loomed in its snow pallor of flowers—the black shadow of something that wasn't there. The faces in the pews around me were waxen with candlelight, and pine boughs, left over from Christmas, sent up a sepulchral incense in the cold air.

Beside me, Jody's cheeks bloomed like good apples, and here and there in the little congregation I recognized other faces of other girls from college and my home town who had known Joan. Dee-Dee and Nurse Kennedy bent their kerchiefed heads in a front pew.

Then, behind the coffin and the flowers and the face of the minister and the faces of the mourners, I saw the rolling lawns of our town cemetery, knee-deep in snow now, with the tombstones rising out of it like smokeless chimneys.

There would be a black, six-foot-deep gap hacked in the hard ground. That shadow would marry this shadow, and the peculiar, yellowish soil of our locality seal the wound in the whiteness, and yet another snowfall erase the traces of newness in Joan's grave.

I took a deep breath and listened to the old brag of my heart.

I am, I am, I am.

The doctors were having their weekly board meeting—old business, new business, admissions, dismissals and interviews. Leafing blindly through a tatty *National Geographic* in the asylum library, I waited my turn.

Patients, with accompanying nurses, made their rounds of the stocked shelves, conversing in low tones, with the asylum librarian, an alumna of the asylum herself. Glancing at her—myopic, spinsterish, effaced—I wondered how she knew she had graduated at all, and, unlike her clients, was whole and well.

"Don't be scared," Doctor Nolan had said. "I'll be there, and the rest of the doctors you know, and some visitors, and Doctor Vining, the head of all the doctors, will ask you a few questions, and then you can go."

But in spite of Doctor Nolan's reassurances, I was scared to death.

I had hoped, at my departure, I would feel sure and knowledgeable about everything that lay ahead—after all, I had been "analyzed." Instead, all I could see were question marks.

I kept shooting impatient glances at the closed boardroom door. My stocking seam swere straight, my black shoes cracked, but polished, and my red wool suit flamboyant as my plans. Something old, something new...

But I wasn't getting married. There ought, I thought, to be a ritual for being born twice— patched, retreaded and approved for the road, I was trying to think of an appropriate one when Doctor Nolan appeared from nowhere and touched me on the shoulder.

"All right, Esther."

I rose and followed her to the open door.

Pausing, for a brief breath, on the threshold, I saw the silver-haired doctor who had told me about the rivers and the Pilgrims on my first day, and the pocked, cadaverous face of Miss Huey, and eyes I thought I had recognized over white masks.

The eyes and the faces all turned themselves toward me, and guiding myself by them, as by a magical thread, I stepped into the room.